제르미날 2

Germinal

세계문학전집 417

제르미날 2

Germinal

에밀 졸라

강충권 옮김

민음사

일러두기

1 이 책은 Emile Zola, *Les Rougon-Macquart* III, Bibliotheque de la Pleiade, Gallimard, 1964(1994년 2월 인쇄본)를 저본으로 번역했다.
2 본문의 각주는 모두 옮긴이 주이다.

차례

5부

1

4시가 되자 달은 지고 아주 캄캄한 밤이 되었다. 드뇔랭가
에서는 모두들 아직 자고 있었다. 장바르 수갱과 경계를 이루
고 있으며 별로 가꾸어지지 않은 널따란 정원 끝에는, 벽돌로
지은 고택이 문과 창문들이 닫힌 채 소리 없이 음침하게 서
있었다. 뒤쪽 벽면 앞으로는 방담으로 통하는 황량한 길이 지
나가고 있었는데, 숲 뒤에 가려져 보이지 않는 그곳은 삼 킬로
미터가량 떨어져 있는 큰 마을이었다.

드뇔랭은 전날 얼마간을 갱 속에서 보냈기 때문에 피곤해
서 벽에 얼굴을 댄 채 코를 골고 있었다. 그는 누군가가 자신
을 부르는 꿈을 꾸었다. 그는 잠에서 깨어 실제로 어떤 목소리
가 들리자 달려가서 창문을 열었다. 그의 휘하 갱내 감독 한
사람이 정원에 서 있었다.

"무슨 일인가?" 그가 물었다.

"사장님, 폭동입니다요. 사람들 중 절반이 더 이상 일하려하지 않고 다른 사람들이 갱에 내려가는 걸 막고 있습니다."

그는 잠에 취해 머리가 무겁고 윙윙거렸으며, 얼음물을 뒤집어쓴 듯 심한 추위가 엄습해 그 말을 잘 이해하지 못했다.

"그들이 내려가게 만들어. 제기랄!" 그는 더듬더듬 말했다.

"한 시간 전부터 사태가 지속되고 있습니다." 감독이 말했다. "그래서 사장님을 찾으러 올 생각을 했습죠. 그들을 설득할 사람은 사장님뿐입니다."

"좋아. 내가 가 보지."

급히 그는 옷을 입었다. 이제 정신은 맑아졌지만 몹시 불안했다. 집이 약탈당해도 모를 정도로 요리사와 하인 모두 꿈쩍하지 않았다. 그런데 층계참의 다른 쪽에서 놀란 목소리들이 속삭이고 있었다. 그가 나가려 하는데 딸들의 방문이 열리더니 두 딸이 허겁지겁 흰색 가운을 걸치고 나타났다.

"아버지, 무슨 일이에요?"

큰딸인 뤼시는 벌써 스물두 살로 키가 크고 갈색 머리에 귀티가 났다. 작은딸 잔은 겨우 열아홉 살로 키가 작고 금발에 상냥한 우아함을 지니고 있었다.

"심각한 일은 아니란다." 그는 딸들을 안심시키려고 대답했다. "소란 떠는 사람들이 저기서 시끄럽게 하는 모양이야. 내가 가 보마."

하지만 딸들은 다시 외치면서 뭐라도 따뜻한 것을 먹고 가라면서 놔주지 않으려 했다. 그러지 않으면 늘 그렇듯 위장이

상해서 아픈 몸으로 돌아오리라는 것이었다. 그는 싸우다시피 사양하며 너무 바쁘다고 힘주어 말했다.

"제 말 좀 들어 보세요." 잔이 그의 목에 매달리면서 말했다.

"럼주를 작은 잔으로 한 잔 마시고 비스킷 두 개도 드셔야 해요. 그러지 않으면 저는 이렇게 계속 매달려 있을 테니, 저도 같이 데려가셔야 할 거예요."

그는 비스킷을 먹으면 목이 멜 거라고 투덜대면서도 그러기로 했다. 딸들은 벌써 각각 휴대용 촛대를 들고 앞서서 내려가고 있었다. 아래층 식당에서 한 명은 럼주를 따르고, 또 한 명은 찬방으로 뛰어가 비스킷 상자를 찾아 와서 서둘러 식사를 준비했다. 너무 어려서 어머니를 여의고 외롭게 남아 제대로 양육도 받지 못한 그들은 아버지 때문에 응석받이가 되었다. 큰딸은 극장에서 노래하는 가수가 되는 꿈에 사로잡혀 있었고, 눈에 띄게 대담한 취향을 지닌 작은딸은 그림에 빠져 있었다. 그런데 사업이 큰 곤경에 빠져 살림살이를 줄여야 했을 때, 이 유별나 보이던 소녀들은 현명하고 약삭빠른 주부 기질을 발휘하며 상팀 단위의 착오까지 계산해 눈으로 찾아냈다. 요즈음에는 선머슴 같은 예술가의 모습으로 금전 출납을 관리했고 한두 푼이라도 아끼려고 물건을 대주는 상인들과 다투었으며, 끊임없이 옷을 수선해 입으면서 점점 궁색해지던 집안을 마침내 버젓한 가정으로 만들기에 이르렀다.

"드세요, 아빠." 뤼시가 되풀이해서 말했다.

그러고는 드넬랭이 말없이 침울하게 근심에 다시 빠져드는 것을 눈치채자 그녀는 겁이 났다.

"아빠가 이렇게 찌푸린 얼굴을 하시는 걸 보니 아주 심각한 거죠……? 그럼 우리가 아빠랑 같이 있을게요. 점심 식사는 다른 사람들더러 우리 없이 하라고 하면 되겠죠 뭐."

그녀는 아침으로 예정되어 있는 모임에 대해 얘기하는 것이 었다. 엔보 부인이 자기 마차로 먼저 그레구아르 씨 집에 세실을 태우러 갔다가 그다음에 그들을 데리러 올 것이다. 그런 다음 모두들 마르시엔에 가서 사장 부인의 초대로 포르주에서 점심 식사를 할 예정이었다. 작업장과 용광로, 코크스로들을 구경할 수 있는 기회였다.

"물론이죠, 우리는 남아 있을 거예요." 이번에는 잔이 말했다. 그러나 그는 화를 냈다.

"무슨 당치 않은 생각이냐! 너희들에게 다시 말하는데, 아무 일도 아니란다……. 너희들은 다시 침대 속으로 들어가면 좋겠구나. 그리고 정해진 대로 9시 약속에 맞춰 옷을 입으렴."

그는 딸들에게 입맞춤을 하고 서둘러 떠났다. 정원의 얼어붙은 땅 위로 그의 부츠 소리가 사라져 갔다.

잔은 럼주의 마개를 정성스레 닫았고, 한편 뤼시는 비스킷을 다시 넣어 두고 찬방을 열쇠로 잠갔다. 그 방은 식탁이 간소하게 차려지는 방들처럼 썰렁하면서도 깔끔했다. 그들은 둘다 이렇게 아침에 내려온 김에 전날 아무렇게나 내버려 둔 것은 없는지 살펴보았다. 냅킨 하나라도 굴러다니면 하인에게 야단을 칠 것이었다. 마침내 그들은 위층으로 다시 올라갔다.

드넬랭은 자기 집 채소밭의 좁은 통로를 통해 가장 빠른 길로 질러가면서, 위태로워진 자기 재산인 몽수의 드니에를 열

배로 부풀리는 꿈을 꾸면서 100만 프랑을 들였건만 큰 위험에 처해 있는 그곳을 생각했다. 끊임없이 불운이 계속되었다. 예기치 못한 막대한 수리비와 파산을 초래하는 채굴 조건들에 이어, 이윤을 보기 시작하려는데 산업 공황이라는 재난이 닥친 것이었다. 만약 그의 탄광에서 파업이 터지면 그는 파멸이었다. 그는 작은 문을 밀었다. 별빛 같은 램프 몇 개와 함께, 어둠이 더욱 깊어진 깜깜한 밤 속으로 수갱의 건물들이 윤곽을 드러냈다.

장바르는 르 보뢰만큼 크지는 않지만, 탄광 기사들의 말에 따르면 설비를 손보고 나서 멋진 수갱이 되었다. 수갱의 폭을 일 미터 오십 센티미터 넓히고 708미터까지 깊이 파 내려간 것에 만족하지 않고 새 기계와 케이지를 비롯해 최신 과학 기술로 개량된 새로운 시설로 수갱을 정비했다. 심지어 건물에서도 우아하게 멋을 부렸다. 처마에 띠 모양의 드림 장식을 조각해 놓은 선탄장, 시계로 장식한 도르래 탑, 르네상스 양식 예배당의 뒤쪽처럼 둥글게 만든 석탄 하치장 홀과 기계실, 그위에 검은 벽돌과 붉은 벽돌로 만들어진 모자이크가 나선형을 그리며 솟아 있는 굴뚝 등이 그러했다. 펌프는 채굴 허가지의 또 다른 수갱으로 오래된 가스통마리에 설치되어 있었는데, 이 수갱은 오로지 배수용이었다. 장바르에는 채굴하는 곳양쪽에 증기 송풍기가 돌아가는 갱도와 사다리가 설치된 갱도, 이 두 개의 좁은 갱도밖에 없었다.

그날 아침 새벽 3시가 되자마자 맨 먼저 도착한 샤발은 동료들에게 파업을 부추기며 몽수의 동료들을 본받아 광차당

오 상팀 인상을 요구해야 한다고 그들을 설득했다. 곧 400명의 수갱 인부들이 소란스러운 몸짓과 고함들 가운데 바라크로부터 석탄 하치장 홀로 밀려들었다. 일하기를 원하는 사람들은 맨발에 삽이나 곡괭이를 옆에 끼고 램프를 들고 있었다. 한편 아직 나막신을 신고 혹독한 추위 때문에 짧은 외투를 어깨에 걸치고 있는 다른 사람들은 수갱을 가로막고 있었다. 그리고 감독들은 질서를 잡으려 하면서 그들에게 사리 판단을 제대로 하고, 선의를 지니고 입갱하는 사람들을 막지 말라고 간청하느라 목이 쉴 지경이었다.

그런데 샤발은 카트린이 바지와 웃옷을 입고 머리에 푸른색 보닛을 푹 눌러 쓴 것을 보자 화를 냈다. 그는 잠자리에서 일어나면서 그녀에게 누워 있으라고 분명히 말해 두었다. 하지만 작업이 중단되어 절망감을 느낀 그녀는 그를 따라왔다. 그는 그녀에게 돈을 준 적이 한 번도 없어서 그녀는 종종 자신을 위해서, 또 그를 위해서 돈을 벌어야 했기 때문이다. 만약 더 이상 돈을 벌 수 없다면 자신은 어떻게 될 것인가? 한 가지 두려움이 그녀에게서 떠나지 않았다. 먹을 빵도 없고 집도 없는 여자 광차 운반부들이 끝내 가게 되는 마르시엔의 사창가에 대한 두려움이었다.

"빌어먹을!" 샤발은 소리 질렀다. "여기에 뭐 하러 와?"

그녀는 수입이 없어서 일해야 한다고 더듬더듬 말했다.

"그럼 나한테 반항하는 거냐, 망할 년! 당장 돌아가, 그러지 않으면 엉덩이에다 발길질을 해서 돌려보낼 테니!"

그녀는 겁이 나서 물러섰지만, 사태가 어떻게 돌아가는지 지켜보기 위해 떠나지 않았다.

드뇔랭은 선탄장 계단을 통해 도착했다. 희미한 램프 불빛에도 불구하고 재빠른 시선으로 현장을, 어둠에 잠겨 있는 떠들썩한 군중을 한눈에 보았다. 그 각각의 얼굴을, 즉 채탄부, 케이지 적재부, 하역부, 여자 광차 운반부들에 소년 갱부들까지 그는 모두를 알고 있었다. 새로 지어서 아직 깨끗한 중앙 홀에는 중단된 작업이 기다리고 있었다. 압축되어 있는 기계는 가벼운 증기 소리를 칙칙거리며 내고 있었고, 케이지들은 꼼짝 않고 케이블에 매달려 있었으며, 선로 위로 가던 도중에 멈춘 광차들은 주철판들 위에 어지러이 놓여 있었다. 겨우 여든 개의 램프만이 주인을 찾아갔으며 다른 램프들은 창고에서 타오르고 있었다. 하지만 그의 말 한마디면 어쩌면 작업이 다시 재개될 수도 있을 것이다.

"아니, 여러분, 도대체 무슨 일인가?" 그는 목청을 높여 물었다. "무슨 일로 화가 난 건가? 설명을 해 보게들, 우리는 해결책을 찾을 수 있을 거야."

평소에 그는 작업을 철저히 할 것을 요구하면서 자신이 고용한 사람들에게 아버지처럼 굴었다. 권위주의적이고 성격이 급한 그는 우선 나팔 소리처럼 분출하는 인자한 모습으로 그들을 압도하려 했다. 그리고 그는 자주 사랑받았다. 줄곧 막장에 그들과 함께 있었고, 사고가 나서 수갱에 두려움이 엄습하면 제일 먼저 위험에 뛰어드는 용감한 사람이어서 노동자들은 그를 존경하고 있었다. 갱내 가스가 폭발한 후 가장 용감한 사람들도 물러설 때 그는 양 겨드랑이에 줄을 묶고 두 번이나 갱 속으로 내려갔다.

"이보게들, 자네들은 내가 자네들의 충직함을 보증한 걸 후회하게 만들지는 않겠지." 그는 다시 말을 이었다. "자네들도 알다시피 나는 헌병 감시 초소 설치도 거절했네…… 차분히 말들 하게. 들어줄 테니까."

모두들 난처해 하며 말없이 그에게서 떨어졌다. 결국 샤발이 입을 열었다.

"드뇔랭 씨, 말씀드리자면, 우리는 작업을 계속할 수 없고 광차당 오 상팀씩 더 쳐 주시길 바랍니다."

그는 깜짝 놀란 것 같았다.

"뭐라고! 오 상팀! 무슨 까닭으로 그런 요구를 하는 건가? 나는 자네들의 갱목 작업에 불평하지 않고, 몽수 회사처럼 새로운 임금 체계를 강요하고 싶지도 않아."

"그럴지도 모르죠. 하지만 몽수의 동료들이 옳습니다. 그들은 임금 체계를 거부하고 오 상팀 인상을 요구하는데, 현재의 도급 계약으로는 제대로 작업할 방법이 없어서죠…… 우리는 오 상팀을 더 원합니다. 안 그런가, 다들?"

여러 목소리가 그렇다고 말했고, 격렬한 몸짓들과 함께 소란이 다시 시작되었다. 모두들 좁은 원을 이루며 점점 그에게 다가들었다.

드뇔랭의 눈에 불꽃이 번쩍 일었고, 강한 지배력을 행사하는 그는 그중 한 명의 멱살을 움켜잡고 싶은 충동에 굴복할까 봐 주먹을 꽉 쥐었다. 그는 대화를 하며 사리를 따져 보길 원했다.

"자네들은 오 상팀을 원하고, 나는 그 작업이 그만한 가치가 있다는 걸 인정하네. 하지만 나는 오 상팀을 올려 줄 수가 없어. 그렇게 하면 나는 파산하고 말 거야⋯⋯. 여러분이 살기 위해서는 우선 내가, 내가 살아야 한다는 걸 이해해야 하네. 이제 나는 한계에 이르러서 원가를 조금이라도 인상하면 쓰러지고 말 걸세⋯⋯. 여러분도 기억하듯이 이 년 전 파업 때 나는 양보했는데, 그때만 해도 양보할 수 있었지. 그때 임금 인상은 내게 파멸을 초래했다네. 이 년 전부터 나는 발버둥 치고 있으니까⋯⋯. 지금 나는 다음 달에 자네들 임금을 어디서 구해야 할지 모르는 상황이 되느니 차라리 당장 사업을 포기하겠네."

샤발은 자신들에게 너무도 솔직하게 사업 이야기를 토로하는 주인 앞에서 냉소적인 웃음을 지었다. 다른 사람들은 사장이라는 사람이 자기 노동자들을 부리면서 수백만 프랑의 돈을 벌지 못한다는 것을 이해하기를 거부하면서, 믿지 않는 태도로 완강하게 고개를 숙이고 있었다.

그러자 드뇔랭이 역설했다. 그는 만약 자신이 어느 날 저녁 큰 실수로 망하면 그의 탄광을 집어삼킬 준비를 하고 항상 기회만 엿보고 있는 몽수와의 싸움에 대해 설명했다. 치열한 경쟁 속에서 그는 긴축해야만 하는데, 더군다나 장바르 수갱은 너무 깊어서 채굴 비용이 증가하고 있다. 이는 불리한 조건이지만 석탄층이 굉장히 두꺼워서 겨우 보상된다. 지난 파업 후에 자신이 고용한 사람들이 자신을 버릴까 봐 두려워 몽수를 따라 임금을 올린 것이지 그렇지 않았으면 그는 결코 임금을 올리지 않았을 것이다. 그리고 그는 미래를 이야기하며 그들을 위협했다. 그들 때문에 자신이 탄광을 몽수에 넘기게 되면, 그곳 이사회의 끔찍한 억압 아래 놓이게 될 테니 그들에게 얼마나 처참한 결과일 것인가! 그는 멀리 있는 미지의 성막에서 군림하지 않는다. 그는 광부들을 착취하기 위해 경영인들에게 돈을 주는, 광부들은 본 적도 없는 주주들 중 한 사람이 아니다. 그는 사업주이며, 이곳에 돈뿐만 아니라 자신의 지성과 건강과 생활을 걸었다. 작업 중단은 그에게는 죽음이나 마찬가지다. 그는 재고가 없어도 주문받은 것을 보내야 하기 때문이다. 또 그의 설비 자본은 잠잴 수 없다. 자신이 맺은 계약들은 어떻게 이행할 것인가? 친구들이 그에게 맡긴 돈의 이자는 누가 갚을 것인가? 결국 파산하고 말 것이다.

"자, 사정은 그렇다네, 나의 선량한 사람들아!" 그는 말을 맺으면서 말했다. "나는 자네들을 설득하고 싶네⋯⋯. 누구에게든 스스로 목을 베라고 요구하는 법은 없지 않은가, 안 그런가? 내가 자네들한테 자네들이 요구하는 대로 오 상팀을 올려 주거나 혹은 자네들이 파업하도록 내버려 둔다면, 그건 내가 내 목을 자르는 것이나 마찬가지일세."

그는 입을 다물었다. 여기저기서 투덜거리는 소리가 들렸다. 광부들 중 일부는 망설이는 것 같았고, 몇몇은 수갱 입구 쪽으로 돌아갔다.

"적어도 모두가 자유야⋯⋯." 감독 한 명이 말했다. "일하기를 원하는 사람은 누군가?"

카트린이 몇몇 여자들과 함께 맨 앞으로 나섰다. 그러나 화가 난 샤발이 그녀를 밀어내며 소리 질렀다.

"우리는 모두 한뜻이오, 동료들을 저버리는 짓은 너절한 놈들이나 하는 거요!"

그때부터 타협은 불가능해 보였다. 다시 고함 소리가 나기 시작했고, 벽에다 사람들을 짓눌러 버릴 듯 몸싸움을 벌인 후 그들을 수갱 입구에서 몰아냈다. 절망했던 사장은 잠시 혼자서 싸우며 이 군중을 격렬하게 진압해 보려 했다. 그러나 그것은 쓸데없고 어리석은 짓이었고 그는 물러나야 했다. 그는 얼마 동안 광차 수령인 사무실 안에서 숨을 헐떡이며 의자에 앉아 있었다. 자신의 무력함에 어찌할 바를 몰라서 아무 생각도 떠오르지 않았다. 마침내 진정이 되자 그는 감독관에게 샤발을 찾아 오라고 말했다. 그러고 나서 샤발이 대화에 응하자 그는 몸짓으로 사람들을 내보냈다.

"우리 둘이서 이야기하겠네."

드뇔랭은 이 약삭빠른 녀석이 뱃속에 무엇을 품고 있는지 알아볼 생각이었다. 처음 몇 마디를 나누고 대뜸 그는 샤발이 허영심이 있고 질투심에 휩싸여 있는 것을 느꼈다. 그래서 그는 샤발의 비위를 맞추며, 그와 같이 자질이 뛰어난 노동자가 그렇게 자신의 미래를 위태롭게 하는 것에 놀라는 척했다. 사장의 말에 따르면, 그는 오래전부터 빠르게 승진시키려고 샤발을 점찍어 두었다는 것이었다. 그리고 그는 나중에 샤발을 갱내 감독으로 임명하겠다고 확실하게 제안하면서 말을 마쳤다.

샤발은 조용히 그의 말을 들으면서 꽉 쥐고 있던 주먹이 점점 풀어졌다. 그는 열심히 머리를 굴려 생각했다. 파업을 고집하면 그는 결국 에티엔의 보좌관밖에 안 될 것이라는 생각이 들었고, 한편으로는 또 하나의 야망이 피어올라 자신이 우두머리가 되고 싶었다. 교만함의 열기가 얼굴로 올라와 그를 취하게 했다. 게다가 아침부터 기다리고 있는 파업 노동자들 무리는 이제 오지 않을 모양이었다. 어떤 문제가 생겨 그들을 막은 게 틀림없었다. 아마도 헌병들일 것이다. 복종할 때가 되었을 뿐이었다. 하지만 그는 고갯짓으로 거절하고, 자기 가슴을 화난 듯이 손바닥으로 크게 두들겨 대며 자신은 매수되지 않는 사람인 척했다. 마침내 그는 몽수의 사람들에게 한 약속에 대해서는 사장에게 말하지 않은 채, 동료들을 진정시켜 입갱하게 하겠다고 약속했다.

드뇔랭은 숨어 있었고 갱내 감독들도 물러나 있었다. 그들은 샤발이 석탄 하치장의 광차 위에 올라서서 한 시간 동안 장광설을 늘어놓으며 토론하는 것을 들었다.

광부들 중 일부는 그에게 야유를 보냈고 120명은 그가 부추긴 결정을 고집하면서 화가 나서 가 버렸다. 벌써 7시가 넘었고 날이 밝아 오고 있었다. 아주 쾌청하면서도 몹시 추운 날이었다. 갑자기 수갱의 움직임이 시작되었고, 중단되었던 작업이 재개되었다. 먼저 기계의 크랭크 암이 빠져 들어가는 듯하면서 드럼의 케이블들을 풀었다 감았다 했다. 그리고 떠들썩한 신호들 속에 입갱이 이루어졌다. 케이지들이 가득 채워져 구렁 속으로 빠져 들어갔다가 다시 올라왔고, 수갱은 자기 몫의 배급 음식인 소년 갱부, 여자 광차 운반부, 채탄부들을 집어삼켰다. 주철판 위에서는 하역부들이 우뢰와 같이 굴러가는 바퀴 소리를 내며 광차들을 밀고 있었다.

"빌어먹을! 넌 여기서 뭘 하고 있는 거야?" 샤발은 자기 차례를 기다리고 있는 카트린에게 소리 질렀다. "얼른 내려가지 못하겠어? 빈둥거리지 좀 말고!"

9시에 엔보 부인이 세실과 함께 마차를 타고 도착했을 때 뤼시와 잔은 수없이 수선한 옷을 입었음에도 불구하고 매우 우아한 모습으로 채비를 마친 뒤였다. 그런데 드닐랭은 말을 타고 마차와 동행한 네그렐을 보고 놀랐다. 뭐야, 남자들도 함께 가는 건가? 그러자 엔보 부인은 어머니 같은 태도로, 길에 나쁜 사람들이 가득하다고 사람들이 겁을 주어서 보호자를 데려가기로 했다고 설명했다. 네그렐은 웃으며 그들을 안심시켰다. 늘 그렇듯이 고함치는 사람들이 위협은 하지만 유리창에 감히 돌을 던질 사람은 하나도 없으니 불안해 할 것은 없었다. 드닐랭은 자신의 성공에 아직도 기뻐하며 장바르의 폭동을 진압한 얘기를 했다. 이제 자신은 평온해졌다고 했다. 아가씨들은 방담으로 가기 위해 마차에 오르면서 모두들 멋진 하루를 보낼 생각에 즐거워했다. 그들은 멀리 들판에서부터 커져 오는 오랜 진동을, 그들이 땅에 귀를 대 보았다면 그 걸음소리가 들렸을 민중의 행진을 알아채지 못했다.

"그럼 이렇게 해요." 엔보 부인이 되풀이해 말했다. "오늘 저녁 당신은 따님들을 데리러 와서 우리와 함께 만찬을 갖는 거예요……. 그레구아르 부인도 세실을 데리러 오겠다고 내게 약속했어요."

"잘 알겠습니다." 드뇔랭이 대답했다. 마차는 방담 쪽으로 출발했다. 잔과 뤼시는 몸을 숙여 길가에 서 있는 아버지에게 웃어 보였다. 네그렐은 달려가는 마차 바퀴 뒤에서 말을 타고 우아하게 달려갔다.

그들은 숲을 지나 마르시엔에서 방담으로 가는 길로 접어들었다. 타르타레가 가까워지자 잔은 엔보 부인에게 코트베르트를 아느냐고 물었다. 엔보 부인은 벌써 이 지역에서 오 년간 살았지만 그쪽에는 가 본 적이 없다고 실토했다. 그래서 그들은 그쪽으로 돌아서 갔다. 숲 가장자리에 있는 타르타레는 화산 작용으로 인한 불모지처럼 경작되지 않은 황야로, 그 밑에는 수세기 전부터 탄층이 불붙어 타고 있었다. 그 지역의 몇몇 광부들은 전설처럼 전해 오는 한 가지 이야기를 하곤 했다. 여자 광차 운반부들이 가증스러운 짓들로 몸을 더럽히고 있는 이 깊은 땅속 소돔에 불벼락이 떨어져서, 그녀들은 도로 올라올 시간이 없었고, 그래서 오늘날도 그녀들은 이 지옥 속에서 불타고 있다는 것이었다. 검게 탄 암석들은 암적색을 띠었고 나병의 발진 같은 명반으로 뒤덮여 있었다. 갈라진 틈새들 가장자리에는 노란 꽃처럼 유황이 피어나고 있었다.

밤이면 용감한 사람들이 이 구멍들에 감히 한쪽 눈을 대고는 거기에서 불꽃들이, 그 속의 잉걸불에서 지글지글 타고 있는 죄 지은 영혼들이 보인다고 단언했다. 떠돌아다니는 희미한 빛이 지면을 스치듯 달리고 있었고, 뜨거운 수증기들은 악마의 오물과 더러운 부엌 냄새를 지독하게 풍기면서 끊임없이 피어오르고 있었다. 그리고 타르타레의 이 저주받은 황야 가운데에는 늘 초록색인 잔디며 잎들이 끊임없이 다시 돋는 너도밤나무 그리고 삼모작까지 하는 밭이 있는 코트베르트가 영원한 봄의 기적처럼 우뚝 서 있었다. 그곳은 땅속 지층의 불로 덥혀지는 천연 온실이었다. 그곳에서는 눈이 녹지 않는 일은 결코 없었다. 숲의 헐벗은 나무들 옆으로 이 12월의 겨울날에 거대한 초록색 다발이, 얼어붙는 추위도 그 가장자리를 다갈색으로 만들지 못한 채 활짝 피어나 있었다.

이윽고 마차는 들판을 달려갔다. 네그렐은 전설에 대해 농담을 했고, 탄광에서 흔히 불을 일으키는 석탄 가루의 발효에 대해 설명해 주었다. 그 불을 제압하지 못하면 끝없이 탄다는 것이었다. 그리고 그는 강물을 우회시켜 수갱 속으로 흘려 보내 침수시킨 벨기에의 한 수갱을 예로 들었다. 그러나 그는 입을 다물었다. 광부 무리들이 조금 전부터 매 순간 지나가는 것이었다. 그들은 자신들을 비켜서게 만드는 이 호사스러운 행렬을 곁눈질로 빤히 쳐다보면서 말없이 지나갔다. 그들의 수가 계속 늘어나서 말들은 스카르프의 작은 다리에서 보통 걸음으로 가야 했다. 사람들이 이렇게 길에 가득하다니 대체 무슨 일인가? 아가씨들은 겁을 집어먹었고, 네그렐은 진동하는 들판에서 어떤 싸움의 낌새를 느꼈다. 마침내 마르시엔에 도착하자 그들은 안도했다. 자신들의 불을 제압할 것 같은 태양 아래에서 줄지어 있는 코크스로들과 탑 같은 용광로들은 연기를 뿜어내고 있었고, 그로부터 검댕들이 끊임없이 공중에서 비 오듯 내리고 있었다.

2

장바르에서 카트린은 벌써 한 시간 전부터 광차들을 교대 지점까지 밀고 있었다. 그러다 그녀는 뻘뻘 흘러내리는 땀에 젖어 얼굴을 닦으려고 잠시 멈춰 섰다.

도급을 맡은 동료들과 탄맥을 캐고 있는 막장 안에서 바퀴들이 우르릉거리는 소리가 더 이상 들리지 않자 샤발은 놀랐다. 램프는 잘 타지 않았고 석탄 가루 때문에 앞을 볼 수가 없었다.

"뭐야?" 그는 소리를 질렀다.

카트린이 몸이 녹아 버릴 것 같고 심장이 떨어져 나가는 것 같다고 대답하자 그는 화가 나서 대꾸했다.

"멍청아, 우리처럼 셔츠를 벗어!"

깊이 708미터인 그곳은 데지레 탄맥의 첫 번째 갱도에서 북쪽에 위치한 지점으로 광차 탑재대에서 삼 킬로미터 떨어진 곳이었다. 수갱의 이 구역에 대해 말할 때면, 이 고장의 광부들은 마치 지옥에 대해 말하기라도 하는 것처럼 안색이 창백해지고 목소리가 낮아졌다. 그리고 대부분은 이런 벌건 잉걸불이 얼마나 깊은 곳에 있는지에 대해 결코 말하지 않기로 한 사람들처럼 고개를 젓기만 했다. 갱도는 북쪽으로 뻗어 들어가면서 타르타레에 가까워지고, 위에 있는 암석을 검게 태우는 땅속의 불 깊숙이 들어갔다. 그들이 일하는 지점의 작업장은 평균 온도가 사십오 도였다. 그곳은 저주받은 도시의 한복판이며 불길의 한가운데였다. 들판을 지나가는 사람들은 갈라진 틈새로 그 불길들이 유황과 지독한 수증기들을 뱉어 내는 것을 볼 수 있었다.

이미 웃옷을 벗은 카트린은 망설이다 바지도 벗었다. 그리고 팔과 허벅지를 드러낸 채 셔츠를 작업복처럼 허리에 끈으로 졸라매고 다시 광차를 밀기 시작했다.

"좀 나아지겠지." 그녀는 큰 소리로 말했다.

그녀는 숨이 막혀 오자 희미한 두려움이 엄습했다. 거기서 일하기 시작한 닷새 전부터 그녀는 어렸을 적에 들었던 이야기가 생각났다. 감히 말 못 할 짓을 해서 벌을 받아 타르타레 밑에서 불타고 있다는 옛 여자 광차 운반부들 이야기였다. 분명 그런 터무니없는 얘기를 믿을 나이는 이미 지났다. 그렇지만 만약에 벽에서 갑자기 깜부기불 같은 눈에 난로처럼 벌건 소녀가 나온다면 어떻게 할 것인가? 그런 생각으로 그녀는 땀이 한층 더 솟아났다.

막장에서 팔십 미터 떨어져 있는 교대 지점에서 또 다른 여자 광차 운반부가 광차를 인계받아 경사면 아래까지 팔십 미터를 더 밀고 가면, 광차 수령인이 위쪽 갱도에서 내려온 광차들과 함께 보냈다.

"맙소사! 아주 편한 차림이구나." 서른 살 된 깡마른 과부가 속옷 바람인 카트린을 보고 말했다. "나는 말이야, 그럴 수 없어. 경사면에 있는 광부 꼬맹이들이 추잡한 농담으로 귀찮게 하거든."

"아, 그렇군요!" 처녀는 대답했다. "저는 남자들 신경 안 써요! 더워서 너무 고통스러운걸요."

그녀는 빈 광차를 밀면서 다시 출발했다. 최악의 일은, 이 지하 갱도는 타르타레에 인접해 있다는 것 외에 또 다른 원인이 가세해 참을 수 없게 더웠다. 그곳은 옛날 작업장들과 인접해 있었는데, 가스통마리의 아주 깊은 한 폐갱도가 십 년 전에 갱내 가스 폭발로 탄맥에 불이 붙은 이래로 계속 타고 있었다. 재난의 확대를 막기 위해서 그곳에 점토 벽인 일명 '점토층'을 쌓아올리고 끊임없이 보수해 왔다. 공기가 없으면 불은 꺼졌어야 했다. 그런데 아마도 알 수 없는 공기의 흐름이 불을 활활 타게 해서 십 년 전부터 여전히 꺼지지 않은 채 가마에서 벽돌을 굽듯 점토층의 흙을 뜨겁게 만들어 지나가다 델 정도였다. 그런데 바로 이 벽을 따라 육십 도의 온도 속에서 백 미터 이상의 거리를 광차 운반 작업을 하는 것이었다.

두 번을 왕복한 후에 카트린은 다시 숨이 찼다. 다행히 그 지역의 가장 두꺼운 탄맥들 중 하나인 이 데지레 탄맥의 갱도는 넓고 편했다. 탄층이 일 미터 구십 센티미터가 되어 노동자들이 서서 일할 수 있었다. 그러나 그들은 차라리 목을 비틀고 작업을 하더라도 조금이나마 시원하기를 원했을 것이었다.

"아! 이런, 너 잠들었냐?" 카트린이 움직이는 소리가 나지 않자 샤발이 대뜸 거칠게 말했다. "누가 이따위 게으름뱅이를 나한테 떠넘겼지? 얼른 광차를 채워서 밀지 못해?"

그녀는 막장 아래쪽에서 삽에 기대 있었다. 샤발의 말에 복종하지 않고 멍청한 표정으로 그들 모두를 쳐다보고 있는 동안, 그녀는 정신이 아뜩해졌다. 그녀는 램프의 불그스름한 불빛 때문에 그들이 잘 보이지 않았고, 그들은 짐승처럼 완전히 벌거벗었지만 땀과 석탄 가루로 시커메져서 그들을 봐도 민망하지 않았다. 그것은 마치 팽팽해진 원숭이 등줄기들이 어둠 속에서 하는 작업이었고, 둔탁한 소리와 신음 가운데 소진되어 가는 다갈색 사지들이 빚어내는 지옥 같은 광경이었다. 그런데 그들은 그녀가 잘 보이는 것 같았다. 그들은 곡괭이질을 멈추고 그녀가 바지를 벗은 걸 두고 놀려 댔다.

"어이! 자네는 쟤를 감기 들게 하겠는걸. 조심하라고!"

"진짜 기찬 다리네! 이봐, 샤발, 남자 둘도 상대할 다리야!"

"오! 좀 보자고, 더 올려 봐. 더 위로! 더 위로!"

그러자 샤발은 그런 희롱에는 화를 내지 않고 그녀에게 다시 덤벼들었다.

"그렇군, 빌어먹을……! 아! 추잡한 농담에는 저년이 어울리지. 저년은 그런 얘기를 듣느라 내일까지도 여기에 남아 있을걸."

고생 끝에 카트린은 광차를 채웠다. 그러고 나서 그녀는 광차를 밀었다. 양쪽 갱목에 기대 버티기에는 갱도가 너무 넓어서 팔을 앞으로 뻗은 채 허리가 끊어질 듯 천천히 나아가는데 레일 안에서 버틸 곳을 찾으려다 맨발이 뒤틀리곤 했다. 그리고 점토 벽을 따라가자 불의 형벌이 다시 시작되어 곧 몸 전체에서 땀이 소나기처럼 굵게 방울져서 떨어졌다. 교대 지점까지 겨우 삼분의 일 온 곳에서 그녀는 땀이 철철 흘러 눈앞이 안 보였고, 그녀 또한 검은 진흙투성이가 되었다. 잉크에 흠뻑 젖은 듯 꽉 끼는 속옷이 살갗에 들러붙어서, 허벅지를 움직이면 허리까지 말려 올라갔다. 그러자 그 속옷이 너무 고통스럽게 몸을 조여서 또 일을 중단해야 했다.

　오늘은 웬일일까? 뼈가 이렇게 솜처럼 느껴진 적은 한 번도 없었는데. 나쁜 공기 때문일 것이다. 멀리 떨어져 있는 갱도 속은 환기가 되지 않았다. 거기서는 지하수원의 부글거리는 작은 소리와 함께 석탄에서 나오는 온갖 종류의 가스를 들이마셔야 했다. 때때로 가스가 너무 많아서 램프가 타지 않을 정도였다. 사람들이 더 이상 신경쓰지 않는 갱내 가스는 말할 것도 없었다. 보름간의 작업의 시작에서 끝까지 탄맥은 광부들의 코에 갱내 가스를 심하게 뿜어 댔다. 그녀는 광부들이 죽음의 공기라고 말하는 이 나쁜 공기를 잘 알고 있었다. 아래에는 질식을 일으키는 무거운 가스가 있고, 위에는 불이 붙으면 단 한 번의 우뢰로 수갱의 모든 작업장과 수백 명의 사람들에게 벼락을 칠 수 있는 가벼운 가스가 있었다. 어릴 적부터 그녀는 그런 가스를 너무 많이 마셔 왔기 때문에, 자신이 귀가 윙윙거리고 목구멍에 불이 난 것처럼 가스를 힘들어한 다는 것이 놀라웠다.

그녀는 더 이상 참을 수 없어서 속옷을 벗어 버리고 싶었 다. 옷의 조그마한 주름들까지도 살을 베는 듯 화끈거리게 해 서 고문이라도 당하는 것 같았다. 하지만 그녀는 버텼고, 광차 를 밀기 위해 다시 일어서야만 했다. 그때 그녀는 미친 듯이, 교대 지점에서 다시 입겠다고 생각하면서 끈이며 셔츠며 모든 것을 벗어 버렸다. 너무나 열이 오른 나머지 할 수만 있었다면 살가죽도 벗어 버릴 지경이었다. 이제 가련하게 벌거벗은 그녀 는 갱도의 진흙 속에서 먹을거리를 구하려고 뜀박질하는 암 컷으로 전락하여 마차를 끄는 암말처럼 엉덩이는 검댕투성이 에 배까지 진흙이 묻은 채 일을 했다. 그녀는 네발로 광차를 밀었다.

그런데 또 하나의 절망이 그녀에게 닥쳐왔다. 벗었다고 고 통이 덜한 것은 아니었다. 이제 뭘 더 벗나? 귀에서 윙윙거리 는 소리로 정신이 없었고 바이스가 양쪽 관자놀이를 조이는 것 같았다. 그녀는 무릎을 털썩 꿇었다. 석탄 속에 괴어 놓은 램프가 꺼져 가는 것 같았다. 머릿속이 뒤죽박죽인 가운데 오 직 램프 심지를 올려야 한다는 의지만이 남았다. 그녀는 두 번 램프를 살펴보려 했고 그때마다 앞쪽 땅바닥에 램프를 놓 으면 숨이 찬 듯 불빛이 희미해지는 것을 보았다. 갑자기 램프 가 꺼졌다. 그러자 모든 것이 암흑 속으로 사라졌고, 그녀의 머릿속에는 맷돌이 돌아가고 있었으며, 사지를 잠들게 하는 한없는 피로로 이번에는 심장이 마비되어 심장이 쇠약해지고 박동이 멈춰 가고 있었다. 쓰러진 그녀는 지면 나지막이 깔려 있는 숨 막히는 공기 속에서 빈사 상태에 빠져들었다.

"빌어먹을! 저년이 또 빈둥거리나 보군." 샤발의 목소리가 으르렁거렸다. 그는 막장 위쪽에서 귀를 기울였지만 바퀴 구르는 소리가 전혀 들리지 않았다.

"야! 카트린, 빌어먹을 게으름뱅이야!"

그의 목소리는 시커먼 갱도 속으로 멀리 사라졌고 대답이라고는 숨소리 하나도 돌아오지 않았다.

"내가 가서 네년을 움직이게 만들어야 하냐? 내가!"

아무것도 움직이지 않았고 여전히 죽은 듯한 침묵뿐이었다. 화가 난 그는 내려가서 램프를 들고 달려갔는데, 어찌나 격렬하게 달려갔는지 갱도를 가로막고 쓰러져 있는 카트린의 몸에 부딪힐 뻔했다. 그는 놀라서 입을 벌리고 그녀를 바라보았다. 도대체 무슨 일인가? 한잠 자려고 속임수를 쓰는 건 아닌가? 그러나 그녀의 얼굴을 비춰 보기 위해 램프를 아래로 내리자 불이 금방이라도 꺼질 것 같았다. 그는 램프를 올렸다가 또다시 내려 보고서야 마침내 영문을 알았다. 나쁜 공기가 엄습한 것이 틀림없었다. 그의 난폭함은 수그러들었고 위험에 처한 동료 앞에서 광부다운 헌신이 깨어났다. 벌써 그는 그녀의 셔츠를 가져오라고 소리치고 있었다. 그리고 그는 벌거벗은 채 기절해 있는 소녀를 양팔로 감싸 안아서 최대한 높이 들어 올렸다. 사람들이 그녀의 어깨 위에 옷을 던져 주자 그는 한 손으로는 짐짝 같은 그녀를 안아 올리고 다른 손으로는 램프 두 개를 들고 내달렸다. 깊은 갱도들이 펼쳐져 지나갔고 그는 오른쪽으로 돌고 왼쪽으로 돌면서 송풍기가 불어 넣는 들판의 얼음장 같은 공기 속에서 생명을 구하기 위해 뛰어갔다. 마침내 그는 샘물 소리에 발을 멈추었다. 바위에서 물이 스며 나와 흐르는 소리였다. 그는 예전에 가스통마리와 통했던 커다란 운반 갱도의 교차로에 있었다. 그곳은 송풍 장치가 돌아가면서 폭풍 같은 바람이 불어 댔고 몹시 싸늘했다. 그는 여전히 의식이 없는 애인을 갱목에 기대게 해서 바닥에 앉힌 다음 눈을 감은 채 부르르 떨었다.

"카트린, 이봐, 빌어먹을! 장난치지 마……. 조금만 버텨, 이걸 물에 적셔 올 테니까……."

그는 축 늘어진 그녀를 보고 놀랐다. 하지만 그녀의 셔츠를 샘물에 적셔서 그녀의 얼굴을 닦아 주었다. 사춘기 성징이 아직 나타날 듯 말 듯 늦자란 소녀의 가냘픈 몸매를 지닌 그녀는 이미 죽어 땅속에 매장된 사람 같았다. 이윽고 그녀는 아이 같은 가슴과 배, 제 나이도 되기 전에 순결을 잃은 가엾은 허벅지에 이르기까지 몸을 부르르 떨었다. 그녀는 눈을 뜨고 더듬거리며 말했다.

"나, 추워."

"하! 그런 소리를 들으니 차라리 낫군. 이런 참!" 안심한 샤발이 소리쳤다.

그는 그녀에게 옷을 다시 입혔다. 셔츠는 쉽게 미끄러지듯 입혔지만 바지를 입히는 데 애를 먹어서 욕을 해 댔다. 그녀는 거의 도와줄 수 없었기 때문이다. 그녀는 얼떨떨해 하며 자기가 어디에 있는지도, 왜 벌거벗고 있는지도 알지 못했다. 기억이 떠오르자 그녀는 창피했다. 어떻게 감히 모든 걸 벗어 버렸을까! 그녀는 그에게 물어보았다. 허리에 몸을 가릴 손수건 한 장 걸치지 않은 그녀를 사람들이 보았는가? 그는 농담으로 얘기를 지어내면서, 모든 동료들이 줄지어 있는 가운데 그녀를 이곳으로 데려왔다고 얘기했다. 그의 말대로 엉덩이를 드러낼 생각까지 했다니! 그러고 나서 그는 자신이 너무나 맹렬하게 달렸기 때문에 동료들이 그녀의 엉덩이가 둥근지 네모난지 보지도 못했을 거라고 장담했다.

"제기랄! 원, 추워 죽겠군." 이번에는 자기 옷을 다시 입으며 그가 말했다.

그녀는 그가 그렇게 친절하게 대해 주는 것을 본 적이 없었다. 보통 좋은 말을 한 마디 듣고 나면 곧 이어 욕설을 두 마디는 들었던 것이다. 화목하게 살면 얼마나 좋을까! 피로로 무기력한 가운데 사랑의 감정이 그녀에게 스며들었다. 그녀는 그에게 미소 지으며 속삭였다.

"키스해 줘."

그는 그녀에게 키스한 다음 그녀가 걸을 수 있기를 기다리면서 곁에 누웠다.

"이봐요." 그녀가 말을 이었다. "저 아래에서 당신이 소리 지른 건 잘못한 거야. 나는 정말 어쩔 수가 없었으니까. 정말이야! 막장에 있는 당신들은 덜 덥겠지. 그런데 갱도 속은 얼마나 쪄 대는지 당신은 모를 거야!"

"물론이지." 그가 대답했다. "나무 밑에 있는 우리가 낫겠지……. 너에게 이 갱도가 힘들다는 건 나도 안다고, 이 가엾은 여자야.”

그녀는 그가 맞장구쳐 주자 몹시 감동해서 용기가 생겼다.

“아! 자리가 나빴어. 그리고 오늘은 공기도 나빴고……. 내가 게으름뱅이인지 아닌지는 당신도 곧 알게 될 거야. 일해야 할 때는 일을 해야지, 아니야? 나는 일손을 놓느니 차라리 이 속에서 죽을 거야.”

침묵이 흘렀다. 그는 한 팔로 그녀의 허리를 감아, 그녀가 감기에 걸리지 않도록 자기 가슴에 꼭 껴안고 있었다. 그녀는 벌써 갱도로 돌아갈 힘이 생겨났지만, 달콤함에 취해 자신을 잊고 있었다.

“다만 나는 당신이 더 다정했으면 해…….” 그녀가 나지막이 계속 말했다. “그래, 서로 조금만 더 사랑하면 정말 좋을 텐데.”

그러더니 그녀는 소리 없이 울기 시작했다.

“너를 사랑하고말고.” 그는 소리쳤다. “그래서 너와 같이 살고 있잖아.”

그녀는 대답 대신 고개를 저었다. 흔히 여자들의 행복을 무시하면서 그저 소유하기 위해 여자를 택하는 남자들이 있다. 그녀의 눈에서 눈물이 더욱 뜨겁게 흘러내렸다. 다른 청년을 만났더라면 이렇게 팔로 자기 허리를 안는 것을 늘 느끼며 행복한 인생을 살았을 것이라는 생각이 들자 그녀는 절망에 빠졌다. 다른 남자? 그리고 그 다른 남자의 모습이 격렬한 감정 가운데 막연하게 솟아났다. 하지만 끝난 일이었다. 이제 그녀는 샤발이 자신을 너무 심하게 구박하지만 않는다면 그와 끝까지 함께 살기를 바랐다.

"그럼 가끔씩 그렇게 하도록 애써 봐." 그녀는 말했다. 그녀는 흐느끼느라 말이 끊겼고 그는 다시금 그녀에게 키스했다.

"이 바보……! 자! 다정하게 대하겠다고 맹세할게. 난 다른 사람보다 더 고약하지는 않다고, 나 참!"

그녀는 그를 바라보았고 눈물 속에 다시 미소 지었다. 아마도 그의 말이 옳으리라. 행복한 여자는 거의 보지 못했으니. 그러고 나서 그녀는 그의 맹세를 의심하면서도 그가 다정하게 굴자 기쁨에 빠져들었다. 하느님! 이렇게 지속될 수만 있다면! 두 사람 다 정신을 차렸다. 그리고 한참 동안 껴안고 있는데 발소리가 나서 그들은 일어섰다. 그들이 지나가는 것을 본 동료 셋이 어떻게 되었는지 알아보러 온 것이었다.

그들은 함께 다시 출발했다. 거의 10시가 다 되어서, 막장에서 다시 땀을 흘리기 전에 시원한 구석에서 점심을 먹었다. 그런데 브리케의 타르틴 두 개를 다 먹고 수통에 든 커피를 한 모금 마시려는데, 그때 멀리 있는 갱도에서 들려오는 시끌벅적한 소리에 그들은 불안해졌다. 무슨 일이지? 또 사고가 난 건가? 그들은 일어나서 뛰어갔다. 채탄부들, 여자 광차 운반부들, 소년 갱부들이 시시각각 그들 곁을 지나갔다. 아무도 무슨 일인지 알지 못했고, 모두들 소리 지르고 있었다. 큰일이 난 것이 틀림없었다. 점차 갱 전체가 겁에 질려서, 공포에 사로잡힌 그림자들이 갱도에서 나왔고 램프들이 춤을 추며 어둠 속을 내달렸다. 어디지? 왜 사람들은 얘기를 안 하지?

갑자기 갱내 감독 한 사람이 소리치며 지나갔다.

"케이블을 자른단다! 케이블을 자른단다!"

그러자 갑작스런 공포가 휩쓸었다. 어두운 갱도를 통해 다들 미친 듯이 뛰어갔다. 모두 정신이 없었다. 무슨 까닭으로 케이블을 자른단 말인가? 그리고 사람들이 갱내에 있는데 누가 그걸 자른단 말인가? 그건 가공할 일이었다.

그런데 또 다른 감독의 목소리가 터져 나오더니 사라졌다.

"몽수 사람들이 케이블을 자른다! 모두들 나가!"

사정을 알아차린 샤발은 카트린을 갑자기 멈춰 세웠다. 저 위로 나가면 몽수 사람들을 만날 거라는 생각에 그는 다리가 마비되었다.

헌병들 손에 잡혀 있을 줄 알았는데 그들 무리가 왔단 말인가! 한순간 그는 길을 거슬러 가서 가스통마리를 통해 다시 올라갈 생각을 했다. 하지만 그곳은 더 이상 가동되지 않았다. 그는 망설이면서 자신의 두려움을 감춘 채 그렇게 뛰어가는 것은 어리석다고 되풀이해 말하면서 욕을 했다. 설마 그들을 갱내에 남겨 놓지는 않을 것이다!

감독의 목소리가 다시 울려 퍼지며 가까이 들려왔다.

"모두들 나가! 사다리로! 사다리로!"

샤발은 동료들과 함께 휩쓸려 갔다. 그는 카트린을 떠밀며 힘껏 뛰지 않는다고 나무랐다. 그럼 그녀는 자신들이 수갱 속에 달랑 남아서 굶어 죽길 바라는 건가? 몽수의 악당들은 사람들이 나오기 전에 사다리를 부술 수도 있다. 이런 끔찍한 가정으로 모든 사람들이 정신이 나가서, 이제는 모두들 다른 사람들보다 앞서 다시 올라가기 위해 서로 먼저 도착하려고 갱도들을 따라 미친 듯이 달음박질할 뿐이었다. 사다리가 부서져 아무도 나가지 못할 거라고들 소리쳤다. 그리고 그들이, 겁에 질린 무리들이 광차 탑재실로 빠져나가기 시작하자 정말로 구렁에 휩쓸려 들어가는 듯한 광경이 벌어졌다. 그들은 수갱 입구 쪽으로 돌진하여 사다리가 있는 통기승의 좁은 문간에서 서로 밀쳐 댔다. 방금 말들을 조심스럽게 마구간에 도로 들인 늙은 마부는 경멸 어린 태평한 표정으로 그들을 바라보았다. 그는 항상 자기를 꺼내 줄 거라고 확신하면서 수갱에서 밤을 보내는 데 익숙했던 것이다.

"빌어먹을! 내 앞에 서서 올라가라고!" 샤발이 카트린에게 말했다. "떨어지기라도 하면 내가 널 붙잡을 테니까."

삼 킬로미터를 달리느라 또다시 땀으로 온몸이 젖은 그녀는 정신이 없고 숨이 막혀서 영문도 모르는 채 군중의 소용돌이에 빠져 들었다. 그러자 그는 그녀의 팔이 부서지도록 잡아끌었다. 그러자 그녀는 비명을 질렀고 눈물이 솟구쳤다. 벌써 그는 자신이 한 맹세를 잊어버린 것이고, 그녀는 결코 행복할 수 없으리라.

"어서 가라니까!" 그는 고함을 질렀다.

그러나 그녀는 그가 너무 무서웠다. 만약 그녀가 그의 앞에 서 올라간다면 내내 그는 그녀를 혼낼 것이다. 그래서 동료들의 정신없는 물결이 그들을 옆으로 밀치는 동안 그녀는 그의 말을 듣지 않았다. 수갱에 스며든 물이 굵게 방울져 떨어졌고, 사람들이 밟고 지나간 광차 탑재대의 널빤지들은 십 미터 깊이의 진흙탕 하수조인 수렁 위에서 흔들리고 있었다. 아닌 게 아니라 바로 장바르에서는 이 년 전에 케이블이 끊어지는 끔

36

찍한 사고로 케이지가 수렁 속으로 떨어져 두 사람이 빠져 죽은 일이 있었다. 모두들 그 일을 생각하고 있었다. 널빤지 위에 사람들이 빼곡히 서 있으면 다 같이 죽을 것이었다.

"빌어먹을 고집불통!" 샤발이 소리 질렀다. "그럼 뒈져라, 난 해방되는 거지 뭐!"

그는 올라갔고 그녀는 그 뒤를 따라갔다.

갱 속에서 지상까지는 약 칠 미터가량 되는 사다리가 102개 있었다. 통기승의 폭만 한 좁은 층계참에 각각 놓여 있었고, 층계참의 네모난 구멍은 어깨가 겨우 지나갈 정도로 좁았다. 수갱 벽과 케이지 통로의 칸막이벽 사이에 있는 높이 700미터의 평평한 굴뚝처럼, 끝없이 이어지는 축축하고 캄캄한 도관 같은 통로에 사다리들이 거의 수직으로 규칙적인 층을 이루면서 포개져 있었다. 이 거대한 기둥을 올라가는 데는 건장한 남자도 이십오 분이 걸렸다. 더욱이 통기승은 큰 사고가 났을 때가 아니면 더 이상 이용하지 않았다.

카트린은 처음에는 힘차게 올라갔다. 그녀의 발은 갱도의 날카로운 석탄 조각에 단련되어서, 닳지 말라고 덧쇠를 댄 각진 가로대를 밟으면서도 아픈 줄을 몰랐다. 광차 미는 일로 굳어진 그녀의 두 손은 그 손에 비해 너무 굵은 난간들을 지칠 줄 모르고 움켜잡았다. 그리고 이 예기치 못한 사다리 오르기에, 사다리마다 세 명씩 잘도 미끄러지듯 올라가서 그 꼬리가 아직 수렁에 있을 때 머리는 지상으로 나올 이 긴 뱀 같은 사람들의 행렬에 신경을 집중하느라 그녀는 슬픔에서 벗어날 수 있었다. 사람들은 아직 도달하지 못했고 선두에 있는 사람들이 수갱의 삼분의 일쯤 높이에 겨우 가 있을 것이었다. 더 이상 아무도 말하지 않았고 둔탁한 발걸음 소리만 들렸다. 떠돌이별 같은 램프들이 아래에서부터 위로 간격을 두고 점점 길어지는 선을 그리고 있었다.

카트린은 자기 뒤에서 한 어린 갱부가 사다리 개수를 세는 소리를 들었다. 그래서 그녀도 개수를 셀 생각을 했다. 벌써 열다섯 개를 올라갔고 광차 탑재대에 도달했다. 그런데 그 순간 그녀는 샤발의 다리에 부딪혔다. 그는 그녀에게 조심하라고 소리치면서 욕을 해 댔다. 간격이 점점 좁아지면서 행렬 전체가 멈추더니 꼼짝하지 않았다. 도대체 뭐지? 무슨 일이지? 그러자 각자 말소리를 되찾은 듯 서로 물어보며 겁을 먹었다. 갱 속에서부터 불안은 커져 갔고, 지상에 가까워질수록 위에서 무슨 일이 벌어지고 있는지 모르기에 그들은 더욱 두려워졌다. 누군가가 다시 내려가야 한다고, 사다리들이 부서졌다고 알려 왔다. 허공 속에 갇힐지 모른다는 두려움이 모두를 사로잡았다. 입에서 입으로 또 다른 설명이 전해 내려왔다. 채탄부 하나가 사다리에서 미끄러지는 사고가 있었다는 것이었다. 사람들은 정확히 알지 못했고 고함 소리들 때문에 알아들을 수가 없었다. 여기에서 잠을 잘 판인가? 마침내 사정을 더 알지도 못한 채 발소리와 램프들의 춤과 함께, 좀 전과 같이 느릿느릿 고통스러운 움직임으로 사람들은 다시 올라가기 시작했다. 사다리가 부서진 곳은 분명 더 높은 곳이리라.

세 번째 광차 탑재대를 지나치면서 서른두 번째 사다리에 이르자 카트린은 팔다리가 뻣뻣해지는 것을 느꼈다. 처음에는 살갗이 가볍게 따끔거렸다. 이제는 발바닥과 손바닥에서 쇠와 나무가 더 이상 느껴지지 않았다. 희미하던 고통이 점점 격렬해지면서 근육이 뜨거워졌다. 그리고 현기증이 엄습하는 가운데 할아버지 본모르 영감이 해 준 이야기를 떠올렸다. 옛 시절에는 통기승이 없었고 열 살짜리 계집아이들이 난간도 없이 덩그러니 설치된 사다리들을 따라 석탄을 어깨에 지고 나왔다고 한다. 그래서 그들 중 하나가 미끄러지거나 석탄덩어리 하나라도 바구니에서 굴러 떨어지면, 곧바로 서너 명이 거꾸로 곤두박질치곤 했다는 것이다. 그녀는 사지의 경련이 참을 수 없을 만큼 심해져 도저히 끝까지 가지 못할 것 같았다.

행렬이 다시 멈추자 그녀는 숨을 고를 수 있었다. 하지만 매번 위에서부터 전해 내려오는 공포로 인해 어지러웠다. 그녀의 위와 아래에 있는 사람들도 호흡이 가빠졌다. 그녀는 끝없이 올라가느라 현기증이 생겼으며 다른 사람들과 마찬가지로 멀미로 인해 속이 뒤집혔다. 어둠에 몽롱해지고, 통기승의 벽에 살이 짓눌려 신경이 곤두서고 숨이 막혔다. 또한 그녀는 습기 때문에 몸이 떨렸다. 땀이 난 데다 굵은 물방울들이 몸을 적시는 것이었다. 지하수에 가까워지자 물방울이 너무 세차게 쏟아져 램프가 꺼질 듯했다.

샤발은 두 번이나 카트린을 불렀으나 대답이 없었다. 저 아래에서 뭘 하는 거지? 헛바닥이라도 떨어뜨렸나? 잘 버티고 있다면 그에게 말을 할 수 있지 않은가. 사람들은 삼십 분 전부터 올라가고 있었다. 하지만 더디게 나아가느라 겨우 쉰아홉 번째 사다리에 도달해 있었다. 아직도 마흔세 개나 남아 있었다. 마침내 카트린이 그래도 버티고 있다고 더듬거리며 말했다. 만약 그녀가 지쳤다고 말하면 그는 그녀를 게으름뱅이로 취급했을 것이다. 사다리 가로대의 쇠에 발을 베인 게 틀림없었다. 그녀는 뼛속까지 톱질을 당하는 것 같았다. 팔을 움직일 때마다 그녀는 손가락들이 오므릴 수 없을 정도로 벗겨지고 뻣뻣해져 난간을 놓칠 것 같았다. 그녀는 끊임없는 고역을 치르느라 어깨가 뽑히고 허벅지가 떨어져 나간 채 뒤로 추락하는 듯했다. 특히 고통스러웠던 것은 사다리들이 경사가 거의 없이 거의 수직으로 설치되어 있어서 그녀는 나무에 배를 붙인 채 손목의 힘으로 몸을 끌어 올려야 했다. 이제 발소리는 가쁜 숨소리에 파묻혀 버렸고, 통기승의 벽으로 열 배는 더 커진 엄청난 헐떡임이 갱 속에서 올라와 지상으로 사라졌다. 신음이 들리더니 어린 갱부 하나가 방금 층계참의 돌출부에 부딪혀 머리통이 깨졌다는 말들이 퍼졌다.

카트린은 계속 올라갔다. 이제 지하수면을 지났다. 비 오듯 쏟아지던 물은 그쳤고, 오래된 쇠와 축축한 나무 냄새로 탁해진 지하실 속 같은 공기는 안개가 끼어 더욱 무거워졌다. 그녀는 기계적으로 아주 나지막한 소리로 끈질기게 수를 세었다. 여든하나, 여든둘, 여든셋, 아직 열아홉 개의 사다리가 남았다. 되뇌이는 이 숫자들이 리듬 있는 흔들림으로 그녀를 지탱해 주었다. 그녀는 자신이 움직이고 있는지도 더 이상 의식하지 못했다. 눈을 들어 보니 램프들이 나선형으로 돌아가고 있었다. 그녀는 피를 흘리며 죽어 가는 느낌이 들었고, 약한 바람이 불기만 해도 떨어질 것 같았다. 최악의 사태는 아래에 있는 사람들이 밀어붙이는 것이었다. 피로는 점점 커지고 분노와 함께 태양을 다시 보고자 하는 성난 욕구에 사로잡혀 대열 전체가 몰려들고 있었다. 선두의 동료들이 지상으로 나갔다. 그렇다면 부서진 사다리는 없는 것이었다. 그런데 다른 사람들은 벌써 저 위에서 숨을 쉬고 있을 때, 마지막 사람들이 나오지 못하게 사다리들을 부숴 버릴 가능성이 있다는 생각에 사람들은 미칠 듯했다. 그래서 다시 멈추자 욕설이 터져 나왔고, 모두들 서로 가겠다고 밀치고 몸을 밟으며 계속 올라갔다.

그때 카트린이 쓰러졌다. 그녀는 필사적으로 샤발의 이름을 부르짖었다. 하지만 그는 듣지 못한 채 어느 한 동료보다 앞서 가려고 신발 굽으로 그 사람의 옆구리를 걷어차고 있었다. 그녀는 굴러 다니고 짓밟혔다. 실신 상태에서 그녀는 꿈을 꾸었다. 그녀는 옛날의 소녀 광차 운반부였는데, 바구니에서 미끄러져 나온 석탄 덩어리 하나가 그녀 위로 떨어져 조약돌에 맞은 참새처럼 수갱 밑으로 떨어진 것 같았다. 사다리는 이제 다섯 개만 남았다. 거의 한 시간을 올라온 셈이었다. 어떻게 비좁은 통기승 덕에 몸이 지탱되고 사람들의 어깨에 떠밀려 지상으로 나오게 되었는지 그녀는 도무지 알 수 없었다. 갑자기 그녀는 자신에게 야유를 보내며 아우성치는 군중 가운데서 눈부신 햇빛을 받고 있는 자신을 발견했다.

3

해가 뜨기 전 새벽부터 탄광촌은 동요하고 있었고 이 동요
는 이제 길들을 따라 시골 전체에 퍼져 가고 있었다. 하지만
예정된 대로 출발할 수 없었다. 용기병과 헌병들이 들판을 순
찰하고 있다는 소식이 퍼졌기 때문이었다. 사람들은 밤사이에
군인들이 두에서 왔다고 하면서, 라스뇌르가 동료들을 배반
하고 엔보 씨에게 알렸다고 비난했다. 심지어 어느 여자 광차
운반부는 하인이 전보를 전신국에 가져가는 것을 봤다고 말
했다. 광부들은 주먹을 움켜쥐고 자기 집 덧문 뒤에 서서 새벽
녘의 희미한 빛 속에서 군인들을 기다리고 있었다.

7시 30분쯤 해가 뜨자 또 다른 소문이 돌았고, 초조해 하
는 사람들을 안심시켜 주었다. 파업이 시작된 이후 릴 도지사
의 요청에 따라 장군이 종종 명령을 내린 바와 같이 하나의

모의 경보로 일종의 단순한 행군이라는 것이었다. 파업 광부들은 도지사를 증오했다. 그가 타협을 위한 중재를 약속하고는 파업 노동자들에게 겁을 주기 위해 일주일마다 몽수에 군대가 행진하도록 하는 데 그침으로써 그들을 속인 것에 대해 비난했다. 용기병과 헌병들이 단단한 땅 위를 달리며 말발굽 소리로 탄광촌 사람들의 귀를 먹먹하게 한 것에 만족한 뒤 조용히 마르시엔 길로 다시 접어들 때면, 광부들은 사태가 바야흐로 격렬해지려 할 때 발걸음을 되돌리는 병사들을 거느린, 세상 물정 모르는 도지사를 비웃었다. 그들은 9시까지는 포장도로 위로 마지막 헌병들의 유순한 뒷모습을 눈으로 지켜보면서 평화로운 표정으로 즐거워했다. 몽수의 부르주아들은 그들의 커다란 침대 속에서 깃털 베개에 머리를 묻고 아직 자고 있었다. 사장 집에서는 방금 엔보 부인이 마차를 타고 떠나는 모습이 보였다. 저택은 문이 닫힌 채 죽은 듯이 고요한 걸로 보아 아마도 엔보 씨는 일을 하는 모양이었다. 어떤 수갱도 군대가 지키고 있지 않았다. 그것은 위험한 시기에 치명적인 부주의이자 재난이 닥칠 때 보이기 마련인 어리석음이었고, 사실을 파악하는 것이 화급한 문제일 때 정부가 범하는 가장 큰 잘못이었다. 그리고 9시를 알리는 종소리가 울리자 광부들은 전날 정한 대로 숲속의 약속 장소에 가기 위해 마침내 방담 길로 들어섰다.

하지만 에티엔은 그곳 장바르에 그가 기대했던 대로 3000명의 동료가 있을 리 없다는 것을 곧 깨달았다. 많은 사람들이 시위가 연기된 것으로 생각했고, 최악의 사태는 이제 길을 떠난 두세 무리가, 만일 에티엔이 그들을 지휘하지 않는다면 대의명분을 위태롭게 하리라는 사실이었다. 날이 밝기 전에 출발한 백여 명은 다른 사람들을 기다리며 숲의 너도밤나무 아래에 숨어 있어야 했다. 청년이 올라가 의견을 물어보자 수바린은 어깨를 으쓱 치켜올리고는 결의에 찬 사내 열 명이 군중보다 더 많은 일을 한다고 말했다. 그리고 그는 가담하기를 거절하고 자기 앞에 펼쳐 놓은 책 속으로 다시 빠져들었다. 아주 간단한 일로, 몽수에 불을 지르면 충분할 때 그렇게 행동하는 것은 또 한번 감상으로 흐를 위험이 있다는 것이었다. 에티엔은 집 앞 샛길로 나오다가 주철 난로 앞에 창백한 얼굴로 앉아 있는 라스뇌르를 보았다. 늘 입는 검은 드레스 때문에 몸집이 커 보이는 그의 부인이 공손하지만 날이 선 말들을 그에게 퍼붓고 있었다.

마외는 약속을 지켜야 한다는 의견이었다. 그러한 약속은 신성한 것이었다. 하지만 밤이 모두의 열기를 가라앉혔다. 그는 이제 불행을 두려워했다. 그는 그들의 의무는 동료들이 올바른 방향을 견지할 수 있도록 그곳에 참석하는 것이라고 설명했다. 라 마외드는 그의 말에 찬성하는 몸짓을 했다. 에티엔은 자신감을 보이며, 그 누구의 생명도 위협하지 않고 혁명적으로 행동해야 한다고 되풀이해서 말했다. 그는 떠나기 전 전날 누군가가 그에게 즈니에브르 한 병과 함께 준 자기 몫의 빵을 사양했다. 하지만 그는 단지 추위를 이겨 내기 위해 술을 작은 잔으로 연거푸 석 잔을 마셨다. 게다가 그는 수통 하나에 술을 가득 담아서 가져갔다. 알지르는 애들을 돌보기로 했다. 본모르 영감은 전날 쏘다녀서 다리가 아팠기 때문에 침대에 남아 있었다.

사람들은 미리 조심하느라고 절대로 같이 나서지 않았다. 장랭은 오래전에 사라지고 없었다. 마외와 라 마외드는 그들대로 길을 잡아 몽수 쪽으로 비스듬히 돌아갔으며, 에티엔은 동료들과 합류할 숲을 향해 갔다. 그는 길을 가다가 한 무리의 여자들을 따라잡았는데, 그중에 라 브륄레와 라 르바크가 눈에 띄었다. 여자들은 걸어가면서 라 무케트가 가져온 밤을 먹고 있었고, 배 속에 더 오래 남아 있으라고 밤 껍질까지 삼켰다. 그런데 숲속에서 그는 아무도 발견하지 못했다. 동료들은 이미 장바르로 떠난 것이었다. 그가 뛰어서 수갱 앞에 도착하자, 그때 르바크와 백여 명의 다른 사람들이 채굴물 집하장으로 쳐들어가고 있었다. 사방에서 광부들이 나타났다. 마외 부부는 대로를 통해서, 여자들은 들판을 통해서 나타났다. 모두들 뿔뿔이 흩어져서 지휘자도 무기도 없이 흐르는 물이 경사를 따라 내려가듯 자연스럽게 모였다. 에티엔은 인도교에 기어 올라가 구경하듯 자리를 잡고 있는 장랭을 보았다. 그는 더 빨리 달려가 선두의 사람들과 함께 들어갔다. 겨우 300명 정도였다.

석탄 하치장으로 통하는 계단 위쪽에 드뇔랭이 나타나자 사람들은 주저했다.

"당신들은 뭘 원하오?" 그는 거친 목소리로 물었다.

딸들이 마차에서 그에게 웃음을 보내다 사라지는 것을 본 다음 그는 다시 막연한 불안감에 사로잡혀 수갱으로 돌아왔다. 그런데 수갱에서는 모든 것이 질서정연했고 입갱이 이루어졌으며 채굴 작업도 가동되었다. 그가 다시 안도하고 감독과 얘기를 하고 있을 때 파업 노동자들이 오고 있다는 소식이 들어왔다. 급히 그는 선탄장의 창가에 우뚝 섰다. 그리고 채굴물 집하장으로 몰려오며 점점 불어나는 사람들의 물결 앞에서 대뜸 자신의 무력함을 의식했다. 사방으로 열려 있는 이 건물들을 어떻게 지킬 것인가? 그는 주위에 겨우 스무 명 정도의 부하 노동자들을 모을 수 있을 뿐이었다. 그는 이제 버틸 가망이 없었다.

"당신들은 뭘 원하오?" 그는 억눌린 분노로 창백해진 채 자신에게 닥친 재난을 용감하게 받아들이려 노력하면서 거듭 물었다. 모인 사람들 가운데서 밀치고 투덜거리는 소리들이 일었다. 마침내 에티엔이 나서서 말했다.

"사장님, 우리는 당신에게 해를 입히러 온 것이 아닙니다. 하지만 작업은 모든 곳에서 중단되어야 합니다."

드뇔랭은 단호하게 그를 멍청이로 취급했다.

"당신들이 내 탄광에서 작업을 중지시키면 내게 좋은 일을 하게 되는 거라고 생각하오? 그건 마치 당신들이 내 등에 총을 겨누고 쏘는 거나 마찬가지요……. 그래, 내 사람들은 갱 속에 있고, 그들은 도로 올라오지 않을 거요. 아니면 당신들이 우선 나를 죽여야 할걸!"

그의 거친 말에 소동이 일어났다. 에티엔이 자신의 혁명적인 행동의 정당성을 드뇔랭에게 납득시키려고 애쓰면서 계속 이야기하는 동안 마외는 위협하면서 달려드는 르바크를 말려야 했다. 그러나 드뇔랭은 노동의 권리로 응수했다. 더욱이 그는 이 어리석은 일들에 대해 논의하기를 거부했고, 자기 탄광의 주인으로 있고자 했다. 그가 유일하게 후회하는 것은 이 어중이떠중이들을 쓸어 버릴 헌병 네 명을 그곳에 두지 못한 것이었다.

"완전히 내 잘못이야, 나는 이런 일을 당해 마땅하지. 당신들 족속같이 막돼먹은 작자들을 상대하려면 힘만 있으면 되는데. 채굴권으로 당신들을 매수하려고 생각한 정부와 마찬가지가 된 거야. 정부가 당신들에게 무기를 내 주면 당신들은 정부를 쓰러뜨리겠지. 그게 전부야."

에티엔은 부들부들 떨며 여전히 참고 있었다. 그는 목소리를 낮추었다.

"부탁입니다, 사장님, 이곳 노동자들을 도로 올려 보내라고 명령하십시오. 제가 동료들을 통제한다는 보장을 할 수 없습니다. 당신은 불상사를 피할 수 있습니다."

"그만둬요, 귀찮게 굴지 마시오! 내가 당신을 알기나 해? 당신은 내 채굴지 소속이 아니니까 나와는 따질 일이 아무것도 없다고…… 집들을 약탈하러 이렇게 벌판을 뛰어다니는 건 강도들밖에 없소."

이제 수많은 성난 고함 소리가 그의 목소리를 뒤덮었고, 특히 여자들이 그에게 욕을 해 댔다. 그리고 그는 계속 그들에게 대항하면서, 권위주의적으로 자기 속마음을 털어놓으며 홀가분함을 느꼈다. 어쨌든 파멸인 이상 그는 쓸데없는 진부한 말들이 비겁하다고 생각했다. 그런데 그들의 수는 계속 늘어나 벌써 500명가량이 문 쪽으로 몰려들었다. 그가 몰매를 맞기 직전에 그의 갱내 총감독이 그를 세차게 뒤로 끌어당겼다.

"제발, 사장님……! 대참사가 일어나겠습니다. 괜히 사람들을 죽게 해서 무슨 소용이 있습니까?"

드뇔랭은 버둥거리며 군중에게 마지막 고함을 지르면서 항변했다.

"강도떼들 같으니, 당신들은 맛 좀 볼 거요. 우리가 다시 가장 힘 있는 사람들이 되면 말이야!"

그는 끌려갔고, 서로 밀치는 가운데 무리의 선두가 계단으로 달려들어 난간이 뒤틀렸다. 여자들은 큰 소리로 욕하고 남자들을 흥분시키면서 부추겼다. 자물쇠 없이 걸쇠로 잠겨 있던 문짝이 곧 부서졌다. 하지만 계단이 너무 좁아서 만약 포위한 군중의 뒤쪽 무리가 다른 문으로 들어가기로 결정하지 않았다면 다들 끼여서 오랫동안 들어갈 수 없었을 것이다. 그러자 바라크, 선탄장, 보일러 건물 등 사방에서 사람들이 넘쳐 들어왔다. 오 분도 안 되어 수갱 전체가 그들의 것이 되었고, 그들은 저항하던 사장을 눌렀다는 승리감에 도취해서 정신없이 몸짓을 해 대고 고함을 지르는 가운데 세 개 층을 샅샅이 뒤지고 다녔다.

마외는 겁에 질려 맨 앞으로 뛰어가 에티엔에게 말했다.

"저 사람들이 그를 죽이게 해서는 안 돼!"

에티엔은 이미 뛰어가고 있었다. 그리고 드뇔랭이 감독들 방에서 바리케이드를 치고 있다는 것을 알고는 대답했다.

"그럼 우리가 잘못했단 말인가요? 저런 미친놈한테!"

치미는 분노에 자신을 내맡기기에는 아직 너무나 침착한 그는 불안감이 가득했다. 또한 그는 군중이 자신의 영향력에서 벗어나고, 그가 예견했던 것처럼 민중의 의지를 냉정하게 집행하지 않고 날뛰는 것을 보면서 지도자로서 자존심이 상했다. 그는 냉정하기를 요구하고, 쓸데없이 파괴적인 행동들로 적을 정당하게 만들어서는 안 된다고 소리쳤으나 소용이 없었다.

"보일러로!"라 브륄레가 부르짖었다. "불을 꺼 버리자."

르바크는 줄칼을 하나 발견하고는 그것을 단검처럼 휘두르며 무서운 고함 소리로 소동을 압도했다.

"케이블을 자르자! 케이블을 자르자!"

모두들 곧 이 말을 복창했고, 에티엔과 마외만이 아연실색하여 계속 반대하는 말을 했으나 소란은 가라앉지 않았다. 마침내 에티엔이 말을 할 수 있었다.

"그렇지만 갱 속에는 사람들이 있소, 동지 여러분!"

소동은 배로 커졌고 사방에서 목소리가 튀어나왔다.

"할 수 없지! 내려가지 말았어야지……! 배신자들에게는 당연한 거야……! 그래, 그래, 그자들은 거기 남아 있으라고 해……! 그리고 그들에게는 사다리도 있잖아!"

그러자 사다리가 있다는 생각에 그들은 더욱 고집불통이 되어, 에티엔은 자신이 물러서야 한다는 것을 깨달았다. 그는 더 큰 불상사가 일어날까 봐 두려워서 기계 쪽으로 달려갔다. 수갱 위쪽에서 잘려 나간 케이블들이 케이지들 위에 떨어지면서 엄청난 무게로 케이지들을 부숴 버리는 일이 없도록 최소

한 케이지들을 다시 올려놓으려고 했다. 기계공은 주간 노동자 몇 사람과 마찬가지로 사라지고 없었다. 르바크와 다른 두 사람이 톱니바퀴들을 지탱하는 주철 골조에 기어오르는 사이에 에티엔은 조종간에 달려들어 작동시켰다. 케이지들이 고정 장치 위에 간신히 고정된 순간 강철을 물어뜯는 줄칼의 날카로운 소리가 들려왔다. 무거운 침묵이 흘렀고 그 소리는 수갱 전체를 채우는 것 같았다. 모두들 흥분에 휩싸여 고개를 들고 바라보며 그 소리를 듣고 있었다. 맨 앞줄에 있던 마외는, 줄칼의 이빨이 사람들이 다시는 내려가지 않을 이 빈곤의 구덩이들 중 한 개의 케이블을 먹어치움으로써, 마치 그들을 불행으로부터 해방시켜 준 듯 자기 자신도 잔인한 기쁨에 휩싸이는 것을 느꼈다.

그런데 라 브륄레가 계속 부르짖으며 바라크의 계단으로 사라졌다.

"불들을 엎어 버려야 해! 보일러로 가자! 보일러로!"

여자들이 그녀를 따라갔다. 라 마외드는 남편이 동료들을 설득하려 한 것과 마찬가지로 여자들이 모든 것을 부수는 것을 막으려고 서둘렀다. 그녀는 아주 침착했으며, 남의 재산에 피해를 주지 않고 자기 권리를 요구할 수 있다고 생각했다. 그녀가 보일러실에 들어섰을 때 여자들은 그곳 화부 두 사람을 벌써 내쫓은 후였다. 라 브륄레가 삽으로 무장하고 한 화실 앞에 웅크린 채 그것을 난폭하게 비워 내면서 벌건 석탄을 벽돌 바닥 위에 던지자, 석탄은 그 위에서 검은 연기를 내며 계속 불탔다. 다섯 개의 보일러를 위한 화실이 열 개 있었다. 이

옥고 여자들은 거기 달려들어 라 르바크는 두 손으로 삽을 놀리고, 라 무케트는 불이 붙지 않도록 허벅지까지 옷을 걷어 올렸다. 모두들 불빛이 반사되어 시뻘게진 채 난리법석 속에서 머리는 헝클어진 채 땀을 흘렸다. 석탄 더미들이 쌓여 올라갔고 뜨거운 열기로 넓은 방의 천장에 금이 갔다.

"이제 충분해!" 라 마외드가 소리쳤다. "보일러실이 불타겠어."

"잘됐지 뭐!" 라 브륄레가 대꾸했다. "그러면 일이 마무리된 거지……. 아! 빌어먹을! 내가 남편의 죽음에 대해 그놈들이 대가를 치르게 만들겠다고 분명히 말했었지!"

그 순간 장랭의 날카로운 목소리가 들렸다.

"조심해요! 내가 꺼뜨릴 테니까! 모든 걸 빼 버릴 거예요!"

가장 먼저 들어와 있던 아이는 이 소란에 신이 나서 나쁜 짓을 할 만한 게 없는지 찾으며 소동 가운데로 춤추듯 뛰어다녔다. 그러다가 배출 꼭지를 돌려 증기를 빼 내려는 생각이 떠올랐다. 총이 불을 뿜듯 증기가 격렬하게 분출되었고, 보일러 다섯 대가 폭풍에 휩쓸리듯 비워졌다. 어찌나 벼락 치는 소리를 내던지 귀에서 피가 날 지경이었다. 모든 것이 증기 속에 사라졌고 석탄은 불빛을 잃었으며 여자들은 이제 단속적인 몸짓을 보이는 그림자 같았다. 하얀 수증기의 소용돌이 뒤에 있는 높은 곳으로 올라가 이 폭풍을 일으킨 기쁨으로 황홀한 표정을 지으며 입이 찢어지게 웃고 있는 아이만이 모습을 드러냈다.

그것은 거의 십오 분 동안 계속되었다. 사람들은 불을 완전히 꺼뜨리기 위해서 석탄 더미 위에 여러 차례 양동이의 물을 뿌렸다. 화재의 위험은 모두 사라졌다. 하지만 군중의 분노는 수그러들기는커녕 오히려 채찍질되었다. 남자들은 망치를 들고 내려갔고 여자들은 쇠막대기로 무장했다. 사람들은 보일러를 깨뜨리고, 기계를 부수고, 수갱을 무너뜨리자고 말했다.

소식을 들은 에티엔은 마외와 함께 서둘러 달려갔다. 그도 이 뜨거운 복수의 열기에 휩쓸려서 취했다. 하지만 그는 도취를 이겨 내고, 이미 케이블이 잘렸고 불이 꺼졌으며 보일러들이 비어서 작업을 할 수 없게 되었으니 진정하라고 그들에게 간청했다. 사람들은 여전히 그의 말을 듣지 않았고, 그가 또다시 압도당할 순간, 밖에서 야유 소리들이 터져 나왔다. 사다리들이 있는 통기승이 지상으로 통하는 작고 나지막한 문가에 서였다.

"배신자들을 죽여라……! 오! 비겁한 놈들의 더러운 낯짝……! 죽여! 죽여!"

수갱 속 인부들의 퇴갱이 시작된 것이었다. 선두로 나온 사람들은 대낮 햇볕에 눈이 보이지 않아 눈꺼풀을 껌벅이며 그곳에 서 있었다. 그러다가 차례로 빠져나가 길로 접어들어서 도망치려 했다.

"비겁한 놈들을 죽여라! 가짜 형제들을 죽여라!"

파업자들 무리 전체가 달려갔다. 삼 분도 안 되어 건물 안에는 한 사람도 남지 않았고, 500명의 몽수 사람들은 두 줄로 늘어서서 수갱에 내려가는 배신행위를 한 방담 사람들이 그 사이로 지나가게 했다. 그러고는 통기승의 문으로 넝마 같은 옷차림에다 작업하느라 검은 진흙을 뒤집어쓴 광부가 나타날 때마다 심한 야유를 보내며 혹독한 농담을 퍼부었다. 오! 저 놈은 세 치 길이의 다리에 엉덩짝이 바로 위에 붙어 있구나! 그리고 이놈은 볼캉의 창녀들에게 코를 뜯어 먹혔군! 그리고 저 다른 작자는 밀랍 같은 눈곱을 오줌 싸듯 흘린 걸 보니 성당 열 곳에도 대 주겠는걸. 그리고 또 엉덩이도 없이 키만 큰 이 녀석은 사순절처럼 길기도 하구나! 엄청난 몸집에 가슴은 배에 가 있고 배는 엉덩이에 가 붙은 여자 광차 운반부 한 명이 도망가자 미친 듯이 웃음소리가 터져 나왔다. 사람들은 만져 보려 했고, 농담들이 심해지고 잔인해졌으며, 주먹질이 쏟아질 판이었다. 그러는 동안 추위에 떨며 쏟아지는 욕설 속에 말없이 곁눈질을 하며 주먹질에 대비하는 불쌍한 자들의 행진은 계속되었고, 드디어 수갱을 벗어나 뛰어나갈 수 있게 되자 그들은 행복해 했다.

"아! 이런, 저 안에 몇 명이나 있는 거야?" 에티엔이 물었다.

그는 사람들이 계속 나오는 것을 보고 놀랐으며, 굶주림에 쫓기고 감독들에게 위협을 당한 몇몇 노동자들의 문제가 아니라는 생각에 분개했다. 그럼 숲속에서 사람들이 자신에게 거짓말을 한 것인가? 장바르의 노동자들 거의 전부가 수갱에 내려간 것이었다. 그는 문턱에 서 있는 샤발을 보자 고함을 치며 샤발에게 달려들었다.

"빌어먹을! 네놈이 우리더러 오라고 한 약속 장소가 여기냐?"

욕설들이 터져 나왔고 배신자에게 달려들려고 밀쳐 댔다. 이게 뭐야! 전날 우리들과 맹세해 놓고서 다른 자들과 같이 수갱에 들어가다니? 우리를 무시하는 거로군!

"저놈을 끌고 가! 수갱에 처넣어! 수갱에 처넣어!"

공포로 창백해진 샤발은 말을 더듬으며 변명하려 했다. 하지만 흥분한 데다 무리의 분노에 휩싸인 에티엔은 그의 말을 가로막았다.

"네놈은 수갱에 있길 바랐지, 그렇게 될 거다⋯⋯. 자! 걸어가, 쌍놈의 새끼!"

또 다른 아우성에 그의 목소리가 파묻혔다. 이번에는 카트린이 나타난 것이었다. 그녀는 밝은 햇빛에 눈이 부셔 하며, 이 야만인들 가운데서 당황해 하고 있었다. 그녀는 102개의 사다리를 올라오느라 다리는 기진맥진한 데다 손바닥에서는 피가 흐르는 채 숨을 헐떡였다. 그때 라 마외드가 그녀를 보고 손을 쳐들고서 달려들었다.

"아! 더러운 년, 네년마저⋯⋯! 네 어미는 굶어 죽어가는 판에 네년은 기둥서방 같은 놈을 위해 어미를 배신해!"

마외는 팔을 붙잡고 딸의 따귀를 때리는 것을 막았다. 하지만 그는 자기 딸을 흔들어 대고 자기 아내처럼 미친 듯이 화를 내며 딸의 행동을 꾸짖었다. 부부 모두 제정신을 잃고 동료들보다 더 크게 고함을 질렀다.

카트린을 보자 에티엔은 분통이 터지고 말았다. 그는 되풀이해서 말했다.

"출발! 다른 수갱들로! 그리고 네놈은 우리랑 간다. 더러운 돼지 새끼!"

샤발은 바라크에서 겨우 자기 나막신을 도로 꺼내 신고 차가운 어깨 위에 털 스웨터를 걸칠 수 있었다. 모두가 그를 끌어당기고 그들 가운데서 뛰어가도록 만들었다. 카트린도 정신 없이 나막신을 다시 신고, 추워진 이후 입고 있던 낡은 남자 웃옷의 목 단추를 채웠다. 그리고 그녀는 자기 애인의 뒤에서 달려가며 그와 떨어지지 않으려 했다. 분명 사람들이 그를 잔인하게 죽일 작정이었기 때문이다.

그렇게 이 분도 안 되어 장바르는 텅 비었다. 집합을 알리는 나팔을 하나 주운 장랭은 마치 자신이 소 떼를 모는 양 불어 대면서 쉰 소리를 냈다. 라 브륄레와 라 르바크, 라 무케트 등 여자들은 치마를 걷어 올리고 뛰어갔다. 르바크는 손에 도끼 하나를 들고는 고적대장의 지휘봉처럼 휘둘렀다. 동료들이 계속 도착해서 거의 1000명에 이르렀으며, 무질서하게 넘쳐난 격류처럼 다시금 길 위로 흘러갔다. 나가는 통로가 너무 좁아서 울타리들이 부서졌다.

"다른 수갱으로! 배신자들을 죽여라! 작업을 중지시켜라!"

장바르는 갑자기 무거운 침묵에 빠졌다. 사람 하나, 숨소리 하나 없었다. 드뇔랭은 감독들의 방에서 나온 뒤 자신을 따라오지 말라는 몸짓을 하고는 홀로 수갱에 가 보았다. 그는 창백했으나 아주 침착했다. 맨 먼저 그는 수갱 앞에 멈춰 서서 고개를 들고는 잘린 케이블들을 바라보았다. 강철 토막들이 쓸모없이 걸려 있었고 줄칼의 이빨 자국이 생생한 상처를, 검은색 윤활유 칠 가운데 빛나는 새 상처를 남겨 놓았다. 그다음에 그는 기계에 올라가서 중풍에 걸린 거대한 사지의 관절같이 움직이지 않는 크랭크 암을 바라보며, 이미 차가워진 그 쇠를 만져 보았다. 마치 죽은 사람을 만진 듯 차가워 그는 소름이 끼쳤다. 그런 다음 그는 보일러실로 내려가 입을 벌리고 물에 잠겨 있는 불 꺼진 화실들 앞으로 천천히 걸어갔다. 발로 보일러들을 건드려 보자 거기에서는 빈 소리가 났다. 자! 정말 끝장이다. 그의 파산은 확정적이었다. 비록 그가 케이블을 수리하고 불을 다시 붙인다 해도 어디서 사람들을 구해 올 것인가? 앞으로도 보름간 파업이 계속된다면 그는 파산이었다. 그리고 재난이 확실해진 가운데서도, 그는 몽수의 불한당들에게 더 이상 증오심도 없었고, 모든 사람들이 공모한 결과이며 누대에 걸쳐 저질러 온 일반적인 과오라고 느꼈다. 그들은 분명 난폭한 자들이지만, 글을 읽을 줄 모르며 배가 고파 죽을 지경인 난폭한 자들이었다.

4

그리하여 이들 무리는 겨울의 창백한 태양 아래 서리가 앉아 온통 하얗고 훤히 트인 들판으로 나아갔으며 길에서 넘쳐흘러 사탕무밭을 가로질러 갔다. 라 푸르슈오뵈부터는 에티엔이 통솔권을 장악했다. 그는 걸음을 멈추지 않고 명령을 외치고 행진을 조직했다. 장랭은 선두에서 나팔로 상스러운 곡을 불어 대면서 뛰어갔다. 그리고 맨 앞쪽 열에서는 여자들이 나아가고 있었는데, 몇몇은 몽둥이로 무장했고 라 마외드는 저 멀리 약속된 정의의 나라를 찾는 듯 사나운 눈초리를 하고 있었다. 라 브륄레, 라 르바크, 라 무케트 등은 전쟁하러 떠나는 병사들처럼 누더기 옷 밑으로 다리를 힘차게 내뻗으며 나아갔다. 운 나쁘게 헌병들을 마주칠 경우 그들이 감히 여자들을 구타할지는 두고 볼 일이었다. 그리고 가축 떼처럼 혼잡한 가운데 남자들이 따라갔는데, 후미는 넓어지면서 쇠막대기들이 비죽비죽 솟아 있었고, 그 위로 르바크가 가진 단 하나의 도끼가 우뚝 솟아올라 도끼날이 햇빛에 번뜩였다. 가운데 있는 에티엔은 샤발에게서 시선을 떼지 않고, 그가 자기 앞에서 걸어가게 했다. 한편 마외는 뒤에서 어두운 표정으로 카트린에게 시선을 던지고 있었다. 남자들 가운데 유일한 여자인 그녀는 사람들이 자기 애인에게 해코지하지 못하도록 끈질기게 그의 곁에서 뛰어가고 있었다. 모자를 쓰지 않아 머리카락들이 거센 바람에 헝클어졌고, 고삐 풀린 가축들의 달음박질처럼, 나막신들이 딸깍거리는 소리만 장렬의 거친 나팔 소리에 실려 들려왔다. 그런데 곧 새로운 고함 소리가 일어났다.

"빵을 달라! 빵을 달라! 빵을 달라!"

시간은 정오였고, 육 주간의 파업으로 인한 배고픔이 벌판 가운데를 이렇게 달려가느라 자극을 받아 비어 있는 배 속에서 깨어났다. 아침에 먹은 귀한 빵 부스러기들과 라 무케트가 가져온 밤 몇 알은 이미 먼 옛날이야기였다. 위장은 아우성이었고, 이 고통은 배신자들에 대해 더욱 분노하게 만들었다.

"수갱들로! 작업을 중지시켜라! 빵을 달라!"

탄광촌에서 자기 몫을 먹기를 거부했던 에티엔은 가슴속이 찢어지는 듯 견딜 수 없는 느낌이 들었다. 그는 불평을 하진 않았다. 그러나 기계적인 몸짓으로 이따금 자신의 수통을 들고 즈니에브르를 한 모금 삼켰다. 몸이 너무 떨려서 끝까지 가려면 술이 필요하다고 생각했다. 두 뺨이 뜨거워졌고 그의 눈에서 불꽃이 타올랐다. 하지만 그는 냉정을 유지했고 쓸데없는 파괴는 여전히 원하지 않았다.

　사람들이 주아젤 길에 도달하자, 사장에 대한 복수심으로 무리에 가담했던 방담의 채탄부 한 사람이 동료들을 오른쪽으로 밀치면서 부르짖었다.

　"가스통마리로! 펌프를 멈추게 해야 해! 넘치는 물로 장바르가 파괴돼야 해!"

　마음이 움직인 군중은 배수가 되도록 놔두자고 간청하는 에티엔의 반대에도 불구하고 벌써 방향을 틀고 있었다. 갱도를 파괴해 봐야 무슨 소용인가? 원한이 있음에도 불구하고 그것은 광부로서 그의 가슴에 반감을 일으켰다. 마외 또한 기계에 달려드는 것은 옳지 않다고 생각했다. 그러나 채탄부가 복수하자며 고함을 계속 질러 대서 에티엔은 더 세게 고함을 쳐야 했다.

　"미루로! 갱 속에 배신자들이 있소……! 미루로! 미루로!"

　그는 손짓을 해서 무리를 왼쪽 길로 밀어 넣었고 장랭은 다시 선두에 서서 나팔을 더 힘차게 불어 댔다. 큰 소용돌이가 생겼다. 가스통마리는 이번에 무사히 넘어갔다.

　그리고 미루까지 사 킬로미터를 거의 뛰는 걸음으로 끝없는 들판을 지나 삼십 분이 채 안 걸렸다. 그들이 도착한 쪽에서는 운하가 긴 얼음 띠를 이루며 들판을 가르고 있었다. 단지 운하 둑의 헐벗은 나무들이 서리가 앉자 가지 달린 거대한 촛대로 변하여, 바다에서처럼 지평선과 맞닿은 하늘에까지 이어지며 멀리 사라지는 들판의 밋밋한 단조로움을 깨뜨리고 있었다. 기복 있는 땅들이 몽수와 마르시엔을 가리고 있었으며, 광활하고 헐벗은 모습이었다.

미루 수갱에 도착하자 그들은 자신들을 마중하려고 선탄장의 인도교 위에 갱내 감독 한 사람이 우뚝 서 있는 것을 보았다. 모두들 그 캉디외 영감을 잘 알고 있었다. 몽수의 갱내 감독들 중 최고참인 그는 피부와 머리털이 새하얀 노인으로 곧 일흔 살이 되는데도 아주 건강해서 탄광에서는 진짜 기적과 같은 존재였다.

"여기에는 무슨 일로들 오는 거야! 부랑배들!" 그가 소리쳤다.

무리는 멈춰 섰다. 이제는 사장과의 싸움이 아니었다. 그는 동료였다. 이 늙은 광부 앞에서 일종의 존경심이 그들을 제지시켰다.

"갱 속에 사람들이 있어요." 에티엔이 말했다. "그들을 나오게 하세요."

"그래, 사람들이 있지." 캉디외 영감이 다시 말을 이었다. "일흔두 명이 확실히 들어가 있고 다른 사람들은 악당 놈들인 너희들에게 겁을 먹었어……! 그렇지만 말해 두자면, 한 사람도 나오지 않을걸. 그들을 나오게 하려면 나와 맞붙어야 할 거야!"

사람들이 외쳐 대면서 남자들은 밀어붙이고 여자들은 앞으로 나아갔다. 인도교에서 급히 내려온 감독은 이제 문을 가로막고 있었다.

그때 마외가 중재하려고 나섰다.

"영감님, 이건 우리의 권리입니다. 만약 동료들이 우리와 같이 행동하게 만들지 못하면 어떻게 총파업을 하겠습니까?"

노인은 한순간 말없이 있었다. 분명 동맹에 대한 그의 무지함은 채탄부 마외의 무지함과 다를 게 없었다. 마침내 그는 대답했다.

"그게 너희들의 권리라면 나는 뭐라고 하지 않겠어. 하지만 나로서는 명령밖에 모른다네⋯⋯. 나는 여기에 혼자 있고, 사람들은 갱 속에 3시까지 일하게 되어 있으니 그들은 3시까지 거기 남아 있을 거야."

마지막 말은 야유 속에 파묻혔다. 사람들은 노인을 주먹으로 위협했고, 여자들은 노인의 귀가 따갑도록 퍼부었으며 노인의 얼굴에 뜨거운 입김을 불어 댔다. 하지만 턱수염과 머리털이 눈처럼 하얀 그는 머리를 꼿꼿이 세우고 맞섰다. 그리고 그의 목소리는 용기로 가득 차 있어서 그 소동 너머로 분명하게 들렸다.

"빌어먹을! 너희들은 지나가지 못해⋯⋯! 태양이 우리를 비춘다는 사실만큼 확실하게 말하건대, 케이블에 손을 대게 하느니 나는 차라리 죽어 버리겠다⋯⋯. 그러니 더 이상 밀지 마, 너희들 앞에서 수갱 안으로 투신해 버릴 테다!"

한차례 전율이 일면서 군중은 놀라움에 사로잡혀 뒤로 물러났다. 그는 계속 말했다.

"내 말을 이해하지 못하는 돼지 새끼가 있으면 말해 봐⋯⋯! 나는 말이야, 너희들 전부와 마찬가지로 노동자에 불과해. 지키라는 말을 들었으니까 지키는 거야."

캉디외 영감의 이해력은 한 걸음 더 나아갈 수가 없었다. 좁은 머리통에 갱 속에서 반세기 동안 겪은 암울한 슬픔으로 눈은 흐려지고 군대식 의무를 고집하는 가운데, 캉디외 영감은 완강하게 버티는 것이었다. 동료들은 자기들 마음속 어딘가에 그가 말하는 것이 메아리치는 듯, 즉 군대식 복종과 위험 가운데서의 동료애와 체념을 느꼈기에 마음이 동요된 채 그를 바라보았다. 그는 그들이 아직 망설이고 있다고 생각하고 다시 말했다.

"너희들 앞에서 수갱 안으로 투신해 버릴 테다!"

무리들 가운데서 커다란 동요가 일어났다. 모두들 등을 돌리고는 대지 한가운데로 끝없이 나 있는 오른쪽 길로 접어들어 다시 내달리기 시작했다. 다시 고함이 일어났다.

"마들렌으로! 크레브쾨르로! 작업 중지! 빵을 달라, 빵을 달라!"

그런데 이와 같이 돌진하는 대열 가운데서 몸싸움이 벌어졌다. 사람들이 말하기를, 샤발이 혼란을 틈타 도망치려 했다는 것이다. 에티엔은 그의 팔을 움켜잡고 엉큼한 짓을 꾸미면 끝장을 내 버리겠다고 위협했다. 그러자 샤발은 버둥거리며 분노에 차서 항의했다.

"왜 이러는 거냐? 이제 내게는 자유가 없다는 거냐……? 한 시간 전부터 몸이 얼어붙었어. 몸을 씻어야 한다고, 날 놔줘!"

실제로 그는 땀에 엉겨 살갗에 붙은 석탄가루 때문에 고통받고 있었으며, 입고 있는 털옷은 그를 따뜻하게 해 주지 못했다.

"걸어가. 안 그러면 우리가 네놈을 씻어 줄 테다." 에티엔이 대답했다. "피를 흘리라고까지 말하지 말았어야지."

사람들은 계속 내달렸고 그는 마침내 카트린 쪽을 돌아보왔다. 그녀는 견뎌 내고 있었다. 그녀가 진흙투성이 바지와 남자 웃옷을 입고 덜덜 떨면서 비참한 모습으로 자기 곁에 있다는 사실에 그는 절망감을 느꼈다. 그녀는 죽을 만틈 피곤한 상태일 텐데도 달려가고 있었다.

"너는 가도 돼, 넌 말이야." 마침내 그가 말했다.

카트린은 듣지 못한 것 같았다. 에티엔과 눈이 마주치자 그녀의 두 눈에서는 잠시 원망의 불꽃만이 스쳤다. 그리고 그녀는 멈추지 않았다. 왜 그는 그녀가 자기 남자를 내버리길 원하는가? 샤발은 분명 별로 다정하지 않고, 심지어 때때로 그녀를 때리기까지 한다. 하지만 그는 그녀의 남자이고 제일 처음 그녀를 소유한 남자였다. 그리고 그에게 1000명 이상이 덤벼든다는 것이 그녀를 화나게 했다. 그녀는 애정은 없어도 자존심으로라도 그를 지킬 셈이었다.

"꺼져!" 마외가 난폭하게 다시 말했다.

아버지의 명령에 한순간 그녀의 뜀박질이 느려졌다. 그녀는 몸을 떨었고 눈물이 차올랐다. 그러다 두려움에도 불구하고 다시 돌아와서 자기 자리를 잡고는 계속 뛰어갔다. 그러자 사람들은 그녀를 내버려 두었다.

무리는 주아젤 길을 지나서 잠시 크롱 길을 따라가다가 이어서 쿠니 쪽으로 다시 올라갔다. 그쪽으로는 공장의 굴뚝들이 평평한 지평선에 줄을 긋고 있었고, 널따란 창들이 나 있는 나무로 지은 창고들과 벽돌로 지은 공장들이 포장도로를 따라 늘어서 있었다. 두 탄광촌의 낮은 집들 가까이로 그들은 계속해서 180번 탄광촌과 76번 탄광촌을 지나갔다. 그리고 탄광촌마다 나팔의 집합 신호와 모든 사람들의 입에서 튀어 나오는 시끄러운 소리에 가족들이 뛰쳐나와 남자들과 여자들, 아이들 할 것 없이 같이 뛰면서 동료들 뒤로 합류했다. 마들렌 앞에 도착했을 때에는 1500명은 족히 되었다. 길은 완만한 내리막이었으며, 파업 노동자들의 으르렁거리는 물결은 폐석장을 돌아 탄광의 채굴물 집하장을 가득 채웠다.

이제 두 시 정도밖에 되지 않은 시간이었다. 그런데 미리 기별을 받은 갱내 감독들이 퇴갱을 서두른 참이었다. 그래서 무리가 도착했을 때는 퇴갱이 끝나가고 있었고, 갱 속에 남아 있었던 스무 명가량의 사람들이 케이지에서 내렸다. 그들은 도망쳤고 무리는 돌팔매질을 하며 그들을 뒤쫓았다. 두 사람은 얻어맞았고 다른 한 사람은 웃옷의 소매 한쪽을 남겨 놓았다. 이러한 인간 사냥으로 시설은 무사하게 되었고, 사람들은 케이블과 보일러들 그 어느 것도 건드리지 않았다. 이미 사람들의 물결은 멀어져 갔고 인근 수갱으로 향하고 있었다.

인근 수갱인 크레브쾨르는 마들렌에서 500미터밖에 떨어져 있지 않았다. 거기서도 마찬가지로 무리는 한창 퇴갱할 때 당도하게 되었다. 여자 광차 운반부 한 명이 여자들에게 잡혀 얻어맞았고, 웃고 있는 남자들 앞에서 바지가 찢겨 엉덩이가 드러났다. 소년 갱부들은 따귀를 맞았고 채탄부들은 옆구리는 맞아서 멍이 들고 코는 피투성이가 되어 도망쳤다. 그리고 이렇게 커져 가는 잔인함 속에, 그 광증이 모든 이들의 머리를 돌게 하는 이 오래된 복수의 욕구 속에, 고함 소리는 목이 메일 정도로 계속 배신자들의 죽음, 임금을 제대로 받지 못하는 노동에 대한 증오, 빵을 원하는 배 속의 울부짖음을 토해 냈다. 사람들은 케이블을 자르기 시작했다. 하지만 줄칼로 잘라 내지 못했고 이제 사람들은 앞으로, 계속 앞으로 나아가려는 열기에 싸인 터라 줄칼로는 너무 오래 걸렸다. 보일러들 가운데 꼭지 하나가 부러졌다. 양동이에 물을 가득 채워 화실 안에 부어서 주철 격자판들이 파열되었다.

사람들은 바깥으로 나온 다음 생토마로 쳐들어가자고 말했다. 그 수갱은 규율이 가장 잘 잡혀 있어서 파업이 영향을 미치지 못했으며, 거의 700명의 사람이 갱 속에 내려가 있을 것이 틀림없었다. 그러자 이런 사실이 화를 돋우어서, 무리는 전투 대형으로 정렬하여 그들을 기다렸다가 몽둥이찜질을 퍼부어, 땅 위에 누가 살아남을지 좀 두고 봐야겠다고 작심했다. 그런데 생토마에는 헌병들이, 아침에 사람들이 비웃었던 그 헌병들이 있다는 소문이 퍼졌다. 어떻게 그걸 알 수 있었을까? 아무도 대답할 수 없었다. 어쨌든 상관없어! 하지만 사람들은 겁을 먹고 푀트리캉텔로 가기로 결정했다. 그러고는 현기증에 사로잡혀 모두들 길로 다시 나서서 나막신을 딸깍거리며 몰려갔다. "푀트리캉텔로! 푀트리캉텔로! 그곳에 비겁한 놈들이 아직 400명은 족히 있으니 재미있을 거야!" 삼 킬로미터 떨어져 있는 그 수갱은 스카르프강 가까이에 있는 한 습곡지 안에 가려져 있었다. 사람들은 벌써 보니 길 너머로 레 플라트리에르의 비탈길을 올라가고 있었는데, 그때 누군가가 용기병들이 아마도 푀트리캉텔에 있을 것이라고 말했다. 그러자 대열의 한쪽 끝에서 다른 쪽 끝까지 사람들은 그곳에 용기병들이 있다고 되풀이해 말했다. 망설임으로 걸음걸이가 느려졌고, 그들이 몇 시간 전부터 밟고 다니는, 실업으로 잠든 이 고장에 점차 공포가 일었다. 왜 그들은 군인들과 마주치지 않았는가? 이렇게 제재를 받지 않는다는 사실에 그들은 진압이 닥쳐올 것이라는 생각이 들자 불안해졌다.

어디서 온 것인지 알지도 못한 채 새로운 지시가 그들을 또 다른 수갱으로 내달리게 했다.

"라 빅투아르로! 라 빅투아르로!"

그럼 라 빅투아르에는 용기병들도 헌병들도 없다는 건가? 사람들은 알지 못했지만 모두들 안심한 것 같았다. 그리고 그들은 방향을 틀어 보몽 쪽으로 내려갔고 주아젤 길로 다시 접어들기 위해 들판을 가로질러 갔다. 철로가 길을 막고 있어서 그들은 울타리들을 넘어뜨리고 철로를 건너갔다. 이제 그들은 몽수에 다가갔고, 땅의 기복이 완만해지면서 바다 같은 사탕무밭이 아주 멀리 마르시엔의 시꺼먼 집들에 이르기까지 펼쳐져 있었다.

이번에는 오 킬로미터나 달려갔다. 너무 커다란 충동에 휩쓸린 그들은 혹독한 피로와 지치고 상처 입은 발도 느끼지 못했다. 길을 가는 도중에 탄광촌에서 따라 붙은 동료들로 행렬은 계속 길어지고 늘어났다. 마가슈 다리로 운하를 건너서 라 빅투아르 앞에 당도했을 때 그들은 2000명이 되었다. 그러나 3시가 되어 퇴갱이 끝나서 갱 속에는 한 사람도 남아 있지 않았다. 그들의 실망은 부질없는 위협으로 발산되어, 그들은 일하러 오는 폐갱 매립부들을 보자 깨진 벽돌을 집어 던지는 것이 고작이었다. 매립부들이 흩어져 달아났고, 텅 빈 수갱은 그들의 차지가 되었다. 그들은 따귀를 갈길 배신자의 얼굴을 하나도 보지 못해 화가 나서 물건들에 덤벼들었다. 원한의 주머니 하나가 그들 속에서 터졌다. 서서히 커져 온, 독이 든 주머니였다. 기나긴 세월 동안 시달린 굶주림이 살육과 파괴에 대한 갈망이 되어 그들을 괴롭혔다.

에티엔은 창고 뒤에서 수레에 석탄을 채워 넣고 있는 적재부들을 보았다.

"다들 꺼져!" 그가 소리쳤다. "한 조각도 가지고 나갈 수 없어!"

그의 명령에 백여 명의 파업 노동자들이 달려갔고 적재부들은 가까스로 달아났다. 사람들이 수레에서 말들을 끌러 놓고 엉덩이를 걷어차자 말들은 깜짝 놀라서 달아났다. 한편 다른 사람들은 수레를 넘어뜨리면서 수레의 채들을 부서뜨렸다.

르바크는 인도교들을 무너뜨리기 위해 도끼를 세차게 휘두르며 선로 지지대에 덤벼들었다. 지지대가 끄떡도 하지 않자 그는 레일을 뽑아 내서 채굴물 집하장의 한 끝에서 다른 끝까지 선로를 끊어 버려야겠다고 생각했다. 곧 무리 전체가 이 일에 착수했다. 마외는 지렛대로 사용하는 쇠막대로 무장하여 주철로 된 좌철[1]을 부쉈다. 그사이 라 브륄레는 여자들을 이끌고 램프 창고에 쳐들어가 몽둥이들을 휘둘러서 바닥이 램프 파편들로 뒤덮었다. 라 마외드는 흥분해서 라 르바크만큼 세차게 내리쳤다. 여자들 모두가 기름에 젖었고, 라 무케트는

---

1) 레일을 침목에 고정시키는 쇠붙이.

그렇게 더러워진 모습을 보고 웃으며 두 손을 치마에 닦았다. 장랭은 장난으로 그녀의 목에 램프 하나를 쏟아 비웠다.

하지만 이런 복수는 먹을 것을 주지 못했다. 배 속은 더 크게 아우성이었다. 그러자 커다란 비탄의 외침이 다시 거세게 일어났다.

"빵을 달라! 빵을 달라! 빵을 달라!"

때마침 라 빅투아르에서는 전직 갱내 감독이었던 사람이 구내식당을 운영하고 있었다. 그는 겁을 먹고 달아났는지 그의 가건물은 텅 비어 있었다. 여자들이 돌아오고 남자들이 선로를 파헤치고 난 다음 그들은 구내식당을 공격해 덧문이 곧 부서졌다. 하지만 그곳에 빵은 없었고 날고기 두 조각과 감자 한 부대밖에 없었다. 다만 약탈하던 사람들은 즈니에브르를 쉰 병가량 발견했는데, 이 모든 술은 모래가 빨아들이는 한 방울의 물처럼 사라졌다.

자신의 수통을 비우고 난 참이던 에티엔은 수통을 새로 채워 넣을 수 있었다. 점차 나쁜 취기가, 굶주린 자들의 취기가 오르면서 그의 두 눈에 핏발이 섰고, 그의 창백한 입술 사이로 늑대의 이빨들이 튀어나왔다. 그리고 문득 그는 소동 가운데 샤발이 도망친 것을 알았다. 그는 욕을 했고 남자들이 달려가서 갱목 저장고 뒤에 카트린과 숨어 있는 도망자를 붙들었다.

"야! 더러운 놈아, 네놈은 위험한 일에 가담하는 게 겁이 나는 모양이구나!" 에티엔은 부르짖었다. "펌프들을 멈추기 위해 숲속에서 기계공들의 파업을 요구한 사람이 바로 네놈이었는데 이제 네놈은 우리에게 더러운 속임수를 쓰다니……! 좋아! 빌어먹을! 우리는 가스통마리로 돌아갈 것이고, 나는 네놈이 펌프를 부수길 원한다. 그래, 빌어먹을! 네놈이 펌프를 부숴!"

그는 취했고, 그 자신이 몇 시간 전만 해도 무사히 남겨 두고자 했던 그 펌프를 부수라며 추종자들을 내달리게 했다.

"가스통마리로! 가스통마리로!"

모두들 그에게 환호를 보내며 서둘러 달려갔다. 한편 어깨를 잡힌 채 세차게 끌려가고 떼밀리면서도 샤발은 계속 몸을 씻게 해 달라고 요구했다.

"꺼지라니까!" 마외가 카트린에게 소리 질렀는데도 그녀 또한 다시 달리기 시작했다.

그녀는 이번에는 물러서지도 않았고 이글거리는 눈빛으로 아버지를 쳐다보고는 계속 달려갔다.

무리는 또다시 훤히 트인 들판을 질러갔다. 무리는 끝없이 펼쳐지는 대지 위로 곧게 난 긴 도로들을 따라 왔던 길로 되돌아갔다. 4시가 되었고, 지평선에 기우는 태양은 분노의 몸짓을 하는 이 무리의 그림자를 차디찬 땅 위로 길게 드리우고 있었다.

사람들은 몽수를 비켜서 더 위쪽 주아젤 길로 다시 접어들었다. 그리고 라 푸르슈오뵈로 돌아가는 수고를 덜기 위해 라 피올렌의 담장 아래로 지나갔다. 때마침 그레구아르 가족은 세실을 데리러 가면서 엔보 씨 집에서 만찬을 하기 전에 공증인을 방문하려고 방금 출타한 뒤였다. 그 저택은 집 안에 있는 황량한 보리수 길과, 겨울철이라 헐벗은 채소밭 그리고 과

수원과 함께 잠자고 있는 것 같았다. 집 안에서는 아무런 움직임도 없었고 닫혀 있는 창문들은 집 안의 더운 김으로 흐릿해져 있었다. 그리고 그 깊은 침묵으로부터 선량함과 유복함의 인상이, 그리고 집주인들의 삶이 그곳에서 영위될 안락한 침대들과 풍성한 식탁과 차분한 행복이 어우러진 안정된 집안의 느낌이 풍겨나왔다.

무리는 멈추지 않고 유리 조각들이 비죽비죽 솟아 있는 방범 담벼락을 따라가면서 쇠창살 너머로 어두운 시선을 던졌다. 고함이 다시 시작되었다.

"빵을 달라! 빵을 달라! 빵을 달라!"

개들만이 일어서서 아가리를 벌리고 사납게 짖으며 대답했다. 황갈색 털의 덴마크산 큰 개 한 쌍이었다. 그리고 차양 덧문 뒤로는 하녀 두 명밖에 없었다. 요리사 멜라니와 하녀 오노린은 고함 소리에 시선이 끌려 이 야만인들이 지나가는 것을 보고는 안색이 온통 창백해져서 식은땀을 흘리고 있었다. 단지 돌 하나가 옆 창문의 유리창을 깨는 소리를 듣고 그들은 이제 죽는 줄로만 알고 무릎을 털썩 꿇었다. 그것은 장랭의 장난이었다. 그는 한 토막의 끈으로 투석기를 만들어 그레구아르의 집을 지나가면서 가벼운 인사를 남긴 것이었다. 그는 다시 나팔을 불기 시작했고, 무리는 멀어졌으며, 그에 따라 고함 소리도 희미해졌다.

"빵을 달라! 빵을 달라! 빵을 달라!"

사람들은 더욱 거대한 군중이 되어 가스통마리에 도착했다. 2500명이 넘는 이 광포한 자들은 밀어닥치는 격류처럼 커진 힘으로 모든 것을 부수고 모든 것을 쓸어 버렸다. 헌병들은 한 시간 전에 그곳을 다녀갔는데, 서두르느라 수갱을 지킬 몇 사람의 감시병도 남겨 두지 않았다. 그들은 농부들 말만 믿고 길을 잘못 들어서 생토마 쪽으로 간 뒤였다. 십오 분도 안 돼서 화로들이 쓰러지고 보일러들은 비워지고, 건물들은 휩쓸려 폐허가 되었다. 그런데 무엇보다 사람들이 위협하는 것은 펌프였다. 펌프가 마지막으로 증기를 내뿜고 멈추는 것으로는 성이 차지 않아서, 사람들은 자기들이 죽이려 하는 살아 있는 사람인 양 그 기계에 덤벼들었다.

"네가 첫 번째로 내리쳐!" 에티엔이 샤발의 손에 망치를 쥐여 주며 되풀이해 말했다. "자! 네놈이 다른 사람들과 맹세했잖아!"

샤발은 떨면서 물러섰다. 그렇게 밀치는 가운데 망치가 떨어졌고, 그사이 동료들은 기다리지 않고 쇠막대기와 벽돌로, 그리고 손에 닿는 모든 것으로 펌프를 내리쳐서 잔혹하게 끝장냈다. 펌프를 내려치다 몽둥이를 부러뜨린 사람들까지 있었다. 암나사들이 튀어오르고 강철과 구리로 된 부속들이 다리가 뽑힌 듯 해체되었다. 온 힘을 다해 휘두르는 곡괭이질에 주철로 된 몸체가 부서졌고, 물이 흘러나와 펌프가 비워지면서 단말마 같은 딸꾹질 소리처럼 최후의 꼴깍거리는 소리가 났다.

이제 끝장이 났다. 무리는 다시 밖으로 나와 샤발을 잠시도 놓아 주지 않는 에티엔의 뒤로 흥분하여 서로 밀치며 모여들었다.

"죽여라, 배신자를! 수갱에 집어 던져! 수갱에!"

그 비참한 자는 납빛이 된 얼굴로 더듬거리면서 어리석은 고집을 부리며 계속 몸을 씻어야 한다고 말했다.

"기다려, 네놈이 그렇게 곤란하다면 말이지." 라 르바크가 말했다. "자! 저기 함지가 있어."

그곳에는 펌프의 물이 새어 나온 웅덩이 하나가 있었는데, 그 웅덩이는 두꺼운 얼음층으로 하얗게 얼어 있었다. 사람들은 그를 떼밀고 가서 얼음을 깨고는 차디찬 물속에 그가 머리를 담그도록 강요했다.

"박아!" 라 브륄레가 거듭 말했다. "빌어먹을! 대가리를 박지 않으면 네놈을 그 안에 처넣을 거야……. 그리고 이제 물을 한번 마셔라, 그래, 그래! 가축들처럼 여물통에 아가리를 처박고!"

그는 네발로 엎드린 자세로 물을 마셔야 했다. 모두들 잔인하게 웃었다. 한 여자는 그의 귀를 잡아당겼고 또 다른 여자는 말이 방금 길 위에다 싼 한 줌의 말똥을 발견하고는 그의 얼굴에 던졌다. 그의 낡은 털옷은 더 이상 견디지 못하고 넝마가 되었다. 얼이 빠진 그는 비틀거리면서 도망치려고 몸부림을 쳤다.

마외는 그를 떼밀었고 라 마외드는 다른 여자들과 함께 악착스럽게 덤비며 두 사람 다 쌓인 원한을 푸는 것이었다. 그리고 평소에는 애인들에게 좋은 여자 동료로 남아 있던 라 무케트마저 그에게 분노를 터뜨리며 그를 아무 쓸모 없는 자로 취급했고, 그가 아직 남자인지 보기 위해 바지를 벗기겠다고 말했다.

에티엔은 그녀의 입을 다물게 했다.

"이제 충분해! 모두가 덤벼들 필요는 없어……. 네놈이 말이야, 네놈이 원한다면 우리 함께 끝장을 보자고."

그는 주먹을 움켜쥐었고 두 눈은 살인의 광기로 번득였다. 그의 취기는 살의로 바뀌고 있었다.

"준비됐나? 우리 둘 중 하나가 죽어야 해……. 저자에게 칼을 주시오. 나는 내 것이 있으니."

지치고 공포에 사로잡힌 카트린은 그를 바라보았다. 그녀는 그가 자기 속내를 이야기했던 것을 떠올렸다. 술주정뱅이 부모가 그의 몸속에 그 지극히 더러운 유전자를 남겨 놓아서, 그는 술을 마실 때면 셋째 잔부터는 독이 퍼져 사람을 잡아먹고 싶은 욕망이 생긴다고 했던 것이다. 갑자기 그녀는 뛰어나가 양손으로 그의 따귀를 갈기고는 분노에 목이 멘 채 그의 얼굴에 대고 소리쳤다.

"비겁한 놈! 비겁한 놈! 비겁한 놈……! 이렇게 추악한 짓거리는 너무하지 않아? 저 사람은 이제 더 이상 서 있지도 못하는데, 당신은 저 사람을 죽이려는 거야?"

그녀는 자기 아버지와 어머니 쪽으로 몸을 돌렸다가 또 다른 사람들 쪽으로 몸을 돌렸다.

"당신들은 비겁한 사람들이야! 비겁한 사람들……! 그럼 저 사람하고 같이 나를 죽여. 당신들이 저 사람 몸에 손을 대면 나는 당신들 면상에 달려들 거야, 내가 말이야! 아! 비겁한 사람들!"

그리고 그녀는 자기 남자 앞에 우뚝 섰다. 그가 그녀를 가진 이상 그녀는 그의 것이라고 생각했으며, 사람들이 이렇게 그를 파멸시킨다면 그것은 그녀에게 또 하나의 수치라는 생각에 분개해 그에게 얻어맞던 것도 잊고 비참한 삶도 잊은 채 그를 지키려 했다.

에티엔은 이 처녀로부터 따귀를 맞고 얼굴이 창백해졌다. 처음에 그는 그녀를 때려눕힐 뻔했다. 그러고는 그는 얼굴을 닦은 후 술이 깨는 남자의 몸짓으로, 사람들의 무거운 침묵 속에 샤발에게 말했다.

"그녀가 옳아, 이제 됐어……. 꺼져!"

그러자마자 샤발은 도망쳤고 카트린이 그의 뒤를 따라 뛰어갔다. 군중은 꼼짝 않고 길모퉁이로 그들이 사라지는 것을 바라봤다. 오직 라 마외드만이 중얼거렸다.

"당신은 지금 잘못하는 거예요. 저자를 잡아 두었어야 했는데. 저자는 분명 배신행위를 할 거예요."

무리는 다시 걷기 시작했다. 5시 종이 곧 울릴 무렵이었고, 잉걸불처럼 벌건 태양이 지평선에 가까워지며 광활한 들판은 불이 붙은 듯했다. 지나가던 행상인이 용기병들이 크레브쾨르 쪽으로 내려가고 있다고 그들에게 알려 주었다. 그러자 그들은 후퇴했고 명령 하나가 전달되었다.

"몽수로! 사장 집으로……! 빵을 달라! 빵을 달라! 빵을 달라!"

5

엔보 씨는 부인이 마르시엔에서 점심 식사를 하기 위해 마차를 타고 떠나는 것을 보려고 집무실 창가에 다가섰다. 그는 마차 문 옆에서 달려가는 네그렐을 잠시 지켜보았다. 그런 다음 그는 돌아와서 자기 책상 앞에 편안하게 앉았다. 그의 아내와 조카 모두, 그들이 바삐 살아가는 소리로 활기를 불어 넣지 않을 때면 집은 텅 비어 있는 것 같았다. 이날이 바로 그랬다. 마부가 부인을 태워 갔고, 새로 온 하녀 로즈는 5시까지 없었다. 방마다 실내화를 신고 어슬렁거리는 하인 이폴리트와, 주인들이 저녁에 열기로 한 만찬 준비에 온통 매달려 새벽부터 냄비들과 씨름을 하느라 바쁜 요리사 하녀만 남아 있었다. 무척이나 조용한 텅 빈 집에서 엔보 씨는 오늘 하루 동안 많은 일을 하겠다고 작정하고 있었다.

누가 찾아오든 돌려보내라고 명령했음에도 불구하고 9시경에 이폴리트는 당사르가 왔다고 조심스레 알렸다. 당사르는 새로운 소식을 가지고 왔다. 사장은 그때서야 비로소 전날 숲 속에서 회합이 열린 것을 알게 되었다. 그리고 세세한 보고 사항들이 너무나 뻔한 것들이었기 때문에, 사장은 그가 라 피에론과 벌이는 애정 행각을 생각하며 그의 이야기를 들었다. 그들의 행각은 너무나 잘 알려져 있어서 이 갱내 총감독의 방탕한 행위를 고발하는 익명의 편지가 일주일에 두세 통씩 배달되었다. 이러한 정보에서 베갯머리송사가 느껴지는 것으로 보아 그녀의 남편이 얘기한 것이 틀림없었다. 그는 기회를 틈타 그가 모든 것을 알고 있다는 것을 넌지시 비추고, 추문이 생기지 않도록 신중하라고 충고하는 데 그쳤다. 자신이 보고하던 도중에 꾸지람을 듣자 당황한 당사르는 부인하고 더듬거리며 변명했지만, 그의 커다란 코가 갑자기 빨개져 죄를 고백하는 듯했다. 게다가 그는 그렇게 가볍게 벌을 면한 것을 천만다행으로 여겨서 아니라고 우기지 않았다. 평소에 도덕주의자인 사장은 고용인이 수갱에서 예쁜 처녀를 농락하기만 하면 인정사정없이 처벌했기 때문이다. 대화는 파업에 관해서 계속되었다. 숲에서의 회합은 아직 시끄러운 자들의 허풍에 불과하고 심각한 위협은 아무것도 없었다. 어쨌든 오전에 군대가 행진하며 경계심을 불러 일으켰으니 탄광촌 사람들은 분명 며칠 동안 움직이지 않으리라는 것이었다.

엔보 씨는 다시 혼자 있게 되자, 그래도 도지사에게 전보 한 통을 보내려 했다. 그러다 쓸데없이 불안해 하는 모습을 보

76

이는 것이 아닐까 우려가 되어 그만두었다. 그는 파업이 기껏해야 보름 정도 지속될 것이라고 사방에 얘기하며 본사에 편지를 쓸 정도로 감각이 부족했던 자신을 용서할 수 없었다. 그로서는 몹시 놀랍게도 파업은 거의 두 달 전부터 장기화되고 있었다. 그는 그 사실에 절망했고 매일같이 자기 입지가 약화되고 위태로워지고 있으며, 이사들의 총애를 다시 얻으려면 기발한 해결책을 생각해 내야 한다고 느꼈다. 그는 싸움이 일어날 경우에 대비해 때마침 그들에게 명령을 요청한 참이었다. 회신이 늦어지고 있어, 그는 오후 우편물 중에 그 회신이 있기를 기다리고 있었다. 그는 만약 이사들의 의견이 그렇다면, 수갱에 군대가 주둔하게 하도록 전보를 보낼 때라고 생각했다. 그가 판단하기로는, 분명 전투가 일어날 것이며 유혈 사태와 사망자들이 있을 것이었다. 평상시의 활력에도 불구하고 짊어져야 할 그와 같은 책임은 그를 불안하게 했다.

11시까지 그는 쥐 죽은 듯 별다른 소리가 나지 않는 집에서 평온하게 사무를 보았다. 이폴리트가 2층에서 밀랍 광택제로 방바닥을 문지르는 소리만 멀리서 들려올 뿐이었다. 그러고 나서 차례로 그는 전보 두 통을 받았다. 첫 번째 것은 몽수의 무리가 장바르를 기습한 것을 알리는 것이었고, 두 번째 것은 케이블이 잘리고 보일러가 엎어지는 등 모든 피해를 전하는 것이었다. 그는 이해가 되지 않았다. 그들은 회사의 수갱을 공격하는 대신 드뇔랭의 탄광에는 무엇을 하러 간 것인가? 더욱이 그들은 방담을 쑥밭으로 만들 수도 있었고, 그러면 그가 심사숙고하던 정복 계획을 진척시켜 줄 것이었다. 정오가 되자 그는 널따란 방에서 하인이 실내화 소리도 들리지 않게 조용히 시중을 드는 가운데 혼자 점심 식사를 했다. 그렇게 고독한 가운데 그는 근심이 더욱 짙어졌고 마음이 서늘해졌다. 그때 갱내 감독 한 사람이 달려와 미루에서 있었던 무리들의 행보를 그에게 얘기했다. 그가 커피를 다 마시자마자 전보 한 통이 도착했고, 이번에는 마들렌과 크레브쾨르가 위협받고 있다고 알려 주었다. 그러자 그는 극도로 당황했다. 그는 2시의 우편물을 기다리고 있었던 것이다. 당장 군대를 요청해야 할까? 회사의 명령을 받기 전에는 행동하지 않고 참고 기다리는 게 나을까? 그는 자기 집무실로 돌아와 도지사에게 보내기 위해 네그렐에게 전날 작성하라고 부탁한 문서를 읽어 보려 했다. 하지만 그는 문서를 찾을 수 없어서, 아마도 그 젊은이가 밤에 자주 글을 쓰는 자기 방에 그 문서를 두었으려니 하고 생각했다. 그래서 그는 결정을 하지 못하고 이 문서에 대한 생각에 쫓겨 문서를 찾으러 그 방에 급히 올라갔다.

엔보 씨는 방에 들어가면서 깜짝 놀랐다. 방은 치워지지 않은 상태였다. 아마도 이폴리트가 깜빡했거나 게으름을 부린 것 같았다. 그 방에는 축축한 열기가, 밤새도록 밀폐되어 있던 열기가 열려 있는 난로 아궁이 때문에 무거워진 채 가득 차 있었다. 그리고 그는 코가 막힐 정도로 찌르는 듯한 향기에 숨이 막혀서 그것이 화장수 냄새라고 생각했는데, 화장수가 대야에 가득 들어 있었다. 방은 엉망진창이었다. 옷들은 흩어져 있고 젖은 수건들은 의자의 등받이에 던져져 있었으며, 침대는 적나라하게 노출되어 있는 데다 벗겨진 시트가 카펫 위에까지 늘어져 있었다. 그는 처음에는 대충 훑어보다가 서류들로 덮여 있는 책상 쪽으로 가서 그 문서를 찾아 보았으나 찾을 수가 없었다. 그는 두 번이나 서류들을 하나씩 살펴보았지만 그 문서는 확실히 거기 없었다. 이 경솔한 폴이 도대체 그 문서를 어디다 처박았단 말인가?

가구마다 쳐다보면서 방 가운데로 돌아온 엔보 씨는 흐트러진 침대에서 불꽃처럼 반짝이는 강렬한 점 같은 것을 보았다. 그는 기계적으로 다가가서 손을 뻗었다. 시트의 주름 사이에 금빛의 작은 향수 병이 있었다. 대뜸 그는 엔보 부인의 것임을 알아보았다. 그것은 그녀가 항상 곁에 두던 에테르 병이었다. 그런데 그는 왜 그 물건이 거기에 있는지 이해가 되지 않았다. 어떻게 그것이 폴의 침대 속에 있는 것인가? 그러다 갑자기 그는 무섭도록 창백해졌다. 아내가 여기서 잔 것이었다.

"죄송합니다." 이폴리트가 중얼거리는 목소리가 문을 통해 들려왔다. "나리께서 올라오시는 걸 보았습니다…….

하인이 들어오더니 난잡한 침실을 보고 대경실색했다.

"맙소사! 방이 치워지지 않았군요! 그래서 로즈가 내게 집안일을 모두 맡기고 외출한 거군요!"

엔보 씨는 손안에 병을 감추고는 으스러질 정도로 움켜쥐었다.

"무슨 일인가?"

"나리, 또 한 남자분이…… 크레브쾨르에서 왔는데요, 편지를 한 통 갖고 왔습니다."

"알았소! 나를 내버려 두고 그 사람에게 기다리라고 하시오."

아내가 여기에서 잤다! 그는 문의 빗장을 지르고 나서 손을 펴고 병을 바라보았다. 움켜쥐었던 병은 그의 살에 붉은 흔적을 남겼다. 불현듯 그는 몇 달 전부터 자기 집에서 벌어진 추잡한 짓이 보이고 들리는 듯했다. 그는 문에 스치던 소리들, 밤중에 조용한 집 안을 다니는 맨발 등 그가 전에 품었던 의심을 회상했다. 그렇다, 자기 아내가 여기에 자러 올라온 것이었다!

그는 의자에 털썩 앉아 얻어맞은 듯 침대를 뚫어지게 바라보며 그 앞에서 한참 동안 머물러 있었다. 어떤 소리가 들리자 그는 정신이 들었다. 누가 문을 두드리며 열려고 했다. 그는 하인의 목소리를 알아차렸다.

"나리…… 아! 나리께서 잠그고 계셨군요……."

"또 뭐요?"

"사태가 위급해 보입니다요. 광부들이 모든 걸 부수고 있답니다. 아래층에 다른 두 사람이 와 있습니다. 전보들도 와 있고요."

"날 성가시게 하지 마시오! 곧 내려갈 테니!"

이폴리트가 아침에 방을 치웠더라면 하인이 병을 발견했을 것이라는 생각에 그는 소름이 끼치던 참이었다. 더욱이 하인은 알고 있었을 것이다. 그는 간통으로 아직도 뜨거운 침대, 베개에 남아 있는 부인의 머리칼들, 시트를 더럽힌 추악한 흔적들을 수없이 보았을 것이었다. 하인이 끈질기게 그를 성가시게 하는 것은 악의로 그러는 것이리라. 아마도 그는 주인들의 방탕한 짓에 흥분하며 문에 귀를 대고 있었을 것이다.

그런 생각이 들자 엔보 씨는 더 이상 꿈쩍하지 않았다. 그는 계속 침대를 바라보았다. 고통스러웠던 기나긴 과거가 스쳐 갔다. 이 여자와의 결혼, 곧 그들의 마음과 몸에 생긴 불화, 자신이 알아채지 못하게 그녀가 가졌을 애인들, 아픈 여자의 불결한 취미를 용인하듯 십 년 동안 그가 용인해 주었던 그녀의 어느 애인 등등. 그런 다음 몽수에 와서 그녀를 치유하려던 헛된 희망, 수개월간의 권태롭고 잠든 듯한 유배 생활, 마침내 노년이 되어 그녀가 자기 차지가 되리라는 기대. 그러고는 그들의 조카가 집에 들어와 그녀는 조카 폴에게 어머니처럼 대했고, 재 속에 영원히 파묻힌 그녀의 죽은 감정을 얘기한 것이었다. 그리고 멍청한 남편은 아무것도 예견하지 못했다. 자기 것인 이 여자를 애지중지했는데도, 다른 남자들은 이 여자를 소유했건만 단지 그 자신만 소유할 수 없었던 것이다! 다른 사람들이 남긴 찌꺼기라도 그녀가 그에게 주려 했다면 무릎을 꿇었을 정도로 그는 수치스러운 열정을 품고 그녀를 애지중지했던 것이다! 그런데 그녀는 다른 사람들이 남긴 찌꺼기, 그것을 이 조카에게 주었던 것이다.

그 순간 멀리서 들려오는 초인종 소리에 엔보 씨는 화들짝 놀랐다. 그는 그 소리를 알아차렸다. 그의 명령에 따라, 우체부가 왔을 때만 울리는 소리였다. 그는 일어서서 자신도 억제할 수 없어 아픈 목이 터져라 온통 거칠게 큰소리로 말했다.

"아! 내가 알게 뭐야! 내가 알게 뭐야, 그들의 전보와 편지들을!"

이제 하나의 분노가 그를 사로잡았다. 그런 더러운 것들을 발길질로 차 넣을 시궁창 같은 것이 필요했다. 그 여자는 더러운 갈보였다. 그는 심한 욕설들을 찾았고 그녀의 모습을 떠올리며 따귀 때리듯 그 말들을 퍼부었다. 그녀가 그토록 차분한 미소를 지으며 세실과 폴의 결혼을 성사시키려 하는 것이 갑자기 떠오르자 그는 분통이 터지고 말았다. 그럼 이 격렬한 육욕 속에는 더 이상 열정도 질투도 없단 말인가? 그녀에게 그것은 이제 타락한 장난감, 남자를 찾는 습관, 습관적으로 먹는 디저트처럼 오락거리에 불과했다. 그는 모든 책임을 그녀에게 돌렸고 조카아이는 거의 무죄로 여겼다. 길을 가다가 훔친 덜 익은 과일을 베어 물듯 식욕이 동한 그녀가 그 조카 아이를 문 것이었다. 그들 가족과 함께 지내며 식탁, 침대 그리고 여자를 받아들일 만큼 충분히 편리한 마음씨 좋은 조카가 더 이상 없으면, 그녀는 누구를 먹이로 삼을 것이며 어디까지 타락할 것인가?

누군가가 조심스럽게 문을 두드렸고 이폴리트가 실례를 무릅쓰고 열쇠 구멍을 통해 말했다.

"나리, 우편물이……. 그리고 또 당사르 씨가 돌아왔는데, 사람들이 서로 죽인다고 합니다……."

"내려갈게, 빌어먹을!"

이제 그는 그들에게 어떻게 할 것인가? 그들이 마르시엔에서 돌아오면 역겨워서 더 이상 같은 지붕 밑에 둘 수 없는 짐승들처럼 그들을 쫓아낼까? 몽둥이를 들고 해악이 되는 그들의 흘레질을 딴 데 가서 하라고 소리칠까? 이 방의 축축한 온기는 바로 그들의 깊은 숨과 숨결이 뒤섞여 무거워진 것이었다. 그를 숨막히게 했던 찌르는 듯한 냄새는 아내의 살갗이 발산한 사향 냄새로, 그녀의 또 다른 타락한 취향이자 향기에 대한 강렬한 관능적 욕구였다. 그는 이처럼 널려 있는 요강에서, 여전히 가득 차 있는 대야에서, 속옷들이며 가구들이며 죄악에 오염된 방 전체의 무질서에서, 생생한 간통으로서 간음의 냄새를 다시 발견했다. 그는 무력한 분노에 휩싸여 침대에 달려들어 주먹질을 해 댔다. 그는 침대를 엉망으로 만들었고, 빠져나와 있는 담요들과 밤새도록 벌어진 정사에 기진맥진한 듯 그의 주먹질 아래에서 구겨진 채 무기력하게 널브러진 시트들에 대해 화가 치밀어서, 그들 둘의 몸이 남긴 흔적이 보이는 곳들을 짓이겨 놓았다.

그런데 갑자기 이폴리트가 다시 올라오는 소리가 들리는 것 같았다. 그는 수치심으로 행동을 멈췄다. 그리고 헐떡이면서 이마의 땀을 닦고 뛰는 가슴을 진정시키느라 잠시 가만히 있었다. 거울 앞에 서서 자기 얼굴을 응시했는데 너무나 일그러져서 알아볼 수 없을 정도였다. 그러고는 엄청난 의지로 진정하려 애쓰며 얼굴이 점차 가라앉는 것을 보고 아래층으로 내려갔다.

아래층에는 당사르 말고도 전갈을 가져온 다섯 명의 사람들이 서 있었다. 모두들 수갱을 거쳐 가는 파업 노동자들의 행진이 점점 심각해지고 있다는 소식을 그에게 가져왔다. 그리고 감독은 캉디외 영감이 훌륭한 행동으로 미루 탄광을 지킨 일을 오랫동안 얘기했다. 그는 이야기를 들으면서 고개를 끄덕였다. 하지만 그는 아무 말도 귀에 들어오지 않았으며 그의 마음은 위층 방에 남아 있었다. 마침내 그는 조치를 취하겠다고 말하며 그들을 보냈다. 다시 혼자 책상 앞에 있게 되자 그는 두 손으로 머리를 감싸고 눈을 감은 채 잠자는 듯 있었다. 우편물이 놓여 있는 것을 보고 그는 기다리던 회사의 답신을 찾아보기로 했다. 처음에는 그 답신의 글들이 눈앞에서 춤을 추었다. 하지만 그는 이 높은 분들이 일종의 싸움판을 바란다는 것을 알게 되었다. 분명 그들은 그에게 사태를 악화시키라고 지시하지는 않았다. 하지만 그들은 소요가 일어나면 강력한 진압을 야기해서 파업의 해결을 촉진할 것임을 넌지시 비추었다. 그리하여 그는 더 이상 망설이지 않고 릴의 도지사, 두에의 군부대, 마르시엔의 헌병대 등 사방으로 전보를 보냈다. 그러자 이제는 안심이 되었고 그는 집 안에 틀어박혀 있기만 하면 되었다. 심지어 그는 자신이 통풍에 걸려 고생하고 있다는 소문을 퍼뜨렸다. 그러고는 오후 내내 자기 집무실에 숨어 아무도 들이지 않고 비 오듯 계속 쏟아지는 전보들과 편지들을 읽는 것으로 만족했다. 그는 그렇게 멀리서 마들렌에서 크레브쾨르까지, 크레브쾨르에서 라 빅투아르까지, 라 빅투아르에서 가스통마리까지 무리를 뒤쫓고 있었다. 한편 길을 헤매며 공격을 받고 있는 수갱들과는 계속 반대 방향으로 다니는 헌병들과 용기병들의 혼란에 빠진 모습에 관한 소식들이 들어왔다. 그는 그들이 서로 죽이고 모든 것을 파괴해도 상관없었다. 그는 다시 두 손 사이에 머리를 파묻고 손가락을 눈에 댄 채 빈집의 깊은 적막 속에 빠져들었다. 저녁 만찬을 준비하려고 한창 바삐 일하는 요리사가 냄비를 올리는 소리만 간간이 귀에 들렸다.

5시가 되었고, 황혼이 벌써 방 안을 어둡게 하고 있었다. 그 때 하나의 소란으로 엔보 씨는 소스라쳤는데, 어리둥절하고 무기력하게 여전히 양 팔꿈치를 서류 속에 파묻고 있던 엔보 씨는 그 가증스런 두 인간이 돌아온 것이라고 생각했다. 하지만 소란은 더욱 커졌고 그가 창문에 다가가는 순간 무시무시한 고함이 터져 나왔다.

"빵을 달라! 빵을 달라! 빵을 달라!"

그들은 헌병들이 르 보뢰에 대한 공격이 있는 줄 알고 그곳을 지키러 등을 돌려 달려간 사이에 몽수로 쳐들어온 파업 노동자들이었다.

때마침 첫머리에 위치한 집들에서 이 킬로미터 떨어진 곳에 큰길과 방담 길이 교차하는 십자로의 조금 아래에서 엔보 부인과 아가씨들은 행진하는 무리를 목격한 참이었다. 마르시엔에서의 하루는 즐겁게 지나갔다. 포르주의 사장 집에서 화기애애하게 점심 식사를 하고 그다음에는 공장들과 인근 유리 공장들을 방문하며 즐거운 오후를 보냈다. 그리고 겨울의 맑은 하루가 투명하게 저무는 가운데 마침내 집으로 돌아가는 길에 세실은 길가에 면한 작은 농가를 보자 갑자기 우유를 한잔 마시고 싶은 생각이 들었다. 그래서 여자들 모두가 마차에서 내렸고 네그렐은 말에서 점잖게 내렸다. 그사이 이 상류 계급 사람들의 방문에 당황한 시골 여자는 달려오더니 상을 차리기 전에 식탁보를 깔겠다고 말했다. 하지만 뤼시와 잔이 우유 짜는 것을 보고 싶어 해서 사람들은 잔을 가지고 외양간으로 갔다. 그들은 전원 파티를 열었고 발이 푹푹 빠지는 짚더미를 보고 깔깔대며 웃었다.

엔보 부인은 너그러운 어머니처럼 입술 끝으로 우유를 마시고 있었는데, 밖에서 웅웅거리는 이상한 소리가 들리자 불안해졌다.

"대체 이게 무슨 소리지?"

길가에 지어진 외양간에는 짐수레가 드나드는 널따란 문이 달려 있었다. 외양간은 건초 창고로도 쓰이기 때문이었다. 처녀들은 어느새 머리를 내밀고는 왼쪽에서 몰려오는 검은 물결을, 고함을 지르며 방담 길에서 빠져나오는 군중을 보고는 놀랐다.

"제기랄!" 마찬가지로 밖에 나와 있던 네그렐이 중얼거렸다. "저 불평분자들이 성난 군중이 되는 걸까?"

"아마도 또 광부들일 거예요." 시골 여자가 말했다. "벌써 저 사람들이 두 번 지나가는군요. 상황이 좋지 않은가 봅니다. 저 사람들이 이 고장의 주인이 된 것 같아요."

시골 여자는 말 한마디 할 때마다 조심하며 그들의 얼굴 표정에서 자신이 한 말의 영향을 살폈다. 그리고 모두가 군중을 보고 몹시 불안해 하며 공포를 느끼자 그녀는 서둘러 결론지었다.

"오! 부랑배들 같으니, 오! 부랑배들!"

네그렐은 마차에 다시 올라 몽수에 가기에는 너무 늦었다는 것을 깨닫고 마부에게 마차를 급히 농가 마당에 들여놓으라고 명령했고 말들은 헛간 뒤로 숨겼다. 그는 자기 말도 헛간에 묶어 놓고 사내아이 하나가 고삐를 쥐고 있게 했다. 그가 다시 돌아왔을 때 숙모와 처녀들은 당황해서 자기 집에 피신하라고 제안한 시골 여자를 따라갈 채비를 하고 있었다. 하지만 그는 여기가 더 안전하며 분명 아무도 그들을 찾으러 이 건초 안으로 들어오지 않을 것이라고 생각했다. 그렇지만 짐수레가 드나드는 문은 아주 엉성하게 닫혔고 틈새기들이 너무 많아서 벌레 먹은 나무들 사이로 길이 보였다.

"자, 용기를 가집시다!" 그는 말했다. "우리는 우리 목숨을 비싸게 팔 겁니다."

그의 농담은 공포를 가중시켰다. 소리는 더욱 커졌고 아직 아무것도 보이지 않았다. 비어 있는 길 위로 폭우 전에 불어오는 돌풍이 몰려오는 것 같았다.

"아뇨, 아뇨, 나는 보고 싶지 않아요." 세실이 건초 안에 웅크리며 말했다.

엔보 부인은 자신의 즐거운 경험 중 하나를 망치는 이 무리에 대한 분노에 사로잡혀, 안색이 매우 창백해진 채 뒤에 서서 곁눈질로 혐오에 찬 시선을 던지고 있었다. 한편 뤼시와 잔은 떨리는데도 불구하고 구경거리를 놓치고 싶지 않아서 각기 문틈에다 한쪽 눈을 갖다 댔다.

천둥 같은 소리가 가까워지면서 땅이 흔들렸고 장랭이 나팔을 불면서 선두로 뛰어왔다.

"여러분, 향수병을 꺼내세요, 서민들의 땀냄새가 지나가니까!" 네그렐이 중얼거렸다. 그는 자신의 공화주의적 신념에도 불구하고 귀부인들과 함께 하층 계급 사람들을 놀려 대길 좋아했다.

하지만 그의 재치를 부린 농담은 폭풍 같은 몸짓들과 고함들 속에 사라져 버렸다. 거의 1000명은 되는 여자들이 나타났다. 그들은 달려오느라 흐트러진 머리는 산발이 되었고 누더기 아래로 맨살이 드러나 있었다. 기아에 허덕일 자식들을 낳느라 지친 헐벗은 암컷들이었다. 어떤 여자들은 아기를 양팔로 안고서 애도와 복수의 깃발처럼 치켜들어 흔들곤 했다. 그보다 젊은 다른 여자들은 여전사들처럼 가슴을 내밀며 막대기들을 흔들어 댔다. 한편 끔찍한 몰골을 한 노파들은 너무나 세차게 부르짖어서, 비쩍 마른 그들의 목청이 찢어질 것 같았다. 그리고 이어서 남자들이 쏟아져 내려왔다. 소년 갱부들, 채탄부들, 수리공들 등 2000명의 격노한 사람들은 색 바랜 바지도, 넝마가 된 털옷도 획일적인 흙빛 속에 지워져 분간이 가지 않을 정도로 꽉 끼어서 하나의 덩어리로 달려가는 밀집한 군중이었다. 그들의 눈빛은 불타올랐고 「라 마르세예즈」[2]를 노래하는 검은 구멍 같은 입들만 보였다. 단단한 땅 위에서 울리는 나막신의 딸깍거리는 소리가 반주를 이루는 가운데 노래의 구절들은 혼란스러운 노호 속에 파묻혔다. 머리들 위로 쇠막대기들이 비죽비죽 솟은 가운데 똑바로 세운 도끼가 지나갔다. 무리의 깃발 같은 이 유일한 도끼는 맑은 하늘 가운데서 단두대의 칼날처럼 날카로운 실루엣을 지니고

---

2) 프랑스 대혁명 때 혁명가로 작곡되었고, 프랑스의 국가(國歌)가 되었다.

있었다.

"너무 흉악한 얼굴들이야!" 엔보 부인이 더듬거리며 말했다. 네그렐은 입속말로 중얼거렸다.

"젠장, 저들 중 단 하나라도 알아볼 수 있다면 좋으련만! 저 불한당들은 도대체 어디서 온 거지?"

실제로 분노와 굶주림, 지난 두 달간의 고통 및 수갱들을 휩쓸고 다닌 이 성난 질주로 말미암아 몽수 광부들의 온순했던 얼굴은 야수처럼 턱이 길어졌다. 그때 해가 지면서 어두운 주홍빛의 마지막 햇빛이 평원을 핏빛으로 물들였다. 그러자 길 위로 피가 휩쓸려 가는 것 같았고, 여자들과 남자들은 한창 도살 중인 백정들처럼 피를 흘리며 계속 내달리고 있었다.

"오! 굉장한데!" 뤼시와 잔은 이 끔찍하고도 대단한 광경을 보면서 그녀들의 예술가적 취향으로 감동을 받아 작은 소리로 말했다.

하지만 그녀들은 두려워서, 여물통에 기대고 있는 엔보 부인 곁으로 물러섰다. 이 벌어진 문의 판자들 사이로 발각되는 순간 자신들은 도륙될 것이라는 생각에 엔보 부인은 소름이 끼쳤다. 네그렐 역시 안색이 창백해졌다. 여느 때는 무척 용감한 그였지만 자신의 의지력을 능가하는 공포, 알 수 없는 것에서 불어오는 공포에 사로잡혔다. 세실은 건초 안에서 더 이상 꼼짝하지 않았다. 다른 사람들은 눈을 돌리고 싶은 욕구에도 불구하고 그러지 못하고 어쩔 수 없이 바라보았다.

그것은, 이 세기말 피로 물든 어느 날 저녁 운명적으로 저들 모두를 휩쓸어 갈 것은 혁명의 붉은 환영이었다. 그렇다, 어느 날 저녁 놓여난 고삐 풀린 민중은 저렇게 길 위를 내달릴 것이다. 그리고 민중은 부르주아들의 피로 흠뻑 젖을 것이고, 잘려 나간 머리들을 들고 다닐 것이며 부서진 금고의 금화를 뿌릴 것이다. 여자들은 부르짖을 것이고 남자들은 늑대들처럼 턱을 벌려 물어뜯으려 할 것이다. 그렇다, 똑같은 누더기 옷들, 두툼한 나막신들이 빚어내는 똑같은 천둥소리, 그리고 더러운 살갗에 역한 숨결을 지닌 채 끔찍하고 똑같은 무리가 그들 야만인들의 넘치는 충동으로 오래된 세계를 쓸어 버릴 것이다. 화재로 불꽃들이 타오를 것이고 도시들의 돌 하나도 서 있게 놔두지 않을 것이다. 진수성찬을 즐기고 엄청나게 발정한 가난한 자들은 하룻밤 사이에 여자들을 야위게 만들 것이고 부자들의 지하 저장고를 비울 것이다. 그러고 나서 그들은 숲 속의 야만적인 삶으로 돌아갈 것이다. 아마도 새로운 땅이 다시 솟아나는 날까지 아무것도, 한 푼의 재화도, 기득권 하나도 더 이상 없을 것이다. 그렇다, 자연의 힘처럼 길 위를 휩쓸고 지나간 것은 이런 것들이었고, 숨어서 지켜보는 그들은 이것들의 무시무시한 바람을 얼굴에 느끼고 있었다.

커다란 고함 소리가 일더니 「라 마르세예즈」를 압도했다.

"빵을 달라! 빵을 달라! 빵을 달라!"

뤼시와 잔은 거의 기절할 것 같은 엔보 부인에게 몸을 바싹 붙였다. 네그렐은 자기 몸으로 그녀들을 보호하려는 듯이 그녀들 앞에 섰다. 오래 묵은 사회가 무너지는 것이 바로 오늘 저녁이란 말인가? 그 순간 자신들이 본 것으로 말미암아 그들은 얼이 빠지고 말았다. 무리는 흘러갔고 뒤처진 사람들밖에 없었는데, 그때 라 무케트가 나타났다. 그녀는 정원 문들 위에, 집들의 창가에 있는 부르주아들을 찾아보느라 지체하고 있었다. 그리고 그녀는 그들을 발견하면 그들의 코에 침을 뱉을 수는 없으니 그녀로서는 최대의 멸시인 것을 그들에게 보여 주었다. 아마도 그녀는 부르주아 한 명을 본 모양이었다. 갑자기 그녀는 치맛자락을 걷어 올리더니 몸을 뒤로 내밀어, 마지막으로 타오르는 태양의 빛 속에 벌거벗은 그녀의 거대한 엉덩이를 내보였다. 분노에 찬 그 엉덩이는 전혀 음란스럽지 않았으며 웃음을 자아내지도 않았다.

모두가 사라졌다. 무리의 물결은 구불구불한 길을 따라 강렬한 색을 울긋불긋 칠한 나지막한 집들 사이를 지나 몽수로 흘러갔다. 마당에서 마차를 꺼냈으나 마부는 파업 노동자들이 도로를 점거하고 있는 한 부인과 아가씨들을 무사히 집에 모셔다 드릴 수 없다고 했다. 그리고 가장 큰 문제는 다른 길이 없다는 것이었다.

"하지만 우리는 돌아가야 해요, 만찬이 우리를 기다리고 있어요." 두려움으로 흥분한 엔보 부인이 말했다. "그 더러운 광부들이 내가 손님 맞이하는 날을 또 골랐군. 잘해줘 봐야 소용없어!"

뤼시와 잔은 건초 속에서 세실을 끌어내려 했는데, 그 야만인들이 끊임없이 지나가고 있다고 생각한 세실은 보고 싶지 않다고 거듭 말하면서 발버둥쳤다. 마침내 여자들 모두 마차에 다시 자리를 잡았다. 말에 다시 오르자 네그렐은 레키야르의 좁은 길들을 통해 가야겠다는 생각이 들었다.

"천천히 가시오." 그는 마부에게 말했다. "길이 험하니까. 만약 그곳에서 무리들이 큰길로 돌아가지 못하게 하면 옛날 수갱 뒤에 멈추시오. 우리는 정원의 작은 문을 통해 걸어서 돌아갈 테니까, 당신은 어디든 여인숙의 헛간 밑에 마차와 말들을 두시오."

그들은 출발했다. 무리는 멀리 몽수로 넘치듯 흘러들고 있었다. 주민들은 헌병들과 용기병들을 연거푸 두 번 본 이후로 두려움으로 당황해서 동요했다. 끔찍한 이야기들이 퍼졌다. 사람들은 부르주아들의 배에 구멍을 내겠다고 위협하는, 손으로 쓴 벽보들에 대해 이야기했다. 그 벽보를 읽은 사람은 아무도 없었는데도 사람들은 글귀를 인용했다. 특히 한 공증인의 집에서는 공포가 극에 달했다. 그는 방금 우편으로 익명의 편지를 받았는데, 만약 그가 민중의 편이라고 선언하지 않으면 그의 집 지하실에 묻어 놓은 화약통이 폭발할 것이라고 누군가가 경고했기 때문이었다.

공교롭게도 그레구아르 부부는 이 편지의 도착으로 엔보 씨 집 방문이 지체되어서 그 편지에 대해 이야기했고 누군가 장난친 것이라고 추측했다. 그때 파업 노동자들 무리가 몰려오자 집 안 사람들이 두려움에 휩싸였다. 하지만 그들은 미소를 지었다. 그들은 커튼 귀퉁이를 젖히고 밖을 내다보았고, 모든 것이 합의하에 끝날 것이라고 확신하며 어떤 위험도 인정하려 하지 않았다. 5시가 되었고, 그들은 맞은편 엔보 씨 집에 만찬을 하러 가기 위해 도로의 통행이 자유로워질 때까지 기다릴 시간이 충분했다. 분명 세실은 돌아와서 엔보 씨 집에서 그들을 기다리고 있을 것이었다. 하지만 몽수에서는 아무도 그들의 확신에 동의하는 것 같지 않았다. 당황한 사람들은 뛰어다니며 문과 창문을 거세게 닫았다. 그들은 길 건너편으로 쇠막대기들을 덧대어 가게에 바리케이드를 치는 메그라를 보았다. 어찌나 창백한 얼굴로 덜덜 떠는지 그의 작고 연약한 부인이 나사들을 조여야 했다.

무리는 사장의 저택 앞에 멈췄고 고함 소리가 울려 퍼졌다.

"빵을 달라! 빵을 달라! 빵을 달라!"

엔보 씨가 창가에 서 있는데 이폴리트가 돌팔매질로 유리창이 깨질까 봐 덧문을 닫으러 들어왔다. 그는 마찬가지로 1층의 모든 덧문을 닫고 나서 2층으로 올라갔다. 스페인식 창문 문고리가 삐걱거리는 소리, 차양 덧문들이 쾅 하고 닫히는 소리가 하나둘씩 들려왔다. 불행히도 지하층에 있는 부엌의 내닫이창은 그처럼 닫을 수 없었는데 냄비 불과 꼬치용 불이 붉게 비쳐서 불안스러웠다.

엔보 씨는 밖을 내다보고 싶어서 무의식적으로 3층에 있는 폴의 방으로 다시 올라갔다. 그 방은 저택 왼쪽에 잘 자리 잡고 있어서 회사의 작업장에 이르기까지 큰길을 한눈에 볼 수 있었다. 그는 차양 덧문 뒤에 서서 군중을 굽어보았다. 그런데 이 방은 그를 다시 사로잡았다. 세면대는 닦이고 정돈되어 있었으며 차가운 침대에는 깨끗한 시트가 빳빳하게 씌워져 있었다. 오후에 일었던 그의 모든 분노, 그의 고독의 깊은 침묵 속에서 벌어진 이 성난 싸움은 이제 한없는 피로로 화했다. 그의 존재는 이미 열기가 식고 아침의 쓰레기들이 치워져

평상시의 단정한 모습으로 돌아간 이 방과 같았다. 스캔들을 일으켜 봐야 무슨 소용인가? 그의 집에 변한 것이 뭐가 있는 가? 그의 아내가 단지 애인 하나를 더 두었을 뿐이고, 그녀가 가족 가운데서 애인을 선택했다는 것은 사태를 거의 악화시 키지 않았다. 어쩌면 거기에는 이점도 있을 것이다. 어쨌든 그 녀는 체면을 지켰기 때문이다. 그는 자신이 질투심에 정신 나 간 행동을 한 것을 떠올리며 자신을 측은하게 여겼다. 주먹질 로 이 침대를 두들겨 패다니 얼마나 우스꽝스러운 짓인가! 다 른 남자를 묵인했던 것처럼 기꺼이 이 남자도 묵인할 것이다. 그것은 또 한 번 가볍게 경멸하는 문제일 뿐이었다. 그는 몹시 쓸쓸했고, 모든 것의 부질없음, 삶의 끝없는 고통, 그리고 그가 그녀를 버려둔 그 추잡함 속에서 이 여인을 사랑하고 욕망했 던 자신에 대한 수치심에서 비롯한 것이었다.

창문 아래에서는 부르짖는 소리가 한층 더 격렬하게 터져 나왔다.

"빵을 달라! 빵을 달라! 빵을 달라!"

"멍청이들!" 엔보 씨는 이를 악물고 중얼거렸다.

그는 자신이 많은 봉급을 많이 받는다고 그들이 욕하는 소 리, 그를 게으름뱅이이며 배불뚝이라고, 그리고 노동자가 굶어 죽을 지경인데 좋은 음식을 배터지게 처먹는 더러운 돼지라고 외쳐 대는 소리를 들었다. 여자들은 부엌을 발견하자 꿩고기 를 굽고 있는 것에 대해, 그들의 비어 있는 위장을 고통스럽게 만드는 기름진 소스 냄새에 대해 폭풍우같이 저주를 퍼부었 다. 아! 저 더러운 부르주아 놈들, 샴페인과 송로를 창자가 터지도록 처먹겠군.

"빵을 달라! 빵을 달라! 빵을 달라!"

"멍청이들!" 엔보 씨는 되풀이해서 말했다. "나는 행복한 줄 아나?" 그는 사정을 모르는 그 사람들에게 화가 치밀었다. 그들처럼 단단한 살가죽을 지니고, 후회없이 쉽게 정사를 벌일 수 있다면 그는 기꺼이 그들에게 자기 봉급을 내주었을 것이다. 그들을 자기 식탁에 앉히고 꿩고기를 실컷 먹게 하고서 그 사이 그는 울타리 뒤로 간음을 하러, 자기보다 앞서 범한 남자들을 비웃으며 여자애들을 범하러 갈 수 있다면 왜 그렇게 못 하겠는가! 그가 만약 어느 날 하루라도 자신에게 복종하는 그 비참한 자들 중 가장 비참한 자가 되어, 자기 육체를 멋대로 하며 아주 상스러운 자로서 아내의 따귀를 갈기고 이웃집 여자들과 육체적 쾌락을 나눌 수 있다면, 자신이 지닌 교육, 유복함, 호사로움, 사장의 권력 등 모든 것을 기꺼이 내주었을 것이다. 그는 또한 굶주림에 허덕이기를, 배 속이 비고 현기증으로 골을 뒤흔드는 경련이 일어 위장이 뒤틀리기를 원했다. 그러면 아마도 그의 영원한 고통을 느끼지 못할 것이다. 아! 아무것도 소유하지 않고 짐승처럼 살면서 가장 못생기고 더러운 여자 광차 운반부와 밀밭 속을 쏘다니며 그걸로 만족할 수 있다면!

"빵을 달라! 빵을 달라! 빵을 달라!"

그러자 그는 화를 내며 소란 한가운데를 향해 격렬하게 소리를 질렀다.

"빵! 그거면 다인 줄 알아, 이 멍청이들아!"

그는 먹을 빵이 있었지만 똑같이 고통으로 헐떡이고 있었다. 파괴된 가정, 고통스러운 그의 삶 모두가 죽을 듯한 헐떡임이 되어 그의 목으로 거슬러 올라왔다. 빵이 있다고 모든 것이 더할 나위 없는 것은 아니다. 이 세상의 행복이 부의 분배에 있다고 하는 천치는 누구인가? 이 공상에 빠진 혁명가들이 사회를 정녕 부숴 버리고 또 다른 사회를 다시 세울지라도 인류에게 기쁨 하나도 더해 주지 못할 것이며, 각자 받을 몫의 빵 조각을 잘라 주면서 그들의 고통 하나도 덜어 주지 못할 것이다. 심지어 그들은 세상의 불행을 더 크게 만들 것이며, 어느 날 그들이 본능의 편안한 충족으로부터 사람들을 끄집어내 채워지지 않는 정열의 고통으로 밀어 올릴 때, 그들은 개들까지도 절망하여 울부짖게 만들 것이다. 아니다, 유일한 행복은 존재하지 않는 것이며, 만약 존재한다면 나무로 있는 것, 돌로 있는 것, 그리고 그보다 더 못한 모래알로 행인들의 발에 밟히면서도 피 흘리지 않고 있는 것이다.

그러자 고통의 울분이 가득한 가운데 엔보 씨의 두 눈에 눈물이 차올랐고 그의 양 볼을 따라 뜨거운 눈물방울이 철철 흘러내렸다. 황혼이 길을 뒤덮는 그때 저택의 정면에 돌들이 날아들기 시작했다. 이제 그는 이 굶주린 자들에게는 아무런 분노도 없이 그저 자기 마음의 쓰라린 상처로 격분해서 눈물을 흘리는 가운데 계속 더듬거리며 말했다.

"멍청이들! 멍청이들!"

하지만 배 속에서 터져 나온 고함 소리가 그의 말을 압도하면서 부르짖는 소리가 폭풍처럼 불어닥쳐 모든 것을 휩쓸어

버렸다.

"빵을 달라! 빵을 달라! 빵을 달라!"

6

카트린에게 따귀를 맞고 취기에서 깨어난 에티엔은 동료들의 선두에 있었다. 하지만 쉰 목소리로 그들을 몽수로 내몰면서 그는 자기 안에서 또 하나의 목소리를, 왜 이 모든 짓을 하느냐고 놀라면서 묻는 이성의 목소리를 들었다. 그는 이런 것들을 전혀 원하지 않았고, 냉정하게 행동하며 재난을 막기 위해 장바르로 향했는데, 어쩌다 점점 격렬해지면서 사장의 저택을 에워싸는 것으로 하루를 마감하게 된 것인가?

하지만 방금 중지! 하고 소리친 사람은 바로 그였다. 단지 그는 우선 사람들이 가서 다 뒤집어엎자고 말한 회사의 작업장들을 보호해야 한다는 생각밖에 없었다. 그런데 돌을 던져 저택의 정면에 이미 흠집을 낸 이상, 그는 더 큰 불행을 막기 위해 어떤 합당한 희생물을 향해 무리를 내몰아야 할지 찾아

보았으나 발견하지 못했다. 그가 그렇게 홀로 길 가운데에 무력하게 남아 있을 때 누군가가 그를 불렀다. 티종 카페의 문턱에 서 있는 한 남자였다. 카페의 여주인은 출입문만 놔두고 서둘러 덧문들을 닫았다.

"그래, 나일세……. 내 말 좀 들어 보게."

그는 라스뇌르였다. 대부분 240번 탄광촌 사람들인 서른 명가량의 남자와 여자들이 아침에는 집에 있다가 저녁때 소식을 듣고는, 파업 노동자들이 다가오자 이 카페에 몰려든 것이었다. 자카리는 자기 아내 필로멘과 같이 테이블 하나를 차지하고 있었다. 더 멀리에는 피에롱과 그의 아내가 등을 돌리면서 얼굴을 가렸다. 아무도 술을 마시지 않았고 단지 피신해 있었다.

에티엔이 라스뇌르를 알아보고는 비켜서자, 라스뇌르가 말을 덧붙였다.

"나를 보니 곤란한가 보군, 안 그래……? 내가 자네에게 경고했듯이, 골칫거리들이 시작되고 있어. 이제 자네들이 빵을 요구할지라도 되돌아올 것은 총알 세례야."

그러자 에티엔은 걸어 돌아와서 대꾸했다.

"나를 곤란하게 만드는 것은 팔짱을 낀 채 우리가 목숨 걸고 하는 일을 쳐다만 보는 비겁한 자들입니다."

"그래서 자네가 생각해 낸 게 대놓고 약탈하는 건가?" 라스뇌르가 물었다.

"내 생각은 모두 같이 죽을 각오로 친구들과 끝까지 남아 있는 겁니다."

절망감에 빠진 에티엔은 죽을 각오를 한 채 군중 속으로 돌아왔다. 길 위에서 세 아이가 돌을 던지고 있었다. 그는 동료들을 제지하기 위해, 유리창을 깨는 것은 아무런 도움이 안 된다고 소리치면서 그 애들을 세차게 걷어찼다. 방금 장랭과 합류한 베베르와 리디는 그에게서 투석기 다루는 법을 배웠다. 그들은 누가 더 크게 깨뜨리는지 내기를 하면서 각각 돌을 하나씩 날려 보냈다. 리디는 실수로 군중 속에 있는 어느 여자의 머리통에 금이 가게 했다. 그러자 두 사내아이는 배꼽을 잡았다. 그들 뒤에서는 본모르와 무크가 벤치에 앉아 아이들을 보고 있었다. 본모르는 부은 다리로 몸을 지탱하기가 너무 힘들어서 그곳까지 몸을 끌고 오느라 몹시 고생했는데, 사람들은 무슨 호기심이 그를 부추겼는지 알지 못했다. 왜냐하면 그는 흙빛 얼굴이었는데 그런 날에는 사람들이 그에게서 말 한마디도 끄집어낼 수 없었기 때문이다.

게다가 더 이상 아무도 에티엔의 말을 따르지 않았다. 그의 명령에도 불구하고 돌들은 계속 우박처럼 쏟아졌다. 그에 의해 재갈이 벗겨지고 흥분하는 데까지 시간이 걸렸지만, 그 다음에는 무시무시하게 분노한 가운데 잔인한 완강함마저 보이는 이 짐승들 앞에서 그는 놀라고 당황했다. 묵직하고 온화한 플랑드르의 묵은 피가 그곳에 있었다. 뜨거워지는 데에는 여러 달이 걸렸으나 이제 그들 자신 속의 짐승이 잔인한 짓들로 취할 때까지 아무 말도 듣지 않고 가증스런 야만 행위에 뛰어들고 있었다. 에티엔의 고향인 남프랑스에서는 군중이 더 빨리 불타오르지만 일은 덜 저질렀다. 그는 르바크에게서 도끼를 뺏으려고 싸워야 했고, 양손으로 돌을 던지고 있는 마외 부부를 어떻게 말려야 할지 모를 지경이었다. 그리고 여자들이 특히 그를 겁먹게 했다. 야윈 체구로 그녀들을 지배하는 라 브릴레의 부추김에 따라 라 르바크와 라 무케트와 다른 여자들은 살기 어린 분노로 흥분해서 이빨과 손톱을 드러내고 암캐들처럼 짖고 있었다.

그런데 갑자기 사람들이 멈췄다. 에티엔이 간청을 해도 소용없었는데 잠시 동안의 놀라움으로 다소간 평온이 찾아왔다. 그레구아르 부부가 맞은편의 사장 집에 가기 위해 공증인과 작별 인사를 하며 나온 것이었다. 그들은 너무나 평화로워 보였고, 한 세기 전부터 체념으로 길러진 충직한 광부들이 순전히 장난을 치는 것이라고 생각하는 기색이 너무나 역력해서, 놀란 광부들은 난데없이 나타난 이 노신사와 노부인을 다치게 할까 봐 두려워 돌 던지는 것을 멈췄다. 광부들은 그들이 정원으로 들어가 층계에 올라가서 바리케이드를 친 문의 초인종을 울리도록 내버려 두었다. 집 안에서는 그 문을 곧바로 열지 않았다. 때마침 하녀 로즈가 외출했다 돌아오며 성난 광부들에게 웃음을 지었다. 그녀는 몽수 출신이어서 그들을 잘 알았다. 그녀가 주먹으로 문을 두드리자 이폴리트가 문을 빼꼼히 열었다. 서둘러야 했다. 그레구아르 부부는 안으로 사라졌고, 그와 동시에 돌들이 다시 우박처럼 쏟아지기 시작했다. 놀랐다가 제정신으로 돌아온 군중은 더욱 세차게 외쳤다.

"부르주아들을 죽여라! 사회주의 공화국 만세!"

로즈는 뜻밖의 일에 재미있어진 듯 저택 현관에서 계속 웃으며 겁먹은 하인에게 되풀이해 말했다.

"저 사람들은 사납지 않아요. 나는 저들을 알아요."

그레구아르 씨는 자기 모자를 반듯하게 걸어 놓았다. 그리고 그레구아르 부인이 소매 없는 두툼한 모직 외투를 벗는 것을 도와준 후에 말했다.

"아마도 저들의 마음속에는 악의가 없을 거야. 고함을 실컷 지른 후에 식욕이 더 좋아져서 저녁을 먹으러 가겠지."

그때 엔보 씨가 3층에서 내려왔다. 그는 모든 광경을 본 후 평소처럼 침착하고 정중한 표정으로 초대 손님을 맞이하러 내려왔다. 다만 창백한 얼굴이 그를 뒤흔들었던 눈물을 나타내고 있었다. 이 사람은 직분에 길들여져 있어서 그의 속에는 자기 임무를 완수하려고 결심한 꼿꼿한 관리자만이 남아 있었다.

"보시다시피 숙녀분들이 아직 돌아오지 않았습니다." 그는 말했다.

그레구아르 부부는 처음으로 불안감에 휩싸였다. 세실이 아직 돌아오지 않았다고! 저 광부들의 어리석은 짓이 계속되면 그 아이는 어떻게 돌아오지?

"나는 집 주위에서 저들을 쫓아내게 할 생각을 했지요." 엔보 씨가 덧붙였다. "불행하게도 나는 여기에 혼자 있고 더욱이 저 폭도들을 청소해 줄 네 명의 부하와 한 명의 하사를 부르려면 하인을 어디로 보내야 할지 모르겠군요."

그곳에 남아 있던 로즈는 조심스레 다시 중얼거렸다.

"오! 나리, 저들은 나쁜 사람들이 아닙니다."

사장은 고개를 끄덕였고, 한편 밖에서는 소란이 커지면서 건물 전면에 돌들이 둔탁하게 부딪히는 소리가 들렸다.

"나는 저들을 원망하지 않아요. 저들을 용서하기까지 합니다. 저 사람들은 멍청해서 우리가 자기들의 불행을 악착같이 추구한다고 생각하지요. 다만 나는 치안을 책임지고 있습니다. 사람들이 내게 알려 주는 바에 따르면 길마다 헌병들이 있다는데, 오늘 아침부터 나는 단 한 명도 보지 못했어요!"

그는 말을 멈췄고, 그레구아르 부인 앞에서 비켜서며 말했다.

"어서요, 부인. 거기 계시지 말고 응접실로 들어가시죠."

그런데 지하층에서 흥분해 올라온 하녀 요리사가 그들을 잠시 더 현관에 붙들어 두었다. 하녀는 자신은 더 이상 만찬을 책임질 수 없다고 단언했다. 4시에 갖다 달라고 주문한 볼로방 파이[3]가 마르시엔의 제과점에서 아직 오지 않았다는 것이었다. 분명 제과점 주인은 파업 노동자 무리에 겁을 집어먹고 길을 헤매고 있는 게 틀림없었다. 심지어 그의 맛있는 음식을 빼앗겼을지도 모른다. 하녀는 어느 숲 뒤에서 볼로방 파이들이 포위되어 옴짝달싹 못 하고, 빵을 요구하는 3000명은 되는 비참한 자들이 배를 채우는 모습이 눈에 보이는 듯했다. 어쨌든 나리께 알려 드렸으니까, 혁명 때문에 만찬을 망치게 되느니 그녀는 차라리 만찬거리를 불 속에 집어 던지겠다는 것이었다.

---

3) 양념한 생선, 버섯, 고기 단자 등을 넣고 쪄낸 파이 종류.

"조금 참아 봐." 엔보 씨가 말했다. "아직 아무것도 망치지 않았고, 제과점 주인은 올 테니까."

그리고 그는 응접실 문을 열면서 그레구아르 부인 쪽으로 몸을 돌리는 순간, 짙어지는 어둠 속에서 그때까지 보지 못했던 한 남자가 현관의 긴 의자에 앉아 있는 것을 보고는 화들짝 놀랐다.

"아니! 메그라 당신이군. 대체 무슨 일이오?"

메그라는 일어섰고, 그의 공포로 일그러진 기름지고 창백한 얼굴이 나타났다. 냉정하고 몸집이 큰 남자로서 늠름하던 모습은 사라지고, 그는 악당들이 자기 상점을 공격할 경우 도움과 보호를 청하러 사장님 댁에 슬그머니 들어왔노라고 풀이 죽어 설명했다.

"당신이 보다시피 나 자신도 위협받고 있고 내게는 아무도 없소." 엔보 씨가 대답했다. "당신 가게에 남아서 물건을 지키는 편이 나았을 거요."

"오! 저는 쇠막대기를 대어 놓았고 또 제 처도 남겨 두었습니다요."

사장은 경멸감을 감추지 않고 화를 냈다. 언어맞느라 야윈 그 연약한 여자를 두고 오다니, 잘도 상점을 지키겠군!

"어쨌든 나는 아무것도 할 수 없으니 당신이 지키도록 하시오. 그리고 당신에게 당장 돌아가라고 조언하는 바요. 아직도 빵을 요구하는 자들이 바로 저기에 있으니……. 들어 보시오."

과연 소란이 다시 시작되었고 메그라는 고함 소리 속에서 자기 이름을 들은 것 같았다. 돌아가는 것은 더 이상 불가능했다. 그랬다간 크게 당할 것이었다. 다른 한편으로는 망할 수도 있다는 생각에 그는 제정신이 아니었다. 그는 현관문의 유리창에 얼굴을 대고 떨리는 몸으로 땀을 흘리며 재앙이 다가오는 걸 살펴보았다. 한편 그레구아르 부부는 응접실로 들어가기로 했다.

엔보 씨는 평온한 태도로 환대하는 시늉을 했다. 하지만 초대 손님들에게 앉으라고 권해도 소용없었다. 창문을 모두 닫고 바리케이드를 쳤으며 날이 저물기도 전에 램프 두 개를 켜 놓은 그 방은 밖에서 새로운 아우성이 일 때마다 공포로 가득 찼다. 분노한 군중의 함성은 벽포들에 의해 소리가 죽었지만, 오히려 희미하고 무시무시한 위협으로 불안을 더욱 조장하며 우르릉거리는 소리를 냈다. 그럼에도 사람들은 얘기를 나눴지만, 이 이해하기 힘든 폭동 이야기로 끊임없이 되돌아왔다. 그는 아무것도 예견하지 못한 것에 놀랐다. 그리고 자기 쪽에서 정보를 거의 얻지 못했기 때문에 그는 특히 라스뇌르에 대해서 화를 냈는데, 라스뇌르가 이러한 사태에 가증스러울 정도의 영향력을 갖고 있는 것을 자신이 알고 있다고 말했다. 하지만 헌병들이 곧 올 것이고 자신을 이렇게 내버려 두는 일은 있을 수 없을 것이었다. 그레구아르 부부는 딸 걱정뿐이었다. 얼마나 겁이 많은 아이인데! 마차는 아마도 위험에 직면하자 마르시엔으로 돌아갔을 것이다. 길에서 일어나는 소란과 때때로 닫힌 덧문들에 부딪혀 북소리처럼 울리는 돌 소리에 신경을 곤두세우며 십오 분가량 더 기다림이 계속되었다. 이런 상황을 더 이상 견딜 수 없어 엔보 씨가 자신이 나가서 혼자서라도 폭도들을 쫓아 버리고 마차를 마중하러 가겠다고 말하는 순간 이폴리트가 소리를 지르며 나타났다.

"나리! 나리! 마님께서 돌아오셨습니다. 그런데 사람들이 마님을 해치겠어요!"

마차가 위협하는 무리들 가운데로 레키야르의 좁은 길을 지나갈 수 없자, 네그렐은 자기 생각대로 하기로 했다. 저택까지 백 미터를 걸어서 간 다음 부속 건물 가까이서 정원으로 난 작은 문을 두드리려는 것이었다. 정원사들이 그들이 문 두드리는 소리를 들을 것이고 거기에는 분명 문을 열어 줄 누군가가 항상 있을 것이었다. 처음에는 일이 완벽하게 진행되어서 엔보 부인과 아가씨들이 문을 두드리고 있었는데, 그때 여자들이 소식을 듣고 좁은 길로 몰려들었다. 그러자 모든 일이 틀어졌다. 안에서 문을 열지 않자 네그렐이 어깨로 문을 부수려 했으나 허사였다. 여자들의 물결이 불어나자 그는 감당할 수 없을까 봐 걱정되어, 에워싼 사람들을 뚫고 층계에 도달하기 위해 자신의 숙모와 처녀들을 앞세워서 밀고 나아가야겠다고 필사적으로 결심했다. 하지만 그런 시도는 몸싸움을 야기했다. 사람들은 그들을 놓아주지 않았고 한 무리가 부르짖으며 그들을 바짝 뒤쫓았다. 다른 한편으로는 싸움터에서 길을 헤매는 치장한 귀부인들을 보고 영문을 몰라 하며 놀란 군중이 오른쪽과 왼쪽에서 몰려들었다. 그 순간 몹시 혼란스러운 가운데 설명하기 어려운 일이 일어났다. 뤼시와 잔은 층계에 도착해서 하녀가 살짝 열어 놓은 문으로 미끄러져 들어갔다. 엔보 부인은 그녀들을 뒤따라 들어가는 데 성공했다. 그리고 그들 뒤로 마지막으로 네그렐이 들어가서 세실이 제일 먼저 들어가는 것을 보았다고 확신하곤 빗장을 다시 질렀다. 그런데 정작 세실은 너무나 두려운 나머지 집을 등지고 스스로 위험 한가운데로 들어가 길에서 사라져 더 이상 보이지 않았다.

곧 고함이 일었다.

"사회주의 공화국 만세! 부르주아들을 죽여라! 죽여라!"

몇몇 사람은 멀리서 모자의 베일로 얼굴을 가리고 있는 그녀를 보고는 엔보 부인인 줄 알았다. 다른 사람들은 사장 부인의 친구, 즉 노동자들이 증오하는 이웃 공장주의 젊은 부인이라고 말했다. 하지만 그녀가 누구인지는 상관없었다. 그녀의 비단 드레스와 털외투 그리고 모자에 달린 하얀 깃털에 이르기까지 모든 것이 그들의 화를 돋운 것이다. 그녀는 향수 냄새를 풍겼고 시계를 차고 있었으며 석탄은 만져 본 적도 없는 게으름뱅이 여자의 고운 피부를 지니고 있었다.

"기다려라!"라 브륄레가 소리쳤다. "네년 엉덩이에다 레이스를 달아 줄 테니!"

"이 더러운 년들은 우리한테서 이걸 다 훔쳐 간 거라고."라 르바크가 다시 말했다. "우리는 추워 죽을 지경인데 저년들은 몸에 짐승 털을 두르고…… 그러니까 어떻게 살아야 하는지 저년한테 알려 주게 저년을 홀랑 벗겨!"

이번에는 라 무케트가 덤벼들었다.

"그래, 그래. 저년한테 매질을 해 줘야 돼."

그리고는 여자들은 이 야만적인 경쟁 가운데 숨을 헐떡였고 누더기 옷을 입은 팔을 내뻗어서 각기 이 부잣집 처녀의 복장에서 한 조각이라도 떼어 가지려고 했다. 분명 저년은 다른 여자보다 더 나은 엉덩이를 가지고 있지 않을 것이다. 심지어 이런 장신구들 밑으로 엉덩이가 썩어 있는 년이 한둘이 아닐거다. 불의가 그토록 오래 지속되었으니 치마 하나 세탁하는데 감히 오십 수를 쓰는 갈보 같은 이년들을 모두 여자 노동자들처럼 옷을 입게 만들고 말 것이다!

분노한 여자들 가운데서 세실은 다리가 마비된 채 와들와들 떨었고, 더듬거리며 수없이 같은 말을 했다.

"부인들, 제발, 부인들, 저를 해치지 마세요."

그런데 그녀의 외침은 목쉰 듯한 소리로 흘러나왔다. 차가운 두 손이 그녀의 목을 움켜잡은 것이었다. 그는 바로 본모르 노인이었다. 사람들의 물결이 그녀를 그의 가까이로 밀어붙여 그가 그녀를 움켜잡은 것이었다. 노인은 오랜 빈곤으로 얼이 빠지고 굶주림에 취해 있는 것 같았으며, 어떤 원한에서 비롯된 충동이었는지는 알 수 없지만 반세기 동안의 체념에서 갑자기 벗어난 것 같았다. 평생 자신의 목숨을 갱내 가스와 낙반 사고 가운데 내맡기고 살아오면서 열두 명가량의 동료들을 죽음으로부터 구해 냈던 그는 스스로 설명할 수 없는 욕구에 사로잡혀 처녀의 이 하얀 목에 이끌린 것이었다. 그리고 말이 없던 날처럼 그는 말을 잃고, 추억을 더듬는 늙고 병든 짐승의 표정으로 목을 쥔 손가락에 힘을 더하고 있었다.

"아니야! 아니야!" 여자들이 부르짖었다. "엉덩짝을 벗겨! 엉덩짝을 벗겨!"

저택에서 이 사태를 목격한 네그렐과 엔보 씨는 세실을 구하려고 용감하게 달려가 문을 다시 열었다. 하지만 군중은 이제 정원의 철책에 달려들었고 더 이상 나아가기가 쉽지 않았다. 그곳에서는 싸움이 벌어졌고, 그레구아르 부부는 놀라서 층계에 나타났다.

"그녀를 놔주세요, 어르신! 라 피올렌 저택의 아가씨예요!" 어느 여자에 의해 모자의 베일이 찢어지자 라 마외드가 세실을 알아보고는 할아버지에게 소리쳤다.

에티엔은 어린 여자아이한테 이런 보복을 가하는 것에 충격받아서, 그들 무리가 그녀를 놓아주게 하려고 애썼다. 그는 한 가지 좋은 생각이 떠올라서 르바크의 손아귀에서 빼앗은 도끼를 휘둘렀다.

"메그라의 집으로 갑시다, 빌어먹을······! 그 안에는 빵이 있소. 메그라의 상점을 무너뜨립시다!"

그리고는 상점의 문에 힘껏 첫 번째 도끼질을 했다. 르바크, 마외 그리고 다른 사람들이 그를 따라 했다. 하지만 여자들은 악착같았다. 세실은 본모르의 손아귀에서 라 브륄레의 수중으로 넘어갔다. 리디와 베베르는 장랭이 시키는 대로 귀부인의 엉덩이를 보기 위해 엎드려서 치마폭 사이로 숨어들어 갔다. 벌써 사람들은 그녀를 잡아당겼고 그녀의 옷이 찢어지는 소리가 났는데, 그때 말을 탄 남자 한 사람이 나타나더니 말을 밀어붙이며 비켜서지 않는 사람들에게 채찍질을 가했다.

"아! 막돼먹은 것들, 너희들이 우리 딸들에게 매질을 하다니!"

그는 만찬 약속에 맞춰 오던 드늘랭이었다. 그는 재빨리 길에 뛰어내려 세실의 허리를 안았다. 그리고 다른 손으로는 놀라운 솜씨와 힘으로 말을 다루어, 말을 살아 있는 쐐기처럼 사용하며 군중을 가르고 나아가는 바람에 군중은 말의 발길질을 피해 물러섰다. 정원의 철책 앞에서는 싸움이 계속되고 있었다. 하지만 그는 사람들의 팔다리를 짓밟으며 지나갔다. 뜻밖의 도움으로 욕설과 매질 가운데서 큰 위험에 처해 있던 네그렐과 엔보 씨가 구출되었다. 마침내 젊은이가 실신한 세실을 데리고 집으로 들어가는 동안, 층계 위쪽에서 자신의 커다란 몸으로 사장을 감싸고 있던 드널랭은 돌 하나를 맞아서 그 충격으로 어깨가 부서질 뻔했다.

"그래." 그가 소리쳤다. "내 기계들을 부수어 놓았으니, 이제 내 뼈들도 부숴라!"

그는 재빨리 문을 다시 닫았다. 수많은 돌들이 나무 문 위로 쏟아졌다.

"이런 미친놈들!" 그는 다시 말을 이었다. "잠시만 더 있었으면 저것들은 속 빈 호박처럼 내 머리통에 구멍을 내 놨을 거야…… 저것들한테는 말로 해서는 안 되겠군. 어떻게들 하시겠습니까? 저것들은 더 이상 뭐가 뭔지도 모릅니다. 때려눕히는 수밖에 없어요."

그레구아르 부부는 응접실에서 세실이 정신을 차리는 것을 보며 울고 있었다. 그녀는 아무 데도 다치지 않았고 긁힌 자국 하나 없었다. 모자에 달린 베일을 잃어버렸을 뿐이었다. 그러나 자기들 앞에서, 무리가 어떤 식으로 라 피올렌 저택을 부쉈는지 얘기하는 사람이 자기들의 요리사 하녀인 멜라니임을 알아보자 그들은 크게 놀랐다. 무서워서 미칠 지경이었던 그녀는 주인들에게 알리기 위해 달려왔다. 그녀 또한 싸움이 벌어졌을 때 살짝 열린 문으로 들어왔는데 아무도 눈치채지 못했다. 그리고 끝없이 이어지는 그녀의 얘기 속에서는, 장랭이 돌멩이 하나를 던져 유리창 한 장을 깬 것이 벽들도 금이 가게 만든 조직적인 집중 포격으로 둔갑했다. 그러자 그레구아르 씨의 생각이 뒤흔들렸다. 사람들이 자기 딸의 목을 조르고 자기 집을 부수려 하다니, 선량한 자신이 그들의 노동으로 먹고산다는 이유로 광부들이 자신에게 원한을 품을 수 있는 건가?

수건과 화장수를 가져온 하녀가 다시 말했다.

"그래도 이상해요. 저들은 악하지 않은데요."

안색이 몹시 창백한 채 앉아 있는 엔보 부인은 너무 놀란 나머지 충격에서 벗어나지 못했다. 그러다 사람들이 네그렐을 칭찬할 때에야 비로소 잠시 미소를 되찾았을 뿐이었다. 세실의 부모는 특히 젊은이에게 감사했고 이제 결혼은 결정난 것이었다. 엔보 씨는 묵묵히 쳐다보았다. 자기 아내를 보았다가 아침에는 죽여 버리겠다고 맹세했던 그녀의 애인에게로, 그리고 나서 아마도 조만간 자기 앞에서 이 애인 녀석을 치워 줄 처녀에게로 눈길이 옮겨 갔다. 그는 전혀 서두르지 않았고, 그저 단 한 가지의 두려움만 남아 있었다. 바로 자기 아내가 더 천박하게, 어쩌면 하인과 놀아나며 타락하는 꼴을 보지나 않을까 하는 것이었다.

"그리고 너희들, 나의 사랑하는 꼬맹이들아." 드뇔랭은 자기 딸들에게 물어보았다. "다친 데는 없고?"

뤼시와 잔은 몹시 무서웠지만 그런 광경을 본 것에 만족했다. 그들은 이제 웃고 있었다.

"젠장!" 아버지가 계속 말했다. "대단한 하루를 보냈구나……! 너희들이 지참금을 원한다면 직접 벌어야 할 거다. 그리고 나를 먹여 살릴 각오들도 하거라."

그는 떨리는 목소리로 농담을 했다. 그의 두 눈에 눈물이 차오르자 두 딸은 그의 품 안으로 뛰어들었다.

엔보 씨는 이러한 파산 고백을 듣고 있었다. 그리고 재빠르게 생각이 스치며 그의 얼굴이 환해졌다. 이제 정말 방담은 몽수의 소유가 될 것이다. 그것은 기대하던 보상이었고, 회사의 높은 사람들에게 다시 총애를 얻게 할 행운이었다. 삶의 재난이 닥칠 때마다 그는 받은 명령들의 엄정한 집행을 보신책으로 삼았으며, 그가 몸담고 사는 군대식 규율을 준수하는 것을 작은 행복으로 삼았다.

사람들은 이제 조용해졌고, 램프 두 개가 은은한 불빛을 비추고 문의 커튼들이 포근하면서도 바깥의 소리를 죽이는 가운데, 응접실은 나른한 평온 속으로 빠져들었다. 밖에서는 도대체 무슨 일이 일어나고 있는가? 폭도들은 조용해졌고 돌은 더 이상 건물로 날아오지 않았다. 다만 숲속 멀리에서 울리는 도끼질같이 희미하면서도 육중한 타격 소리만 들렸다. 사람들은 궁금해져서 현관으로 돌아가 문의 격자 유리창을 통해 내다보기까지 했다. 심지어 부인들과 처녀들은 2층에 올라가 차양 덧문 뒤에 자리 잡았다.

"맞은편 주점 문간에 서 있는 저 부랑배 같은 라스뇌르가 보이시오?" 엔보 씨가 드뇔랭에게 말했다. "나는 눈치를 채고 있었지. 저자가 배후 인물임이 분명해."

하지만 그는 라스뇌르가 아니라 도끼질로 메그라의 상점을 부수고 있는 에티엔이었다. 그리고 그는 계속 동료들을 불렀다. 이 안에 있는 상품들은 광부들의 것이 아닌가? 그렇게 오래전부터 그들을 착취하면서 회사의 한마디에 그들을 굶주리게 한 이 도둑놈에게서 자신들의 재산을 되찾을 권리가 있지 않은가? 점차 모두들 사장의 저택은 내버려 두고 옆에 있는 상점을 약탈하러 뛰어갔다. 빵을 달라! 빵을 달라! 빵을 달라! 고함이 다시 울렸다. 이 문 뒤에는 빵이 있을 것이다. 더 기다렸다가는 이 길 위에서 숨을 거두기라도 할 것처럼 갑자기 그들은 굶주림의 분노로 흥분했다. 사람들이 심하게 밀쳐대며 문으로 몰려들어 에티엔은 도끼를 휘두를 때마다 누군가를 다치게 할까 봐 걱정되었다.

그사이 메그라는 저택의 현관을 떠나 우선 부엌으로 피신했다. 하지만 거기서는 아무 소리도 들리지 않아 그는 자기 상점에 들이닥칠 끔찍한 습격을 상상했다. 그래서 밖에 있는 펌프 뒤에 숨으려고 다시 막 올라왔는데, 그때 그는 문이 부서지는 소리와 자신의 이름이 섞여 나오는 약탈의 고함 소리들을 똑똑히 들었다. 그러니 악몽이 아니었다. 그는 보지는 못했지만 이제는 들었으며, 귀가 웅웅거리는 가운데 그 공격을 뒤쫓고 있었다. 도끼질 하나하나가 그의 가슴에 들어와 박혔다. 경첩 하나가 부서져 나간 것 같았고 이어서 오 분쯤 지나자 상점은 점령되었다. 그의 머릿속에서는 무서운 장면들이 생생하게 그려졌다. 악당들이 난입해서 강제로 서랍들을 열어젖히고, 푸대들을 터뜨리고, 모든 것을 먹고 마셔 버리고, 집 자체도 부서지고 더 이상 아무것도, 마을을 돌아다니며 구걸하는데 필요한 지팡이 하나 남아나지 않는 것이었다. 안 된다. 그들이 자신을 완전히 파멸시키도록 내버려 두느니 차라리 자기 집에서 죽으리라. 그가 그곳에 있게 된 때부터, 그에게는 자기 집 창문 중의 하나인 정면 모서리에 나 있는 창문의 유리창 너머로 자기 아내의 창백하고 연약한 옆모습이 흐릿하게 보였다. 아마도 그녀는 얻어맞고 사는 불쌍한 존재의 말없는 표정으로 공격이 다가오는 것을 보고 있는 것 같았다. 그 아래로는 헛간이 하나 있었는데, 사장 저택의 정원에서 경계벽 철망을 기어올라 그곳에 올라갈 수 있도록 되어 있었다. 그리고 거기서부터는 기왓장 위로 해서 창문까지 기어올라 가기는 쉬웠다. 그는 집에서 나온 것을 후회했고 그렇게 해서 자기 집으로 돌아가야겠다는 생각이 그를 괴롭혔다. 어쩌면 가구들로 상점에 바리케이드를 칠 시간은 있을 것이다. 심지어 그는 끓는 기름이나 불붙인 석유 같은 것을 위에서 쏟아 붓는 영웅적인 다른 방어책들까지 생각해 보았다. 하지만 자기 상품들에 대한 애정은 두려움과 갈등을 빚었고, 그는 자신의 비겁함과 싸우느라 숨을 헐떡거렸다. 도끼 소리가 더욱 깊숙이 울려 퍼지자 갑자기 그는 결심했다. 구두쇠 근성이 승리한 것이다. 그와 그의 아내는 빵 하나라도 빼앗기느니 차라리 자신들의 몸으로 자루들을 지킬 것이다.

그와 거의 동시에 고함이 터져 나왔다.

"봐요들! 봐요들······! 수고양이가 저 위에 있어! 고양이를 잡아라! 고양이를 잡아라!"

무리가 헛간 지붕 위에 있는 메그라를 본 것이었다. 육중한 몸에도 불구하고 흥분에 사로잡힌 그는 부서지는 나무들에는 아랑곳 않고 민첩하게 철망으로 올라갔다. 그리고 이제 그는 기왓장들을 따라 납작 엎드려 창문에 다다르려고 애쓰고 있었다. 하지만 경사가 너무 급했고, 튀어나온 배가 방해가 되었으며 손톱이 뽑혀 나왔다. 그렇지만 만약 그가 돌에 맞을까 봐 두려워서 떨지 않았다면 그는 위에까지 몸을 끌고 갔을 것이다. 그에게는 더 이상 보이지 않는 군중이 아래에서 계속 고함을 질러 대자 그는 두려워서 떨었다.

"고양이를 잡아라! 고양이를 잡아라······! 저놈은 묵사발을 만들어야 해."

그러자 갑자기 그의 두 손에서 동시에 힘이 풀리더니 그는 공처럼 굴러서 빗물받이 홈통으로 튀었다가 경계벽을 가로질러 떨어졌다. 너무도 운이 나쁘게 떨어져서 그는 다시 길 쪽으로 튀어나가 경계석 모퉁이에 부딪혀 머리통이 부서졌다. 머릿골이 쏟아져 나왔다. 그는 죽었다. 위에 있던 그의 아내는 창백하고 흐릿한 모습으로 유리창 뒤에서 줄곧 내려다보고 있었다.

처음에는 모두 경악했다. 에티엔은 동작을 멈추었고, 손에서 도끼가 미끄러져 떨어졌다. 마외와 르바크와 다른 사람들은 상점을 공격하는 것을 잊어버리고 가느다란 한 줄기의 피가 천천히 흘러내리는 벽 쪽으로 눈을 돌렸다. 그리고 고함이 그쳤고 짙어 가는 어둠 속에 침묵이 퍼져 나갔다.

곧이어 고함이 다시 시작되었다. 피에 취해서 달려든 것은 여자들이었다.

"역시 하느님은 계시구나! 아! 돼지 같은 새끼, 이젠 끝났다!"

그들은 아직 온기가 남아 있는 시체를 둘러싸고 그의 부서진 머리를 더러운 낯짝이라고 불러 대며, 먹을 빵이 없던 자기들 삶의 오랜 원한을 죽은 자 앞에서 외쳐 대면서 웃음과 함께 욕지거리를 퍼부었다.

"나는 네놈한테 육십 프랑을 빚지고 있었지. 자, 너한테 갚았다, 도둑놈아!" 그들 중에서도 가장 분노에 찬 라 마외드가 말했다. "네놈은 더 이상 나한테 외상을 거절하지 못하겠지…… 기다려! 기다려! 내가 너를 더 살찌게 해야겠다."

그녀는 열 손가락으로 흙을 긁어서 두 줌을 집더니 시신의 입에 거칠게 채워 넣었다.

"자! 처먹어라……! 자! 처먹어, 처먹어, 네놈은 우리를 뜯어 먹었잖아!"

누워 있는 시체가 꼼짝 않은 채 움직이지 않는 커다란 두 눈으로 어둠이 내려오는 끝없는 하늘을 쳐다보는 동안 욕설은 더욱 심해졌다. 그의 입에 쌓인 흙은 그가 내주기를 거절했던 빵이었다. 그리고 이제 그는 더 이상 빵이라고는 이것밖에 먹지 못할 것이었다. 가난한 사람들을 굶주리게 한 것은 그에게 전혀 행복을 가져다주지 못한 것이다.

하지만 여자들은 그에게 또 다른 복수를 해야 했다. 그녀들은 암늑대처럼 그의 냄새를 맡으면서 빙빙 돌았다. 모두들 모욕거리를, 자신들에게 위안거리가 될 만한 야만스런 짓을 찾고 있었다.

라 브륄레의 날카로운 목소리가 들렸다.

"수고양이처럼 그걸 잘라 버려야 해!"

"그래, 그래! 고양이처럼! 고양이처럼……! 이 더러운 놈은 너무했어!"

라 무케트는 벌써 그의 바지를 벗기려고 잡아당기고 있었고, 라 르바크는 다리를 들어 올리고 있었다. 그리고 라 브륄레는 노파의 깡마른 두 손으로 벌거벗은 허벅지를 벌리고는 죽은 성기를 움켜잡았다. 그녀는 그것을 통째로 움켜잡고선 깡마른 등줄기가 팽팽해지고 기다란 두 팔이 우지직 소리가 나도록 용을 쓰면서 뽑아냈다. 물렁물렁한 살가죽들이 저항하자 그녀는 다시 잡아당겼고, 마침내 털이 무성하게 나 있는 피투성이 살 조각을 한 덩어리 떼어 내서 승리의 웃음과 함께 흔들어 댔다.

"끝장냈다! 이걸 끝장냈다!"

날카로운 목소리들이 그 가증스런 트로피에다 저주를 퍼부었다.

"아! 개새끼. 네놈은 더 이상 우리 딸들을 범하지 못하겠지!"

"그래, 네놈에게 몸으로 돈을 갚는 건 끝났어. 우리 모두가 빵 하나 얻으려고 엉덩이를 내미는 일은 더 이상 없을 거다."

"어머나! 나는 네놈한테 육 프랑의 빚이 남아 있는데 선금을 조금 받을래? 난 네놈이 아직 할 수 있다면 기꺼이 원한다고!"

이 농담은 여자들에게 엄청난 환호성을 불러 일으켰다. 여자들은 피투성이 살점을 서로 보여 주었다. 그들 각자에게 고통을 겪게 한 그것은, 그들이 마침내 방금 짓이겨 놓아서, 자신들의 지배하에 무기력하게 있는 흉악한 짐승 같아 보였다. 그들은 그 위에 침을 뱉었고, 턱을 앞으로 쭉 내밀며 분노로 터져 나오는 경멸 속에 되풀이해서 말했다.

"저놈은 이제 할 수 없어! 저놈은 이제 할 수 없어……! 저놈은 이제 땅속에 파묻어 줄 만한 인간도 못 돼……. 그래, 그냥 썩어라, 아무 쓸모도 없는 놈아!"

라 브릴레는 살덩어리 전체를 막대기 끝에 꿰었다. 그리고 공중에 쳐들고 깃발처럼 들고 다니다 길로 뛰쳐나갔고, 여자들이 고함을 지르면서 어지럽게 따라갔다. 이 비참한 살덩이는 푸줏간의 진열대에 놓인 고기 조각처럼 걸려 있었고, 핏방울들이 비 오듯 떨어졌다. 위쪽 창가에 있던 메그라의 아내는 여전히 움직이지 않았다. 그러나 마지막 석양 빛 속에서 유리의 고르지 않은 흐릿한 면이 그녀의 하얀 얼굴을 변형시켜서 그녀는 웃고 있는 것처럼 보였다. 남편에게 얻어맞고, 남편이 마냥 바람피워도 아침부터 저녁까지 장부 위로 어깨를 구부리고 있었던 그녀는, 여자들 무리가 막대기 끝에 그 나쁜 짐승을, 짓이겨진 그 짐승을 달고 뛰어다니는 것을 보며 웃고 있는지도 몰랐다.

이같이 끔찍한 신체 훼손은 얼어붙은 공포 가운데서 이루어졌다. 에티엔도, 마외도, 다른 사람들도 개입할 틈이 없었다. 그들은 미친 듯이 날뛰는 여자들 앞에서 꼼짝 않고 있었다. 티종 카페의 문간에 몇 사람의 얼굴이 보였는데, 라스뇌르는 분노로 얼굴이 창백해졌고, 자카리와 필로멘은 그 광경을 보자 얼이 빠졌다. 본모르와 무크 두 노인은 아주 심각한 표정으로 고개를 끄덕이고 있었다. 오직 장랭만이 낄낄거리며 팔꿈치로 베베르를 쿡 찌르고 리디에게 고개를 들어 보라고 시켰다. 어느새 여자들은 되돌아와 맴을 돌면서 사장 집의 창문 아래로 지나가고 있었다. 그리하여 차양 덧문 뒤에서 부인들과 아가씨들은 목을 길게 뺐다. 그녀들은 담에 가려진 그 광경을 볼 수가 없었다. 컴컴해진 어둠 속이라 잘 알아보지 못했던 것이다.

"저 여자들이 막대기 끝에 달아 놓은 게 뭔가요?" 이제 밖을 내다볼 정도로 대담해진 세실이 물었다.

뤼시와 잔은 저건 토끼 가죽이 틀림없다고 단언했다.

"아니야, 아니야." 엔보 부인이 중얼거렸다. "저들은 정육점을 약탈했을 거야, 돼지고기 조각 같은데."

그 순간 그녀는 소스라치며 입을 다물었다. 그레구아르 부인이 그녀를 무릎으로 툭 쳤던 것이다. 두 부인은 입을 딱 벌린 채 있었다. 얼굴이 몹시 창백해진 두 아가씨는 더 이상 묻지 않고 휘둥그레진 눈으로 어둠 속에서 붉게 보이는 것을 지켜보고 있었다.

에티엔은 다시 도끼를 휘둘렀다. 하지만 불안감은 사라지지 않았다. 시신은 이제 길을 가로막고 상점을 보호하는 듯 누워 있었다. 많은 사람들이 뒤로 물러섰다. 그것은 그들 모두를 진정시키는 포식과도 같은 것이었다. 마외는 침울하게 서 있었는데, 그때 그는 자기 귀에다 대고 도망치라고 말하는 목소리를 들었다. 돌아보니 카트린이었다. 그녀는 여전히 낡은 남자 웃옷을 입고 시커먼 모습으로 숨을 헐떡이고 있었다. 그는 손으로 그녀를 밀쳐 냈다. 그는 그녀의 말을 들으려 하지 않았고, 때리겠다고 위협했다. 그러자 그녀는 절망적인 몸짓을 하고는 망설이다가 에티엔 쪽으로 달려갔다.

"도망쳐, 도망쳐, 헌병들이 왔어!"

그 또한 따귀를 맞았을 때 솟구쳤던 피가 자신의 뺨으로 다시 솟구치는 것을 느끼면서 그녀를 쫓아내며 욕을 퍼부었다. 하지만 그녀는 아랑곳하지 않고 그가 도끼를 버리게 만들고는 거역할 수 없는 힘으로 그의 두 팔을 잡아서 끌고 갔다.

"헌병들이 왔다고 말하잖아……! 내 말 좀 들어 봐. 당신이 알고 싶다면 사실을 말해 주지. 헌병들을 찾아서 데리고 온 사람이 바로 샤발이야. 나는 그게 혐오스러워서 온 거야……. 도망쳐, 나는 당신이 잡히는 건 원치 않아."

그리고 카트린이 그를 데려가자, 그 순간 멀리서 육중한 말발굽 소리가 도로를 뒤흔들었다. 대뜸 고함 소리가 터져 나왔다. "헌병들이다! 헌병들이다!"

그러자 군중은 걸음아 나 살려라 하고 사방으로 흩어져 도망쳤다. 순식간에 길이 텅 비었고, 폭풍우가 휩쓸고 간 것처럼 완전히 깨끗해졌다. 메그라의 시체만이 희끄무레한 땅 위에 한 점의 어둠을 만들고 있었다. 티종 카페 앞에는 라스뇌르만 남아서, 안도하는 환한 얼굴로 헌병들의 칼이 거둔 손쉬운 승리에 환호를 보내고 있었다. 한편 인적 없고 불이 꺼진 몽수에서는, 닫힌 건물 벽의 침묵 속에서 부르주아들이 식은땀을 흘리며 내다볼 엄두도 못 낸 채 이를 덜덜 떨고 있었다. 들판은 짙은 어둠 아래 잠겨, 이제는 슬픈 하늘 속에 불타오르는 용광로들과 코크스로들밖에 없었다. 헌병들의 말발굽 소리가 육중하게 다가와, 사람들이 미처 알아보기도 전에 하나의 검은 덩어리로 나타났다. 그리고 그들의 호위하에 그들 뒤로 마르시엔의 제과점 마차가 마침내 도착했고, 그 작은 이륜 포장 짐마차에서 한 심부름꾼 소년이 뛰어내리더니 평화로운 모습으로 볼로방 파이들을 꺼내기 시작했다.

6부

1

2월의 첫 보름이 또 흘러갔고, 가난한 사람들에게는 가혹하게도 어두운 추위가 혹독한 겨울을 연장시키고 있었다. 당국의 고위층들이 다시금 길을 순찰하고 다녔다. 릴의 도지사, 검사, 장군 등이었다. 그리고 헌병들로는 충분치 않아서 군대가 몽수를 점령하러 와서, 일개 연대 전체가 보니에서 마르시엔까지 진을 치고 있었다. 무장한 보초들이 수갱들을 지키고 있었고, 기계마다 그 앞에 군인들이 지키고 있었다. 사장의 저택, 회사의 작업장들에서부터 몇몇 부르주아들의 집에 이르기까지 총검들이 비죽비죽 솟아 있었다. 이제는 포장도로를 따라 순찰대들이 천천히 지나가는 소리밖에 들리지 않았다. 르 보뢰의 폐석장 위에는 위에서 불어오는 차디찬 바람을 맞으며, 훤히 트인 들판 위의 감시인처럼 초병 하나가 계속 우뚝

서 있었다. 그리고 두 시간마다 적진에서처럼 초병들이 외치
는 소리가 울려 퍼졌다. "누구냐……? 암호를 대며 앞으로!"

작업은 어디에서도 재개되지 않았다. 그와 반대로 파업은
악화되었다. 르 보뢰와 마찬가지로 크레브쾨르, 미루, 마들렌
이 채굴을 중단했고, 푀트리캉텔과 라 빅투아르는 아침마다
광부들이 줄어들었으며, 그때까지 아무 일 없었던 생토마에
서도 사람이 부족했다. 군인들의 무력 시위 앞에 광부들은 자
존심이 상해서 이제 무언의 완강함을 보이고 있었다. 사탕무
밭 가운데서 탄광촌들은 쓸쓸해 보였다. 노동자 한 사람 꼼짝
하지 않았으며, 어쩌다 노동자를 한 명 만나도 그는 동떨어진
태도로 붉은색 바지들 앞에서 고개를 숙이며 비스듬히 딴 곳
을 바라볼 뿐이었다. 그리고 소총에 저항하는 이 침울한 평화,
이 소극적인 완강함 속에는, 조련사를 지켜보면서 그가 등을
돌리기만 하면 목덜미를 물어뜯을 태세가 되어 있는, 우리 안
에 갇힌 야수의 거짓된 온순함과 강요받고 참아 내는 복종이
들어 있었다. 작업 중단으로 파산에 처하게 된 회사는 벨기에
국경에 있는 보리나주의 광부들을 고용하겠다고 했다. 하지만
회사는 그럴 엄두를 내지 못했다. 그리하여 자기 집에 틀어박
혀 있는 광부들과 군대가 지키는 죽은 수갱들 사이의 싸움은
그 상태로 머물러 있었다.

그 끔찍했던 날의 다음 날이 되자마자 대번에 이처럼 평온
해졌지만 그 속에는 너무나 커다란 공포가 숨어 있었기에 사
람들은 피해와 잔인성에 대해 최대한 침묵을 지켰다. 메그라
의 죽음을 두고 수사가 착수되어 추락사한 것으로 결론 났고,

시신이 끔찍하게 훼손된 것은 모호한 일로 남아 이미 전설이 되어 가고 있었다. 회사는 입은 피해를 밝히지 않았고 마찬가지로 그레구아르 부부도 재판에서 딸이 증언함으로써 파문을 일으켜 딸을 위태롭게 할 생각이 없었다. 그렇지만 몇몇이 체포되었는데, 늘 그렇듯이 아무것도 모르고 멍청하고 얼빠진 사람들이었다. 착오가 있어 피에롱은 손목에 수갑을 차고 마르시엔까지 갔는데, 그 일을 두고 동료들은 아직도 웃음거리로 삼고 있었다. 라스뇌르도 마찬가지로 헌병 두 명에게 끌려갈 뻔했다. 사장실에서는 해고자 명단을 작성해서 노동 수첩을 무더기로 돌려보냈을 뿐이었다. 마외는 수첩을 돌려받았다. 240번 탄광촌에서만 르바크를 비롯해 서른네 명이 수첩을 돌려받았다. 그리고 에티엔에게는 가장 엄한 벌이 내려졌다. 그러나 그는 난리가 났던 그날 밤 이후로 사라져, 수색을 했지만 어디서도 흔적을 발견할 수 없었다. 샤발은 에티엔에 대한 증오심에 그를 고발했다. 하지만 자기 부모를 구하려는 카트린의 애원도 있어 다른 사람들의 이름은 대지 않았다. 여러 날이 흘러갔지만 사람들은 아무것도 끝나지 않았음을 느꼈으며, 불안감으로 가슴이 답답한 상태로 결말을 기다리고 있었다.

그날 이후로 몽수의 부르주아들은 상상이 빚어낸 경종 소리로 귀가 윙윙거리고 콧구멍은 역한 화약 냄새에 사로잡힌 채 밤마다 소스라치며 잠에서 깨어나곤 했다. 그런데 그들의 머리를 깨질 듯하게 만든 것은 랑비에 신부라는 새로 온 본당 신부의 설교였다. 벌건 잉걸불 같은 눈을 지닌 깡마른 이 신부는 주아르 신부의 후임으로 온 사람이었다. 랑비에 신부의 행동은 주아르 신부의 웃음기 띤 신중한 태도, 모든 사람과 평화롭게 지내려 했던 뚱뚱한 그의 부드러운 배려와는 전혀 달랐다! 랑비에 신부는 이 지역을 더럽히고 있는 가증스런 악당들을 감히 옹호하지 않는가? 그는 파업 노동자들의 극악한 짓들을 두둔하면서, 부르주아 계급을 맹렬히 공격하고 그들에게 모든 책임을 전가했다. 부르주아 계급은 교회로부터 아주 오래된 자유를 빼앗아 그것을 악용함으로써 이 세상을 불의와 고통으로 저주받은 곳으로 만들어 놓았다는 것이었다. 또한 부르주아 계급은 그들의 무신론으로써, 그리고 신앙과 초기 기독교들의 우애의 전통으로 복귀하는 것을 거부함으로써, 온갖 오해들을 늘리고 끔찍한 재난으로 몰아붙이고 있다는 것이었다. 그리고 그는 과감하게 부자들을 위협했고, 그들이 하느님의 말씀을 듣지 않겠다고 더욱 고집한다면 분명 하느님은 가난한 자들 편에 서실 것이라고 그들에게 경고했다. 영광스런 승리를 위해 그들의 재산을 지상의 비천한 사람들에게 나누어 주시리라는 것이었다. 신앙심 깊은 여자들은 그 말을 듣고 떨었으며, 공증인은 그 말 속에는 가장 몹쓸 사회주의가 들어 있다고 단언했다. 모두들 사제가 파업자 무리의 선두에 서서 십자가를 흔들며 대대적인 공격을 하여 89년 대혁명에 태어난 부르주아 사회를 무너뜨리는 모습을 보는 듯했다.

그 이야기를 듣자 엔보 씨는 어깨를 으쓱 치켜올리며 이렇게 말할 뿐이었다.

"그가 우리를 너무 귀찮게 하면 주교가 그를 쫓아내 줄 거요."

이렇게 들판의 한쪽 끝에서 다른 쪽 끝까지 공포가 몰아치는 동안, 에티엔은 레키야르의 깊숙한 땅속에 있는 장랭의 굴에서 지내고 있었다. 그는 그곳에 숨어 있었으나 아무도 그가 그렇게 가까운 데 있으리라고는 생각하지 못했다. 탄광 안에 있으며 옛 수갱의 폐갱도 안에 걱정할 것 없이 대담하게 자리 잡은 이 은신처 덕분에 수색은 실패로 돌아갔다. 위쪽에는 쓰러진 도르래 탑 골조들 사이로 자라난 야생 자두나무와 산사나무가 구멍을 메우고 있었다. 사람들은 그곳에서 위험을 무릅쓰면서 더 이상 나아가기를 포기했다. 아직 견고한 사다리 가로대에 도달하기 위해서는 마가목 뿌리에 매달려 과감하게 몸을 던져야 했다. 그리고 다른 장애들이 은신처를 보호해 주었다. 통기승의 숨 막힐 듯한 더위를 뚫고 120미터에 걸쳐 위험한 하강을 감행해 약탈품들로 가득 찬 악당의 소굴을 발견하기까지 갱도의 비좁은 벽들 사이로 일 킬로미터에 걸쳐 배를 납작 붙이고 힘들게 미끄러져 내려가야 했던 것이다. 그는 그곳에서 풍족하게 살았다. 즈니에브르, 말린 대구 남은 것, 온갖 종류의 비축물이 있었다. 건초로 만들어진 커다란 침대는 훌륭했고, 목욕물처럼 뜨뜻한 일정한 온도가 유지되는 가운데 바람 한 점 느껴지지 않았다. 단지 불빛이 부족할 위험이 있었다. 헌병들을 놀려 먹는 것에 즐거워하며 본능적인 신중함과 조심성을 지니고 그의 조달자가 된 장랭은 그에게 포마드까지 갖다주었으나 양초 한 갑을 훔쳐 오는 것까지는 할 수 없었다.

닷새째 되는 날부터 에티엔은 식사를 할 때만 불을 켰다.

어둠 속에서는 음식이 목구멍으로 넘어가지 않았다. 언제나 똑같은 어둠이 지배하는, 끝없이 완전한 이 밤이 그에게는 커다란 고통이었다. 안전하게 잠을 자고 빵이 있고 따뜻해도 소용없었다. 밤이 그토록 그의 머리통을 무겁게 짓누른 적은 없었다. 그것은 마치 그의 생각을 짓누르는 것만 같았다. 이제 그는 도둑질로 살아가고 있었다! 그는 공산주의 이론을 받아들였음에도 불구하고, 예전에 교육받은 도덕관념이 되살아나서 마른 빵에 만족했고 자기 몫을 줄였다. 그런데 어떻게 해야 하나? 살아가야만 했고 그는 아직 임무를 완수하지 못했다. 또하나의 수치심이 그를 괴롭혔다. 추위 속에서 빈속에 즈니에브르를 마셔서 취기가 올라 칼을 들고 샤발에게 덤빈 일에 대한 후회였다. 그의 안에 있던 미지의 무시무시한 사람을 뒤흔든 이러한 취기는 술을 한 방울만 마셔도 살인 충동에 사로잡히는 유전병으로 오랫동안 술주정이 유전된 결과였다. 이렇게 살인자로 끝날 것인가? 폭력으로 포만감을 느낀 그는 조용한 이 땅속 은신처에 숨어 들자 배부르고 기진맥진한 짐승처럼 이틀 동안 잠을 잤다. 그런데도 구역질은 계속되었으며 그는 마치 극도로 방탕한 향연을 벌이고 난 다음처럼 입안이 쓰고 머리는 아픈 채 녹초가 되어서 지냈다. 일주일이 흘러갔다. 마외 부부는 귀띔을 받았지만 그에게 양초 한 자루도 보낼 수 없었다. 그는 식사할 때조차도 불을 밝힐 수 없었다.

이제 에티엔은 몇 시간이고 건초 위에 누워 있었다. 스스로 지니고 있다고 여기지 않았던 막연한 생각들이 그를 괴롭혔다. 그것은 그가 공부를 함에 따라 동료들과 떨어지게 된 우월감이자 그 자신에 대한 찬양이었다. 이제껏 그는 그처럼 심사숙고해 본 적이 없었기에, 수갱들을 거쳐 가며 미친 듯이 내달리고 난 후에 왜 자신이 혐오감을 갖게 되었는지 자문해 보았다. 하지만 그는 감히 대답하지 못했다. 천한 탐욕과 상스러운 본능, 바람에 뒤흔들리는 그 모든 가난의 냄새 등과 같은 기억들이 그에게 혐오감을 주었다. 암흑이 주는 고통에도 불구하고 그는 탄광촌에 돌아갈 때를 두려워하기에 이르렀다. 나무통을 공동으로 쓰며 포개져 살아가는 그 가난한 사람들은 얼마나 구역질 나는가! 정치에 대해 진지하게 함께 얘기할 사람 하나 없고, 짐승 같은 삶에 늘 똑같이 양파 냄새에 찌든 숨 막히는 공기! 그는 그들을 주인으로 만들어 주어 그들에게 더 넓은 하늘을 보여 주고 그들이 부르주아 계급의 유복함과 예의범절을 지니게 하고 싶었다. 하지만 그렇게 되려면 얼마나 오래 걸릴 것인가! 그리고 그는 이제 더 이상 자신에게 이 굶주림의 도형장에서 승리를 기다릴 용기가 없음을 느꼈다. 서서히, 그들의 지도자라는 허영심, 그들을 대신해서 생각하려는 끊임없는 강박관념은 그로 하여금 그들에게서 벗어나게 만들었고 그가 증오하는 부르주아의 영혼을 그 자신에게 불어 넣었다.

어느 날 저녁 장렝이 짐마차꾼의 초롱에서 훔친 양초 한 토막을 가져왔다. 그것은 에티엔에게 커다란 위안이 되었다. 암흑이 그를 멍청해지게 하고 미치도록 그의 머리통을 짓누를 때면 그는 잠시 불을 켰다. 그러고 나서 악몽을 쫓아 버리면 곧바로 그는 빵만큼이나 그의 삶에 필요한 빛을 아끼느라 불을 껐다. 정적 속에서 그의 귓전에 윙윙거리는 소리가 들렸고 쥐들이 무리 지어 달아나는 소리, 오래된 갱목이 와지끈 부러지는 소리, 거미가 거미줄을 치는 조그만 소리만 들렸다. 이 포근한 허공 속에서 눈을 뜬 채 그는 자신에게서 떠나지 않는 생각, 즉 동료들은 저 위에서 무엇을 하고 있을까 하는 생각으로 끊임없이 돌아왔다. 그가 도망친 것은 스스로에게도 최악의 비겁한 행위인 것처럼 보였다. 하지만 이처럼 숨어 있는 것은 자유로운 상태에서 조언하고 행동하기 위해서였다. 오랫동안 생각한 끝에 그의 야망은 확고부동해졌다. 더 잘 기다림으로써 그는 플뤼샤르처럼 되어, 정신노동은 삶 전체를 소모시키며 아주 조용한 분위기를 필요로 한다는 핑계로, 육체노동에서 손을 놓고 깨끗한 방에서 혼자 오로지 정치에만 힘을 기울이고 싶었다.

두 번째 주가 시작되었을 때 아이가 헌병들은 그가 벨기에로 넘어간 것으로 생각한다고 말해 주어서 그는 밤이 되자마자 대담하게 그의 소굴에서 나왔다. 그는 상황을 파악해 더 버텨야 할지 말아야 할지를 알고 싶었다. 그는 싸움이 위태로워졌다고 생각했다. 파업 전에는 결과에 회의적이면서도 그저 상황에 끌려갔다. 그리고 폭동에 도취했었던 그는 이제는 회사를 굴복시킬 희망을 잃고 처음의 회의로 되돌아왔다. 하지만 그는 아직 그것을 스스로 인정하지 않았고, 패배의 비참함과 그를 짓누르는 이 고통스럽고 무거운 책임감을 생각할 때면 고뇌에 사로잡혔다. 파업이 끝나는 것은 그의 역할이 끝나는 것이고 그의 야망이 땅에 떨어지는 것이며, 탄광에서의 짐승 같은 우둔한 삶과 혐오스러운 탄광촌 생활로 다시 돌아가는 것이 아닌가? 그래서 그는 정직하게, 거짓된 얕은 계산을 하지 않고 자기 신념을 되찾으려 했다. 아직 항거할 수 있으며 노동의 영웅적인 자살 앞에서 자본은 스스로 파괴될 것임을 입증하려고 애썼다.

실제로 붕괴의 긴 반향이 고장 전체에 울려 퍼지고 있었다. 밤이 되어 자기 숲에서 나온 늑대처럼 어두운 시골을 배회할 때면, 그는 들판의 한끝에서 다른 끝까지 파산으로 무너져 내리는 소리가 들려오는 것 같았다. 길가를 따라가노라면 이젠 가동을 멈추고 닫혀 있는 공장들뿐이었고 창백한 하늘 아래 건물들이 썩어 가고 있었다. 특히 제당 공장들이 타격을 받았다. 오통 제당 공장과 포벨 제당 공장은 노동자들 수를 줄인 후 최근 들어 차례차례로 무너졌다. 뒤티월 제분소에서는 이번 달의 두 번째 토요일에 마지막 맷돌이 멈췄고, 탄광의 케이블을 만드는 블뢰즈 밧줄 공장은 조업 정지로 결국 망했다. 마르시엔 쪽도 상황이 날로 악화되었다. 가주부아 유리 공장은 모든 불들이 꺼져 있었고, 손빌 건설 작업장들에서는 해고가 계속되었으며, 포르주의 용광로 세 개 중 한 개만 불이 타고 있었고, 코크스로들이 지평선 위로 타오르는 모습은 볼 수 없었다. 이 년 전부터 악화된 산업 공황으로 발생한 몽수 광부들의 파업은 붕괴를 가속시키면서 공황을 악화시켰다. 미국의 주문 중단과 과도한 생산에 투자하느라 묶여 버린 자본의 적체라는 곤경의 원인들 외에 이제는 아직 가동 중인 보일러용 석탄의 예기치 못한 부족까지 가세했다. 그래서 수갱에서 더 이상 기계들의 빵인 석탄이 공급되지 않자 단말마적 고통을 야기했다. 전반적인 위기에 겁을 먹은 회사는 채굴을 줄이고 광부들을 굶주리게 했다. 12월 말이 되자 수갱의 채굴물 집하장에는 결국 석탄이 한 조각도 없게 되었다. 모든 것이 서로 연관되어 있기에, 멀리서 재앙이 불어오면 하나의 도산은 또 하나의 도산을 야기해서 산업체들은 서로를 부수면서 쓰러졌다. 재난이 너무도 빨리 연속적으로 일어나서 그 반향은 릴, 두에, 발랑시엔 같은 인근 도시까지 퍼져 나가 은행가들이 도주하고 그 가족들은 파산했다.

차디찬 밤중에 에티엔은 이러한 붕괴의 잔해들이 쏟아지는 소리를 들으려고 종종 길모퉁이에 멈춰 섰다. 어둠을 거세게 들이마시면 모든 것을 무화시킬 기쁨이 그를 사로잡았다. 평등의 수평면이 낫질하듯 땅을 스치고 지나가 서 있는 재산은 더 이상 없을 무너진 낡은 세계 위로 태양이 떠오르리라는 희망이었다. 그런데 이러한 학살에서 회사의 수갱들이 특히 그의 관심을 끌었다. 어둠 때문에 앞이 잘 안 보였지만 그는 다시 걷기 시작해 수갱들을 차례로 살펴보면서 새롭게 파손된 것이 있으면 기뻐했다. 갱도들을 방치한 상태가 장기화되자 낙반 사고가 점점 심각하게 계속해서 일어났다. 미루의 북쪽 갱도 위로는 지반 침하가 너무 심해서 주아젤 길이 100여 미터에 걸쳐 지진으로 뒤흔들린 것처럼 함몰되었다. 그러자 회사는 이 사고들을 둘러싸고 소문이 퍼질 것이 걱정되어 사라진 들판의 소유주들에게 흥정하지 않고 배상해 주었다. 크레브쾨르와 마들렌은 쉽게 무너지는 암석 때문에 점점 막혀 들어갔다. 라 빅투아르에서는 갱내 감독 두 명이 파묻혔다고 했다. 갑작스런 물살이 푀트리캉텔을 침수시켰다. 제대로 손보지 않은 갱목들이 사방에서 부서지는 생토마에서는 갱도 일 킬로미터에다 벽을 쌓아 올려야 할 지경이었다. 이처럼 시시각각 피해 비용이 엄청났으며, 주주들의 배당금에는 구멍이 뚫리고 수갱들은 급속히 파괴되어, 결국에는 한 세기 만에 백배가 된 그 유명한 몽수의 드니에 화폐들을 삼켜 버릴 판이었다.

이렇게 계속 무너져 가는 것을 보자 에티엔은 희망이 되살아났고, 항거를 석 달째 계속하면 그 괴물을, 알 수 없는 자신의 성막 속에 우상처럼 웅크린 채 포식하고 지쳐 있는 그 짐승을 끝장내 버릴 수 있을 것이라고 믿게 되었다. 그는 몽수에서 소요가 일어난 후 파리의 신문들이 크게 충격을 받아 정부 측 신문과 그 반대편 신문 사이에 격렬한 논쟁이 벌어져 무시무시한 이야기들이 흘러나온 것을 알게 되었다. 인터내셔널을 성원해 주던 제국의 정부가 겁을 집어먹고 인터내셔널을 탄압하기 위해 이런 이야기들을 악용하고 있었다. 그리하여 이사회는 더 이상 못 들은 척할 수만은 없어 이사 두 명을 조사차 보냈지만, 그들은 마지못한 표정에 파업의 해결을 걱정하는 것 같지도 않았다. 그들은 아무런 관심도 없어서 사흘 후 모든 일이 잘되어 간다고 확언하며 돌아갔다. 하지만 한편으로는 그들이 머무는 동안에 내내 자리를 지키고 있었으며 어떤 거래 건들에 몰두해서 열성적으로 조사했는데 그들 주위에 있던 누구도 무슨 일이었는지 입을 열지 않는다고 말하는 사람들도 있었다. 에티엔은 그자들이 침착한 척한다고 비난했고, 그 성가신 사람들이 모든 일에서 손을 뗀 이상 이제 승리를 확신했으며, 그들은 겁에 질려 줄행랑친 것이라고 여겼다.

하지만 에티엔은 다음 날 밤에 다시 절망했다. 그렇게 섭 사리 무너뜨리기에는 회사가 너무나 튼튼했다. 회사는 수백만 프랑을 잃어도 아랑곳하지 않고 나중에 노동자들의 임금을 줄임으로써 그 손실을 벌충할 터였다. 그날 밤 장바르까지 나간 길에 한 감독관에게 방담이 몽수로 넘어갈지도 모른다는 얘기를 듣고 그는 진실을 알아차렸다. 사람들 말로는, 드늘랭가에는 부자들이 빈곤으로 추락하는 예로서 불쌍하게 빈곤이 닥쳐, 아버지는 돈 걱정으로 늙어 버린 데다 무력감으로 인해 병이 생겼고, 빚진 딸들은 물품 대 주는 상인들을 상대로 자신들의 셔츠들을 뺏기지 않으려고 싸우고 있다는 것이었다. 숨어서 물이나 마셔야 하는 이 부르주아의 집보다는 차라리 굶주리는 탄광촌이 고생을 덜 한다는 것이었다. 장바르는 아직 작업이 재개되지 않았고, 가스통마리는 펌프를 교체해야 했다. 전력을 다해 서둘렀음에도 불구하고 침수가 시작되어 막대한 비용이 들게 되었다. 드늘랭은 용기를 내어 그레구아르 부부에게 10만 프랑을 빌려 달라고 요청했는데, 비록 예상했던 일이지만 그들은 거절했고 그는 재기 불능에 빠졌다. 그들은 그가 불가능한 싸움을 하지 않도록 걱정하는 마음에서 거절했다는 것이었다. 그리고 그들은 그에게 탄광을 팔아넘길 것을 권했다. 그는 계속 안 된다고 격렬하게 말했다. 그는 파업으로 인한 비용을 감당해야 하는 것에 미친 듯이 화를 냈으며, 처음에는 화병이 나서 뇌출혈로 머리에 피가 차고 숨이 막혀 죽기를 바랄 지경이었다. 하지만 어찌할 것인가? 그는 탄광 회사의 제안을 들어 보았다. 그들은 트집을 잡으며 단지 투자 자금이 없어서 채굴 작업이 마비된 이 먹음직스러운 먹이를, 수리하고 새로 설비까지 한 이 수갱을 깎아내렸다. 그가 거기에서 채권자에게 변제할 금액을 건지기만 해도 다행이라는 것이었다. 그는 자신의 곤경을 악용하는 이사들의 태평한 태도에 분개하여, 우렁찬 목소리로 절대로 안 된다고 소리치면서 몽수에 진을 치고 있는 그들에게 대항해 이틀 동안 싸웠다. 그리하여 협상은 답보 상태로 머무르게 되었고, 그들은 그가 마지막으로 숨이 넘어가기를 참을성 있게 기다리고자 파리로 돌아갔다. 에티엔은 폭동과 같은 불행한 사건들에서 회사가 어떤 보상을 받으려는지 눈치챘고, 싸움에 너무도 강한지라 자기 쪽으로 쓰러진 소자본들의 시체를 먹어 치움으로써 약자의 패배로도 살이 찌는 대자본의 거역할 수 없는 힘 앞에서 또다시 용기가 꺾였다.

다음 날 다행히도 장랭이 그에게 좋은 소식을 하나 가져왔다. 르 보뢰 탄광에서 수갱의 방수벽이 금세라도 터질 듯 이음새들마다 물이 스며 나오고 있어서, 목수들을 황급히 보수 작업에 투입해야만 했다는 것이었다.

그때까지 에티엔은 르 보뢰 쪽은 피했다. 폐석장 위에 우뚝 서서 들판을 굽어보고 있는 초병의 변함없는 시커먼 모습에 불안했던 것이다. 하지만 초병의 눈을 피할 수는 없었다. 그는 연대의 깃발처럼 높은 공중에서 내려다보고 있었기 때문이다. 새벽 3시경에 하늘이 캄캄해지자 에티엔은 수갱으로 갔고, 그곳 동료들이 방수벽의 상태가 좋지 않다고 그에게 설명해 주었다. 심지어 그들이 보기에 전체적으로 긴급히 방수벽을 다시 설치해야 하며, 그러려면 석 달 동안 채굴을 중단해야 한다는 것이었다. 그는 목수들이 수갱 안에서 나무 망치로 두들겨 대는 소리를 들으면서 오랫동안 그 근처를 배회했다. 수갱에 상처가 생겨 붕대로 감아야 한다는 사실에 그는 가슴이 뛰었다.

새벽에 돌아가면서 그는 폐석장 위에 있는 초병을 다시 발견했다. 이번에는 초병의 눈에 띌 게 분명했다. 민중 가운데서 징집해 민중에 대항하도록 무장시키는 군인들을 생각하며 그는 걸어갔다. 만약 군대가 갑자기 혁명을 지지한다고 선언하면 혁명은 손쉽게 승리할 것이다! 병영에 있는 노동자와 농부가 자기 출신을 기억하기만 하면 충분하리라. 그것은 최고의 위험이며 커다란 공포였고, 군대가 배반할 수 있다고 생각하면 부르주아들은 이빨을 덜덜 떨며 무서워할 것이다. 그들은 두 시간 만에 자신들이 부당하게 삶에서 취하던 향락과 추악함과 함께 청소되고 몰살될 테니까. 사람들은 이미 여러 연대 전체가 사회주의에 전염되어 있다고 말했다. 그것은 사실일까? 부르주아 계급이 배급한 탄창들 덕분에 정의가 올 것인가? 그리고 그는 다른 희망으로 도약하여, 수갱들을 지키는 초병들이 소속된 그 연대가 파업에 가담해 회사 전체에 사격을 가하여 마침내 탄광을 광부들에게 넘겨주는 모습을 꿈꾸었다.

그는 이런 생각들로 머리가 윙윙거리는 가운데 자신이 폐석장 위로 올라가고 있음을 깨달았다. 그가 저 병사와 얘기를 나누지 말라는 법이 있는가? 얘기를 나눠 보면 병사의 사상이 어떤지 알 수 있을 것이다. 그는 폐석장에 남아 있는 묵은 나무쪽을 줍는 척하면서 무관심한 표정으로 계속 다가갔다. 초병은 꼼짝 않고 있었다.

"어떤가? 친구, 정말 고약한 날씨군!" 마침내 에티엔이 말했다. "눈이 올 것 같은걸."

짙은 금발에 주근깨가 닥지닥지한 어린 병사의 얼굴은 창백하고 온화했다. 외투를 입고 있는 그는 신병인 듯 몹시 당황하는 기색이었다.

"예, 그럴 것 같습니다." 그는 중얼거렸다.

그리고 그는 파란 눈으로 납빛 하늘을, 멀리 들판을 납덩이처럼 검댕으로 짓누르고 있는 거무스름한 여명을 오랫동안 바라보았다.

"뼛속까지 얼어붙도록 여기에 세워 놓다니 얼마나 바보들인가!" 에티엔이 계속 말했다. "마치 카자크 기병들이라도 쳐들어올 것 같군……! 거기다 여기는 바람이 쉴 새 없이 불어 대는데!"

어린 병사는 불평 없이 떨고 있었다. 거기에는 마침 폭풍우가 몰아치는 밤이면 본모르 노인이 피신하던, 마른 돌로 지은 오두막집이 있었다. 하지만 폐석장 꼭대기에서 떠나지 말라는 명령이 있었기 때문에 병사는 손이 추위로 굳어 더 이상 자신이 쥐고 있는 무기마저 느낄 수 없는 채로 그 자리에서 움직이지 않았다. 그는 르 보뢰를 지키는 예순 명으로 이루어진 부대 소속이었다. 그리고 이 혹독한 보초 임무가 자주 돌아와서 그는 이미 발이 얼어서 죽을 뻔한 적도 있었다. 군인의 임무란 그런 것이고 수동적인 복종은 그를 마비시키고 말았다. 그는 졸고 있는 어린아이처럼 더듬거리며 질문에 대답했다.

에티엔은 십오 분가량 그가 정치에 관해 말하도록 만들려고 애썼으나 허사였다. 그는 이해하는 기색 없이 예 또는 아니오라고만 말했다. 동료들은 대위가 공화파라고 하는데 자신은 별 생각이 없으며 그런 것은 아무런 상관도 없다고 했다. 만약 누군가가 그에게 총을 쏘라고 명령하면 그는 벌을 받지 않기 위해 쏘리라는 것이었다. 노동자인 에티엔은 병사의 말을 들으면서 군대에 대해, 엉덩이에 붉은 바지를 걸치면 마음이 바뀌는 그 형제들에 대해 민중이 지니는 증오심에 사로잡혔다.

"그런데 이름이 뭐요?"

"쥘입니다."

"어디 출신이요?"

"저기 있는 플로고프 출신입니다."

그는 무턱대고 팔을 뻗었다. 그곳은 브르타뉴 지방이었고, 그는 그 이상은 알지 못했다. 그의 창백한 작은 얼굴에 생기가 돌면서 활기를 띠더니 웃기 시작했다.

"저는 어머니와 누이가 있습니다. 두 사람은 제가 돌아오기를 기다리고 있지요. 아! 그건 오늘내일 이루어질 일은 아닙니다…… 제가 떠나올 때 두 사람은 퐁라베까지 따라왔습니다. 우리는 르팔메크 씨 댁에서 말을 빌려 탔는데, 그 말은 오디에

른의 내리막길 아래쪽에서 다리가 부러질 뻔했죠. 사촌인 샤를은 소시지를 갖고 우리를 기다리고 있었고요. 그런데 어머니와 누이가 너무 많이 울었습니다. 그래서 목이 메었죠. 아! 하느님! 아! 하느님! 우리 집은 너무 멀리 있네요!"

그는 웃음을 그치지 않은 채 눈가가 젖어들었다. 플로고프의 히스가 우거진 장밋빛 계절의 눈부신 태양 속에 쓸쓸한 황야와 폭풍에 얻어맞는 그 야생의 르라곶[4]이 떠오르는 것이었다.

"보세요." 그는 물었다. "만약 징계를 받지 않으면 이 년 후에 한 달간 휴가를 얻을 수 있을까요?"

그러자 에티엔은 자신이 아주 어려서 떠나온 프로방스에 대해 이야기했다. 날이 밝아 왔고 흙빛 하늘에서 눈송이가 날리기 시작했다. 그리고 그가 그 높은 곳에 있는 것을 보고는 놀란 표정으로 가시덤불 사이를 배회하는 장랭을 발견하자 그는 불안감에 사로잡혔다. 아이는 손짓으로 그를 불렀다. 군인들과 우애를 나누려는 꿈이 무슨 소용이 있는가? 아직 긴 세월이 필요한 일이었다. 그는 마치 성공하기라도 할 것 같았으나 부질없는 시도임을 깨닫고 슬퍼졌다.

그때 갑자기 그는 장랭의 손짓이 무슨 의미인지 알아챘다. 보초를 교대하러 오는 것이었다. 그는 그곳을 떠나며 패배에 대한 확신으로 다시 한번 상심한 채, 레키야르의 땅속으로 숨

---

4) La pointe du Raz. 브르타뉴의 피니스테르(Finistere)도(道) 서쪽 해안 끝에 위치한 곳.

으러 뛰어서 돌아갔다. 그의 곁에서 뛰어가던 아이는 더러운 짐승 같은 병사 놈이 자기들에게 사격을 하도록 초소에 연락했다면서 욕을 해 댔다.

폐석장 꼭대기에서 쥘은 내리는 눈을 멍하니 바라보며 꼼짝 않고 있었다. 상사가 부하들을 데리고 다가왔고 규정에 따른 구호 소리들이 오갔다.

"누구냐……? 암호를 대며 앞으로!"

그러고는 점령지에서처럼 육중한 발걸음이 다시 출발하는 소리가 울려 퍼졌다. 날이 밝아 오는데도 탄광촌에서는 움직임이 없었고, 광부들은 군홧발 아래에서 침묵을 지키며 분노하고 있었다.

2

이틀 전부터 내리던 눈은 아침이 되자 그쳤다. 광활하게 펼쳐진 눈이 혹독한 추위에 얼어붙었다. 길은 먹물을 덮어쓴 듯하고 벽과 나무에는 석탄가루가 뿌려져 있던 이 검은 지역이 단 하나의 흰빛으로 끝없이 온통 하얗게 덮였다. 240번 탄광촌은 사라진 것처럼 눈에 파묻혀 있었다. 지붕에서는 연기 한 줄기 피어오르지 않았다. 불을 때지 못한 집들은 길바닥의 돌처럼 싸늘해서 기와 위에 두껍게 쌓인 눈이 녹지 않았다. 그것은 이제 단지 하얀 들판 속에 하얀 포석들이 놓여 있는 채석장 같았고 수의에 싸인 죽은 마을의 모습 같았다. 길을 따라 지나가는 순찰대들만이 그들이 밟고 간 자리에 진창을 남겨 놓았다.

마외네 집에서는 마지막 한 삽 분의 석탄재가 전날 다 타고

없었다. 참새들도 풀 한 포기 찾지 못하는 이런 혹독한 날씨에
는 폐석장에서 석탄재를 줍는 것도 어림없는 일이었다. 그런
데도 고집을 부리며 가련한 손으로 눈 속을 뒤진 탓에 알지르
는 죽어 가고 있었다. 라 마외드는 벌써 두 번이나 의사 반데
르하겐 씨를 찾아갔으나 만나지 못했고 그를 기다리면서 아이
를 담요 조각으로 감싸 주었을 뿐이다. 하지만 의사의 하녀가
의사 선생님이 밤이 되기 전에 탄광촌에 들를 것이라고 장담
했기에 그녀는 창문 앞에 서서 내다보고 있었다. 한편 아래층
으로 내려오고 싶었던 어린 환자는 차가워진 난로 곁에 가서
그곳이 더 나을 것이라고 착각하며 의자에 앉아 떨고 있었다.
다리 상태가 다시 나빠진 건너편의 본모르 노인은 잠든 것 같
았다. 장랭과 함께 돈을 구걸하러 길을 돌아다니는 레노르와
앙리는 둘 다 돌아오지 않았다. 마외만이 무거운 걸음으로 텅
빈 방을 서성이다가 자신이 갇힌 우리를 더 이상 보지 못하는
짐승처럼 멍청한 표정으로 번번이 벽에 부딪혔다. 석유도 동
났다. 하지만 바깥에 쌓인 눈이 하얗게 반사되어서, 밤이 되었
는데도 방 안을 희미하게 비춰 주었다.

　나막신 소리가 들리더니 흥분한 라 르바크가 문을 와락 밀
치고 문간에서부터 라 마외드에게 고함을 질렀다.

　"그래, 우리 집 하숙인이 나랑 잘 때면 이십 수를 내놓으라
고 내가 강요했다고 떠들고 다닌 게 바로 너냐!"

　라 마외드는 어깨를 으쓱 치켜올렸다.

　"정말 짜증 나네. 나는 아무 말도 안 했는데……. 대체 누가
그런 말을 한 거야?"

"네가 그렇게 말했다고 누군가가 나한테 얘기해 줬어. 누가 그랬는지는 알 필요 없어…… 심지어 너는 너희 집 벽 뒤에서 우리가 더러운 짓을 하는 걸 다 들었고, 내가 항상 누워 있어서 우리 집에 때가 끼었다고 말했다던데……. 그런 말을 한 적 없다고 다시 한번 말해 보시지, 어서!"

매일같이 여자들의 끊임없는 수다 끝에는 싸움이 벌어졌다. 특히 이웃해 살고 있는 집들 사이에는 불화와 화해가 일상적인 일이었다. 하지만 이렇게 날카로운 악의를 지니고 서로 덤벼든 적은 없었다. 파업이 시작된 이래로 굶주림은 원한을 가중시켜 사람들은 누구든 들이받고 싶은 욕구에 차 있었다. 수다쟁이 여자 둘 사이의 언쟁이 두 남편 사이의 목숨 건 싸움으로 끝나기도 했다.

때마침 이번에는 르바크가 부틀루를 강제로 끌고 왔다.

"여기 그 동료가 있으니, 내 마누라와 같이 자려고 이십 수를 줬는지 어쨌는지 직접 말해 보라고 하지."

하숙인은 텁수룩한 수염 속으로 온화함과 당황스러움을 감추면서 더듬거리며 말했다.

"오! 아니에요. 절대로 그런 적 없어요, 절대로!"

그러자 대번에 르바크는 마외의 코앞에 주먹을 들이대며 위협적으로 말했다.

"당신도 알겠지, 그런 일은 없어. 저런 마누라는 요절을 내 버려야 한다고……. 그러니까 당신은 마누라가 한 말을 믿는다는 거야?"

"도대체, 빌어먹을!" 기진맥진한 상태에서 방해를 받은 것에 격분하여 마외가 소리를 질렀다. "이게 무슨 소란인가? 지금 겪는 비참함만으로는 충분치 않다는 거야? 날 성가시게 하지 마, 안 그러면 두들겨 패 줄 테니……! 그런데 내 마누라가 그런 말을 했다고 대체 누가 그랬어?"

"누가 그랬냐고……? 라 피에론이 그랬어."

라 마외드는 날카로운 웃음을 터뜨렸다. 그리고 라 르바크 쪽으로 되돌아오면서 말했다.

"아! 라 피에론이라고……. 좋아! 그 여편네가 나한테 말한 것을 얘기해 주지. 그래! 그 여편네가 그러는데, 당신이 두 남자와 같이 잔다던데. 하나는 밑에, 또 하나는 위에 두고 말이지!"

그때부터는 서로 화해하는 것은 더 이상 불가능했다. 모두들 분통을 터뜨렸고, 르바크 부부도 마외 부부에게 대꾸하기를, 라 피에론이 마외 부부에 관해 많은 얘기를 했다면서 그들이 카트린을 팔아먹었으며, 에티엔이 볼캉에서 더러운 병에 걸려 와서 아이들까지 모두 썩었다고 말했다는 것이었다.

"그년이 그렇게 말했다고, 그년이 그렇게 말했단 말이지." 마외는 고함을 쳤다. "좋아! 내가 가 보지. 그리고 만약 그년이 자기가 그런 말을 했다고 하면 그년의 아가리를 갈겨 버릴 테다."

그가 밖으로 뛰쳐나가자 르바크 부부는 증언을 하기 위해 그의 뒤를 따라갔다. 한편 싸움을 무서워하는 부틀루는 슬쩍 집으로 돌아갔다. 언쟁으로 흥분한 라 마외드도 따라 나가려는데, 알시르의 신음이 그녀의 발목을 잡았다. 그녀는 떨고 있는 계집아이의 몸 위로 담요 끝자락을 잘 여며 주고 창문 앞으로 돌아가 우뚝 서서 멍하니 밖을 내다보았다. 그런데 이 의사는 왜 이렇게 안 오는 거야!

피에롱네 집 문간에서 마외와 르바크 부부는 땅을 덮은 눈을 쿵쿵 밟고 있는 리디와 마주쳤다. 집은 닫혀 있었고 한 줄기 빛이 덧문 틈으로 새어 나오고 있었다. 그런데 아이는 묻는 말에 처음에는 난처해 하면서 대답했다. "아니요. 아빠는 없어요. 세탁한 빨래 보따리를 챙겨 오려고 라 브륄레 할머니가 있는 공동 세탁장에 갔어요."라는 것이었다. 그리고 나서 아이는 당황하면서 자기 엄마가 뭘 하고 있는지 말하기를 거부했다. 결국 그 아이는 앙심을 품은 듯 앙큼한 웃음을 지으며 모든 것을 털어놓았다. 아이 엄마는 당사르 씨가 와 있어서 얘기에 방해가 된다며 아이를 문 밖으로 쫓아냈다는 것이었다. 당사르는 아침부터 헌병 두 명과 함께 탄광촌을 다니면서 마음이 약한 사람들을 압박하고, 월요일에 사람들이 르 보뢰에 입갱하지 않으면 회사는 보리나주[5]의 광부들을 고용할 것이라고 사방에 알리며 노동자들을 규합했다. 그러다 밤이 되자 라 피에론이 혼자 있는 것을 발견하고는 헌병들을 돌려보냈다. 그러고 나서 그는 그녀의 집에 남아 활활 타는 불 앞에서 즈니에브르를 한 잔 마셨다.

"쉿! 조용히들 해요. 저들이 뭘 하는지 봐야 해!" 르바크가 음탕하게 웃으며 중얼거렸다. "시비는 잠시 후에 가리자고……. 너는 저리 가라, 꼬마야!"

---

5) Borinage. 프랑스 동북부에 접해 있는 벨기에 탄광 지역.

리디는 몇 걸음 물러섰고 그사이 그는 덧문 틈에 한쪽 눈을 댔다. 그는 낮게 터져 나오는 탄성을 억누르며 떨리는 등을 구부렸다. 이번에는 라 르바크가 들여다보더니 마치 복통에 사로잡힌 것처럼 구역질이 난다고 말했다. 자기도 보고 싶어서 그녀를 밀어낸 마외는 와 보려고 애쓴 보람이 있다고 힘주어 말했다. 그들은 마치 희극에서 볼 수 있는 장면처럼 줄을 지어 각기 다시 들여다보기 시작했다. 방 안은 윤이 날 만큼 청결하고 활활 타오르는 불로 쾌적해 보였다. 식탁 위에는 술병과 잔들과 함께 케이크가 놓여 있었다. 요컨대 진짜 파티를 연 것 같았다. 그래서 두 남자는 그 안에 보이는 광경에 화를 터뜨리고 말았다. 다른 때 같았으면 그 일을 가지고 여섯 달은 농담을 했을 것이다. 라 피에론이 치마를 치켜올린 채 목구멍까지 가득 채울 만큼 처먹는 모습은 우스꽝스러웠다. 그런데 빌어먹을! 동료들이 빵 한 조각, 석탄재 한 줌도 없는 때에 저렇게 활활 타오르는 불 앞에서 저런 짓을 하고 비스킷을 처먹으며 놀아날 힘을 돋운다는 것은 더러운 일이 아닌가?

"아빠다!" 리디가 도망치며 소리쳤다. 피에롱은 한쪽 어깨에 빨래 보따리를 짊어지고 공동 세탁장에서 평화롭게 돌아오고 있었다. 마외가 대뜸 그를 불렀다.

"이봐, 누가 그러는데 내가 카트린을 팔아먹었고 우리가 모두 집에서 썩어 버렸다고 네 마누라가 말했다더군……. 그럼 너네 집에서 네 마누라의 살갗을 닳게 하고 있는 저 신사분이 네 마누라값으로 너한테 얼마를 내냐?"

피에롱은 얼떨떨한 채 영문을 몰랐고, 그때 소란스러운 목소리를 듣고 겁을 먹은 라 피에론은 당황한 나머지 무슨 일인지 알아보려고 문을 빠끔히 열었다. 사람들은 얼굴이 온통 벌겋고 웃옷은 열어 젖혀져 있으며 치마는 아직도 걷어 올린 채 허리춤에 걸치고 있는 그녀를 보았다. 한편 안에서는 당사르가 정신없이 바지를 다시 입고 있었다. 갱내 총감독은 이런 사건이 사장의 귀에 들어갈까 봐 불안에 떨며 달아나 자취를 감췄다. 그러자 그 일은 추악한 스캔들이 되어 웃음과 야유와 욕설이 마구 쏟아졌다.

"다른 여자들보고 더럽다고 늘상 말하는 네년이 말이야." 라 르바크가 라 피에론에게 소리 질렀다. "그렇게 깨끗한 것도 놀랄 일은 아니로군. 상관들이 널 문질러 닦아 주니 말이야!"

"아! 말하는 게 뻔뻔스럽기도 하지!" 르바크가 말을 이었다. "바로 이 더러운 년이 내 마누라가 나와 하숙인을 두고 하나는 아래에, 또 하나는 위에 두고 잔다고 말했다지……! 그래, 그래, 네년이 그렇게 말했다고 누가 내게 얘기해 주더라."

하지만 라 피에론은 침착해졌고 자신이 가장 예쁘고 가장 부유하다는 확신 속에 몹시 경멸하는 태도로 욕지거리에 대항했다.

"내가 그렇게 말했지. 귀찮게 하지들 마, 흥……! 우리가 은행에 저축을 한다고 우리를 원망하며 시기심에 찬 것들! 자, 자, 당신들이 말해 봐야 소용없어. 내 남편은 당사르 씨가 왜 우리 집에 있었는지 알고 있으니까."

과연 피에롱은 화를 내며 자기 아내를 두둔했다. 말다툼이 심해지면서 사람들은 그를 배신자, 스파이, 회사의 개로 취급했고, 배신행위의 대가로 상사들에게 받은 맛있는 음식 나부랭이를 자기들만 배불리 먹으려고 틀어박혀 있다고 비난했다. 피에롱은 마외가 죽은 사람의 뼈 두 개로 만든 십자가 위에 단검을 얹어 놓은 그림이 그려진 종이를 문 밑으로 밀어 놓아 그를 위협했다고 주장했다. 그러자 이 다툼은, 굶주림이 가장 온화한 사람들도 격노하게 만든 이래 여자들 사이에 벌어진 모든 싸움이 그랬듯, 필연적으로 남자들 사이의 혈투로 귀결되었다. 마외와 르바크가 피에롱에게 덤벼들어 주먹질을 해 대자 결국 그들을 갈라놓아야 했다. 사위의 코에서 피가 철철 흐르고 있을 때 이번에는 라 브륄레가 공동 세탁장에서 돌아왔다. 사정을 듣고 그녀는 이 말 한 마디만 했다.

"저 돼지 같은 놈 때문에 망신이야."

길은 다시 인적이 끊겨 벌거벗은 듯한 하얀 눈을 얼룩지게 하는 그림자 하나 없었다. 그리고 탄광촌은 죽음과 같은 정적 속에 다시 빠져들어 극심한 추위 속에서 굶주림에 시달리고 있었다.

"그런데 의사는?" 문을 닫으며 마외가 물었다.

"안 왔어요." 줄곧 창가에 서 있던 라 마외드가 대답했다.

"아이들은 돌아왔소?"

"아니요. 아직 안 왔어요."

마외는 지친 소 같은 모습으로 한쪽 벽에서 다른 쪽 벽까지 무거운 걸음걸이로 서성대기 시작했다. 본모르 영감은 의자 위에서 굳어져 있는 고개를 들지도 못했다. 알지르도 아무 말 안 했고 그들을 괴롭게 하지 않기 위해 떨지 않으려고 애썼다. 그러나 고통을 참아 내려는 용기에도 불구하고 계집아이는 때때로 너무나 심하게 떨어서 불구인 야윈 몸이 담요에 부딪는 소리가 들렸다. 그러는 동안 아이는 천장에서 달빛처럼 방을 비춰 주는, 새하얗게 눈 덮인 정원에서 창백하게 반사된 빛을 쳐다보고 있었다.

이제는 집은 텅 비어 최후의 빈곤으로 떨어지며 마지막 단말마의 고통에 이르렀다. 매트리스 속 양털에 이어 매트리스 천 커버까지 고물상으로 넘어갔다. 시트들도 사라졌고, 내의며 팔 수 있는 모든 것이 떠나갔다. 어느 날 저녁에는 할아버지의 손수건을 이 수에 팔았다. 불쌍한 살림살이가 하나씩 팔려 가며 작별을 고할 때마다 눈물을 흘렸고, 라 마외드는 마치 어느 집 대문 아래 어린애를 버리려고 데려가듯 남편이 오래전에 선물한 분홍색 마분지 상자를 치마폭에 싸 가지고 가서 판 것을 아직도 슬퍼하고 있었다. 그들은 맨몸뚱이였고 이제 팔 것이라고는 자신들의 살점뿐이었는데, 그 살은 온통 상처투성이인 데다 너무 망가져서 아무도 동전 한 닢 쳐주지 않을 것이었다. 그래서 그들은 더 찾아보는 수고도 하지 않았다. 아무것도 없었고, 모든 것이 끝장나서 양초 한 자루, 비누 한 조각, 감자 한 개도 기대할 수 없다는 것을 알았다. 그들은 그렇게 죽기만을 바라는 가운데 다만 아이들을 생각해서 화가 치밀었다. 꼬마 계집아이한테 병까지 안겨 숨통을 조이는 운명의 이 쓸데없는 잔인성에 치가 떨렸다.

"드디어 그가 왔어요!" 라 마외드가 말했다.

시꺼먼 형상이 창문 앞을 지나가더니 문이 열렸다. 그런데 그는 의사 반데르하겐 씨가 아니라 새로 온 본당 신부인 랑비에였다. 그는 빛도 불도 빵도 없는 이 죽은 듯한 집에 들어와서도 놀란 것 같지 않았다. 이미 그는 이웃에 있는 세 집에 들렀다 온 참이었고, 헌병을 대동한 당사르처럼 이 집 저 집 다니면서 선의의 사람들을 모으는 중이었다. 그리고 대뜸 그는 광신적인 열띤 목소리로 따졌다.

"여러분은 왜 일요일 미사에 오지 않았습니까? 여러분은 잘못하고 있습니다. 교회만이 여러분을 구원해 줄 수 있습니다……. 자, 다음 일요일에는 참석하겠다고 약속하세요."

마외는 그를 바라보고는 한마디 말도 없이 무겁게 다시 걷기 시작했다. 대답한 사람은 라 마외드였다.

"미사라고요, 신부님, 뭘 하려고요? 하느님은 우리를 희롱하고 있지 않습니까……? 자! 저기에서 열이 올라 떨고 있는 우리 아이가 하느님한테 무슨 짓을 했나요? 우리가 아직 충분히 비참하지 않은 거예요? 내가 저 아이한테 따뜻한 탕약한 잔도 줄 수 없는 때에 하느님은 저 아이를 병들게 하니 말예요."

그러자 신부는 선 채로 오랫동안 말했다. 그는 자신이 믿는 종교의 영광을 위해 미개인들에게 설교하는 선교사의 열정을 품고, 이 끔찍한 빈곤과 굶주림의 분노에 찬 원한이 빚어낸 파업을 이용했다. 교회는 가난한 사람들과 함께하며, 부자들이 저지른 죄악들로 하느님이 분노하여 언젠가는 정의가 승리할 것이라고 말했다. 부자들이 하느님의 자리를 차시하고 권력을 불경하게 도둑질하여 하느님 없이 다스리는 지경에 이르렀으니 조만간 그날이 다가올 것이다. 그런데 만약 노동자들이 지상의 재산이 올바르게 분배되길 원한다면, 예수님이 죽자 힘없고 비천한 사람들이 사도들 주위로 모여들었듯이 그들 자신을 신부들의 손에 즉시 맡겨야 한다. 교황이 수많은 노동자 군중을 지휘한다면 얼마나 큰 힘을 가질 것이며, 성직자는 얼마나 많은 군대를 거느리게 될 것인가? 일주일도 안 되어 세상에서 사악한 사람들을 없앨 것이고 자격 없는 주인들을 몰아낼 것이며, 마침내 각자가 자기 공덕에 따라 보상을 받고 노동의 법칙이 모든 사람의 행복을 정해 주는 진정한 하느님의 왕국이 도래할 것이다.

그의 말을 듣고 있자니 라 마외드는, 지난가을에 그들의 불행이 끝날 것이라며 저녁마다 에티엔이 하던 말을 듣는 것 같았다. 하지만 그녀는 성직자들은 늘 믿지 못했다.

"아주 좋은 말씀인데요, 신부님." 그녀는 말했다. "그럼 신부님께서는 부르주아들과는 뜻이 맞지 않는다는 거네요······. 이곳에 있던 다른 본당 신부님들은 모두 사장실에서 만찬을 들었고, 우리가 빵을 요구하기만 하면 악마를 보게 될 거라며 우리를 위협했었죠."

그는 다시 말을 시작했고 교회와 민중 사이의 개탄스러운 오해에 대해 이야기했다. 이제 그는 암시적인 말들로 도시의 본당 신부들과 주교들과 고위 성직자들을 비난했다. 그들은 향락에 빠져 있고 권세로 배가 부른 채, 자기들에게서 세상의 지배권을 빼앗는 것이 바로 부르주아 계급이라는 것을 알지 못하고 눈먼 어리석음에 빠져 자유주의 부르주아 계급과 타협하는 자들이었다. 시골의 신부들로부터 해방이 비롯될 것이며, 가난한 사람들의 도움을 받아 예수의 왕국을 재건하기 위해 모두가 궐기하리라는 것이었다. 그리고 그는 이미 그들의 선봉에 선 듯 무리의 대장으로서, 복음을 전하는 혁명가로서 그 앙상한 몸을 다시 일으켰다. 그의 두 눈은 빛으로 충만한 나머지 어두운 방 안을 비추는 듯했다. 이 열렬한 설교는 어느새 신비로운 말들로 치달아 이 가난한 사람들은 한참 전부터 그의 말을 더 이상 이해하지 못하고 있었다.

"그렇게 길게 말할 필요 없습니다." 갑자기 마외가 투덜거렸다. "신부님은 우리에게 빵 한 개를 갖다 주는 걸로 시작하는 편이 더 나았을 겁니다."

"일요일 미사에 오세요." 신부는 소리쳤다. "하느님께서 모두에게 필요한 것을 주실 겁니다."

그리고 그는 떠났고, 이번에는 르바크네 집에 교리를 가르치러 들어갔다. 그는 최후에 교회가 승리할 것이라는 꿈이 워낙 높았고 현실을 너무나 경멸하며 고통을 구원의 자극제로 여기는 불쌍한 인물이었다. 그는 굶어 죽어 가는 이 무리들 사이를 구호품도 없이 빈손으로 가로지르며 이처럼 탄광촌을 뛰어다녔다.

마외가 여전히 서성이고 있어 발밑의 포석이 규칙적으로 흔들리는 소리만 들렸다. 녹슬어 부식된 도르래 소리가 나더니 본모르 노인이 차가워진 난로 속에 가래침을 뱉었다. 그러고는 마외의 규칙적인 서성거림이 다시 시작되었다. 고열로 잠들었던 알지르가 웃으면서 날씨가 따뜻하고 자신이 햇볕 속에서 놀고 있다고 생각하며 작게 헛소리를 하기 시작했다.

"빌어먹을 팔자!" 아이의 볼을 만져 보고는 라 마외드가 중얼거렸다. "애가 이제 열이 펄펄 끓네……. 그 돼지 같은 의사 놈은 기다리지 않을 거야. 강도 같은 놈들이 오지 못하게 했을 테지."

그녀는 의사와 회사를 욕했다. 하지만 문이 다시 열리는 것을 보고 기쁨의 탄성을 질렀다. 그녀는 두 팔을 맥없이 다시 늘어뜨리고는 어두운 얼굴로 꼿꼿이 서 있었다.

"안녕하세요." 문을 조심스럽게 다시 닫고서 에티엔이 작은 소리로 말했다.

그는 종종 이렇게 깜깜한 밤에 찾아왔다. 에티엔이 사라진 그 이튿날부터 마외 부부는 그가 은신 중임을 알았다. 하지만 그들이 비밀을 지켰기에 탄광촌에서는 이 청년이 어떻게 되었는지 아무도 정확히 몰랐다. 그리하여 그는 전설적인 인물이 되었다. 사람들은 계속 그를 믿었고 신비로운 소문이 돌았다. 그가 금화가 가득 든 궤짝을 가지고 군대와 함께 나타나리라는 것이었다. 그것은 여전히 기적을 바라는 종교적인 기대였고, 실현될 이상이었으며, 그가 그들에게 약속한 정의의 왕국으로 급작스럽게 들어가는 것이었다. 어떤 사람들은 마르시엔 길에서 그가 신사 세 사람과 같이 마차 안에 있는 것을 보았다고 했고, 또 어떤 사람들은 그가 아직 영국에 이틀 더 머무를 것이라고 주장했다. 하지만 시간이 흐르자 결국 불신이 시작되었고, 농담꾼들은 둘의 관계가 알려져 흠이 잡힌 에티엔이 그가 춥지 않도록 라 무케트가 주선한 어느 지하 저장고에 숨어 있는 것이라고 비난했다. 이는 그의 인기가 식으면서 민심이 서서히 떠나고 있으며, 확신에 찼던 사람들이 절망에 사로잡혀 드러나지 않게 그를 공격한다는 사실을 말해 주는 것으로, 그런 사람들의 숫자는 점차 늘어 갈 것이 틀림없었다.

"이 무슨 고약한 날씨람!" 그가 말을 덧붙였다. "새로운 일은 없나요? 계속 악화되고 있습니까? ……그 애송이 네그렐이 보리나주 광부들을 찾아보려고 벨기에로 떠났다고 하던데요. 빌어먹을! 그게 사실이라면 우리는 끝장입니다!"

그는 어둡고 얼음장 같은 방에 들어서면서 소름이 돋았다. 그 안에서 불행한 사람들을 보려면 어둠에 적응해야 했다. 그는 어둠이 더 짙은 부분에 의해 그들을 알아볼 수 있었다. 학습에 의해 세련되어지고 야망으로 다듬어진 그는 자기 계급을 벗어난 노동자로서 혐오감 혹은 불편함 같은 것을 느꼈다. 얼마나 지독한 빈곤인가. 그 냄새며 포개져 있는 몸뚱이들 하며 그의 목을 죄어드는 끔찍한 비참함이란! 이러한 단말마의 광경은 그에게 너무도 충격적이어서 그는 그들에게 회사 측에 굴복하라고 권고하기 위해 할 말을 찾아보았다.

그런데 마외가 거칠게 그의 앞에 우뚝 서더니 소리를 질렀다.

"보리나주 광부들이라고! 감히 그러지는 못할 거야, 망할 놈들……! 우리가 수갱을 박살 내기를 바란다면 보리나주 광부들을 내려보내라지!"

에티엔은 난처한 표정으로 우리로서는 아무것도 할 수 없을 것이며, 수갱을 지키는 군인들이 벨기에 노동자들이 입갱하도록 보호해 줄 것이라고 설명했다. 그러자 마외는 그의 말대로 등 뒤에서 총검을 겨누고 있다는 것에 특히 화가 난다면서 두 주먹을 불끈 쥐었다. 그러면 광부들은 더 이상 자기들 터전에서 주인이 아니라는 것인가? 총을 겨누며 그들이 일하도록 강요하다니, 그럼 그들을 노예선의 죄수로 취급하는 건가? 그는 자기의 수갱을 사랑했고, 두 달 전부터 거기 내려가지 못하고 있는 것이 커다란 고통이었다. 그래서 그는 이런 모욕에, 수갱에 외국인을 투입하겠다고 위협하는 것에 화를 벌컥 낸 것이었다. 그리고 회사가 자신의 노동 수첩을 되돌려 준 것이 떠오르자 그는 분통을 터뜨렸다.

"내가 왜 화를 내는지 모르겠군." 그는 중얼거렸다. "나는 더 이상 그 회사에 속하지도 않는데……. 그들이 나를 이 탄광촌에서 쫓아낸다면 나는 길 위에서 죽기 십상이겠지."

"그만 좀 해요!" 에티엔이 말했다. "당신이 원하면 그들은 내일이라도 노동 수첩을 다시 받아 줄 거예요. 훌륭한 노동자들은 해고하지 않는 법이죠."

그는 열에 들떠 헛소리를 하면서 살며시 웃는 알지르의 목소리에 놀라 말을 멈췄다. 그는 아직 본모르 영감의 굳어 있는 그림자밖에 구분하지 못했다. 그런데 아픈 아이의 웃는 표정에 그는 두려움을 느꼈다. 이렇게 어린아이들이 죽어 가기 시작한다면 너무 끔찍한 일이었다. 그는 목소리가 떨렸지만 작정하고 말했다.

"자, 이렇게 계속할 수는 없어요, 우리는 틀렸어요……. 항복해야 합니다."

그때까지 꼼짝 않고 조용히 있던 라 마외드가 대뜸 분통을 터뜨리며 반말로 마치 남자처럼 욕설을 퍼부으면서 그의 얼굴에다 대고 소리를 질렀다.

"지금 무슨 말을 하는 거야? 네가 그런 말을 하다니, 빌어먹을!"

에티엔은 이유를 대려 했으나 그녀는 그가 말할 틈을 주지 않았다.

"다시는 그런 말 하지 마, 빌어먹을! 안 그러면 아무리 내가 여자라도 네 면상을 갈겨 줄 테니까……. 그럼 우리는 두 달 동안 굶주리고, 살림살이를 내다 팔고, 아이들은 그 탓에 병까지 걸렸는데, 아무것도 된 일이 없단 말이야? 그리고 부당한 애옥살이가 다시 시작될 거라고……! 아! 너 알지? 그걸 생각하면 나는 온몸의 피가 거꾸로 치솟아. 아니야! 안 돼! 난 말이야, 항복하느니 차라리 모든 걸 불태워 버리고 이제 다 죽여 버리겠어."

그녀는 위협적으로 커다란 몸짓을 하며 어둠 속에 있는 마외를 가리켰다.

"이 말을 들어 둬, 만약 내 남편이 수갱에 돌아간다면 바로 내가 길목에서 기다리고 있다가 얼굴에 침을 뱉고 비겁한 놈으로 취급할 거야!"

에티엔은 그녀가 보이지 않았지만, 짖어 대는 짐승의 숨결 같은 열기가 느껴졌다. 그는 자신이 만들어 낸 분노 앞에서 두려움에 사로잡혀 뒤로 물러섰다. 그녀가 너무나 바뀌어서 그는 그녀를 더 이상 알아볼 수 없었다. 예전에는 과격한 그를 나무라고 그 누구의 죽음도 원해서는 안 된다고 말하던, 그토록 현명했던 그녀였건만 이제는 이성에 따르기를 거부하고 세상 사람들을 죽이겠다고 말하고 있었다. 이제는 그가 아니라 그녀가 정치를 이야기했고, 부르주아들을 단숨에 쓸어 내고자 했으며, 굶주리는 사람들의 노동으로 살찐 도둑놈 같은 부자들을 세상에서 없애기 위해 공화국과 단두대를 요구했다.

"그래, 내 열 손가락으로 그것들의 가죽을 벗길 거야……. 이제는 지긋지긋해, 암! 우리 차례가 왔어, 네가 바로 그런 말을 했었지……. 나의 아버지, 할아버지, 할아버지의 아버지, 그 전의 모든 조상들이 우리가 겪는 일을 겪었고, 또 우리 아들들, 우리 아들들의 아들들이 다시 그 일을 겪을 거라고 생각하면 나는 미칠 것 같아. 나는 칼을 하나 집어 들겠어……. 요전 날에 우리는 제대로 하지 못했다고. 마지막 남은 벽돌에 이르기까지 몽수를 무너뜨렸어야 했는데. 그리고 알기나 해? 나는 한 가지 후회밖에 없어. 노인이 라 피올렌의 딸년을 목 졸라 죽이게 내버려 두지 않은 것 말이야……. 그놈들은 내 자식들을 굶주림이 목 졸라 죽이도록 잘만 놔두고 있는데!"

그녀의 말은 어둠 속에서 도끼질처럼 쏟아졌다. 닫혀 있는 지평선은 열리려 하지 않았고 불가능한 이상은 고통으로 금이 간 그녀의 머릿속에서 독으로 변했다.

"내 말을 잘못 이해하셨습니다." 궁색해진 에티엔이 마침내 말할 기회를 잡았다. "회사와 합의해야 할 겁니다. 수갱들이 심각한 타격을 받고 있어요. 아마도 회사는 타협하려고 할 겁니다."

"안 돼, 절대로!" 그녀가 부르짖었다.

바로 그때 레노르와 앙리가 빈손으로 돌아왔다. 어느 신사
가 그들에게 기꺼이 이 수를 주었다. 그런데 누이가 어린 남동
생에게 계속 발길질을 하는 바람에 그 이 수가 눈 속에 떨어
졌다. 그래서 장랭이 아이들과 함께 돈을 찾아봤지만 도저히
찾을 수가 없었다는 것이었다.

"장랭은 어디 있니?"

"엄마, 형은 가 버렸어요. 일이 있대."

에티엔은 가슴이 미어진 채 듣고 있었다. 예전에 그녀는 아
이들이 구걸을 한다면 죽여 버리겠다고 위협했었다. 요즈음
에는 그녀가 아이들을 길 위로 내보냈고, 그녀는 몽수의 광부
만 명이 모두 늙은 가난뱅이들의 지팡이와 배낭 차림으로 길
거리로 나서서 공포에 질린 이 고장을 누비고 다닐 거라고 말
했다.

컴컴한 방 안에서 괴로움은 더욱 커졌다. 아이들은 주린 배
를 안고 돌아와 뭐든 먹고 싶어 했다. 왜 먹지를 않는가? 아이
들은 투덜거리며 어슬렁거리다가 죽어 가는 누이의 발을 거
세게 밟았다. 알지르가 신음을 내자 흥분한 어머니는 어둠 속
에서 닥치는 대로 애들의 따귀를 갈겼다. 그런데 애들이 빵을
달라면서 더 크게 소리를 지르자, 그녀는 울음을 터뜨리며 바
닥에 털썩 주저앉아 애들과 병든 계집아이를 한꺼번에 껴안
았다. 그러자 긴장이 풀어져서 무기력하고 기진맥진한 채 그
녀는 오래도록 눈물을 흘렸고, 죽음을 청하면서 수없이 같은
말을 더듬거렸다. "하느님, 왜 우리를 데려가지 않으십니까? 하
느님, 끝장을 내도록 제발 저희들을 데려가세요!" 할아버지는

비바람에 뒤틀린 고목처럼 움직이지 않았고, 아버지는 고개를 돌리지 않고 난로와 찬장 사이에서 서성이고 있었다.

그런데 문이 열리더니 이번에는 의사 반데르하겐 씨가 나타났다.

"제길!" 그는 말했다. "촛불을 켠다고 당신들 눈이 망가질 리가 없을 텐데……. 서두릅시다, 나는 바빠요."

여느 때처럼 그는 일로 녹초가 되어 투덜거렸다. 다행히 그가 성냥을 갖고 있어서 아버지는 의사가 환자인 딸을 진찰할 수 있도록 성냥을 한 개비씩 켜서 여섯 개비를 들고 있어야 했다. 계집아이는 담요 속에서 꺼내자 눈 속에서 죽어 가는 새같이 야윈 모습으로 흔들리는 불빛 아래에서 떨고 있었다. 어찌나 가냘픈지 곱사등밖에 보이지 않았다. 하지만 아이는 두 눈을 크게 뜬 채 죽어 가는 사람의 희미한 미소를 짓고 있었고, 가엾은 두 손은 움푹 팬 가슴 위에서 경련을 일으키고 있었다. 기가 막힌 어머니가 그토록 영리하고 다정하며 유일하게 집안일을 도와주던 아이를 자기보다 먼저 거두어 가는 것이 말이 되느냐고 따지자 의사는 화를 냈다.

"이런! 아이가 숨을 거두고 있어……. 당신의 가엾은 딸은 굶어 죽은 거요. 그리고 이 애뿐만이 아냐. 나는 옆집에서 또 한 명을 보았다고……. 당신들은 모두 나를 부르는데 나는 아무것도 할 수 없어. 당신들을 치료하기 위해 필요한 것은 고기니까."

마외는 손가락을 덴 채 성냥을 놓아 버렸다. 그러자 어둠이 아직 따뜻한 작은 시신 위에 다시 내려앉았다. 의사는 뛰어서 다시 떠나갔다. 시커먼 방 안에서 에티엔은 이제 라 마외드가 흐느끼는 소리밖에 들리지 않았다. 그녀는 죽여 달라는 호소를, 비통하고 끝없는 이 탄식을 되풀이했다.

"하느님, 제 차례입니다. 저를 데려가세요……! 하느님, 끝장이 나도록 제발 제 남편을 데려가세요, 나머지 식구들도 데려가 주세요!"

3

일요일이었던 그날, 수바린은 저녁 8시부터 라방타주의 홀에 자신의 단골 자리에 앉아 머리를 기댄 채 혼자 있었다. 이제 광부 중 그 누구도 맥주 한 잔 값인 이 수를 어디서 구해야 할지 몰랐고, 술집들은 요즘처럼 손님이 적었던 적은 없었다. 라스뇌르 부인은 계산대에서 꼼짝 않고 화기 어린 침묵을 지키고 있었다. 라스뇌르는 주철 난로 앞에 서서 생각에 잠긴 듯한 표정으로 석탄의 불그스레한 연기를 눈으로 따라가고 있었다.

지나치게 덥혀진 방의 무거운 평화 속에 갑자기 창문을 톡톡 두드리는 작은 소리가 세 번 울리자 수바린은 고개를 돌렸다. 그는 일어섰다. 빈 테이블에 앉아 담배를 피우고 있는 자신을 에티엔이 바깥에서 보았을 때 자기를 부르려고 벌써 여러 번 사용한 신호임을 알아차린 것이다. 그런데 기계공이 문에 다다르기 전에 라스뇌르가 문을 열었다. 그리고 창문의 밝은 빛 속에 있는 사람을 알아보고는 그에게 말했다.

"내가 자네를 밀고할까 봐 겁나나……? 길에서보다는 여기서 얘기하는 게 나을걸."

에티엔은 주점으로 들어왔다. 라스뇌르 부인은 깍듯하게 그에게 맥주 한 잔을 권했지만 그는 몸짓으로 거절했다. 주점 주인이 덧붙였다.

"나는 자네가 어디에 숨어 있는지 오래전부터 짐작하고 있었네. 자네 친구들이 말하듯이 내가 스파이라면 벌써 일주일 전에 자네한테 헌병들을 보냈을 거야."

"변명할 필요 없습니다." 청년이 대답했다. "당신이 결코 그런 종류의 빵은 먹고살지 않았다는 것을 아니까요……. 사람은 같은 생각을 갖고 있지 않더라도 서로를 존중할 수 있는 법이죠."

그러고는 다시 침묵이 흘렀다. 수바린은 자기 의자에 다시 앉아 벽에 등을 기대고 멍한 눈으로 담배 연기를 바라보았다. 하지만 안절부절못하는 그의 손가락들은 어떤 불안감으로 동요한 듯 그날 저녁 따라 보이지 않는 폴란드의 따뜻한 털을 찾으며 무릎 위에서 바삐 움직이고 있었다. 그것은 무의식적인 불안감으로, 그 자신도 무엇인지 정확히 모르겠지만 그에게 무언가가 없다는 느낌이었다.

테이블 맞은편에 앉아 있던 에티엔이 마침내 말을 꺼냈다.

"내일 르 보뢰에서 작업이 재개될 겁니다. 벨기에 사람들이 그 애송이 네그렐과 함께 도착했다더군요."

"그래, 밤 시간에 맞춰 그들을 데려온 거지." 서 있던 라스뇌르가 중얼거렸다. "또 서로 죽이는 일이나 없었으면!"

그러고는 목청을 높여 말했다.

"아니야, 자네가 알다시피 나는 논쟁을 다시 시작하고 싶지는 않네. 하지만 자네들이 더 고집부린다면 끝이 안 좋을 거야……. 참! 자네들 상황은 완전히 인터내셔널과 같은 꼴이야. 나는 그제께 볼일이 있어 릴에 갔다가 플뤼샤르를 만났네. 그의 조직은 와해되어 가는 것 같더군."

그는 상세하게 설명했다. 부르주아 계급이 아직도 두려워 떨게 하는 열정적인 선전 선동으로 전 세계의 노동자들을 사로잡은 인터내셔널은 이제 허영과 야망으로 집안 싸움에 빠져 나날이 와해되고 있었다. 무정부주의자들이 승리하여 초기의 점진주의자들을 몰아낸 이후 모든 것이 무너지기 시작해서, 맨 처음의 목표였던 임금제 개혁은 파벌 갈등 속에 묻혀 버렸고 지식층 간부들은 규율을 증오해서 조직이 와해되었다. 그리고 부패한 낡은 사회를 단숨에 날려 버리겠다고 잠시 위협했던 집단적인 이 항거는 이미 궁극적인 실패가 예견되고 있었다.

"플뤼샤르는 그래서 골치 아파 하더군." 라스뇌르가 말을 계속했다. "거기다 그는 더 이상 아무런 발언권도 없는 상황이야. 하지만 그래도 그는 연설을 하고 있고, 파리에 연설하러 가길 바란다네……. 그리고 그는 우리의 파업은 끝장났다고 내게 세 번이나 되풀이해서 얘기했지."

에티엔은 바닥만 내려다보며 그가 끝까지 말하도록 말을 막지 않고 내버려 두었다. 전날 그는 동료들과 이야기하면서 원망과 의심의 숨결을, 나쁜 평판의 숨결을 처음으로 느꼈다. 그것은 패배를 예고하는 것이었다. 그래서 그는 침울해져 있었고, 군중이 실망해서 복수하려 드는 날에는 그를 야유할 것이라고 예언했던 사람 앞에서 자신의 절망을 털어놓고 싶지는 않았다.

"아마도 파업은 끝장났겠죠, 그건 나도 플뤼샤르만큼 잘 압니다." 그는 다시 말을 이었다. "하지만 그건 예견되었던 일이에요. 우리는 이 파업을 하는 수 없이 받아들인 거였고 회사와 갈라설 생각은 없었으니……. 하지만 사람들은 도취한 나머지 이런저런 것들을 기대하기 시작하다가, 사태가 잘못될 것을 예상해야 했다는 것은 잊고 재앙이 하늘에서 눈앞으로 떨어지기라도 한 것처럼 한탄하고 다투는 법이죠."

"그럼 자네가 싸움에 졌다고 생각한다면 왜 동료들이 알아듣도록 설득하지 않나?" 라스뇌르가 물었다.

청년은 그를 뚫어지게 바라보았다.

"이봐요. 난 할 만큼 했어요……. 당신은 당신 생각이 있고 나는 내 생각이 있어요. 그래도 나는 당신을 존중한다는 것을 보여 주려고 여기왔어요. 하지만 나는 우리가 고생하다 죽는다 해도 현명하다는 당신의 그 모든 책략보다 우리의 굶주린 몸뚱이들이 민중의 대의명분에 보다 기여할 것이라고 생각합니다. 아! 만약 그 돼지 새끼 같은 군인들 중 하나가 내 가슴 한복판에 총알을 쏴 박는다면 얼마나 멋있게 끝장낼 수 있을까요!"

패배한 자의 내밀한 소망이, 즉 자신의 고통이 영원히 사라지게 해 줄 도피처가 명백히 드러나는 이 부르짖음과 함께 그의 두 눈은 젖어들었다.

"옳은 말이에요!" 라스뇌르 부인이 말했다. 그러면서 과격한 성향을 지닌 그녀는 몹시 경멸하는 시선으로 자기 남편을 쏘아보았다.

멍한 시선으로 안절부절못하는 양손으로는 자기 무릎을 더듬고 있는 수바린은 오가는 얘기를 들은 것 같지 않았다. 날렵한 코에 작고 뾰족한 이빨이 나 있고 살결이 흰 금발 소녀 같은 그의 얼굴은 피투성이 광경들이 지나가는 신비로운 꿈을 꾸는 듯 야만스러워졌다. 그는 아주 큰 소리로 꿈꾸듯 말하기 시작하며 좀 전의 대화 가운데서 들은 인터내셔널에 관한 라스뇌르의 말에 대답했다.

"모두들 겁쟁이고, 조직을 무서운 파괴 도구로 만들 수 있는 사람은 한 사람밖에 없어. 그런데 그러길 원해야 할 텐데 아무도 원하지 않으니 그리하여 혁명은 또다시 실패할 거야."

그는 혐오감에 찬 목소리로 인간의 어리석음에 대해 탄식했고, 다른 두 사람은 어둠 속에서 들려오는 이 몽유병자 같은 고백에 난처해 하고 있었다. 러시아에서는 아무 일도 잘되어 가는 것이 없었고 날아온 소식들에 그는 절망했다. 그의 옛 동료들은 정치가로 변신했고, 유럽을 떨게 했던 그 유명한 무정부주의자들인 사제의 아들들과 프티부르주아들 그리고 상인들은 인민 해방 이상으로 나아갈 줄 모르고, 전제 군주만

죽이고 나면 세계가 해방된다고 믿는 것 같았다. 그리고 그가 낡은 인류를 익은 수확물처럼 베어 버리겠다고 그들에게 말하자마자, 그리고 공화국이라는 천진한 말마저 꺼내자마자, 그는 자신이 이해받지 못하고 있고 불안을 조성하며, 이제 계급에서 이탈해 혁명적 세계주의를 표방하다 실패한 제후들 중 한 명으로 치부되는 것을 느꼈다. 그렇지만 그의 애국심은 꺾이지 않았고, 그는 울분을 품고 늘 하던 말을 되풀이했다.

"바보짓들……! 그런 바보짓들로는 결코 그 지경에서 벗어나지 못할 거야!"

그는 목소리를 더욱 낮추면서 동지애에 대해 자신이 품었던 옛 꿈을 쓸쓸하게 이야기했다. 그는 자신의 계급과 재산을 포기하고 오로지 집단 노동의 새로운 사회가 마침내 세워질 것이라는 희망으로 노동자들과 함께했다. 주머니에 있던 돈은 오랜 시간에 걸쳐 탄광촌의 장난꾸러기 녀석들에게로 모두 흘러들어 갔고, 그는 광부들에게 형제애를 갖고 대했으며, 그들의 경계심에 미소로 답하면서, 꼼꼼하고 말수가 적은 노동자로서의 조용한 모습으로 그들의 마음을 얻으려 했다. 하지만 결코 융화되지 않았고, 그는 모든 관계에 대한 경멸감과, 자만심과 향락과는 담을 쌓고 선량함을 견지하려는 그의 신념으로 인해 그들에게 이방인으로 남아 있을 뿐이었다. 한편 그는 그날 아침부터 특히 화가 나 있었는데, 신문들을 장식한 사회 면의 기사 하나를 읽은 탓이었다.

그는 목소리가 바뀌고 두 눈을 빛내면서 에티엔에게 시선을 고정하더니 다짜고짜 말을 걸었다.

"자네, 이해가 되나? 10만 프랑짜리 어마어마한 금액의 복권에 당첨되자, 아무 일도 안 하고 살겠다고 선언하면서 당장 국채를 매입한 마르세유의 그 모자 제조공들 말이야……! 그래, 이게 프랑스의 노동자인 자네들 모두가 가지고 있는 생각이지. 보물을 파내서는 혼자 그걸로 먹고살려고 이기주의와 나태의 구석에 가서 숨는 것 말이야. 자네들이 부자들에게 고함을 쳐 봐야 소용없어. 자네들에게 행운이 찾아와서 돈이 생겨도 가난한 사람들에게 돌려줄 용기가 자네들한테는 없으니……. 자네들이 무언가를 소유하려 하는 한, 부르주아들에 대한 자네들의 증오가 단지 그들 대신 자네들이 부르주아가 되려는 성난 욕구로부터 오는 한, 자네들은 결코 행복을 누릴 자격이 없어."

라스뇌르는 웃음을 터뜨렸다. 마르세유의 그 두 노동자가 막대한 복권 당첨금을 포기했어야 한다는 건 그에게 어리석게 느껴졌다. 하지만 수바린은 창백해졌고, 일그러진 그의 얼굴은 민중을 몰살시키고자 하는 일종의 종교적인 분노로 무시무시해졌다. 그는 외쳤다.

"자네들은 모두 베이고 쓰러지고 썩어 버릴 거야. 겁쟁이에다 향락주의자인 자네들 종족을 없애 버릴 사람이 태어날 거야. 자! 내 손이 보이지, 만약 내 손으로 그럴 수만 있다면 나는 이렇게 세상을 집어 들고는 자네들 모두가 그 잔해에 파묻히도록 마구 흔들어서 가루가 되게 부서뜨릴 거라고."

"옳은 말이에요!" 늘 그러듯 공손하고 확신에 찬 태도로 라스뇌르 부인이 되풀이해서 말했다.

다시 침묵이 흘렀다. 그러자 에티엔은 보리나주 노동자들에 대해 또다시 얘기했다. 그는 르 보뢰에서 어떤 조치를 취했는지 수바린에게 물어보았다. 하지만 다시 자기 생각에 빠져든 그 기계공은, 단지 수갱을 지키는 군인들에게 탄창을 지급했으리라는 것만 알고 있다고 겨우 대답했다. 그리고 무릎 위에서 손가락을 안절부절못하며 불안감이 극에 달하자, 그는 자기 손가락이 찾는 것이 무엇인지 의식하게 되었다. 그것은 친숙한 토끼의 포근하고 안정감을 주는 털이었다.

"폴란드는 어디 있습니까?" 그가 물었다.

주점 주인은 자기 아내를 보면서 다시 한번 웃었다. 잠시 주저하던 그는 마침내 말하기로 결심했다.

"폴란드? 그 토끼는 따뜻한 곳에 있지."

장랭과 험한 나들이를 한 그날 이후로 그 뚱뚱한 토끼는 몸이 상했는지 죽은 새끼들만 낳았다. 그래서 쓸모없는 입을 먹여 살리지 않으려고 바로 그날 감자를 곁들여 요리했던 것이다.

"그래, 오늘 저녁에 자네가 그 넓적다리 한쪽을 먹은 거라고……. 알겠어? 자네가 맛있게 먹어 치웠잖나!"

수바린은 처음에는 영문을 몰랐다. 그러다가 몹시 창백해지더니 토할 듯이 턱이 일그러졌다. 동시에 인내심 강한 의지력에도 불구하고 굵은 눈물이 두 줄기 흐르고 눈꺼풀이 부어올랐다.

하지만 그의 이런 격정을 주의 깊게 볼 틈도 없었다. 문이 거칠게 열리더니 샤발이 카트린을 앞세우고 떠밀면서 나타난 것이었다. 몽수의 모든 술집을 돌아다니며 맥주와 허세에 취한 그는 라방타주에 가서 옛 친구들에게 자신이 두려워하지 않는다는 것을 보여 주려는 생각이 떠올랐던 것이다. 그는 들어오면서 자기 애인에게 이렇게 말했다.

"빌어먹을! 이 안에서 네가 맥주 한 잔을 마시란 말이야. 반감을 갖고 나를 쳐다보는 놈은 걸리는 즉시 상통을 부숴 놓을 테다!"

카트린은 에티엔을 보고는 놀라서 얼굴이 새하얘진 채 서 있었다. 이번에는 샤발이 에티엔을 보고 기분 나쁜 표정으로 비웃었다.

"라스뇌르 부인, 맥주 두 잔! 우리는 작업 재개를 축하하며 마시는 거요."

그녀는 말 한마디 없이 맥주를 따랐다. 누구에게도 자기 가게의 맥주를 파는 것을 거절하지 않는 그녀였다. 침묵이 흘렀고 주점 주인도 다른 두 사람도 자리에서 꿈쩍하지 않았다.

"나더러 스파이라고 말한 자들을 나는 알고 있지." 샤발이 교만한 태도로 다시 말을 이었다. "나는 그자들이 내 앞에서 다시 그 말을 하길 기다린다고. 드디어 결판을 내도록 말이야."

아무도 대꾸하지 않았고 남자들은 고개를 돌려 망연히 벽을 바라보고 있었다.

"게으름뱅이가 있고 게으름뱅이가 아닌 사람들이 있지." 그는 더 큰소리로 계속 말했다. "나는 아무것도 숨길 게 없어. 나는 드뇔랭의 더러운 바라크를 떠나서 내일 벨기에인 열두 명과 함께 르 보뢰에 입갱할 거야. 내가 존경을 받는다면서 내게 그 사람들 지휘를 맡기더군. 그게 거슬리는 사람은 말해도 좋아. 얘기해 보자고."

그리고 나서 자신의 도발적인 언동에도 불구하고 멸시에 찬 똑같은 침묵이 이어지자 그는 카트린에게 화를 냈다.

"마시라니까, 제기랄……! 작업하기를 거부하는 모든 더러운 놈들의 죽음을 위해 나랑 건배해!"

그녀는 건배를 했으나 손이 몹시 떨려서 잔 두 개가 가볍게 쨍그랑 소리를 내는 것이 들렸다. 그는 주머니에서 하얀 동전을 한 움큼 꺼내더니 술꾼의 거드름을 피우며 늘어놓았다. 자기 땀으로 그 돈을 벌었으며, 게으름뱅이들이 십 수라도 있으면 어디 한번 보여 보라고 말했다. 동료들의 태도에 몹시 화가 난 그는 직접적으로 모욕을 하기에 이르렀다.

"그러니까 두더지들은 밤에 나오는 건가? 헌병들이 잠들면 불한당들이 나다니냐?"

에티엔은 아주 침착하게, 마치 결심을 한 듯 일어섰다.

"잘 들어, 지겨운 놈아……. 그래, 네놈은 스파이고, 네놈의 돈에서는 아직도 배신의 악취가 풍겨. 그리고 나는 배신자인 네놈의 살가죽에 손을 대는 게 역겨워. 하지만 상관없어! 나는 네놈의 적수이고, 꽤 오래전부터 우리 둘 중 하나가 상대를 잡아먹어야 했으니."

샤발은 주먹을 움켜쥐었다.

"자, 덤벼! 네놈을 열 받게 하려면 이렇게나 말을 많이 해 줘야 하는구나, 비겁한 놈……! 네놈 혼자라면, 얼마든지 좋아! 네놈은 사람들이 나한테 한 더러운 짓들의 대가를 치르게 될 거다!"

카트린은 두 팔로 애원하며 두 사람 사이로 다가갔다. 하지만 그들은 그녀를 밀어낼 필요도 없었다. 싸움이 벌어질 수밖에 없다는 것을 느낀 그녀가 스스로 천천히 물러났던 것이다. 그녀는 벽에 기대선 채 아무 말도 못 하고 있었고, 불안으로 온몸이 마비되어 눈을 휘둥그렇게 뜨고는 자신을 놓고 서로 죽이려 드는 두 남자를 보며 더 이상 떨지도 않았다.

라스뇌르 부인은 카운터의 맥주잔들이 깨질까 봐 치워 놓았다. 그리고 그녀는 온당치 않은 호기심을 감추면서 긴 의자 위에 다시 앉았다. 하지만 옛 동료 둘이서 이렇게 서로 죽이도록 내버려 둘 수는 없어서 라스뇌르가 기를 쓰고 말리려고 하자, 수바린이 이렇게 말하며 그의 어깨를 붙잡아 테이블로 도로 데려왔다.

"당신과는 상관없습니다……. 한 명은 불필요하고 남아도는 인간이니까 둘 중 강한 자가 살아남아야지요."

샤발은 공격을 기다리지 않고 움켜쥔 주먹을 이미 허공에 날렸다. 키가 더 크고 홀쭉한 그는 마치 쌍검을 휘두르며 성난 칼질을 하듯 두 팔로 번갈아 가며 얼굴을 겨누어 후려쳤다. 그리고 그는 에티엔의 화를 돋우려 욕설을 마구 퍼부으며 줄곧 지껄여 댔고, 주위의 이목을 끌려고 폼을 잡았다.

"야! 빌어먹을 기둥서방 놈아, 네놈의 코를 박살 내고 말겠다! 나는 바로 네놈의 코를 어딘가 처넣고 싶거든……! 그러니 내가 돼지 먹일 죽을 만들게 창녀들의 거울 같은 네놈 상판때기를 내놔. 그리고 나서도 창녀들이 네놈 뒤를 열심히 쫓아다니는지 두고 보자!"

　에티엔은 말없이 이를 악문 채 가슴과 얼굴을 두 주먹으로 막은 기본 자세로 싸움에 임하면서 작은 몸을 웅크리고 있었다. 그는 기회를 엿보았고 용수철이 세차게 풀리듯 두 주먹으로 날카로운 공격을 가했다.

　처음에 그들은 상대방을 별로 다치게 하지 않았다. 한쪽에서는 요란하게 휘두르고 다른 한쪽에서는 냉정하게 기다리며 싸움이 길어졌다. 의자 하나가 쓰러졌고 그들은 커다란 신발로 바닥에 깔려 있는 하얀 모래를 밟아 뭉갰다. 하지만 결국 숨이 차서 헉헉거리는 소리가 들렸고, 그들의 벌건 얼굴은 마치 몸속에서 잉걸불이 이는 듯 부어올랐으며 형형한 눈구멍에서는 불꽃이 튀었다.

　"명중!" 샤발이 소리 질렀다. "네놈 몸뚱이에 한 방이다!"

　과연 그의 주먹은 비스듬히 던진 도리깨처럼 상대의 어깨에 상처를 남겼다. 에티엔은 고통의 신음을 억눌렀고 근육이 둔탁한 타박상을 입는 무딘 소리만 들렸다. 그리고 그는 가슴 한복판을 곧장 겨냥하며 응수했는데 만약 샤발이 염소처럼 계속 뛰면서 피하지 않았더라면 몸통이 부서졌을 것이다. 그래도 이 한 방은 샤발의 왼쪽 옆구리에 워낙 세게 명중해 그는 숨이 막혀서 비틀거렸다. 고통으로 팔에서 힘이 빠지는 것을 느끼자 분노에 사로잡힌 그는 짐승처럼 달려들어 에티엔의 배에 구멍을 낼 작정으로 배를 겨냥해 구두 굽으로 찼다.

　"자! 네놈 창자 쪽이다!" 숨 막히는 목소리로 그가 더듬거리며 말했다. "창자를 햇볕에다 몽땅 뽑아 놓을 테다!"

에티엔은 발길질을 피했고, 정정당당한 싸움의 규칙을 이렇게 위반하는 데 몹시 화가 나서 입을 열었다.

"닥쳐, 이 짐승 같은 놈아! 발길질을 하다니, 빌어먹을! 또 그러면 의자를 들어서 네놈을 박살 낼 거야!"

그러자 싸움이 더욱 격렬해졌다. 두 손님은 우리 가게에서 문제를 해결할 권리가 있지 않은가? 하는 듯이 그를 제지하는 아내의 매서운 눈초리가 아니었다면, 격분한 라스뇌르가 싸움에 다시 개입했을 것이다. 그는 그저 벽난로 앞에 서 있기만 했다. 그들이 불 속으로 쓰러질까 봐 걱정되었기 때문이다. 수바린은 평화로운 표정으로 담배를 하나 말았지만 불을 붙이는 것은 잊고 있었다. 카트린은 벽에 기대 꼼짝 않고 있었는데, 두 손은 무의식적으로 허리에 올리고 있었다. 그녀의 양손은 허리춤에서 뒤틀리고 규칙적인 경련을 일으키며 드레스의 천을 잡아 뜯었다. 그녀가 할 수 있는 노력은 소리치지 않는 것뿐이었다. 자신이 누구를 더 좋아하는지 소리쳐서 둘 중 어느 한 명을 죽게 하는 일은 없어야 했다. 이제 그녀는 너무 혼란스러운 나머지 자신이 누구를 더 좋아하는지도 알 수 없었다.

이윽고 샤발은 지쳐서 땀에 흠뻑 젖은 채 되는 대로 주먹을 내질렀다. 분노에도 불구하고 에티엔은 계속 몸을 방어해서 거의 모든 공격을 피했지만, 이따금 상처를 입었다. 귀가 찢어졌고, 손톱이 할퀴고 지나간 목에서 살점이 떨어져 나가 몹시 쓰라렸기 때문에 이번에는 그가 무섭게 주먹을 곧장 날리며 욕설을 퍼부었다. 샤발은 한 번 더 껑충 뛰어 가슴을 향한 공격을 피했다. 하지만 몸을 굽힌 탓에 에티엔의 주먹이 그의 얼굴에 적중하여 코를 으스러뜨리면서 한쪽 눈을 강타했다. 콧구멍에서는 곧바로 피가 쏟아졌고 눈이 부어오르면서 시퍼렇게 멍이 들었다. 코피가 붉은 강물같이 쏟아져 앞이 안 보이고, 머리통이 뒤흔들려 정신이 혼미해진 그는 방향 잃은 두 팔을 허공에 내질렀는데, 그때 마침내 가슴 한복판에 또 한 차례 주먹이 날아들어 끝장나 버렸다. 뭔가 부서지는 듯한 소리가 나더니 그는 석고 푸대를 부려 놓듯 무겁게 벌렁 나자빠졌다.

에티엔은 기다렸다.

"다시 일어나. 네놈이 원한다면 다시 시작하자고."

대답 없이 잠시 멍하니 있던 샤발은 바닥에서 꿈틀거리며 사지를 폈다. 그는 힘들게 몸을 추스려 잠시 무릎을 꿇고 웅크리고 앉은 채, 손으로는 주머니 속에서 보이지 않는 동작을 하고 있었다. 그러고는 일어서더니 목줄기가 부풀어 오르도록 거칠게 고함을 지르며 다시 덤벼들었다.

하지만 카트린은 이미 보았다. 그리고 자신도 모르게 가슴으로부터 커다란 외마디 소리가 나와서, 마치 자신도 몰랐던 선택의 고백을 한 듯 스스로도 놀랐다.

"조심해! 그는 칼을 갖고 있어!"

에티엔은 가까스로 샤발의 첫 번째 공격을 팔로 막아 냈다. 스웨터가 두꺼운 칼날에 베였다. 칼날이 구리 코등이로 회양목 손잡이에 고정되어 있는 칼이었다.

에티엔은 샤발의 손목을 붙잡았고 무시무시한 싸움이 시작되었다. 에티엔은 자신이 손을 놓으면 죽는다고 느꼈고, 상대방은 손목을 빼서 칼을 휘두르려고 몸부림쳤다. 칼은 점점 내려왔고 그들의 팽팽해진 사지는 힘을 잃어 가고 있었으며 에티엔은 두 번이나 차가운 강철이 피부에 와 닿는 것을 느꼈다. 그는 갖은 노력을 다한 끝에 상대방의 손목을 으스러지도록 억세게 움켜잡아서 마침내 펴진 손에서 칼이 미끄러져 떨어졌다. 그러자 두 사람이 동시에 바닥으로 달려들었고, 결국 에티엔이 주워 이번에는 그가 칼을 휘둘렀다. 그는 넘어진 샤발을 무릎 밑에 깔고서는 목을 따겠다고 위협했다.

"하! 빌어먹을 배신자, 네놈을 골로 보내 주지!"

그의 내부에서 터져 나온 흉악한 소리로 그의 귀는 먹먹해졌다. 그의 배 속 깊은 곳에서 올라와 그의 머릿속을 망치질하듯 두들기는 그것은, 갑작스런 살인 충동이며 피를 맛보려는 욕구였다. 그 충동이 이토록 그를 뒤흔든 적은 없었다. 게다가 그는 술에 취해 있지 않았다. 그래서 그는 애욕에 사로잡힌 미치광이가 강간 직전에 참으려고 발버둥 치며 절망적으로 떨듯이 자신의 유전적 충동에 대항해 싸웠다. 그는 마침내 자신을 이겨 내어 칼을 자기 뒤로 던져 버리면서 쉰 목소리로 더듬더듬 말했다.

"일어나, 꺼져!"

이번에는 라스뇌르가 급히 다가갔다. 하지만 잘못 얻어맞을까 봐 두 사람 사이에 함부로 끼어들지는 않았다. 그는 자기 가게에서 살인이 나는 것은 원치 않았다. 그가 심하게 화를 내자 카운터에 꼿꼿이 서 있던 그의 아내는 그에게 항상 너무 일찍 나선다고 일침을 놓았다. 다리에 칼을 맞을 뻔했던 수바린은 담배에 불을 붙이기로 했다. 그럼 끝난 것인가? 카트린은 아직 살아 있는 두 남자 앞에서 얼떨떨해 하며 아직 바라보고만 있었다.

"꺼져!" 에티엔이 되풀이해서 말했다. "꺼져, 안 그러면 네놈을 죽여 버릴 거야."

샤발은 일어나서 코에서 계속 흘러나오는 피를 손등으로 닦았다. 그리고 그는 턱이 뻘겋게 피범벅이 되고 눈에는 타박상을 입은 채 패배로 인한 분노 속에 다리를 질질 끌며 떠나갔다. 카트린은 기계적으로 그를 따라갔다. 그러자 그는 몸을 일으켜 세우더니 증오심에 욕설을 퍼부어 댔다.

"아! 오지 마! 아! 오지 마! 네년이 원하는 게 저놈이라면 저놈이랑 붙어먹으라고, 이 더러운 짐승 같은 년아! 목숨이 아깝거든 내 집에 다시 발도 들여놓지 마!"

그는 문을 세차게 닫았다. 따뜻한 홀 안에는 무거운 침묵이 자리 잡았고 석탄이 타며 자그맣게 윙윙거리는 소리만 들렸다. 바닥에는 넘어진 의자와 홍건한 피만 남아 있었는데 포석 위의 모래가 핏방울들을 빨아들이고 있었다.

4

라스뇌르의 주점에서 나온 뒤 에티엔과 카트린은 묵묵히 걸어갔다. 해빙기가 시작되었다. 눈을 녹이진 못하고 더럽게 만들 뿐인 차갑고 느린 해빙이었다. 납빛 하늘에는 폭풍이 성난 듯이 아주 높게 몰고 가는, 검은색 넝마 같은 커다란 구름들 뒤로 보름달이 희미하게 보였다. 땅 위에는 바람 한 점 없었고, 지붕에서 물 떨어지는 소리만 들렸으며 때때로 하얀 눈덩어리들이 지붕에서 힘없이 떨어지곤 했다.

에티엔은 자신에게 넘겨진 이 여자로 인해 당혹스러워하며 마음이 불편한 가운데 할 말을 찾지 못하고 있었다. 그녀를 데리고 가서 레키야르에 함께 숨는 것은 당치 않게 여겨졌다. 그는 탄광촌에 있는 부모의 집에 그녀를 데려다 주려 했다. 하지만 그녀는 두려워하는 표정으로 거절했다. 안 된다, 안 된다,

그토록 못되게 떠나가고는 부모에게 다시 짐이 되느니 뭐든 하겠다! 그래서 두 사람은 더 이상 아무 말도 없이 진흙이 흐르는 강으로 바뀌고 있는 길을 되는 대로 걸어갔다. 처음에는 르 보뢰 쪽으로 내려갔고 그다음에는 오른쪽으로 돌아서 폐석장과 운하 사이로 지나갔다.

"하지만 어디에선가 자야 해." 마침내 그가 말했다. "내게 방이 하나라도 있다면 기꺼이 너를 데려가겠는데……."

그런데 그는 묘한 수줍음이 불현듯 솟아올라서 말을 멈췄다. 예전에 품었던 커다란 욕망과 미묘한 마음들, 그리고 그들이 함께하지 못하게 한 수치심 등 그들의 과거가 되살아났다. 마음이 이렇게 동요하고 새로운 욕망으로 가슴이 점차 뜨거워지다니 그는 여전히 그녀를 원하는 것인가? 가스통마리에서 그녀에게 따귀를 맞은 기억이 떠오르면서 원망스러운 대신 도리어 흥분되었다. 이제 그는 놀라워하고 있었다. 그녀를 레키야르에 데려가는 것이 아주 당연하고 실행하기 쉬운 듯 여겨졌던 것이다.

"자, 결정해. 내가 너를 어디로 데려갔으면 해……? 너는 정말 나를 미워해서 나랑 같이 가는 걸 거절할 거야?"

그녀는 나막신이 바퀴 자국으로 자꾸만 미끄러져 애를 먹여서 걸음이 지체되어 그의 뒤를 천천히 따라갔다. 그리고 고개를 들지 않은 채 중얼거렸다.

"맙소사, 나는 충분히 고통받고 있어! 나에게 더 이상 고통을 주지 마. 내게 애인이 있고 당신도 여자가 있는 지금, 당신이 바라는 것이 우리에게 무슨 도움이 되겠어?"

그녀가 말하는 여자는 라 무케트였다. 보름 전부터 소문이 퍼졌듯이 그녀는 에티엔이 그 처녀와 같이 지낸다고 생각하고 있었다. 그래서 그가 맹세코 그렇지 않다고 해도 그녀는 고개를 저으며 그들이 한창 입 맞추는 모습을 보았던 그날 저녁을 회상했다.

"이 모든 어리석은 짓들이 유감스러워?" 그가 걸음을 멈추며 작은 소리로 말을 이었다. "우리는 정말 잘 통했을 텐데!"

그녀는 조금 움찔하더니 대답했다.

"자, 아무것도 후회하지 마, 당신은 별로 잃은 게 없어. 내가 얼마나 허약하고, 이 수어치 버터만큼도 살집이 없고 결코 여자가 될 수 없을 정도로 건강이 나쁜지를 당신이 안다면!"

그녀는 솔직하게 계속 이야기했다. 그녀는 사춘기가 오랫동안 오지 않는 것을 자신의 결함인 양 자책했다. 그 때문에 그녀는 남자와 살았음에도 불구하고 위축되었고 어린애 취급을 받았다. 아이를 낳을 수 있게 되어야 그런 처지를 면할 것이다.

"가엾은 아이!" 에티엔이 커다란 연민에 싸여 아주 나지막하게 말했다.

그들은 거대한 폐석 더미의 그림자에 가려진 폐석장의 아랫부분에 있었다. 잉크처럼 시커먼 구름이 때마침 달 위로 지나가서 그들은 더 이상 서로의 얼굴을 분간할 수 없었고, 숨결이 뒤섞이면서 수개월 동안 갈망하며 괴로워했던 그 입맞춤을 하기 위해 서로의 입술을 찾았다. 그런데 갑자기 달이 다시 나타나자 그들은 위쪽으로 달빛을 받아 하얀 바위들 꼭대기에 르 보뢰로 파견된 초병이 꼿꼿이 서 있는 것을 보았다. 그래서 그들은 끝내 입맞춤을 하지 못한 채 분노와 막연한 혐오감과 깊은 우정이 담겨 있는 지난날의 수줍음 때문에 다시 떨어졌다. 그들은 발목까지 빠지는 진창 속으로 무겁게 다시 출발했다.

"결정했어? 너는 나를 원하지 않는 거야?" 에티엔이 물었다.

"응." 그녀는 말했다. "샤발 다음에는 당신이다, 그 말이야? 그리고 당신 다음에는 또 다른 사람하고……. 아니야. 그런 건 역겨워, 그런 건 전혀 즐겁지 않아. 무얼 하려고 그래야 하지?"

그들은 입을 다물고 말 한마디 없이 백 걸음쯤을 걸었다.

"적어도 네가 어디로 갈지 알고는 있니?" 그가 말을 이었다. "이런 밤에 너를 바깥에 내버려 둘 수는 없어."

그녀는 간단히 대답했다.

"나는 돌아갈 거야. 샤발은 내 남자고, 나는 그의 집이 아닌 다른 곳에서 자면 안 돼."

"그렇지만 그자는 널 죽도록 팰 거라고!"

침묵이 다시 시작되었다. 그녀는 체념한 모습으로 어깨를 으쓱 치켜올렸다. 그는 그녀를 때릴 것이고 지치면 그 짓을 멈출 것이다. 거지처럼 길을 떠도는 것보다는 그게 낫지 않은가? 그리고 그녀는 따귀 맞는 것에 익숙하며, 여자들 열 명 중 여덟은 자기와 마찬가지라고 스스로 위안하듯 말했다. 만약 애인 샤발이 언젠가 그녀와 결혼해 준다면, 그로서는 대단히 호의를 베푸는 일일 것이다.

에티엔과 카트린은 기계적으로 몽수를 향해 걸어갔고 그곳에 가까워질수록 그들의 침묵은 더 길어졌다. 마치 그들은 더 이상 같이 있지 않은 것 같았다. 그는 그녀가 샤발에게 돌아가는 것을 보게 될 생각에 커다란 슬픔이 몰려왔지만, 그녀를 설득할 아무런 말도 찾지 못했다. 가슴이 미어졌지만 그는 더 나은 것을 누리게 해 줄 수 없었다. 빈곤과 도주의 삶, 그리고 군인의 총알이 자신의 머리를 부술 경우 내일이 없어지는 밤이 전부였던 것이다. 사실상 또 다른 고통을 일으킬 일을 시도하지 않고, 겪고 있는 것을 그대로 겪는 것이 더 현명한지도 몰랐다. 그래서 그는 아무런 반대도 하지 않고 고개를 숙인 채 그녀를 애인의 집으로 다시 데려다주었다. 그때 피케트 카페에서 이십 미터 떨어져 있는 큰길의 작업장 모퉁이에서 그녀가 그를 제지하며 말했다.

"더 이상 오지 마. 그 사람이 당신을 보면 더 큰 말썽이 생길 거야."

교회에서 11시를 알리는 종이 울렸고 카페는 문을 닫았지만 문틈으로 빛이 새어 나왔다.

"안녕." 그녀가 속삭였다.

그녀가 내민 손을 그가 계속 잡고 있어서, 그녀는 그와 헤어지려고 애를 쓰면서 천천히 힘들게 손을 빼야 했다. 그녀는 돌아보지도 않고 걸쇠가 달려 있는 작은 문으로 들어갔다. 하지만 그는 그 안에서 일어날 일이 걱정스러워 떠나지 못하고 문을 쳐다보며 같은 자리에 서 있었다. 그는 귀를 기울인 채 매 맞는 여자의 울부짖는 소리를 들을까 봐 조마조마해 하고 있었다. 집은 어두운 채로 조용했고 그는 단지 2층 창문에 불이 켜지는 것을 보았다. 그리고 창문이 열리고 길 쪽으로 몸을 숙이는 가냘픈 그림자를 알아보자 그는 다가갔다.

그러자 카트린이 아주 나지막한 소리로 속삭였다.

"그는 돌아오지 않았어. 난 잠자리에 들 거야……. 제발 가!"

에티엔은 자리를 떴다. 눈이 더 녹아 지붕에서 소나기처럼 철철 흘러내렸다. 벽들이며 울타리들이며 어둠 속에 묻힌 산업 지대 외곽의 어수선한 모든 건물들에서 녹은 눈이 축축한 땀처럼 흘러내렸다. 처음에 그는 피로와 슬픔으로 고통스러웠고, 땅밑으로 사라져서 그곳에서 없어지고 싶은 욕구뿐이어서 레키야르 쪽으로 향했다. 그러다 르 보뢰에 대한 생각에 다시금 사로잡혀 그는 수갱에 내려갈 벨기에 노동자들과, 자신들의 수갱에 외국인을 받아들이지 않기로 결심하고는 수갱을 지키고 있는 군인들에 대해 격분하고 있는 동료들을 생각했다. 그래서 그는 다시 운하를 따라 녹은 눈이 만든 웅덩이들 사이로 걸어갔다.

그가 폐석장 가까이 다시 왔을 때는 달이 무척 밝게 빛나고 있었다. 고개를 들어 하늘을 쳐다보니 높은 곳에서 불어 대는 강한 바람이 채찍질을 하듯 구름이 달려가고 있었다. 그러나 구름들은 하얘져서 더 가늘게 실처럼 풀리더니, 달 표면에 이르러서는 마치 탁한 물의 흐릿한 투명함 같은 것을 지니고 있었다. 그리고 구름들이 어찌나 빨리 흘러가는지 달은 수시로 가려졌다가 투명한 모습으로 끝없이 다시 나타나곤 했다.

이 순수한 빛을 시선에 가득 담고 고개를 숙이는 순간, 에티엔은 폐석장 꼭대기에서 벌어지는 광경을 보고 멈춰 섰다. 추위로 몸이 뻣뻣해진 초병이 그곳에서 왔다 갔다 하고 있었는데, 마르시엔 쪽으로 몸을 돌려서 스물다섯 걸음을 갔다가 몽수 쪽으로 몸을 돌려서 돌아오곤 했다. 창백한 하늘을 배경으로 뚜렷이 드러나는 이 검은 모습 위로 총검이 허옇게 번뜩였다. 청년의 관심을 끈 것은 폭풍우가 치는 밤이면 본모르가 피신하던 오두막 뒤에서 움직이는 그림자였다. 망을 보며 기어올라가는 짐승 같은 존재의 흰 담비처럼 길고 유연한 그 등줄기를 보자 에티엔은 대뜸 장랭임을 알아보았다. 초병은 그 아이를 볼 수 없었고, 그 악동은 분명 짓궂은 장난을 준비하고 있음에 틀림없었다. 그 아이는 군인들에 대한 화가 누그러지지 않았고, 사람들을 죽이려고 총과 함께 배치된 그 살인자들에게서 언제 해방되느냐고 물어보곤 했던 것이다.

에티엔은 잠시 무언가 어리석은 짓을 못 하게 하려고 그 아이를 부를까 말까 망설이고 있었다. 달이 숨었고 그는 아이가 뛰어오를 태세로 몸을 움츠리는 것을 보았다. 그러나 달이 다시 나타나자 아이는 웅크렸다. 매번 초병은 오두막까지 나아갔다가 등을 돌려 다시 돌아왔다. 그러다 구름이 어둠을 드리우자 갑자기 장랭은 살쾡이처럼 높게 뛰어올라 군인의 어깨에 달려들더니 자신의 손가락들로 그에게 달라붙은 채 활짝 편 칼을 그의 목에 꽂았다. 말총으로 만든 군복 깃이 방해하자 장랭은 손잡이를 두 손으로 밀면서 온몸의 체중을 실어 거기 매달렸다. 아이는 종종 농가 뒤에서 닭들을 덮쳐 목을 따서 죽였다. 행동이 너무나 재빨랐기 때문에 어둠 속에는 억눌린 비명 소리만 났고, 소총이 쇳소리를 내며 떨어졌다. 어느새 아주 하얘진 달이 빛나고 있었다.

에티엔은 놀라움으로 꼼짝 못 하고 계속 쳐다보고 있었다. 장랭을 부르려던 소리가 가슴속에서 막혀 나오지 않았다. 위의 폐석장은 비어 있었고 구름이 정신없이 빠르게 지나가서 더 이상 아무런 그늘도 눈에 띄지 않았다. 이윽고 그는 달려서 올라갔고, 두 팔을 벌리고 뒤로 쓰러져 있는 시신 앞에 엎드려 있는 장랭을 발견했다. 투명한 달빛이 비치는 눈 속에는 붉은 바지와 회색 군용 외투가 비정하게 드러나 있었다. 피 한 방울 흐르지 않았고 칼은 아직도 손잡이에 이르기까지 목에 박혀 있었다.

격노한 그는 정신없이 주먹으로 한 대 쳐서 아이를 시신 옆에 때려 눕혔다.

"왜 이런 짓을 했니?" 그는 얼빠진 듯 더듬거리며 물었다.

장랭은 몸을 웅크리고 야윈 등줄기를 고양이처럼 부풀리면서 네발로 엉금엉금 기어 다녔다. 그리고 그의 커다란 귀와 초록색 눈, 튀어나온 턱은 자신이 저지른 나쁜 짓으로 크게 동요하는 가운데 전율하면서 불타오르고 있었다.

"빌어먹을! 왜 이런 짓을 했어?"

"몰라요, 그러고 싶었어요."

아이는 그렇게만 대답할 뿐이었다. 사흘 전부터 아이는 그러고 싶었다. 그 생각은 아이를 괴롭혔고, 너무나 많이 생각한 나머지 귀 뒤 머리까지 아팠다. 광부들의 터전에서 광부들을 괴롭히는 이 돼지 새끼 같은 군인들 때문에 불편하게 살아야 하는가? 숲속에서 들은 격렬한 연설과, 수갱들을 거쳐 가며 쓸어 버리고 죽여 버리라는 고함들 가운데 대여섯 마디 말이 아이에게 남아서, 혁명 놀이를 하는 장난꾸러기로서 그 말들을 반복했다. 그리고 아이는 그것 이상은 알지도 못했고, 어느 누가 부추긴 것도 아니었으며, 들판에서 양파를 훔치고 싶어지듯 저절로 그런 욕망이 생겨난 것이었다.

아이의 머리통 속에서 이렇듯 범죄가 음험하게 자라난 데 놀란 에티엔은 아이를 분별력 없는 짐승인 양 발길질로 또 쫓아냈다. 그는 초병의 억눌린 비명을 르 보뢰의 초소에서 듣지나 않았을까 해서 떨렸고, 달이 모습을 드러낼 때마다 수갱 쪽을 힐끔힐끔 바라보았다. 하지만 아무것도 움직이지 않았다. 그는 몸을 숙이고 점점 싸늘해지는 시신의 손을 만져 보고 심장 소리를 들어 보았으나 군용 외투 아래로 심장은 멈춰 있었다. 칼은 뼈로 된 손잡이만 보였고 '사랑'이라는 애정에 관한 명구가 검은 글자로 간단히 새겨져 있었다.

그는 두 눈을 목에서 얼굴로 가져갔다. 순간 그는 그 어린 병사를 알아보았다. 그가 어느 날 아침 같이 얘기를 나눴던 신병 쥘이었다. 주근깨가 닥지닥지한 이 금발의 온화한 얼굴 앞에서 그는 커다란 연민에 사로잡혔다. 크게 뜬 파란 두 눈은 하늘을 응시하고 있었다. 이 병사가 지평선에서 고향을 찾던, 에티엔이 보았던 그 시선이었다. 이 병사가 태양의 눈부신 빛 가운데 떠올리던 그 플로고프는 어디에 있는가? 저기, 저기인가. 폭풍 치는 이 밤에 바다는 멀리서 울부짖고 있다. 저토록 높이 지나가는 저 바람은 아마도 황야에서 불어왔을 것이다. 엄마와 누이, 두 여인이 날아가려는 모자를 붙잡고 서로를 떨어뜨려 놓은 수십 리 너머로, 어린 아들이 그 시각에 무엇을 하는지 마치 볼 수 있을 것처럼 그들 역시 쳐다보면서 서 있으리라. 이제 그들은 영원히 그를 기다려야 할 것이다. 부자들 때문에 가난한 자들끼리 서로 죽이다니 얼마나 혐오스러운 일인가!

그러나 그 시신을 사라지게 해야 했다. 에티엔은 처음에는 운하에 던져 버리려 했다. 하지만 사람들이 분명 그곳에서 시신을 발견할 거라는 확신에 생각을 바꿨다. 그러자 불안감이 극심해졌고 시간은 다급한데 어떻게 해야 할 것인가? 그는 갑자기 묘안이 떠올랐다. 만약 시신을 레키야르까지 가져갈 수 있다면 그곳에 영원히 묻어 놓을 수 있으리라.

"이리 와." 그는 장랭에게 말했다.

아이는 경계했다.

"싫어요, 날 때리려고. 그리고 나는 할 일들이 있어요. 안녕."

실제로 아이는 르 보뢰의 갱목 저장고 아래에 구덩이를 내만들어 놓은 은신처에서 베베르와 리디를 만나기로 약속했다. 그것은 아주 커다란 계획으로, 벨기에인들이 수갱으로 내려갈 때 사람들이 돌팔매질로 그들의 뼈를 부수려 한다면 그 일에 가담하려고 밖에서 자려는 것이었다.

"내 말 들어." 에티엔이 되풀이해서 말했다.

"이리 와. 안 그러면 군인들을 부를 거고, 그럼 그들은 네 머리통을 잘라 버릴 거야."

장랭이 결심하자 그는 자기 손수건을 꺼내서 피가 흘러나오는 것을 막고 있는 칼을 뽑지 않은 채 군인의 목을 힘껏 동여맸다. 눈이 녹았고 땅 위에는 뻘건 웅덩이도, 싸움으로 짓밟은 흔적도 없었다.

"다리를 잡아."

장랭은 다리를 잡았고 그는 등 뒤에 총을 걸친 다음 시신의 어깨를 움켜잡았다. 그리고 두 사람은 돌이 굴러 떨어지지 않도록 애쓰면서 천천히 폐석장에서 내려왔다. 다행히 달이 구름에 가려졌다. 하지만 그들이 운하를 따라갈 때 달이 다시 아주 밝게 나타났다. 초소에서 그들을 보지 못한 것은 기적이었다. 시신이 흔들려서 곤란스러웠고 백 미터마다 시신을 땅에 내려놓아야 하는 가운데 조용히 그들은 서둘러 갔다. 레키야르의 좁은 길모퉁이에서 소리가 나는 바람에 그들은 등골이 오싹해졌고, 순찰대를 피해 가까스로 담 뒤에 숨었다. 더 가서는 한 남자가 그들을 놀라게 했지만, 그는 술에 취해 있었고 그들에게 욕을 하면서 멀어져 갔다. 그들은 마침내 땀으로 범벅이 된 채 옛날의 수갱에 도착했고, 너무 놀라서 이빨이 덜덜 떨렸다.

에티엔은 사다리가 있는 통기승으로 군인의 시신을 내려보내는 것이 쉽지 않으리라 예상했다. 그것은 정말 혹독한 일이었다. 우선 장랭이 위에 남아서 시신을 미끄러뜨려야 했고, 그가 덤불에 매달려 가로대가 부서져 있는 처음 두 계단으로 시신을 내릴 수 있도록 거들기 위해 시신을 받쳐 들었다. 그러고 나서는 사다리마다 그가 먼저 내려가서 시신을 자기의 품에 받아 안는 똑같은 작업을 되풀이해야 했다. 그는 이처럼 끊임없이 자기 위에 시체가 떨어지는 것을 느끼면서 서른 개의 사다리, 즉 210미터를 내려갔다. 총은 그의 등줄기를 긁어 댔으며, 그는 구두쇠처럼 간직하고 있는 양초 토막을 아이가 찾으러 가겠다는 것을 말렸다. 무슨 소용인가? 이 좁은 통로에서 불빛은 방해만 될 것이다. 하지만 그들이 숨을 헐떡이며 광차 탑재 홀에 도착하자 그는 아이에게 양초를 가져오라고 시켰다. 그는 시신 곁에 주저앉았고, 가슴이 마구 뛰는 가운데 어둠 속에서 아이를 기다렸다.

장랭이 촛불을 들고 다시 나타나자 에티엔은 아이에게 자문을 구했다. 아이는 사람들이 통과할 수 없는 틈새까지 오래된 작업장을 구석구석 쑤시고 돌아다녔기 때문이다. 그들은 다시 출발해서 폐허가 된 미로 같은 갱도를 따라 시신을 일 킬로미터쯤 끌고 갔다. 결국에는 천장이 낮아져서 그들은 반쯤 부러진 갱목들이 받치고 있는, 무너지기 십상인 어느 바위 아래에 무릎을 꿇고 앉았다. 그들은 긴 상자 같은 그곳에 그 어린 병사를 관에다 누이듯 눕히고 옆구리에 총을 기대어 놓았다. 그러고 나서 죽을 위험을 무릅쓰고 발뒤축으로 여러 번 세게 차서 갱목을 완전히 부러뜨렸다. 대번에 바위가 무너져 내렸고, 그들은 그 짧은 순간에 팔꿈치와 무릎으로 그곳에서 간신히 기어 나왔다.

장랭은 자신이 사는 악당 소굴의 구석 자리로 돌아와 피로로 기진맥진해진 채 건초 위에 누워 중얼거렸다.

"젠장! 애들은 나를 기다리겠지. 난 좀 자야겠다."

에티엔은 작은 토막밖에 남지 않은 촛불을 불어서 껐다. 그 또한 녹초가 되었지만 잠은 오지 않았고 악몽 같은 고통스러운 생각들이 그의 머릿속을 망치처럼 두들겨 댔다. 이윽고 괴로운 생각이 하나 남아 그가 대답할 수 없는 질문으로 그를 지치게 했다. 칼을 들고 샤발을 깔아뭉갰을 때 왜 자신은 샤발을 찌르지 않았나? 그리고 왜 이 아이는 이름도 알지 못하는 한 병사를 방금 전에 목을 따 죽였는가?

이러한 사실은 죽이는 용기, 죽일 권리와 같은 그의 혁명적인 신념들을 혼란스럽게 만들었다. 그럼 그는 비겁했던 건가? 건초 속에서 아이는 술 취한 사람처럼 코를 골기 시작했다. 마치 자신이 저지른 살인의 취기를 발산하는 것 같았다. 그래서 혐오감이 치밀고 화가 난 에티엔은 그 아이가 거기 있다는 것을 안다는 사실로, 그 아이의 소리를 듣는다는 사실로 괴로워했다. 갑자기 그는 소스라쳤다. 공포의 숨결이 그의 얼굴 위를 지나갔기 때문이다. 땅속 깊은 곳으로부터 무엇인가 가볍게 스치는 소리, 흐느끼는 소리가 들려온 것 같았다. 그곳 암석들 밑에 총과 함께 누워 있는 어린 군인의 모습이 떠올라 그는 등에 소름이 끼쳤고 머리칼이 쭈뼛 섰다. 그렇게 겁을 먹는 것은 어리석은 일이었다. 하지만 탄광 전체가 그 소리로 가득 차서 그는 촛불을 다시 켜야 했고, 그 창백한 빛으로 비어 있는 갱도들을 보고서야 마음이 가라앉았다.

그는 십오 분간 더 타고 있는 심지에 시선을 고정한 채 여전히 똑같은 싸움에 휩쓸려 깊은 생각에 잠겼다. 그런데 지지직 소리가 나면서 심지가 잠기고 모든 것이 다시 암흑으로 떨어졌다. 그는 다시 소름이 끼쳤고, 장랭이 그렇게 심하게 코를 골지 못하게 아이의 뺨이라도 갈기고 싶었다. 그는 아이 곁에 있는 것을 도저히 참을 수 없는 데다 신선한 공기에 대한 욕구가 치솟아 마치 자기 발뒤꿈치 뒤에서 그림자 하나가 헐떡이는 소리를 들은 것처럼 갱도들과 통기공을 통해 서둘러 빠져나왔다.

지상으로 나오자 에티엔은 레키야르의 폐허 가운데서 마침내 마음껏 숨을 쉴 수 있었다. 자신이 감히 살인을 하지 못한다면 죽어야 할 사람은 그였다. 이미 머리를 스쳐갔던 죽음에 대한 생각이 다시 살아나 마지막 희망처럼 그의 머릿속에 박혔다. 용감하게 죽는 것, 혁명을 위해 죽는 것, 이것이 모든 것을 끝장낼 것이고 좋든 나쁘든 그의 복수를 해 줄 것이며 그가 더 이상 생각하지 않도록 막아 줄 것이다. 만약 동료들이 보리나주 광부들을 공격하면 그는 맨 앞줄에 설 것이고, 그러면 운 나쁘게 총알을 맞을 기회가 분명 있을 것이다. 그는 단호한 걸음걸이로 돌아가서 르 보뢰 주위를 둘러보았다. 2시가 울렸고, 수갱 경비대가 임시로 거처하고 있는 감독들 방에서 시끌벅적한 소리들이 터져나왔다. 초병의 실종으로 초소가 발칵 뒤집혔고, 그들은 대위를 깨우러 갔으며, 장소를 세밀하게 조사한 다음 모두들 탈영이라고 생각하게 되었다. 그리고 어둠 속에서 망을 보면서 에티엔은 어린 병사가 언급하던 그 공화파 대위가 기억났다. 그 대위가 민중의 편으로 넘어가도록 만들지 말라는 법이 있겠는가? 군대가 반란을 일으키면 그것은 부르주아들을 학살하라는 신호가 될 수도 있다. 새로운 꿈으로 그는 흥분했고 더 이상 죽겠다는 생각을 하지 않았다. 아직 승리가 가능할지도 모른다는 희망에 열광하여, 에티엔은 어깨 위에 해빙의 이슬비를 맞으며 진흙 속에 발이 빠진 채 몇 시간이고 서 있었다.

그는 5시까지 보리나주 광부들의 동정을 살폈다. 그러고 나서 회사가 교활하게도 그들을 르 보뢰에서 자게 했다는 것을 알았다. 입갱이 시작되었고 척후병 역할로 배치되어 있던 240번 탄광촌의 몇몇 파업 노동자들은 동료들에게 이 사실을 알리기를 주저하고 있었다. 에티엔이 동료들에게 이 고약한 술책을 알리자 그들은 뛰어서 출발했으며, 에티엔은 폐석장 뒤에 있는 예인로 위에서 기다렸다. 6시가 울렸고 흙빛 하늘이 뿌예지다가 불그스름한 여명으로 밝아졌다. 그때 한쪽 오솔길에서 랑비에 신부가 수단을 앙상한 다리 위로 걷어올린 채 불쑥 나타났다. 월요일마다 그는 수갱 건너편에 있는 한 수도원의 예배당에 아침 미사를 드리러 갔던 것이다.

"안녕하시오, 친구?" 그는 불꽃같은 눈으로 청년을 뚫어지게 본 뒤 힘찬 소리로 외쳤다.

하지만 에티엔은 대답하지 않았다. 멀리 르 보뢰의 선로 지지대 사이로 한 여자가 지나가는 것을 본 그는 불안에 사로잡혀 급히 다가갔다. 카트린 같았기 때문이다.

자정부터 카트린은 눈이 녹고 있는 길을 돌아다녔다. 귀가한 샤발은 그녀가 침대에 누워 있는 것을 보자 따귀를 후려갈겨 그녀를 일으켜 세웠다. 그는 그녀에게 창문으로 내던져지고 싶지 않으면 당장 문으로 나가라고 고함을 질렀다. 그래서 그녀는 울면서 겨우 옷을 입고 다리는 발길질을 당해 멍이 든 채 1층으로 내려가야 했고, 마지막으로 따귀를 한 대 맞고 밖으로 쫓겨났다. 이러한 난폭한 결별로 넋이 나간 그녀는 집을 쳐다보며 샤발이 다시 불러 주기를 계속 기다리면서 도로의 경계석 위에 앉아 있었다. 있을 수 없는 일이었다. 그는 그녀를 엿보고 있다가 버려진 그녀가 갈 곳 없이 이렇게 떨고 있는 것을 보면 그녀에게 다시 올라오라고 말할 것이라 믿었다.

그렇게 두 시간이 지나자 그녀는 길거리로 쫓겨난 개처럼 꼼짝없이 얼어 죽을 것 같아 떠나기로 결심했다. 그녀는 몽수를 떠났다가 다시 돌아왔지만 길에서 샤발을 부르거나 문을 두드릴 엄두가 나지 않았다. 마침내 그녀는 탄광촌의 부모 집에 갈 생각으로 곧게 뻗은 큰길을 걸어갔다. 하지만 그곳에 다다르자 그녀는 너무나 수치스러워, 닫혀 있는 차양 덧문 뒤로 모두가 둔중해진 몸으로 무거운 잠에 빠져 있음에도 불구하고 누군가가 자신을 볼까 두려워 정원을 따라 뛰어갔다. 그때부터 그녀는 아주 작은 소리에도 놀라며, 거지처럼 붙잡혀 마르시엔의 사창가로 끌려갈까 봐 떨면서 떠돌아다녔다. 사창가의 위협은 몇 달 전부터 악몽처럼 그녀를 따라다녔다. 그녀는 두 번이나 르 보뢰와 맞닥뜨렸고, 초소에서 나는 거센 목소리에 놀라 누가 자신을 쫓아오는지 보기 위해 뒤를 돌아보면서 헐떡이며 달렸다. 레키야르의 좁은 길은 술 취한 사람들로 늘 가득했지만, 그녀는 몇 시간 전에 자신이 거부한 남자를 만날 수 있으리라는 막연한 희망을 품고 그곳으로 다시 가 보았다.

샤발은 그날 아침 입갱하기로 되어 있었다. 이 사실에 생각이 미치자, 그들의 관계는 끝났다고 그에게 말할 필요가 없다는 것을 느끼면서도 그녀는 수갱 쪽으로 발걸음을 옮겼다. 장바르에서는 더 이상 작업을 하지 않기 때문에, 그는 그녀로 인해 위험한 지경을 당할까 봐 르 보뢰에서 그녀가 일을 다시 시작하면 목을 졸라 죽이겠다고 다짐한 터였다. 그러면 어떻게 해야 하나? 다른 데로 떠나서 굶주리면서, 거쳐 가는 모든 남자들로부터 얻어맞으며 굴복하고 살아야 하나? 그녀는 기진맥진한 다리에 등줄기까지 흙탕물을 뒤집어쓰고, 몸을 질질 끌며 진창이 된 바퀴 자국들 가운데서 비틀거렸다. 녹은 눈은 이제 진흙의 강물처럼 길들을 지나가고 있었고, 그녀는 거기에 빠지면서 계속 걸어갔지만 앉을 돌 하나 찾아볼 엄두도 못 냈다.

날이 밝았다. 카트린은 폐석장을 조심스럽게 돌아가는 샤발의 등을 알아보았고, 그때 갱목 저장고 아래에 있는 자신들의 은신처에서 얼굴을 내미는 리디와 베베르가 보였다. 그 아이들은 장랭이 기다리라고 명령한 약속 시간 이후로 감히 집에 돌아가지 못하고 그곳에서 망을 보며 밤을 보냈다. 장랭이 레키야르에서 자면서 살인의 취기가 가시는 동안, 그 두 아이는 따뜻하게 있으려고 서로 얼싸안고 있었다. 밤나무와 떡갈나무로 만든 막대기들 사이로 바람이 휙휙 불어와 아이들은 버려진 나무꾼의 오두막에서처럼 몸을 움츠렸다. 리디는 얻어맞는 어린 아내로서 겪는 고통을 감히 큰소리로 말하지 못했고, 마찬가지로 베베르도 자신의 뺨이 붓도록 대장이 따귀를 때려도 불평할 용기가 없었다. 그런데 대장은 결국 무모한 밭도둑질을 시켜 아이들을 위험에 빠뜨리고, 그러고도 분배하기를 일절 거부하는 등 심하게 도를 넘었다. 그들의 가슴에는 반항심이 일었고 그가 위협한 대로 보이지 않는 사람으로부터 따귀를 얻어맞을 각오를 하고는, 금지된 일임에도 불구하고 아이들은 서로 껴안고 말았다. 그리고 따귀 맞는 일이 일어나지 않자 살며시 서로 입을 맞추었다. 다른 생각은 하지 않고 억눌렀던 그들의 오랜 열정을, 그들 속에 있는 박해받고 측은스러운 모든 것을 이 애무 속에 담았다. 두 아이는 밤새도록 이렇게 몸을 덥혔고, 이 외진 은신처 안에서 너무나 행복했기에 그보다 더 행복했던 기억을 떠올릴 수 없었다. 심지어 화포제를 맞이하여 튀김을 먹고 포도주를 마셨을 때보다도 더 행복했다.

갑작스런 나팔 소리에 카트린은 소스라쳤다. 그녀는 몸을 일으켰고 르 보뢰의 초병들이 무기를 집어 드는 것을 보았다. 에티엔이 달려왔고 베베르와 리디는 그들의 은신처에서 후닥닥 튀어 나왔다. 그리고 날이 밝는 가운데 한 무리의 남자와 여자들이 분노에 찬 거센 몸짓을 하며 탄광촌에서 내려오고 있었다.

5

르 보뢰의 모든 입구가 방금 전에 폐쇄되었다. 그리고 예순 명의 군인들이 총을 발 옆에 세워 잡고는 바리케이드가 없는 유일한 문을 가로막고 있었다. 그 문으로는 갱내 감독들의 방과, 바라크가 면해 있는 좁은 계단을 거쳐 석탄 하치장으로 갈 수 있었다. 대위는 누가 뒤에서 부하들을 공격할 수 없도록 벽돌로 된 벽을 등지고 부하들이 두 줄로 정렬하게 했다.

처음에 탄광촌에서 내려온 광부들 무리는 거리를 두고 멀리 떨어져 있었다. 그들은 기껏해야 삼십여 명밖에 안 되었는데 두서없고 격렬한 말들로 협의를 하고 있었다.

제일 먼저 도착한 라 마외드는 손수건으로 급히 묶은 머리가 헝클어진 채, 잠든 에스텔을 안고서 흥분한 목소리로 되풀이해 말했다.

"아무도 들어가지도 나오지도 못하게 해! 그자들을 모두 저 안에 붙들어 둬야 해!"

마외도 찬성했다. 그때 마침 무크 영감이 레키야르에서 도 착했다. 사람들은 그가 지나가는 것을 막으려고 했다. 하지만 그는 발버둥 치면서 늘 먹던 귀리를 먹어야 하는 자기 말들 에게 혁명은 알 바 아니라고 말했다. 게다가 죽은 말이 한 마 리 있어서 그 말을 내보내려고 사람들이 그를 기다리고 있었 다. 에티엔은 그가 사람들 손에서 벗어나게 해 주었고 군인들 은 그가 수갱 입구로 올라가게 내버려 두었다. 그리고 십오 분 이 지나 파업 노동자들 무리가 점차 늘어나 위협적인 세력이 되었을 때, 1층의 커다란 문이 다시 열리더니 죽은 짐승을 운 반하는 사람들이 나타났다. 그들은 아직 밧줄 그물 안에 끼어 있는 가련한 짐 덩어리인 그 짐승을 눈이 녹아서 생긴 흙탕물 웅덩이들 가운데에 내버렸다. 사람들은 충격이 너무 커서 운 반한 사람들이 되돌아가 문에 다시 바리케이드를 치는 것을 막지 못했다. 옆구리께가 꺾인 채 뻣뻣해진 그 짐승의 머리를 보고 모두들 그 말을 알아보았다. 속삭이는 소리들이 퍼져 나 갔다.

"트롱페트지, 맞지? 트롱페트야."

과연 그 말은 트롱페트였다. 수갱에 내려간 이후로 그 말은 그곳에 결코 적응할 수 없었다. 빛이 그리워 고통스러운 듯 일 에 아무런 흥미도 없이 그 말은 내내 침울해 했다. 갱내의 고 참인 바타유가 자기처럼 다소나마 체념하고 갱 속에서 십 년 을 지낼 수 있도록 옆구리를 다정하게 비벼 대고 목을 잘근 잘근 깨물어 줘도 소용없었다. 그런 애정의 몸짓은 그 말의 우울함을 한층 더 키웠고, 암흑 속에서 늙은 동료가 건네는 속내 이야기들에 몸서리를 쳤다. 서로 마주쳐 같이 콧바람을 낼 때마다 두 말은, 늙은 말은 더 이상 기억할 수 없게 되었음을, 그리고 젊은 말은 잊어버릴 수 없음을 한탄하는 표정이었다. 마구간에서 구유를 같이 쓰는 이웃으로서 둘은 머리를 숙이고 서로의 콧구멍에 숨을 내쉬며 빛에 대한 끊임없는 동경 그리고 푸른 초원과 하얀 길들과 노란빛의 환영을 한없이 주고받으며 살았다. 그리고 트롱페트가 땀에 흠뻑 젖은 채 짚더미에서 죽어 갈 때 바타유는 흐느낌 같은 짧은 소리를 킁킁 내면서 절망적으로 그의 냄새를 맡았다. 바타유는 트롱페트의 몸이 차가워지는 것을 느꼈다. 탄광은 그의 마지막 기쁨이었던, 지상에서 내려왔기에 신선한 향기를 풍기고 야외에서 보낸 젊은 시절을 상기시켜 주던 이 친구를 그에게서 앗아가고 말았다. 트롱페트가 더 이상 움직이지 않는 것을 보자 바타유는 무서워서 울음소리를 내며 묶여 있던 끈을 끊어 버렸다.

아닌 게 아니라 무크는 일주일 전부터 갱내 총감독에게 말의 상태를 알렸다. 그런데 이러한 때에 사람들이 병든 말을 걱정이나 했겠는가! 높은 양반들은 말을 옮기는 것을 별로 좋아하지 않았다. 하지만 이제 말을 내보내야 했다. 그 전날 마부는 다른 두 사람과 함께 한 시간이나 들여 트롱페트를 끈으로 묶었다. 수갱까지 이 말을 끌고 가기 위해 사람들은 바타유에게 매달았다. 늙은 말은 죽은 동료를 잡아당겨서 천천히 끌고 갔다. 너무 좁은 갱도를 지나가야 해서 때때로 죽은 동료의 가죽이 긁힐 위험을 무릅쓰고 세차게 몸을 움직여야 했다. 그리고 바타유는 기진맥진한 채 도살장에서 기다릴 이 살덩어리가 오랫동안 스치는 소리를 들으며 머리를 흔들었다. 광차 탑재대에서 사람들이 끈을 풀자 말은 침울한 눈으로 트롱페트를 다시 올려 보내기 위한 준비 과정들을 지켜보았다. 사체를 하수조 위의 가로대 위로 밀어 올린 뒤 케이지 밑에 그물을 매달았다. 마침내 적재부들이 '고기'가 탔다고 종을 울리자 바타유는 고개를 들어 죽은 동료가 처음에는 서서히, 그러다 곧 어둠 속에 잠기며 그 검은 구멍 위로 영원히 날아올라 떠나가는 것을 보았다. 그러자 목을 뻗은 말은 짐승의 흔들리는 기억으로 아마도 지상의 사물들을 회상하는 것 같았다. 그러나 이제는 끝났고, 동료는 더 이상 아무것도 못 볼 것이며, 그곳을 통해 다시 올라가는 날에는 자신도 그와 같이 가련한 덩어리로 묶이게 될 것이다. 바타유는 다리가 떨리기 시작했고 머나먼 들판에서 흘러온 대기로 숨이 가빠 왔다. 그리고 그 말은 술에 취하기라도 한 듯 무거운 걸음걸이로 마구간으로 돌아갔다.

채굴물 집하장에서는 광부들이 트롱페트의 사체를 마주하고 우울하게 서 있었다. 한 여자가 작은 소리로 말했다.

"저 꼴이 되고 싶은 사람이 있으면 내려가라지!"

그때 탄광촌에서 새로운 사람들이 떼를 지어 도착했고, 부틀루가 뒤따르고 있는 가운데 선두에서 걷고 있던 르바크가 고함을 질렀다.

"보리나주 광부 놈들을 죽여라! 우리 터전에 외국인은 안 된다! 죽여라! 죽여라!"

모두들 몰려들었고 에티엔은 그들을 막아야 했다. 그는 대위에게 다가갔다. 대위는 키가 크고 마른 젊은이로 겨우 스물여덟 살쯤 되어 보였고 절망적이면서도 결연한 표정이었다. 에티엔은 그에게 사정을 설명했고, 자신이 하는 말의 효과를 엿보면서 그를 설득하려 했다. 쓸데없이 학살을 감행해 봐야 무슨 소용인가? 정의는 광부들 편이 아닌가? 우리는 모두 형제이며 서로 이해해야 한다. 공화국이라는 말에 대위는 신경질적인 몸짓을 했다. 그는 군인으로서의 엄격함을 견지하면서 갑작스레 말했다.

"물러들 가시오! 내가 내 임무를 수행하게 만들지 마시오."

에티엔은 세 번에 걸쳐 다시 설득을 시작했다. 그의 뒤에서는 동료들이 으르렁거리고 있었다. 엔보 씨가 수갱에 있다는 소문이 퍼지자 사람들은 그가 손수 석탄을 캘 수 있는지 보게 그의 목을 매달아 내려보내자고 말했다. 그러나 그것은 헛소문으로 수갱에는 네그렐과 당사르밖에 없었고 둘 다 석탄 하치장의 창가에 잠시 모습을 드러냈다. 총감독은 라 피에론과의 사건 이후로 곤란해 하며 뒤에 있었고, 한편 기사는 그가 인간과 사물을 바라보는 방식으로 야유조의 경멸을 가득 담은 채 웃으면서 그 작고 날카로운 눈으로 대담하게 군중을 둘러보았다. 야유가 일자 그들은 사라졌다. 그리고 이제 그 자리에는 수바린의 금발 머리밖에 보이지 않았다. 파업이 시작된 이래로 그는 정확하게 근무하면서 단 하루도 자신의 기계

곁에서 떠나지 않았다. 그는 더 이상 말도 없이 점점 하나의 고정 관념 속에 빨려 들어가, 그 관념의 강철못이 그의 창백한 눈 속에서 번뜩이는 것 같았다.

"물러들 가시오!" 대위가 아주 큰 소리로 되풀이해서 말했다. "나는 들을 얘기가 없고, 수갱을 지키라는 명령을 받았으니 수갱을 지킬 거요…… 그리고 나의 부하들을 밀치지 마시오. 이를 어기면 나는 당신들을 물러나게 만들 테니까."

그의 단호한 목소리에도 불구하고 계속 불어나는 광부들의 물결을 보자, 그는 커지는 불안감으로 얼굴이 창백해졌다. 그는 정오에 교대할 예정이었다. 하지만 그때까지 버티지 못할까 봐 두려워 지원을 요청하러 수갱의 어린 갱부 한 명을 몽수에 보낸 참이었다.

고함 소리들이 그에게 답했다.

"외국인들을 죽여라! 보리나주 광부 놈들을 죽여라……! 우리는 우리 터전에서 주인이기를 원한다!"

에티엔은 낙심하여 물러섰다. 끝장이었다. 이제는 싸우고 죽는 일밖에 남아 있지 않았다. 그래서 그는 동료들을 말리는 것을 그만두었고, 무리는 소대 앞까지 돌진했다. 그들은 거의 400명이 되었고 인근 탄광촌에서도 사람들이 집을 비우고 달려왔다. 모두들 똑같은 고함을 질렀고 마외와 르바크도 군인들에게 화를 내며 말했다.

"꺼져라! 우리는 너희들에게 아무런 반감이 없어, 꺼지라고!"

"너희들과는 상관없어." 라 마외드가 말을 이었다. "우리가 우리 일을 처리하게 내버려 둬."

그러자 그녀 뒤에서 라 르바크가 더 격렬하게 덧붙였다.

"우리가 지나가기 위해서 너희들을 잡아먹어야 하겠어? 꺼져 달라고 너희들한테 부탁하잖아!"

심지어 베베르와 함께 한복판에 끼어 있는 리디까지 가냘픈 목소리로 날카롭게 외쳤다.

"이 얼간이 같은 보병 놈들아!"

몇 발짝 떨어져 있던 카트린은 불운하게 이 새로운 폭력적인 상황을 맞닥뜨리고는 얼떨떨한 표정으로 사람들을 쳐다보며 듣고 있었다. 그녀는 이미 너무나 큰 고통을 겪고 있지 않은가? 무슨 죄가 있기에 불행은 그녀에게 쉴 틈을 주지 않는가? 전날까지도 그녀는 파업 노동자들의 분노를 전혀 이해하지 못했고, 얻어맞는 자기 몫이 있는데 얻어맞을 일을 더 찾는 것은 쓸데없다고 생각하고 있었다. 그런데 지금 그녀의 가슴은 증오를 드러내고 싶은 욕구로 부풀어 올랐고, 예전의 밤 늦은 시간에 에티엔이 하던 말을 기억했으며, 그가 지금 군인들에게 무슨 말을 하는지 들으려고 애썼다. 그는 군인들을 동료로 여겼고 그들 역시 민중의 자식이며, 그들은 빈민을 착취하는 자들에 대항해서 민중의 편에 서야 한다는 것을 상기시켰다.

그런데 군중 속에서 한참 소동이 일더니 한 노파가 튀어나왔다. 그 노파는 라 브륄레였다. 무섭게 깡마른 그녀는 목과 팔을 드러낸 채 너무나 급히 달려와서 희끗희끗한 머리채가 눈을 가리고 있었다.

"오! 제기랄, 이제 도착했군!" 노파는 숨이 차서 더듬거리며 말했다.

"나를 지하실에 가두어 놓다니, 피에롱, 이 배신자 놈!"

그리고 대뜸 노파는 군인들에게 달려들어 시커먼 입으로 욕설을 토해 냈다.

"쌍놈들! 더러운 놈들! 네놈들은 상관의 군화나 핥아 주면서 불쌍한 사람들한테만 용감하지!"

그러자 다른 사람들도 노파와 합세해서 수많은 욕설을 쏟아 냈다. 몇몇 사람은 "병사들 만세! 장교는 수갱에 던져라!"라고 고함을 질렀다. 하지만 곧 "붉은 바지6)들을 타도하자!"라는 한 가지 고함밖에 들리지 않았다. 형제애에 대한 호소를, 다정한 회유의 시도를 꿈쩍 않고 말없는 표정으로 무심하게 듣던 군인들은 우박처럼 욕설이 쏟아지는 가운데 한결같이 수동적인 단호함을 유지하고 있었다. 그들 뒤에서 대위가 칼을 빼 들었다. 그리고 군중이 그들을 벽에다 으스러뜨리려고 위협하면서 점점 조여들자 그는 부하들에게 전투 준비를 명령했다. 부하들은 복종했고, 두 줄로 정렬해서 뾰족한 강철 총검의 끝을 파업 노동자들의 가슴 앞에 들이댔다.

"아! 악당 놈들!" 라 브륄레가 물러서면서 부르짖었다.

그러나 흥분하여 죽음을 두려워하지 않고 모두들 이내 군인들 앞으로 되돌아왔다. 여자들이 달려들었고 라 마외드와 라 르바크가 아우성쳤다.

"우리를 죽여라, 우리를 죽이라고! 우리는 우리의 권리를 원

---

6) 붉은 바지는 군복 바지를 가리킨다. 즉 군인을 뜻한다.

한다."

르바크는 베일 위험을 무릅쓰고 두 손 가득 한 무더기의 총검을 움켜잡더니, 그 총검 세 개를 흔들어 대며 그것들을 뺏으려고 자기 쪽으로 끌어당겼다. 분노로 힘이 열 배나 세진 그는 그 총검들을 비틀었고, 떨어져 서 있던 부틀루는 동료를 따라온 것에 난처해 하며 그가 하는 짓을 잠자코 바라보고만 있었다.

"찔러 봐." 마외가 되풀이해서 말했다. "너희들이 배짱 있는 놈들이면 한번 찔러 보라고!"

그러더니 그는 웃옷을 벗고 셔츠를 헤쳐서 자신의 벗은 가슴을, 털이 무성하게 나 있고 석탄으로 문신이 되다시피 한 자기 몸을 내보였다. 그는 총검 끝에다 몸을 들이밀며 무섭도록 도도함과 용맹스러움을 보여서 그들을 물러서게 했다. 총검 하나가 그의 가슴을 찌르자 그는 미친 듯이 자기 갈비뼈가 부서져라 하고 총검이 더 박히도록 용을 썼다.

"비겁한 놈들, 감히 찌르지도 못하는 것들이……. 우리 뒤에는 만 명이 있다고. 그래, 네놈들은 우리를 죽일 수 있겠지만, 만 명을 더 죽여야 할 거다."

군인들은 상황이 위태로워졌다. 그들은 최후의 수단으로만 무기를 사용하라는 엄명을 받았기 때문이다. 그런데 이 격분한 자들이 스스로 찔리겠다는 것을 어떻게 막을 것인가? 한편으로는 자리가 줄어들어 그들은 이제 더 이상 물러설 수도 없게 벽 쪽으로 몰렸다. 한 줌의 인원으로 이루어진 그들 소대는 밀물처럼 밀려드는 광부들 앞에서 잘 버텼고, 대위가 내린 짧은 명령을 침착하게 이행했다. 눈을 또렷이 뜨고 신경질적으로 입술을 오므린 대위는 한 가지 두려움밖에 없었다. 욕설에 부하들이 흥분할까 봐 두려운 것이었다. 드문드문 나 있는 콧수염이 곤두서 있는 키 크고 마른 젊은 하사 한 명은 벌써 불안스럽게 눈을 깜빡이고 있었다. 그의 곁에 있는, 수많은 참전으로 구릿빛 피부를 지닌 나이 든 고참 한 명은 자신의 총검이 지푸라기처럼 비틀리는 것을 보자 얼굴이 창백해졌다. 아직도 농사꾼 냄새가 나는, 신병인 듯한 또 한 명은 더러운 놈이라는 둥, 쌍놈이라는 둥 하는 욕설을 들을 때마다 얼굴이 시뻘게졌다. 광부들은 난폭한 짓을 멈추지 않았고, 주먹을 내지르며 군인들의 얼굴에다 고약한 말들과 엄청난 비난과 위협을 퍼부었다. 그들이 이처럼 군율에 따라 거만하면서 음울한 침묵 속에 묵묵히 있도록 하기 위해서는 명령이 지닌 최대한의 힘이 필요했다.

충돌은 불가피한 듯했는데, 그때 마음씨 좋은 헌병 같은 백발의 리숌 감독이 놀라서 군인들 뒤에서 정신없이 나오는 것이 보였다. 그는 아주 크게 말했다.

"맙소사, 이건 정말 어리석은 짓이야! 이런 어리석은 짓들을 그냥 놔둘 수는 없어."

그리고 그는 총검과 광부들 사이로 뛰어들었다.

"동료 여러분, 내 말을 들어보시오……. 내가 고참 노동자이고 언제나 여러분 중의 한 사람이었다는 걸 여러분은 알 거요. 그런데, 맙소사! 내가 여러분에게 약속하건대, 여러분이 부당하게 대우받는다면 내가 상관들한테 가서 그들의 잘못을 말하겠소……. 그런데 이건 너무 지나친 일이요. 이 충직한 사람들에게 욕설을 퍼붓고 여러분 배에 구멍 나기를 바라는 것은 아무런 도움이 안 되오."

사람들은 그의 말을 듣고는 망설였다. 그러나 불행히도 그때 위쪽 창문에 애송이 네그렐의 턱이 뾰족한 옆모습이 다시 나타났다. 그는 아마도 자신이 위험을 무릅쓰는 대신에 감독 한 명을 내보낸 것을 사람들이 비난할까 봐 두려운 모양이었다. 그는 뭔가 말하려고 했다. 하지만 그의 목소리는 무시무시한 소동 가운데 묻혀 버려서 그는 단지 어깨를 으쓱하고는 다시 창가에서 떠나야 했다. 그때부터는 리쇼이 자기 이름을 걸고 간청하며 이런 문제는 동료들 사이에서 해결해야 한다고 되풀이해서 말해도 소용이 없었다. 사람들은 그를 의심하며 밀어냈다. 하지만 그는 완강했고 그들 가운데 남았다.

"제기랄! 당신들하고 같이 내 머리통이 부서져도 좋아. 그래도 당신들이 이렇게 어리석게 구는 한 나는 당신들을 봐두지 않겠어."

리쇼은 에티엔에게 자신을 도와서 사람들이 자기 말을 알아듣게 해 달라고 간청했지만, 에티엔은 이젠 어쩔 수 없다는 몸짓을 했다. 너무 늦었다. 그들의 수는 이제 500명이 넘었다. 벨기에 광부들을 쫓아내려고 달려온 분노한 사람들만 있는 것이 아니었다. 호기심 많은 사람들이 진을 치고 있었고 농담꾼들은 싸움을 보며 재미있어 했다. 조금 떨어져 있는 한 무리 가운데서는 자카리와 필로멘이 구경거리라도 생긴 것처럼 아실과 데지레, 두 아이를 데려왔을 정도로 평화롭게 바라보고 있었다. 새로운 물결처럼 레키야르에서 사람들이 도착했는데 거기에는 무케와 라 무케트가 있었다. 무케는 곧장 히죽거리며 가서 친구인 자카리의 어깨를 툭 쳤다. 한편 라 무케트는 몹시 흥분해서 호전적인 사람들이 있는 제일 앞줄로 뛰어갔다.

그동안 대위는 이제나저제나 하며 몽수 길 쪽으로 몸을 돌려 보았다. 요청한 지원군은 오지 않았고 그의 부하 예순 명은 더 이상 버틸 수가 없었다. 마침내 그는 군중의 상상력에 충격을 줘야겠다는 생각이 떠올라서 군중 앞에서 총을 장전할 것을 명령했다.

군인들은 명령대로 실시했지만 허풍과 조소 가운데 소란이 커졌다.

"저런! 저 게으름뱅이 놈들이 과녁을 향해 움직이네!" 라 브륄레와 라 르바크와 다른 여자들이 비웃었다.

라 마외드가 잠에서 깨어 울고 있는 에스텔의 작은 몸을 가슴에 안고 가까이 다가가자, 하사는 그 가엾은 아기를 데리고 무엇 하러 왔냐고 그녀에게 물었다.

"그게 너랑 무슨 상관이냐?" 그녀가 대답했다. "감히 쏘려거든 이 애를 향해서 쏴 봐."

사람들은 경멸하듯 머리를 흔들었다. 아무도 군인들이 자신들에게 총을 쏠 수 있다고 생각하지 않았다.

"저놈들 탄약통에는 총알도 없어." 르바크가 말했다.

"우리가 카자크 기병들이냐?" 마외가 소리 질렀다. "프랑스인들끼리는 쏘는 게 아니야, 빌어먹을!"

다른 사람들은 크림 전쟁[7])에 참가해 본 이상 총알 따위는 두렵지 않다고 되풀이해서 말했다. 그리고 모두들 연신 총에 달려들었다. 그 순간 사격이 일어났다면 군중을 낫질하듯 쓰러뜨렸을 것이다. 제일 앞줄에 있던 라 무케트는 군인들이 여자들의 살가죽에 구멍을 내려 한다고 생각하면서 분노로 숨이 막힐 지경이었다. 그녀는 그들에게 갖은 욕설을 있는 대로 내뱉었는데도 속 시원한 욕지거리를 찾을 수 없었다. 그러자 군인들 앞에서 극도의 모욕을 퍼부을 방법은 이것뿐이라고 생각해서 갑자기 그녀는 자기 엉덩이를 내보였다. 그녀는 양손으로 치마를 걷어 올려 허리를 숙이고는 그 엄청나게 살찐 엉덩이가 크게 보이도록 내밀었다.

"자, 너희들에게 보여 주겠다! 그리고 이건 너희들이 갖기에는 너무나 깨끗하단다, 이 더러운 놈들아!"

그녀는 몸을 숙여 엉덩이를 흔들며 각자 자기 몫으로 보도록 몸을 돌리면서 엉덩이를 내보였다.

"이건 장교를 위한 거다! 이건 하사관을 위한 거고! 이건 병사들을 위한 거!"

폭풍 같은 웃음소리가 일었다. 베베르와 리디는 허리가 끊어지게 웃었으며, 암울한 예상을 하고 있음에도 불구하고 에티엔까지 이 모욕적인 노출에 환호했다. 마치 군인들이 오물을 뒤집어쓰고 더러워진 것을 보는 양, 격노한 사람들뿐만 아

7) 1853년에서 1856년에 걸쳐 벌어진 전쟁으로, 팽창 정책을 추구하던 러시아와 이에 대항한 오스만튀르크·영국·프랑스·사르데냐 연합군이 크림반도와 흑해를 둘러싸고 벌인 전쟁을 가리킨다.

니라 농담꾼들도 마찬가지로 모두가 군인들에게 야유를 보냈다. 카트린만이 따로 떨어져서 오래된 갱목들 위에 말없이 서 있었다. 그녀는 피가 목구멍까지 치밀어 오르는 것 같았고, 증오심에 휩싸여 그 열기가 올라오는 것이 느껴졌다.

그러다 혼란이 일어났다. 대위는 부하들의 흥분을 가라앉히기 위해 몇 명을 포로로 잡기로 결심했다. 라 무케트는 펄쩍 뛰어서 동료들의 다리 사이로 뛰어들어 도망쳤다. 가장 격렬한 사람들 무리 가운데 르바크와 다른 두 사람을 포함한 광부 세 명이 붙잡혀서 감독들 방에 구금되었다.

건물 위층에서 네그렐과 당사르가 대위에게 다시 들어와서 자기들과 같이 피신해 있자고 소리쳤다. 대위는 거절했다. 문에 자물쇠도 없는 그 건물들은 습격을 받으면 점령될 것이며, 자신은 무장 해제를 당하는 수모를 겪게 될 것이라고 느꼈기 때문이다. 벌써 그의 소대는 참을 수 없는 듯 으르렁댔고, 나막신을 신은 이 가난한 자들 앞에서 도망칠 수는 없었다. 벽으로 몰린 예순 명의 군인들은 장전한 총을 들고 다시 무리에 대항했다.

군중은 우선 물러섰고 무거운 침묵이 흘렀다. 파업 노동자들은 군인들의 무력 시위에 놀라서 서 있었다. 그러다 포로들의 즉각적인 석방을 요구하는 고함 소리가 일었다. 그들이 그 안에서 죽임을 당하고 있다는 소리도 들렸다. 그리고 서로 상의한 바도 없이 똑같은 충동과 복수욕에 휩쓸려 모두들 근처에 있는 벽돌 더미로 달려갔다. 그 벽돌들은 이회암질의 땅에서 점토를 얻어 그 자리에서 구워 내는 것이었다. 아이들은 하나씩, 여자들은 치마폭에 가득 담아 벽돌을 날랐다. 순식간에 각자 발치에 탄환들을 갖추었고 투석전이 시작되었다.

가장 먼저 공격을 시작한 사람은 라 브륄레였다. 그녀는 앙상한 무릎뼈에 대고 벽돌을 깨뜨려 오른손과 왼손으로 두 조각을 던졌다. 라 르바크는 어깨가 빠진 데다 몸이 너무 뚱뚱하고 물렁물렁했기 때문에 제대로 맞히기 위해서는 다가가야했다. 남편이 포로로 붙잡힌 이상 부틀루가 집으로 데려가려고 그녀를 뒤로 잡아끌며 간청해도 소용없었다. 여자들 모두가 흥분했고, 라 무케트는 살찐 허벅지에 대고 벽돌을 부서뜨리느라 몸이 피투성이가 되는 것이 못마땅해서 차라리 통째로 던졌다. 아이들도 전열에 합류했고, 베베르는 리디에게 팔꿈치 아래로 돌을 던지는 법을 알려 주었다. 거대한 우박 같은 것이 쏟아지며 둔탁한 충격음들이 들렸다. 그런데 갑자기 이 분노한 모습들 가운데 카트린이 보였다. 그녀도 주먹을 쳐들고 반으로 쪼갠 벽돌을 흔들면서 그 작은 팔로 온 힘을 다해 던지고 있었다. 왜 그런지 말할 수는 없었지만 그녀는 숨이 가빴으며 사람들을 다 죽여 버리고 싶어 미칠 지경이었다. 이 빌어먹을 불행한 삶은 어째서 곧 끝나지 않는 것일까? 이제 그녀는 자기 남자에게 따귀를 맞으며 쫓겨나고, 똑같이 굶주리고 있는 자신의 아버지에게 수프 한 그릇 달라고 할 수도 없으며, 주인 잃은 개처럼 진흙탕 길을 걸어 다니는 데 진저리가 났다. 사정은 결코 나아지지 않았고 자기 스스로 기억하는 한 오히려 나빠졌다. 그래서 그녀는 벽돌을 깨뜨렸고 모든 것을 쓸어버리려는 단 한 가지 생각으로 그것들을 앞으로 던졌다. 그녀는 분노로 눈에 보이는 것이 없어 누구의 턱을 박살 내고 있는지 보지도 못했다.

군인들 앞에 서 있던 에티엔은 머리통이 부서질 뻔했다. 귀가 부어오르자 몸을 돌린 그는, 그 벽돌이 카트린의 흥분한 손아귀에서 날아왔다는 것을 알고는 소스라쳤다. 그리고 죽을 위험을 무릅쓴 채 자리를 뜨지 않고 그녀를 바라보았다. 다른 많은 사람들이 마찬가지로 싸움에 열광하여 제정신이 아닌 채 춤추듯 손을 흔들었다. 무케는 마치 코르크 병마개 쓰러뜨리기 시합을 관전하듯이 벽돌로 맞히는 것을 심판하고 있었다. 오! 저건 잘 쳤네. 그런데 저쪽의 다른 것은 운이 없구먼! 그는 농담을 하면서 자카리를 팔꿈치로 쿡 찔렀다. 자카리는 아실과 데지레가 볼 수 있도록 업어 달라는 것을 거부하고 두 아이의 따귀를 때려서 필로멘과 다투고 있었다. 구경꾼들이 멀리서 길을 따라 운집해 있었다. 그리고 비탈길 위의 탄광촌 입구에는 본모르 영감이 나타나서 지팡이에 의지해 몸을 끌어오다가 이제는 녹슨 듯한 색깔의 하늘을 배경으로 꼿꼿이 서서 움직이지 않고 있었다.

사람들이 벽돌을 던지기 시작할 때부터 리숌 감독은 군인들과 광부들 사이에 우뚝 서 있었다. 그는 위험에 개의치 않고 이 사람한테는 간청을 하고 저 사람한테는 훈계를 하다가 절망한 나머지 눈에서 굵은 눈물방울들이 흘러내렸다. 소란 가운데서 그의 말은 들리지 않았으며, 그의 두툼한 회색 콧수염이 떨리는 모습만 보였다.

그런데 벽돌이 우박처럼 더욱 세차게 쏟아졌다. 여자들을 따라 남자들까지 벽돌을 던지기 시작한 것이었다.

그때 라 마외드는 마외가 뒤에 남아 있는 것을 보았다. 그는 어두운 표정에 빈손이었다.

"당신 뭐 해, 말해 봐." 그녀가 소리쳤다. "당신은 비겁한 사람이야? 동료들을 감옥에 끌고 가도록 내버려 둘 셈이야? 아! 이 아이만 아니었더라면 내가 본때를 보여 줄 텐데!"

그녀는 울부짖으며 목에 달라붙은 에스텔 때문에 라 브륄레와 다른 여자들에게 합류하지 못했다. 그리고 남편이 귀를 기울이는 것 같지 않자 그녀는 그의 다리 쪽으로 벽돌들을 발로 떠밀어 놓았다.

"빌어먹을! 이걸 집어 들어요! 내가 사람들 앞에서 당신 얼굴에 침이라도 뱉어야 용기를 내겠어?"

그는 다시 얼굴이 벌게지더니 벽돌을 깨서 던졌다. 그녀는 그를 다그치며 얼을 뺐다. 딸애를 꽉 껴안아 가슴에 끼어 질식할 지경인데도, 그녀는 그의 뒤에서 죽여 버리라는 말들을 퍼부어 댔다. 그는 계속 앞으로 나아갔고 마침내 군인들의 총과 맞닥뜨리게 되었다.

이렇게 비 오듯 쏟아지는 돌들 때문에 소대는 거의 보이지 않았다. 다행히 돌들은 너무 높은 곳에 부딪혀서 그 때문에 담벽이 벌집이 되었다. 어떻게 할 것인가? 다시 들어갈 생각, 광부들에게서 도망칠 생각을 하자 대위의 창백한 얼굴은 잠시 붉어졌다. 그러나 이젠 그것도 가능하지 않았고 조금만 움직여도 그들은 두들겨 맞을 지경이었다. 방금 벽돌 하나가 그의 군모 챙을 부숴 놓았고 그의 이마에서는 피가 흘러내렸다.

부하들 중 여럿이 부상을 입었다. 그리고 그는 자기 부하들이 흥분해 있음을, 개인적인 방어 본능의 고삐가 풀려 상관에게 복종하지 않는 상태에 있음을 느꼈다. 왼쪽 어깨는 반쯤 빠지고 속옷을 두들기는 빨랫방망이질 같은 둔탁한 충격으로 살에 멍이 든 하사는 "빌어먹을!" 하고 욕설을 내뱉었다. 벽돌이 두 번 스쳐서 상처를 입은 신병은 엄지손가락이 으깨졌고, 오른쪽 무릎 상처가 쓰라려 오자 화가 솟구쳤다. 얼마나 더 당하고만 있을 것인가? 돌 하나가 튀어서 나이 든 고참의 배 밑을 맞히자 그의 볼이 창백해졌고, 총이 부들부들 떨리더니 그는 가는 양팔 끝으로 총을 쑥 내밀었다. 대위는 세 차례나 사격을 명령할 뻔했다. 번민으로 그는 숨이 막혔고 그의 내면에서는 사상들, 의무들, 인간과 군인에 관한 모든 신념들이 서로 부딪히면서 잠시 동안이지만 쉴 새 없이 싸움이 벌어졌다. 비 오듯 쏟아지는 벽돌들이 한층 더 많아지자 그는 입을 열고 "사격 개시!"라고 외치려 했는데, 그 순간 총들이 저절로 발사된 듯 처음에는 세 발, 이어서 다섯 발이 발사되었고, 그러고 나서는 소대의 우뢰와 같은 일제 사격이 있다가 한참 후 무거운 정적 가운데 한 발이 더 발사되었다.

모든 사람이 경악했다. 그들이 총을 쏘았다. 눈이 휘둥그레진 군중은 아직도 그 사실을 믿지 못하고 꼼짝 않고 있었다. 그러나 찢어지는 비명이 일었고, 나팔 소리가 사격 중지를 명령하고 있었다. 사람들 사이에 미친 듯한 대혼란이 일어났고, 총알 세례를 받은 가축처럼 진창 속으로 모두 정신없이 달아났다.

베베르와 리디는 처음 발사된 세 발의 총탄에 맞아 서로 포개져 쓰러졌다. 계집아이는 얼굴을 맞았고 사내아이는 왼쪽 어깨 아래를 총알이 관통했다. 계집아이는 즉사하여 더 이상 움직이지 못했다. 그러나 사내아이는 마치 지난밤을 같이 보냈던 그 어두운 은신처 속에서처럼 그 계집아이를 다시 안으려는 듯 단말마의 경련 가운데 몸을 움직여 계집아이를 품에 꼭 껴안았다. 그리고 바로 그때 잠으로 얼굴이 퉁퉁 부은 채 레키야르에서 달려와 연기 속을 춤추듯 뛰어다니던 장랭은 베베르가 자신의 어린 아내를 껴안고 죽는 것을 보았다.

다른 다섯 발은 라 브륄레와 리숌 감독을 쓰러뜨렸다. 동료들에게 사정하는 순간 등에 총알을 맞은 그는 무릎을 털썩 꿇었다가 미끄러지면서 옆으로 쓰러져 두 눈에 눈물이 가득한 채 땅바닥에서 헐떡거렸다. 가슴이 파열된 노파는 피가 꾸르륵거리며 흘러나오는 가운데 마지막 욕설을 더듬더듬 내뱉으면서, 마른 장작단처럼 완전히 뻣뻣해진 채 팍 소리를 내며 쓰러졌다.

그리고 그 순간 소대의 일제 사격이 땅을 쓸어버렸고 백 걸음쯤 떨어져 싸움을 보며 웃고 있던 구경꾼들 무리까지 쓰러뜨렸다. 총알 하나는 무케의 입에 들어가 그는 몸이 파열된 채 자카리와 필로멘의 발치에 거꾸러졌고, 그들의 두 아이는 붉은 핏방울을 뒤집어썼다. 동시에 라 무케트는 배에 두 발을 맞았다. 그녀는 군인들이 총을 겨누는 것을 보고는 조심하라고 외치면서 착한 여자의 본능적인 움직임에 따라 카트린 앞으로 몸을 던졌다. 그리고 그녀는 커다란 비명을 지르고는 격렬한 충격으로 뒤흔들리며 나가자빠졌다. 에티엔이 달려와 그녀를 일으켜 데려가려 했다. 하지만 그녀는 자신은 끝났다는 몸짓을 했다. 그리고 그녀는 마치 자신이 떠나는 순간 그들이 함께 있는 것을 보게 되어 기쁘다는 듯이 에티엔과 카트린에게 줄곧 미소를 지으며 단말마의 딸꾹질을 했다.

모든 것이 끝난 것 같았다.

폭풍 같은 총성이 아주 멀리 탄광촌의 건물 앞까지 잦아들었을 때, 뒤늦게 마지막 한 발이 따로 발사되었다.

심장 한가운데에 총알을 맞은 마외는 맴을 돌더니, 쓰러지면서 석탄으로 시커먼 물웅덩이에 얼굴을 처박았다.

얼이 빠진 라 마외드는 몸을 구부렸다.

"어어! 여보, 일어나요, 괜찮은 거지, 응?"

그녀는 에스텔 때문에 양손이 부자유스러워서 남편의 얼굴을 돌려서 보기 위해 아이를 한쪽 팔 아래에 끼어야 했다.

"말 좀 해 봐요! 어디가 아파요?"

그는 멍한 시선으로 입에서 피거품을 뿜고 있었다. 그녀는 깨달았다. 그는 죽은 것이었다. 그러자 그녀는 딸을 짐 꾸러미처럼 옆구리에 끼고, 진흙 속에 주저앉아 넋 나간 표정으로 자기 남편을 바라보았다.

수갱은 텅 비었다. 대위는 신경질적인 동작으로 돌에 부서진 자신의 군모를 벗었다가 다시 썼다. 그리고 그는 자기 평생에 남을 재난 앞에서 창백한 안색이 되었지만 예의 엄격함을 유지하고 있었다. 한편 그의 부하들은 말을 잃은 얼굴로 무기를 재장전하고 있었다. 석탄 하치장 창가에 네그렐과 당사르의 겁먹은 얼굴이 보였다. 수바린은 그들 뒤에 있었는데, 마치 그의 고정 관념이라는 못이 위협적으로 새겨진 듯 이마에 큰 주름이 일자로 잡혀 있었다. 지평선 반대쪽에 있는 고지대의 가장자리에서 본모르 영감이 한 손은 지팡이에 의지하고 다른 한 손은 아래쪽에서 자기 가족들에게 벌어진 학살을 더 잘 보기 위해 눈썹에 갖다 댄 채 움직이지 않고 있었다. 부상자들은 울부짖고 있었고, 죽은 사람들은 녹아서 질펀한 진흙으로 칠갑한 데다가, 더러운 누더기 꼴의 눈 밑에서 다시 드러난 잉크 얼룩 같은 석탄 속 여기저기에 처박혀 일그러진 자세로 차갑게 식어 가고 있었다. 그리고 빈곤으로 야위어 가련한 모습을 한 사람들의 조그만 시신들 가운데, 죽은 거대한 살덩이 같은 트롱페트의 사체가 기괴하고 애처로운 모습으로 누워 있었다.

에티엔은 죽음을 모면했다. 그는 피로와 고통에 지쳐 쓰러진 카트린 곁에서 줄곧 기다리고 있었다. 그때 떨리는 목소리가 들려서 그는 소스라쳤다. 목소리의 주인공은 미사를 드리고 돌아오던 랑비에 신부였다. 그는 예언자의 격노한 모습으로 양팔을 쳐들고, 살인자들에게 하느님의 분노가 떨어지기를 빌었다. 그는 부르주아 계급이 이 세상의 노동자들과 불우한 사람들을 학살함으로써 그 죄악이 극도에 달했으니 정의의 시대가 올 것임을, 하늘로부터 불벼락이 내려 부르주아 계급을 몰살할 날이 임박했음을 예고했다.

7부

1

몽수에서 일어난 발포 사건은 엄청난 반향을 일으키며 파리까지 그 소식이 크게 퍼졌다. 나흘 전부터 반대파 신문들은 모두 분노했고, 신문 1면에 끔찍한 이야기들을 늘어놓았다. 부상 스물다섯 명, 사망 열네 명이었는데, 사망자 중에는 어린이 두 명과 여자 세 명이 포함되어 있었다. 또한 구금된 사람들이 있었다. 르바크는 일종의 영웅이 되었는데, 그것은 그가 예심 판사에게 고대풍의 숭고함을 지닌 대답을 한 것으로 전해졌기 때문이다. 프랑스 제정은 몇 발의 총탄을 몸 한가운데에 맞은 형국이었지만 상처의 심각성을 스스로 알지 못한 채 절대 권력의 평온함을 가장했다. 여론을 일으키는 파리의 거리에서는 아주 멀리 떨어져 있는 시골 탄광에서 벌어진 유감스러운 충돌이며 지엽적인 사건이었다는 식이었다. 사람들은 곧 잊어버릴 것이니 회사는 이 사건을 무마시키고, 자극적으로 지속되면 사회적 위험이 될 수 있는 이 파업을 결말내라는 비공식적인 명령을 맡았다.

그리하여 수요일 아침이 되자마자 이사 세 명이 몽수에 도착했다. 마음이 괴로워서 그때까지 학살에 대해 단 한 번도 기꺼워하지 않았던 작은 도시는 숨을 쉬었고 마침내 구출되었다는 기쁨을 맛보았다. 때마침 날씨가 좋아지고 있어서, 2월의 첫 번째 밝은 햇살의 온기로 라일락의 새순이 파릇파릇 돋아나고 있었다. 회사 사무국의 모든 차양 덧문들이 열리자 그 커다란 건물은 다시 살아난 것 같았다. 그리고 그곳에서 좋은 소문들이 흘러나왔다. 그 불행한 사건에 매우 충격을 받은 이 나리들이 탄광촌에서 어찌할 바를 모르고 있는 사람들에게 어버이 같은 도움의 손길을 주러 달려왔다는 것이었다. 자신들이 바랐던 것보다 더 강한 타격을 가한 이상 이제 그들은 구원자로서 해야 할 일을 충실히 했고, 늦었지만 훌륭한 조치들을 공표했다. 우선 그들은 보리나주 광부들을 해고하면서 노동자들에게 엄청난 양보를 한다고 요란을 떨었다. 그리고 그들은 수갱에 주둔하던 군인들을 철수시켰다. 이미 수갱은 진압된 파업 노동자들이 더 이상 위협하지도 못하기 때문이었다. 실종된 르 보뢰의 초병에 관해 말이 나오지 않게 만든 것도 그들이었다. 그 지역을 수색했지만 총도 시신도 찾지 못하자, 범죄 의혹이 있었음에도 불구하고 그 군인을 탈영자로 처리하기로 결정했다. 모든 일에 있어서 그들은 이처럼 사건을 축소시키려고 애썼다. 그들은 미래에 대한 두려움으로 떤 나머지, 고삐가 풀려 낡은 세계의 무너져 가는 골조들을 가로질러 가는 군중들이 벌인, 불가항력의 야만 행위를 사실로 인정하는 것이 위험하다고 판단했던 것이다. 더구나 이렇게 화해를 시도한다고 해서 그들이 경영에 관계된 일들을 제대로 진행하지 못하는 것은 아니었다. 드뇔랭은 회사 사무국으로 돌아가 엔보 씨와 의견 일치를 보았다. 방담 수갱 매입을 위해 협상이 계속되고 있었고 드뇔랭이 그 나리들의 제안을 받아들일 것이 확실해졌다.

하지만 이 고장 사람들을 특히 동요하게 만든 것은 이사들이 벽마다 잔뜩 붙이게 한 커다란 노란색 벽보들이었다. 거기에는 아주 커다란 글씨로 다음과 같이 몇 줄이 쓰여 있었다. "몽수의 노동자 여러분, 우리는 여러분이 최근 며칠간 그 비극적인 결과들을 보았던 과오들로 인해, 현명하고 선량한 노동자들이 생활 수단을 빼앗기는 것을 원치 않습니다. 따라서 우리는 월요일 아침에 모든 수갱을 다시 열 것이고, 작업이 재개되면 개선할 점이 있는지 세심하고 성의 있게 점검하겠습니다. 요컨대 우리는 해야 마땅하고 또 할 수 있는 일이라면 무엇이든 할 것입니다." 오전 사이에 만 명의 광부들이 줄지어 이 벽보들 앞을 다녀갔다. 말을 꺼내는 사람은 한 명도 없었고, 많은 사람들이 고개를 가로저었으며, 다른 사람들은 얼굴이 굳은 채 주름 하나 움찔하지 않고 발을 질질 끌며 지나가 버렸다.

그때까지 240번 탄광촌은 분노에 찬 저항을 완강하게 계속했다. 수갱의 진흙을 붉게 물들인 동료들의 피가 다른 사람들로 하여금 수갱으로 가는 길을 막고 있는 것 같았다. 피에롱과 그와 같은 부류의 밀고자들을 합쳐 겨우 열 명가량이 다시 수갱으로 내려갔고, 사람들은 어떤 몸짓이나 위협도 하지 않은 채 그들이 출발하고 돌아오는 모습을 어두운 표정으로 바라보았다. 그래서 교회에 나붙은 벽보도 말없는 경계심을 갖고 대했다. 되돌려 준 노동 수첩에 대한 언급은 벽보에 없었다. 회사는 그들을 재고용하기를 거부하는 것인가? 보복에 대한 공포와 가장 크게 연루된 사람들을 해고한 것에 대해 항의한다는 동지애로 그들은 모두가 더욱 완강하게 버텼다. 회사가 하는 짓들이 수상쩍어서 두고 봐야 했다. 그 나리들이 진정 솔직하게 설명하려 할 때 그들은 수갱으로 되돌아갈 것이었다. 침묵이 나지막한 집들을 짓누르고 있었고 배고픔도 더 이상 아무것도 아니었으며, 흉포한 죽음이 지붕들 위를 휩쓸고 지나간 뒤로는 모두들 언제든 죽을 수 있다는 생각이었다.

하지만 다른 집들 가운데 한 집, 즉 마외의 집은 가장의 죽음으로 비탄에 잠겨 특히 어두웠고 말소리조차 들리지 않았다. 남편을 묻고 온 이후로 라 마외드는 입을 열지 않았다. 싸움이 끝난 후 그녀는 에티엔이 진흙투성이에 반쯤 죽은 듯한 카트린을 집에 데려오도록 내버려 두었다. 그리고 카트린을 눕히기 위해 청년 앞에서 딸의 옷을 벗기다 순간 그녀는 자기 딸도 배에 총알을 한 방 맞고 돌아온 줄 알았다. 딸의 속옷에 피 얼룩이 넓게 번져 있었기 때문이다. 하지만 그녀는 곧 까닭을 알았다. 그 끔찍한 날의 충격으로 마침내 딸의 초경이 터져 나온 것이었다. 아! 이 상처는 또 다른 행운이군! 애를 낳을 수 있다는 것이니 훌륭한 선물이지만 헌병들이 나중에 그 애들도 죽일 테지! 그녀는 카트린에게 말을 건네지 않았고, 에티엔에게도 마찬가지였다. 에티엔은 체포될 위험을 무릅쓰고 장랭과 함께 잠을 잤다. 차라리 감옥에 가길 원할 정도로, 레키야르의 암흑 속으로 되돌아갈 생각을 하면 몹시 진저리가 났기 때문이다. 하나의 전율이 그의 몸을 훑고 지나갔다. 그 많은 죽음을 겪은 이후로 어둠에 대한 혐오와 그곳 암석들 밑에서 자고 있는 어린 군인에 대한 말 못 하는 두려움이 일었다. 더욱이 패배의 고통 가운데 그는 도피처인 양 감옥에 가기를 꿈꾸었다. 하지만 그를 성가시게 하는 사람은 아무도 없었다. 어떻게 해야 자기 몸을 지치게 할지 모르는 채 그는 비참한 시간들을 이어 가고 있었다. 다만 때때로 라 마외드가 그들이 자기 집에서 도대체 뭘 하는지 묻는 듯한 표정으로, 그와 자기 딸, 두 사람 모두를 원망스럽게 바라보곤 했다.

다시금 모두들 포개 자면서 코를 골았다. 가엾은 알지르가 더 이상 자신의 곱사등으로 큰언니의 옆구리를 밀어 대지 않는 지금은 두 꼬마가 카트린과 같이 자게 되어서 본모르 영감은 두 꼬마의 옛날 침대를 차지하고 있었다. 어머니는 잠자리에 들 때면 너무나 넓어진 침대의 냉기로 집 안이 텅 비어 있다고 느꼈다. 그 빈 곳을 메우기 위해 에스텔을 품어 보았으나 소용이 없었고 그렇게 그녀는 몇 시간이고 소리 없이 울었다. 그리고 세월은 예전처럼 다시 흘러가기 시작했다. 늘 빵이 없었고 그렇다고 정말로 굶어 죽는 행운도 없었다. 여기저기서 주워 모은 것들이 불운하게도 이 가난한 사람들을 연명하게 하는 것이었다. 생활에서 달라진 것은 아무것도 없었고 남편만이 없어졌을 뿐이었다.

닷새째 되던 날 오후, 이 말없는 여인의 모습에 절망감을 느낀 에티엔은 방에서 나와 탄광촌의 포장도로를 따라 천천히 걸어갔다. 자신이 할 수 있는 일이 없다는 중압감으로 그는 늘 같은 생각에 시달리며, 팔을 늘어뜨리고 고개를 숙인 채 끝없이 걸었다. 삼십 분 전부터 그렇게 걸어 다니다 문득 그는 자신을 보기 위해 동료들이 문간에 나와 있는 것을 느끼고 한층 더 거북스러워졌다. 얼마 남아 있지 않던 그의 인기는 일제 사격의 바람에 휩쓸려가 버렸고, 이제 그는 지나다니기만 하면 그를 지켜보는 불꽃 튀는 시선들과 마주치게 되었다. 고개를 들면 위협적인 남자들이 있었고, 여자들은 창문의 작은 커튼을 열곤 했다. 그리고 아직도 말없는 비난 속에, 굶주림과 눈물로 커진 그 퀭한 눈들의 억눌린 분노 아래, 그는 몹시 어색해져 어떻게 걸어야 할지 더 이상 알 수 없었다. 그의 뒤에서는 말없는 비난이 점점 커져 갔다. 탄광촌 사람들이 모두 나와 자신에게 비참함을 부르짖는 소리를 듣게 되지 않을까 하는 두려움에 사로잡혀 그는 떨면서 돌아왔다.

그런데 마외의 집에서 그를 기다리고 있는 광경은 몹시 충격적이었다. 학살이 있었던 그날, 본모르 노인은 지팡이가 조각난 채 벼락 맞은 고목처럼 땅바닥에 쓰러져 있다가 이웃 사람 두 명에게 발견된 이래로 차가운 난로 곁에서 의자에 못

박힌 듯 앉아 있었다. 그리고 레노르와 앙리가 배고픔을 달래려고 전날 양배추를 끓였던 낡은 냄비 바닥을 귀 먹먹한 소리가 나도록 긁어 대는 동안, 라 마외드는 에스텔을 식탁에 내려놓은 다음 몸을 꼿꼿이 하고는 주먹으로 카트린을 위협했다.

"다시 말해 봐, 빌어먹을! 네년이 방금 한 말을 다시 해 봐!"

카트린이 르 보뢰로 돌아가겠다고 말한 것이다. 자기 생계비를 벌지도 못하면서 거추장스럽고 쓸모없는 짐승처럼 이렇게 자기 어머니 집에 빌붙어 있다는 생각으로 그녀는 하루하루가 지날수록 더욱더 참을 수 없었다. 그래서 샤발로부터 어떤 해코지를 당할지 두려워하지 않고 그녀는 화요일부터 다시 수갱에 내려가겠다고 했다. 그녀는 더듬거리며 말을 이었다.

"엄마는 내가 어떻게 하기를 원해요? 아무 일도 안 하고 살 수는 없잖아요. 일을 하면 우리는 적어도 빵은 생길 거예요."

라 마외드가 그녀의 말을 막았다.

"내 말 들어. 너희들 중 누구든 일을 하면 죽여 버릴 거다……. 아! 안 돼. 아버지를 죽이고 그러고 나서 애들까지 계속 착취한다는 건 정말이지 도를 넘는 일이야! 이제는 지긋지긋해. 나는 차라리 이미 떠나간 네 아버지처럼 너희들 모두가 관에 실려 가는 걸 보는 게 낫겠다."

그리고 분노에 차서 오래 침묵하던 그녀는 말을 강물처럼 쏟아 냈다. 카트린이 돈을 벌어다 준다니 퍽이나 좋은 제안이다! 겨우 삼십 수에다 이 도둑놈 같은 장랭에게 상관들이 정말 일감을 찾아 주려 한다면 이십 수를 더 보태겠지. 오십 수,

그런데 먹여 살릴 입이 일곱 개야! 어린애들은 수프를 삼키는 것 외에는 쓸모가 없다. 할아버지로 말하자면, 군인들이 동료 광부들에게 총을 쏘는 것을 보고 충격을 받은 것이 아니라면 넘어지면서 뇌의 어딘가가 부서진 것 같다. 바보가 다 된 것처럼 보이니까.

"안 그래요? 아버님, 그자들이 아버님을 완전히 망가뜨렸어요. 아버님이 아직 팔심은 튼튼해도 소용없을 거라고요. 아버님은 끝났어요!"

본모르 영감은 영문도 모르고서 흐릿한 눈으로 그녀를 바라보고 있었다. 그는 시선을 고정한 채 몇 시간이고 있었고, 이제는 그의 옆에 위생상 놓아둔, 재가 가득한 접시에 가래침을 뱉어 낼 분별력밖에 없었다.

"그리고 그자들은 연금을 지급하지 않았어요." 그녀가 말을 계속했다. "나는 분명 우리의 사상 때문에 그들이 연금 지급을 거부할 거라고 생각해요……. 안 돼요! 불행만 안기는 그인간들을 더 이상 참을 수 없어요!"

"그렇지만 그들이 벽보에서 약속하기를……." 카트린이 감히 말을 꺼냈다.

"그놈의 벽보 갖고 그만 좀 성가시게 해……! 우리를 고용해서 잡아먹으려고 또 끈끈이를 쓰는 거야. 우리 몸에 구멍을 내고서 이제 그들은 친절한 척할 수 있겠지."

"하지만 엄마, 그러면 우리는 어디로 갈 건데요? 분명 우리를 탄광촌에 있으라고 붙들어 두지는 않을 거예요."

라 마외드는 막연하고도 참담한 몸짓을 했다. 자신들은 어디로 가야 하나? 그녀는 거기에 대해서는 알지 못했고 그런 생각을 하기를 피했다. 그런 생각을 하면 미칠 것 같았다. 자신들은 어딘가 다른 곳으로 가야 할 것이다. 그 와중에 냄비를 긁어 대는 소리를 더 이상 참을 수 없어 그녀는 레노르와 앙리에게 달려들어 따귀를 갈겼다. 에스텔이 떨어져서 네발로 엉금엉금 기자 소동은 커졌다. 애 엄마는 아이를 쿡 찔러서 조용히 시켰다. 떨어진 김에 아예 애가 죽었다면 얼마나 좋았을까! 그녀는 알지르 이야기를 하면서 다른 아이들에게도 그 누이처럼 죽을 행운이 있기를 기원했다. 그러고 나서 갑자기 그녀는 머리를 벽에 대고 크게 흐느끼기 시작했다.

서 있던 에티엔은 감히 끼어들지 못했다. 그는 집 안에서 더 이상 중요하지 않은 존재였으며, 아이들도 그를 불신하면서 그에게서 물러섰다. 하지만 그는 이 불행한 여인의 눈물에 마음이 흔들려 중얼거렸다.

"자, 자, 용기를 가지세요! 이 곤경에서 벗어나도록 해 봅시다."

그녀는 그의 말을 듣는 것 같지 않았고, 이제는 목소리를 낮추어 계속 푸념을 늘어놓으며 한탄했다.

"아! 비참하구나, 이게 있을 수 있는 일인가? 이 끔찍한 일들이 일어나기 전에는 그래도 어떻게든 꾸려 나갔는데. 말라 빠진 빵을 먹었지만 모두들 같이 있었는데……. 그런데 하느님 맙소사, 무슨 일이 일어난 거지? 어떤 사람들은 땅속에 묻혀 있고 또 어떤 사람들은 이제 땅속에 묻히고 싶기만 한 채 이토록 슬픔 속에 빠져 있다니, 대체 우리가 무슨 짓을 한 거지? 우리가 말처럼 일에 묶여 있었던 건 엄연한 사실이야. 좋은 것들을 맛볼 희망은 결코 품지도 못한 채 몽둥이질이나 당하면서 늘 부자들의 재산을 늘려 주었지. 이런 것은 옳지 못한 분배였어. 희망이 사라지면 사는 기쁨도 사라지는 법이고. 그래, 더 이상 이렇게 지속될 수는 없었어. 숨을 좀 쉬어야 했지……. 하지만 이렇게 될 줄 알았더라면! 정의를 원한다고 해서 이토록 불행해지는 일이 있을 수 있나!"

그녀의 가슴은 탄식으로 터질 듯했고, 한없는 슬픔에 목이 메었다.

"그리고 단지 노력만 하면 일이 해결될 수 있다고 약속하는 교활한 자들은 늘 있는 법이지……. 사람들은 흥분하고, 현실로 있는 것들로 너무나 고통받아서 현실에 없는 걸 요구해. 나는 이미 바보처럼 꿈을 꾸었고, 모든 사람들과 우애 넘치는 삶을 꿈꾸면서 공중으로, 정말이지! 구름 속으로 떠났었지. 그런데 진흙탕 속으로 다시 떨어지면서 허리가 부러지고……. 말도 안 돼. 그곳에는 보았으면 하고 꿈꾸던 것들 중 아무것도 없었어. 있는 것이라곤 또 비참함뿐이었어. 아! 더는 심할 수 없는 비참함, 그리고 거기다 총질까지 당하다니!"

에티엔은 이러한 탄식을 들으면서 그녀의 눈물을 볼 때마다 회한에 사무쳤다. 높은 이상을 꿈꾸다 끔찍하게 추락해 온통 부서진 라 마외드를 진정시키기 위해 그는 무슨 말을 해야 할지 몰랐다. 그녀는 이제 방 가운데로 돌아와서 그를 쳐다보고 있었다. 그리고 그에게 반말로 분노에 찬 크나큰 고함을 질렀다.

"그런데 너는 우리 모두를 피투성이 난장판에 처박은 다음에 수갱으로 돌아가겠다고 하는 거냐……? 난 너를 탓하지 않아. 다만 내가 너의 입장이라면 동료들에게 그토록 큰 불행을 안겨 준 괴로움 때문에 벌써 죽었을 거야."

그는 대답하려다 절망적으로 어깨를 으쓱 치켜올렸다. 고통에 빠진 그녀에게 이해하지 못할 설명을 해 봐야 무슨 소용인가? 그리고 그는 너무 괴로워서 집 밖으로 나와 다시 정처 없이 걷기 시작했다.

그러자 그는 자신을 기다린 것 같은 탄광촌 사람들을 다시보게 되었다. 남자들은 문간에, 여자들은 창가에 있었다. 그가 나타나자마자 으르렁대는 소리들이 퍼져 나갔고 군중이 늘어났다. 나흘 전부터 험담의 기세가 팽배하더니 전반적인 저주로 폭발했다. 그를 향해 주먹을 뻗었고, 어머니들은 자기 아이들에게 원망스러운 몸짓을 하며 그를 가리켜 보였으며, 노인들은 침을 뱉었다. 그것은 패배한 다음 날부터 급변한 태도였고 인기의 운명적인 이면이었으며 모든 고통을 견디고도 아무런 성과가 없었던 것에 격분한 증오였다. 그는 굶주림과 죽음에 대한 대가를 치르는 것이었다.

에티엔이 나갈 때 필로멘과 함께 도착한 자카리는 그를 밀쳐 댔다. 그리고 그는 심술궂게 비웃었다.

"어럽쇼! 이 작자는 살찌는구먼. 죽은 사람들 몸뚱이에서 양분을 얻는 모양이지!"

라 르바크는 이미 부틀루와 함께 문간에 서 있었다. 그녀는 총을 맞고 죽은 자기 아들 베베르 얘기를 하더니 소리쳤다.

"그래, 아이들까지 학살당하게 만드는 비겁한 놈들이 있지.

저놈이 나에게 내 아들을 돌려주려거든 자기가 직접 땅속에서 내 아이를 찾아내라고 해!"

그녀는 감옥에 갇힌 자기 남편을 잊고 있었고, 부틀루가 함께 머물러 있는 이상 부부 생활은 중단되지 않는 셈이었다. 그렇지만 남편 생각이 떠올라서 그녀는 날카로운 목소리로 계속 말했다.

"말도 안 돼! 선량한 사람들은 어둠 속에 갇혀 있는데 이렇게 나다니는 놈들은 악당 놈들이야!"

그녀를 피하려던 에티엔은 정원을 가로질러 달려온 라 피에론과 맞닥뜨렸다. 그녀는 자기 어머니의 죽음을 하나의 해방처럼 받아들였다. 자기 어머니의 난폭한 언행들로 인해 그들 부부가 교수형을 당할 위험이 있었기 때문이다. 그리고 그녀는 피에롱의 어린 딸 리디의 죽음에도 별로 슬퍼하지 않았다. 그 탕녀 같은 아이가 없어진 건 속 시원한 일이었다. 하지만 그녀는 이웃 여자들과 화해할 생각으로 그들 편이 되어 말했다.

"그리고 내 어머니는, 말해 볼래? 그리고 내 어린 딸은? 난 네놈을 봤어. 우리 어머니와 딸아이가 너 대신 총알을 받아 낼 때 너는 그들 뒤에 숨어 있었지!"

어떻게 해야 할까? 라 피에론과 다른 여자들을 목 졸라 죽이고 탄광촌을 상대로 싸울까? 에티엔은 잠시 그러고 싶은 충동이 일었다. 그의 머릿속에서 피가 끓어올랐고, 그는 이제 동료들을 짐승 취급했다. 사태의 필연적인 귀결을 놓고 그를 탓하며 공격할 정도로 분별력이 없고 야만적인 그들을 보니 화가 났다. 얼마나 어리석었는가! 그들을 다시 길들일 수 없다는 무력감에 그는 혐오감이 생겨났다. 그래서 그는 그들의 욕설이 들리지 않는 양 걸음을 재촉했다. 그러다 이내 그는 도망치는 신세가 되어서, 집집마다 그가 지나갈 때 야유를 했고 사람들은 그의 뒤를 악착같이 쫓아다녔으며, 증오가 넘치는 가운데 점점 우레와 같은 소리로 모든 사람들이 그를 저주했다. 그는 바로 착취자이자 살인자이며 그들의 불행의 유일한 원인이었다. 등 뒤에서 노호하는 무리에 쫓기며 겁에 질려 창백해진 그는 뛰어서 탄광촌으로부터 벗어났다. 마침내 큰길에 이르자 많은 사람들이 그를 놓아주었다. 그러나 몇몇은 집요했다. 그때 비탈길 아래 라방타주 앞에서 르 보뢰에서 나오는 또 하나의 무리와 마주쳤다.

무크 노인과 샤발이 거기에 있었다. 딸 라 무케트와 아들 무케가 죽은 이후 노인은 회한이나 불평 한마디 없이 마부 일을 계속했다. 그런데 갑자기 에티엔을 보자 그는 분노로 온몸을 떨며 눈물이 눈에서 철철 흘러내렸고, 담배를 너무 많이 씹은 탓에 피가 흐르는 입에서 욕설이 마구 쏟아져 나왔다.

"비열한 놈! 더러운 놈! 불쌍한 놈 같으니……! 기다려, 네놈은 나한테 내 불쌍한 자식들의 대가를 치러야 해. 네놈도 뒈져야 해!"

그는 벽돌을 하나 주워서 깨고는 그 두 조각을 던졌다. "그래, 그래, 저놈을 없애 버립시다!" 이렇게 복수하게 된 것에 기뻐하며 몹시 흥분해서 조롱하던 샤발이 소리쳤다. "각자 자기 차례가 있는 법이지……. 자, 이번에는 네놈이 벽에 등을 대고 있어, 더럽고 치사한 놈아!"

그도 에티엔에게 달려들어 돌팔매질을 했다. 야만스러운 아우성이 일어났고, 모두들 벽돌을 집어서 깨고는, 군인들의 배를 찢어 놓으려 했듯이 그의 뱃가죽을 찢으려고 던져 댔다. 얼이 빠진 그는 더 이상 도망치지 않고 그들에게 맞서서 말로 진정시키려고 애썼다. 지난날 그토록 열렬히 갈채를 받았던 연설이 그의 입술에서 되살아났다. 그는 순종적인 가축 떼처럼 그들을 손안에 넣었던 시절에 그들을 도취시켰던 말들을 되풀이했다. 그러나 그의 힘은 모두 사라졌고 돌멩이들만이 그에게 답했다. 그러다 그는 왼팔에 타박상을 입고는 큰 위험에 처한 채 뒤로 물러서면서 라방타주의 건물 정면으로 몰리게 되었다. 라스뇌르는 얼마 전부터 문간에 있었다.

"들어오게." 그는 짤막하게 말했다. 에티엔은 망설였다. 그곳으로 피신하려니 숨이 막히는 것 같았다.

"들어오라니까, 내가 사람들에게 말해 보겠네."

그는 체념하여 홀 안으로 숨었고 그동안 주점 주인은 자신의 넓은 어깨로 문을 막고 있었다.

"자, 친구들, 이성을 찾읍시다……. 여러분이 잘 알다시피 나는 결코 여러분을 속인 적이 없습니다. 나는 항상 평화를 지지했고 여러분이 내 말을 들었더라면 분명 지금과 같은 상황에 처해 있지는 않을 겁니다."

그는 어깨와 배를 가볍게 흔들며 오랫동안 이야기를 계속했다. 따뜻한 물처럼 마음을 가라앉히는 달변을 푸근하게 늘어 놓았다. 그리하여 예전에 거두었던 그의 모든 성공이 그에게 되돌아왔고, 마치 한 달 전에 동료들이 그를 야유하고 비겁자로 취급한 적이 없었던 것처럼 힘들이지 않고 자연스럽게 인기를 되찾았다. 여러 사람이 소리 질러 그의 말에 찬성했다. 말 한번 잘하네! 우리는 라스뇌르와 동감이야! 말 한번 제대로 잘하는군! 우뢰와 같은 박수갈채가 터져 나왔다.

뒤에서 에티엔은 씁쓸해 하며 기진맥진해 있었다. 그는 라스뇌르가 숲속에서 군중이 배은망덕할 것이라고 위협하면서 그에게 예언한 것을 회상했다. 얼마나 어리석고 야만적인가! 그가 그토록 애쓴 것을 얼마나 가증스럽게 망각해 버린 것인가! 그것은 끊임없이 스스로를 집어삼키는 눈먼 힘이었다. 그리고 이 짐승들이 자신들의 대의명분을 망치는 것을 보며 생긴 그의 분노 속에는, 자기 자신의 와해와 자신의 야망의 비극적인 종말에서 비롯된 절망이 숨어 있었다. 뭐라고? 벌써 끝났다고? 그는 너도밤나무 아래에서 그의 뛰는 가슴 소리에 맞춰 3000명의 가슴이 뛰는 소리를 들었던 일을 떠올렸다. 그날 그는 인기를 장악하고 있었으며, 민중은 그에게 속했고 그는 자신이 그들의 주인이라고 느꼈다. 당시의 그는 터무니없는 꿈에 취해 있었다. 몽수는 그의 발아래에, 파리는 저 너머에 있었고, 아마도 그는 국회의원이 되어 의회의 연단에서 노동자로서 최초의 연설을 하며 부르주아들에게 호통을 치게 될 것만 같았다. 그런데 끝났다. 꿈에서 깨어나고 보니 그는 비참한 신세에 증오의 대상이었으며, 그의 민중은 방금 전 벽돌 세례로 그를 쫓아냈다.

라스뇌르의 목소리가 높아졌다.

"결코 폭력이 성공한 적은 없었고 하루 만에 세계를 다시 만들 수도 없습니다. 단숨에 모든 것을 바꾸겠다고 여러분에게 약속한 자들은 허풍쟁이가 아니면 망나니입니다!"

"옳소! 잘한다!" 군중은 소리쳤다.

그럼 도대체 누가 죄인가? 에티엔이 스스로에게 던지는 이 질문은 그를 괴롭게 짓눌렀다. 그 자신도 피 흘리게 만드는 이 불행, 이 사람들의 빈곤, 저 사람들의 학살, 먹을 빵이 없어 야윈 이 여자들과 아이들, 이 모두가 정말 그의 잘못 때문인가? 그 불행한 일들이 있기 전 어느 날 저녁에 그는 이와 같은 비참한 환영을 본 적이 있었다. 하지만 이미 어떤 알 수 없는 힘이 그를 일으켰고 동료들과 함께 휩쓸려 가게 되었던 것이다. 더구나 그는 결코 그들을 지휘하려 한 적이 없었고 오히려 그들이 그를 인도했다. 뒤에서 밀어붙이는 그 혼잡스러운 동요만 없었다면 그가 하지 않았을 일을 하도록 바로 그들이 강요했던 것이다. 폭력이 일어날 때마다 그는 놀라서 어리둥절했다. 그는 그러한 사건들 중 어느 것도 예견하거나 원하지 않았기 때문이다. 예컨대 그를 따르던 탄광촌의 동료들이 어느 날 자신에게 돌을 던지리라고 그가 예상할 수 있었겠는가? 그 광포한 자들은 그가 자신들에게 먹고살 걱정 없고 게으름 피울 수 있는 삶을 약속했다면서 거짓말을 하며 비난하는 것이었다. 그리고 그가 자신의 회한을 이겨 내려고 이처럼 정당화하고 추론하는 가운데 자기 임무를 수준에 맞게 해 내지 못한 데 대한 은연중의 불안, 그를 늘 괴롭히는 얼치기 학자 같은 회의가 일고 있었다. 하지만 그는 용기가 바닥났음을 느꼈고 동료들에게서 마음이 떠났으며, 그들에 대해서, 즉 규칙과 이론을 벗어나 자연의 힘처럼 모든 것을 쓸어버리는, 맹목적이고 막을 수 없는 이 거대한 민중 집단에게 두려움을 품게 되었다. 그는 일종의 혐오감으로 그들에게서 점차 멀어졌고 세련된 취향을 갖게 되자 불편한 감정이 생겨났으며, 그의 모든 삶은 상류 계급을 향해 서서히 상승했다.

그때 군중의 열광적인 고함이 라스뇌르의 목소리를 뒤덮었다.

"라스뇌르 만세! 저 사람밖에 없어. 잘한다. 잘한다!"

주점 주인은 문을 다시 닫았고 그사이 무리는 흩어졌다. 그리고 두 남자는 말없이 서로를 바라보았다. 둘 다 어깨를 으쓱 치켜올렸다. 그들은 마침내 같이 맥주 한 잔을 마셨다.

같은 날 라 피올렌 저택에서는 네그렐과 세실의 약혼을 축하하는 성대한 만찬이 열렸다. 그레구아르 부부는 전날부터 식당 바닥에 왁스 칠을 하고 응접실의 먼지를 털게 했다. 멜라니는 부엌을 관장하며 고기 굽는 것을 지켜보고 소스를 저었다. 그 냄새는 지붕 밑 방들까지 올라갔다. 마부 프랑시스는 오노린이 시중드는 것을 돕기로 했다. 정원사의 아내는 설거지를 맡게 되었고 정원사는 쇠창살 문을 열어 주는 일을 맡았다. 이러한 대향연으로 검소하고 유복한 저택이 이렇게 들뜬 적은 일찍이 없었다.

모든 일이 더할 나위 없이 순조로웠다. 엔보 부인은 세실에게 상냥하게 굴었고, 몽수의 공증인이 미래의 부부의 행복을 위해 정중하게 건배를 제안하자 그녀는 네그렐에게 미소지었다. 엔보 씨도 아주 친절했다. 그의 웃는 모습에 하객들은 놀랐고, 파업을 강력하게 진압한 덕분에 회사로부터 다시 신임을 얻어서 곧 레지옹도뇌르 훈장[8]의 수훈자가 될 것이라는 소문이 퍼져 있었다. 사람들은 최근의 사건들에 대한 언급을 피했지만 전반적인 흥겨움 속에는 승리감이 들어 있어서, 만찬은 승리에 대한 공식적인 축하 행사로 바뀌었다. 마침내 해방되어서 평화롭게 먹고 자는 생활을 다시 시작하게 된 것이다. 사람들은 르 보뢰의 진흙에 이제 겨우 그 피가 스며든 사망자들을 조심스럽게 암시하면서 그것은 필요한 교훈이었다고 말했다. 그레구아르 부부가 이제 각자의 임무는 상처에 붕대를 감아 주러 탄광촌으로 가는 것이라고 덧붙여 말하자 모두들 감동했다. 그들의 충직한 광부들이 벌써 수갱 속에 내려가, 대를 이어 온 체념의 모범을 보여 주는 것을 이미 보기나 하는 듯 자신들의 광부들을 용서하면서 그들은 호의적인 태도를 갖추고 평정을 되찾았다. 더 이상 두려움에 떨지 않는 몽수의 유력자들은 임금 제도를 신중하게 살펴볼 필요가 있다는 것을 인정했다. 구운 고기를 먹을 때 엔보 씨가 랑비에 신부의 전임을 알리는 주교의 편지를 읽자 승리는 완벽해졌다. 그 지방의 모든 부르주아들은 군인들을 살인자 취급한 이 신부에 대해 맹렬히 떠들어 댔다. 그리고 디저트가 나오자 공증인은 아주 단호하게 자유사상가임을 자처했다.

드닐랭은 두 딸과 함께 그곳에 있었다. 이 즐거운 분위기 가

---

8) 1802년에 나폴레옹이 제정한 프랑스 최고 명예 훈장. 국가에 뛰어난 공헌을 했을 때 수여한다.

운데서 그는 파산으로 우울한 마음을 감추려고 노력했다. 바로 그날 아침에 그는 자신의 방담 수갱 채굴권을 몽수 회사에 매각하는 데 서명했다. 궁지에 몰려 파산을 당한 그는 이사들의 요구에 굴복해 그토록 오래전부터 그들이 탐내던 그 먹이를 넘겨 주고는, 채권자들한테 빚을 갚는 데 필요한 돈만 겨우 건졌다. 심지어 마지막 순간에 그는 자신을 주임 기사로 두겠다는 그들의 제안을 하나의 행운으로 받아들였다. 그는 자기 재산을 다 쏟아부은 그 수갱에서 일개 임금 노동자로서 감시하는 일을 체념 속에 수락한 것이다. 그것은 소규모 개인 기업의 죽음을 알리는 것이었고, 자본이라는 늘 허기진 식인귀에 의해 하나씩 먹히면서 대기업의 높아 가는 물결에 빠져 죽는 소기업 사업주들의 종말이 임박했음을 알려 주는 것이었다. 혼자서만 파업의 대가를 치른 그는, 사람들이 엔보 씨의 훈장에 대해 건배하는 순간 자신의 파산에 건배하는 것 같았다. 그래서 그는 뤼시와 잔의 멋있고 대담한 모습 앞에서 그나마 위안이 되었다. 딸아이들은 수선한 옷을 입었어도 매력적이었고, 선머슴 같은 예쁜 소녀들이 돈에 개의치 않듯이 파산인 처지에서도 웃음을 잃지 않았다. 사람들이 커피를 마시러 응접실로 갈 때 그레구아르 씨는 자기 사촌을 따로 끌고 가 그가 과감한 결심을 했다고 칭찬했다.

"할 수 없잖나? 자네의 유일한 잘못은 몽수 탄광의 지분인 자네 돈 100만 드니에를 방담에 몽땅 투자한 거였네. 자네는 끔찍하게 고생만 하고 그 돈은 고약한 사건으로 녹아 없어지고 말았어. 하지만 서랍에서 꿈쩍하지 않은 내 돈은 내 손자들의 아이들까지 먹여 살릴 테고, 마찬가지로 나는 아직까지 그 덕분에 아무 일도 하지 않고 조용히 잘살고 있지 않은가."

2

일요일에 에티엔은 밤이 되자마자 탄광촌에서 빠져나왔다. 별이 총총한 아주 맑은 하늘이 황혼의 푸르스름한 빛으로 땅을 비추고 있었다. 그는 운하를 향해 내려가서 마르시엔 쪽으로 다시 올라가며 운하 둑을 천천히 따라갔다. 그것은 그가 좋아하는 산책로였다. 팔 킬로미터에 걸쳐 잔디로 덮여 있는 오솔길이, 불에 녹은 은괴처럼 끝 간 데 없이 흐르는 이 기하학적인 물길을 따라 똑바로 뻗어 있었다.

그는 거기서 아무도 만난 적이 없었다. 그런데 그날은 한 남자가 다가오는 것을 보고 그는 당황했다. 창백한 별빛 아래에서 고독한 두 산책자는 얼굴을 마주 대하고서야 서로를 알아보았다.

"어! 자네군." 에티엔이 중얼거렸다.

수바린은 대답하지 않고 고개를 끄덕였다. 잠시 그들은 꼼짝 않고 있었다. 그러고는 마르시엔을 향해 나란히 다시 출발했다. 서로 멀리 떨어져 있는 것처럼 각자 자기가 하던 생각을 계속하고 있었다.

"자네, 파리에서 플뤼샤르가 성공을 거둔 것을 신문에서 보았나?" 마침내 에티엔이 물었다. "사람들이 보도에서 그를 기다리다 벨빌의 회합에서 나올 때 그에게 열렬한 갈채를 보냈다지……. 오! 감기에도 불구하고 그는 이제 인기를 얻었어. 앞으로 그는 어디든 가고 싶은 데로 가겠지."

기계공은 어깨를 으쓱했다. 그는 달변가들을, 말로 수입을 얻으려고 변호사가 되듯 정치에 입문하는 작자들을 경멸했다.

에티엔은 이제 다윈에 관해 얘기하고 있었다. 그는 오 수짜리 책에서 다윈에 관해 요약해서 대중화한 짧은 글들을 읽었다. 그리고 잘못 이해한 지식으로 마른 자가 살찐 자를 잡아먹고 강력한 민중이 파랗게 질린 부르주아 계급을 삼켜 버리는, 생존 경쟁의 혁명적인 이념을 만들어 냈다. 그런데 수바린은 흥분하면서 다윈의 이론을 받아들이는 사회주의자들의 어리석음에 대해 분노를 터뜨렸다. 이 불평등의 사도가 말하는 그 유명한 도태라는 것은 귀족주의적 철학자들에게만 유리하다는 것이었다. 그래도 에티엔은 자기 견해를 고집하고 이치를 따지려 하면서, 자신의 의구심을 하나의 가설로 표현했다. 낡은 사회의 작은 부스러기들까지 쓸어버려서 그 사회가 더 이상 존재하지 않는다고 치자. 그러면 어떤 사람들은 병이 들고 또 어떤 사람들은 활기차며, 어떤 사람들은 더 능숙하고 더 영리하여 모든 것으로 살찌는가 하면, 어리석고 게으른 다른 사람들은 다시 노예들이 되면서, 새로운 세계가 전과 같은 불의로 서서히 망가지면서 다시 자라나지는 않을까? 그러자 이 영원한 비참상이라는 전망 앞에서 기계공은 격분한 목소리로, 정의가 인간에게 불가능하다면 인간은 사라져야 한다고 소리쳤다. 부패한 사회가 존재하는 한 마지막 존재를 말살하기까지 그만큼 학살이 일어나야 한다는 것이었다. 그러고는 다시 침묵이 흘렀다.

수바린은 오랫동안 고개를 숙이고 고운 풀 위로 걸어갔다. 생각에 너무 골몰한 그는, 잠든 사람이 배수로들을 따라 걷는 꿈을 꾸듯 평온하고 안정되게 맨 가장자리를 따라갔다. 그러더니 마치 어떤 유령에 부딪힌 것처럼 그는 까닭 없이 소스라쳤다. 그가 고개를 들자 몹시 창백한 얼굴이 드러났다. 그는 동료에게 가만히 말했다.

"그녀가 어떻게 죽었는지 내가 자네에게 말했던가?"

"누구 말인가?"

"거기 러시아에 있던 내 여자."

평소에 타인과 자기 자신에 대해 극도로 초연한 채 냉정했던 이 사내가 떨리는 목소리로 속내를 이야기하려 하자 에티엔은 놀라서 어리둥절한 몸짓을 했다. 그는 그녀가 수바린의 연인이었으며 모스크바에서 교수형을 당했다는 얘기를 들었을 뿐이었다.

"일은 성공하지 못했지." 수바린은 크고 푸른 나무들이 줄지어 서 있는 사이로 하얗게 달음질치고 있는 운하에다 망연한 시선을 둔 채 말했다.

"우리는 어느 굴속에 두 주간 머물면서 철로에 폭약을 장치했지. 그런데 폭파된 것은 황제의 열차가 아니고 여객 열차였네…… 그때 아누쉬카가 체포된 거야. 그녀는 시골 여자로 변장하고 매일 저녁 우리에게 빵을 갖다 주었지. 도화선에 불을 붙인 사람도 그녀였네. 남자는 눈에 띌 수 있었으니까…… 나는 군중 속에 숨어 재판을 지켜보았네. 기나긴 엿새 동안……"

그는 목소리가 잘 나오지 않더니 숨이 막히는 듯 기침을 정신없이 해 댔다.

"나는 그녀에게 가려고 두 번이나 소리를 지르며 사람들 머리를 뛰어넘고 싶었네. 그런데 무슨 소용인가? 한 남자가 줄어들면 전사 한 명이 줄어드는 거지. 그리고 나와 눈이 마주쳤을 때 나를 뚫어지게 보는 그녀의 커다란 눈이 내게 안 된다고 말하는 것을 분명히 알아차렸네."

그는 또다시 기침을 했다.

"마지막 날 나는 그 광장에 있었지…… 비가 내렸고 그 서투른 자들은 퍼붓는 비로 당황해서 정신이 없었지. 그들이 다른 네 사람을 교수형에 처하는 데 이십 분이 걸렸네. 줄이 끊어져서 네 번째 사람은 교수형 집행을 끝낼 수 없었지…… 아누쉬카는 내내 서서 기다렸어. 그녀는 나를 발견하지 못해서 군중 속에서 나를 찾고 있었지. 나는 도로 경계석 위에 올라갔어. 그제야 그녀가 나를 보았고, 우리의 눈길은 더 이상 서로 떠날 줄을 몰랐다네. 숨이 끊겼을 때에도 그녀는 여전히 나를 보고 있었지……. 나는 모자를 흔들어 보이고는 그곳을 떠났네."

다시 침묵이 흘렀다. 하얀 길 같은 운하는 끝없이 펼쳐졌고, 두 사람은 각기 자신의 고독 속으로 다시 떨어진 듯 똑같이 소리 죽인 발걸음으로 걸어갔다. 지평선 멀리 창백한 물이 빛의 가느다란 길로 하늘을 여는 것 같았다.

"그것은 우리에게 내려진 벌이었네." 수바린은 무뚝뚝하게 말을 계속했다. "우리가 서로 사랑한 게 죄였지……. 그래, 그녀가 죽은 건 잘된 일이야. 그녀가 흘린 피에서 영웅들이 태어날 거고, 나는 이제 마음에서 비겁함이 사라졌어……. 아! 내게는 아무도 없어, 부모도, 아내도, 친구도! 다른 사람들의 목숨을 빼앗아야 하거나 자기 목숨을 바쳐야 할 그날, 손이 떨리게 할 아무것도 없어!"

에티엔은 서늘해진 밤기운에 떨며 멈춰 섰다. 그는 논쟁하지 않고 간단하게 말했다.

"멀리 왔는데 돌아가겠나?"

그들은 천천히 르 보뢰로 돌아왔고 그는 몇 걸음 걷다가 말을 덧붙였다.

"자네, 새로 붙은 벽보를 보았나?"

그것은 회사가 아침 녘에 또 붙인 커다란 노란색 벽보를 말하는 것이었다. 거기서 회사는 더 명확하고 유화적인 태도를 보였다. 다음 날 수갱에 다시 내려가는 광부들은 노동 수첩을 도로 받아 주겠다고 약속했다. 모든 것은 불문에 부칠 것이고 가장 격하게 가담한 사람들까지도 용서하겠다고 제안했다.

"응, 보았네." 기계공이 대답했다.

"그럼 자네는 어떻게 생각하나?"

"내 생각에는 다 끝났네……. 가축 떼는 다시 내려가겠지. 자네들은 모두 너무 비겁해."

에티엔은 한 사람은 용감할 수 있지만 굶주리는 군중은 힘이 없다고 열에 들뜬 듯 동료들을 두둔했다. 한 걸음 한 걸음 그들은 르 보뢰로 돌아왔다. 그리고 시커먼 수갱 건물 앞에서 그는 말을 계속하며 자신은 결코 다시 내려가지 않겠다고 맹세했다. 하지만 그는 다시 내려가는 사람들을 용서하겠다고 했다. 그리고 그는 목수들이 수갱의 방수벽을 수리할 시간이 없었다는 소문에 대해 궁금해 했다. 그게 사실인가? 수갱의 골조 외벽을 이루는 목재들이 지층의 압력을 받아 안에서 불룩 튀어나와 채굴 케이지가 오 미터 이상에 걸쳐 마찰을 일으키며 지나간단 말인가? 다시 말이 없던 수바린은 짤막하게 대답했다. 그는 전날에도 일했는데 실제로 케이지는 마찰을 일으키며 지나갔고, 심지어 그곳을 지나가기 위해 기계공들은 모두 속도를 배로 올려야 했다. 하지만 상관들은 모두 그러한 지적을 듣자 똑같이 화를 내기만 했다. 자기들이 원하는 것은 석탄이고 방수벽은 나중에 더 견고하게 고칠 거라는 것이었다.

"자네는 알지, 그게 무너져 내릴 거라는 걸!" 에티엔이 중얼거렸다. "볼만할 거야."

어둠 속에 희미하게 보이는 수갱을 응시한 채 수바린은 조용히 결론을 내렸다.

"자네가 수갱으로 다시 내려가라고 권고하는 이상, 그게 무너져 내리면 자네 동료들이 알게 되겠지."

몽수의 종탑이 9시를 알렸다. 그리고 동료가 자러 돌아간다고 말하자 그는 손을 내밀지도 않고 덧붙여 말했다.

"그럼 잘 있게! 나는 떠난다네."

"뭐라고, 자네가 떠난다고?"

"응, 내 노동 수첩을 되돌려받았고 다른 곳으로 가려 해."

에티엔은 어안이 벙벙한 채 충격을 받아 그를 쳐다보았다. 그가 에티엔에게 이 말을 한 것은 두 시간 동안 산책을 하고 난 후였다. 이렇게 갑작스럽게 이별을 알리는 것만으로도 에티엔은 가슴이 미어지는데 그는 너무나 차분한 목소리로 말했다. 그들은 우정을 나누었고 함께 고생했다. 더 이상 서로 보지 못하리라는 생각은 늘 슬프게 만드는 법이다.

"떠난다니, 그럼 어디로 간단 말인가?"

"저 먼 곳, 나도 모르겠네."

"자네를 다시 만날 수 있겠지?"

"아니, 그럴 수 없을 거야."

그들은 입을 다물었고 서로에게 할 말을 찾지 못한 채 얼굴을 마주하고 잠시 서 있었다.

"그럼, 잘 가게."

"잘 있게."

에티엔이 탄광촌으로 올라가는 동안 수바린은 등을 돌려 운하의 둑으로 되돌아왔다. 그리고 거기서 이제 혼자가 된 그는 고개를 숙이고 끝없이 걸어갔다. 깊은 어둠에 잠긴 그는 밤중에 움직이는 하나의 그림자에 지나지 않았다. 때때로 그는 걸음을 멈추고 멀리서 들려오는 종소리로 시간을 헤아리곤 했다. 자정이 울리자 그는 둑을 떠나 르 보뢰로 향했다.

이 시간이면 수갱은 비어 있어 그는 거기서 눈에 잠이 그득한 갱내 감독 한 명만 마주쳤을 뿐이었다. 작업을 재개하기 위해서는 2시에 난방만 가동하면 되었다. 우선 그는 옷장 속에 잊어버리고 두고 간 척하면서 웃옷을 가지러 올라갔다.

송곳날이 장착되어 있는 나사송곳과 아주 강력한 작은 톱 하나, 망치와 끌 하나씩 연장들이 그 웃옷 안에 둘둘 말려 있었다. 그것을 가지고 그는 다시 떠났다. 하지만 바라크를 통해 나가지 않고 사다리가 있는 통기승으로 통하는 좁은 통로로 들어섰다. 그리고 웃옷을 팔 밑에 끼고 램프도 없이 사다리의 수를 셈으로써 깊이를 가늠하면서 살그머니 내려갔다. 그는 케이지가 깊이 374미터 지점 하부 방수벽의 다섯 번째 부분에서 마찰을 일으키며 지나간다는 것을 알고 있었다. 사다리를 쉰네 개 세었을 때 그는 손으로 더듬어서 목재들이 불룩 튀어나온 것을 느꼈다. 바로 그곳이었다.

그러자 그는 오랫동안 할 일을 심사숙고한 솜씨 좋은 일꾼처럼 능숙하고 침착하게 작업을 시작했다. 대뜸 그는 통기승 벽의 널빤지 하나를 톱으로 썰기 시작해서 채굴 구역과 통하게 했다. 그리고 금세 불붙었다 꺼지는 성냥의 불빛으로 방수벽의 상태와 최근에 수리한 부분들을 확인했다.

칼레와 발랑시엔 사이에서 수갱을 파 내려가려면 가장 낮은 지대와 같은 높이로 널따란 층을 이루고 있는 막대한 양의 지하수를 통과해야 해서 전에 없는 어려움을 겪고 있었다. 오로지 방수벽, 즉 술통의 통널처럼 서로 맞춰서 결합한 골조 목재들을 설치해서 밀려드는 지하수를 가까스로 막을 수 있었고, 깊고 어두운 물결이 벽을 두들겨 대는 지하 호수로부터 수갱을 겨우 분리할 수 있었다. 르 보뢰 수갱을 파 내려갈 때에는 두 개의 방수벽을 설치해야 했다. 도처에 균열이 있고 해면처럼 물에 부푼 백악층에 인접해 있는, 무너지기 쉬운 모래들과 백색 점토들 속에는 상부 방수벽을 만들었다. 그리고 석탄층 바로 위로 밀가루처럼 고우면서 유동하는 액체처럼 흐르는 황색 모래 속에는 하부 방수벽을 만들었는데, 바로 그곳에 토랑[9]이라는 것이 있었다. 이 지하의 바다는 북부 지방에 위치한 탄광에서 공포의 대상인, 폭풍우와 난파의 바다로 지하 300미터 넘는 곳에서 검은 물결을 뒤흔들어 대는데 그 깊이를 헤아릴 수 없는 미지의 바다였다. 방수벽들은 통상 엄청난 압력에도 잘 견뎌 냈다. 유일하게 두려운 것은 폐갱도들이 끊임없이 메워지는 작용으로 흔들려서 인접해 있는 지층이 침하하는 것뿐이었다. 암반이 이와 같이 침하하면 때때로 균열이 생기고, 골조들에까지 서서히 퍼져서 결국에는 골조들을 수갱 안쪽으로 밀어 대면서 변형시킨다. 그래서 거기에는 커다란 위험이 도사리고 있었다. 낙반과 침수로 흙이 무너져 내리고 홍수가 일어나 수갱이 지하수로 가득 찰 수도 있었다.

수바린은 자신이 뚫어 놓은 곳에 걸터앉아 방수벽의 다섯

---

9) 급류, 격류라는 뜻의 보통 명사를 고유 명사화한 말이다.

번째 부분이 매우 심각하게 변형되어 있는 것을 확인했다. 목
재들은 틀 밖으로 불룩하게 나와 있었고 심지어 축대에서 빠
져나와 있는 것도 여러 개였다. 물이 엄청나게 스며들었고, 광
부들이 피슈[10]라고 부르는 물줄기들이 타르를 칠한 뱃밥을
입힌 부분을 뚫고 접합부에서 솟구쳐 나오고 있었다. 시간에
쫓긴 목수들은 모서리에다 직각 연결쇠들을 설치하는 데 그
쳤고, 얼마나 허술하게 해 놓았는지 나사들을 다 조여 놓지도
않은 상태였다. 뒤에 있는 급류의 모래 속에서는 엄청난 움직
임이 일고 있음에 틀림없었다.

  그는 마지막 압력이 가해지면 모두 다 뽑히도록 직각 연결
쇠들의 나사를 가져간 나사송곳으로 풀어 놓았다. 그것은 미
친 행동 같은 무모한 짓이었다. 작업을 하는 동안 그는 수없이
몸이 넘어갈 뻔했고 180미터 아래에 있는 바닥으로 추락할 뻔
했다. 그는 케이지들이 미끄러져 지나가는 두꺼운 널인, 떡갈
나무로 만들어진 가이드 장치들을 움켜잡아야 했다. 그리고
그는 허공 위에 매달려 가이드 장치를 군데군데 연결하는 가
로대들을 따라다니면서 미끄러지듯 건너가는가 하면 앉기도
하다가, 침착하게 죽음을 무시하면서 오로지 팔꿈치 하나 또
는 무릎 하나에 지탱해서 몸을 뒤로 젖히곤 했다. 만약 바람

---

10) 프랑스와 스위스의 국경에서 독일의 라인강에 이르기까지 뻗어 있는 쥐
라산맥 중 스위스 서북부에 위치한 피슈 협곡(Gorges du Pichoux)에서 유
래한 말로 추정된다. 이곳은 특히 비가 많이 오면 엄청난 수의 물구멍에서
샘물처럼 물이 솟구쳐 나오는 석회암 지대로 피슈라는 말은 '천 개의 샘'을
뜻한다.

이라도 한 번 불었다면 그는 떨어졌을 것이며, 세 번이나 균형을 잃었지만 떨지도 않고 다시 매달렸다. 우선 그는 손으로 더듬은 뒤 그다음 작업을 해 나갔으며 끈적거리는 들보들 가운데서 길을 잃었을 때에만 성냥 한 개비를 켰다. 나사들을 풀어 놓은 다음 그는 널빤지들 자체에도 덤벼들었다. 그러자 위험은 더욱 커졌다. 그는 다른 목재들을 지탱하는 열쇠 구실을 하는 널빤지를 찾아냈다. 그는 그 널빤지에 달려들어 구멍을 내고 톱질을 하고 얇게 만들어서 지탱하는 힘을 잃게 했다. 구멍과 틈들을 통해 가늘게 분출해 나오는 물이 얼음장 같은 빗물처럼 그의 눈앞을 가렸고 몸을 적셨다. 성냥 두 개비가 꺼졌다. 성냥개비 모두가 젖자 그는 어둠 속에, 바닥 모를 깊이의 암흑에 빠져들었다.

그때부터 그는 일종의 격분에 휩싸였다. 보이지 않는 것의 숨결들에 취했고, 소나기가 두들겨 대는 이 구덩이 속의 어둠과 끔찍스러움으로 인해 그는 파괴의 광기로 치달았다. 당장 자기 머리 위로 방수벽을 터뜨리고 싶은 욕망에 사로잡혀 방수벽에 마구 달려들어 나사송곳과 톱으로 칠 수 있는 곳은 모두 쳐 댔다. 마치 자신이 증오하는, 살아 있는 자의 몸에다 칼질을 하듯 그는 잔인하게 쳐 댔다. 늘 아가리를 벌리고 그토록 많은 사람의 살을 집어삼킨 르 보뢰라는 이 나쁜 짐승을 그는 마침내 죽이려는 것이었다! 그의 연장들이 벽을 물어뜯는 소리가 들렸고, 그는 등줄기를 쭉 뻗어 계속 흔들리는 가운데서도 여전히 기적적으로 몸을 지탱하면서 기어가다 내려가다 다시 올라가곤 했다. 마치 종탑의 골조들을 가로질러 밤새가 날아다니는 것 같았다.

　그러나 그는 스스로 못마땅하여 마음을 가라앉혔다. 일을 냉정하게 처리할 수는 없는가? 그는 서두르지 않고 숨을 내쉰 다음 사다리들이 있는 통기승으로 돌아와 톱으로 썰어 낸 널빤지를 다시 대어 구멍을 막았다. 그것으로 충분했다. 너무 큰 손상을 입혀서 경각심을 일깨우고 싶지 않았다. 손상이 심각하면 사람들이 당장 수리하려 들 것이었다. 이 짐승 같은 수갱은 배에 상처를 입었으니 저녁까지도 여전히 살아 있을지 두고 볼 일이었다. 그리고 그는 자신의 흔적을 남겨 놓았다. 공포에 사로잡힌 세상 사람들은 이 짐승 같은 수갱이 제 명에 죽음을 맞은 것이 아니라는 사실을 알게 되리라. 그는 서두르지 않고 연장들을 질서 있게 웃옷 안에 말아 넣고 나서 천천히 사다리를 다시 올라갔다. 그런 다음 들키지 않고 수갱에서 나오자 그는 옷을 갈아입으러 가야겠다는 생각도 들지 않았다. 3시를 알리는 종이 울렸다. 그는 길에 우뚝 서서 기다렸다.

　같은 시각 에티엔은 잠들지 못하고 있다가 방 안의 짙은 어둠 속에서 들리는 자그마한 소리에 신경이 쓰였다. 그는 아이들의 작은 숨소리와 본모르와 라 마외드가 코 고는 소리를 분간할 수 있었고, 그의 곁에서는 장랭이 플루트가 길게 늘이는 음처럼 휘익 소리를 내며 자고 있었다. 아마도 꿈을 꾼 모양이라고 생각하며 다시 침대 속에 몸을 파묻었을 때 그 소리가 다시 시작되었다. 그것은 짚을 넣은 매트리스가 삐걱거리는 소리였다. 누군가가 소리 나지 않게 애쓰면서 일어나는 것 같았다. 그래서 그는 카트린이 어딘가 불편해 하고 있다고 생각했다.

"이봐, 너지? 무슨 일이야?" 그가 나지막이 물었다.

아무 대답도 없었고 다만 다른 사람들의 코 고는 소리만 계속되었다. 잠시 동안 아무것도 움직이지 않았다. 그러고 나서 다시 삐걱거리는 소리가 났다. 그래서 이번에는 착각한 것이 아니라고 확신한 그는 방을 가로질러 가서 맞은편 침대를 더듬기 위해 어둠 속으로 양손을 뻗어 보았다. 침대에서 숨을 죽인 채 깨어나서 주위를 살피며 앉아 있는 처녀와 마주치자 그는 소스라치게 놀랐다.

"아니, 왜 대답을 안 해? 도대체 뭘 하는 거야?"

그녀는 마침내 말했다.

"일어나는 거야."

"이 시간에 네가 일어난다고!"

"그래, 일하러 수갱으로 돌아가는 거야."

에티엔은 몹시 충격받아서 짚을 넣은 매트리스의 가장자리에 앉았다. 그동안 카트린은 그에게 이유를 설명했다. 끊임없는 비난의 시선이 자신을 짓누르는 것을 느끼면서 이처럼 무위도식하며 사는 것은 그녀에게 너무나 고통스럽다. 차라리 샤발에게 괴롭힘을 당하더라도 수갱에서 일하는 편이 낫다. 그리고 만약 어머니가 그녀가 갖다주는 돈을 거절한다면, 좋다! 따로 지내면서 스스로 먹고 살 수 있을 만큼 충분히 나이를 먹었다.

"저리 가, 나 옷 갈아입을 거야. 그리고 아무 말도 하지 마, 그렇게 해 줄 거지? 그게 날 도와주는 거야."

하지만 그는 그녀 곁에 남아서 슬픔과 연민으로 어루만지며 그녀의 허리를 껴안았다. 셔츠 바람으로 꼭 껴안은 그들은 밤잠으로 미지근한 매트리스 가장자리에서 서로의 맨살의 열기를 느꼈다. 처음에 그녀는 벗어나려는 몸짓을 했다. 그러다 이번에는 그녀가 절망적인 포옹 속에 그를 몸에 맞대고 있으려고 그의 목을 끌어안으며 아주 나지막이 울기 시작했다. 그리고 이룰 수 없었던 자신들의 불행한 사랑의 과거를 떠올리며 그들은 바라는 것 없이 그대로 있었다. 사랑은 영원히 끝났다는 말인가? 그들은 이제 자유로운 몸이니 어느 날 용기를 내어 서로 사랑하게 될 수는 없을까? 그들의 수치심을, 즉 그들 자신도 명확히 이해하지 못하는 그 모든 생각들 때문에 그들이 함께 가는 것을 막는 이 거북스러움을 떨쳐 버리기 위해서는 약간의 행복만 있으면 될 것이었다.

"도로 누워." 그녀가 중얼거렸다. "나는 불을 켜고 싶지 않아. 그러면 엄마를 깨우게 될 테니⋯⋯. 갈 시간이야, 날 놔줘."

그는 아랑곳하지 않고 한없는 슬픔에 잠긴 채 그녀를 정신없이 껴안았다. 평온하게 살고 싶은 욕구, 행복하고 싶은 거역할 수 없는 욕구가 그를 사로잡았다. 그리고 그는 그녀와 함께 작고 깨끗한 집에서 살다가 둘 다 거기서 죽는 것 외에는 아무 욕심도 없이 결혼해 살아가는 자신을 그려 보았다. 그는 빵이면 족할 것이었다. 빵이 한 사람 몫밖에 없다 하더라도 그 한 조각은 그녀의 몫으로 줄 것이다. 하지만 그녀는 자신의 드러난 두 팔을 풀었다.

"제발, 그만 놔줘."

그때 마음속에 충동이 일어 그는 그녀의 귀에 대고 말했다.

"기다려, 같이 갈게."

그리고 그는 자신이 그런 말을 한 것에 놀랐다. 그는 수갱에 다시 내려가지 않겠다고 맹세했는데, 생각해 보지도 않고 잠시라도 그에 대해 고민해 보지도 않은 채 이렇게 갑작스럽게 결정하다니 어떻게 된 것인가? 이제 그의 마음은 차분해지고 자신의 의구심들로부터 너무나 완전히 치유되어서, 우연에 의해 구원을 받았고 마침내 자신의 고통에서 벗어날 유일한 출구를 찾은 사람처럼 고집을 부렸다. 그래서 그는 그녀의 말을 듣지 않았다. 그러자 그녀는 그가 자신을 위해 희생하려 한다는 것을 알고는, 수갱에서 사람들이 그를 보고 폭언을 퍼부을까 봐 두려워하면서 불안에 싸였다. 그는 아무것도 상관하지 않았고, 회사가 벽보에다 용서를 약속했으니 그것이면 족했다.

"나는 일하고 싶어, 이건 내 생각이야……. 옷을 입자, 소리는 내지 말고."

그들은 극도로 조심하며 어둠 속에서 옷을 입었다. 그녀는 전날 몰래 자신의 광부복을 준비해 두었다. 그는 옷장에서 웃옷과 바지를 꺼내 입었다. 그리고 물 항아리를 건드릴까 봐 세수도 하지 않았다. 모두들 자고 있었지만 어머니가 자고 있는 좁은 통로를 지나가야 했다. 그들이 출발할 때 불행히도 그들은 의자에 부딪혔다. 그러자 어머니는 잠결에 물었다.

"어? 누구야?"

카트린은 떨면서 에티엔의 손을 꽉 움켜쥐며 멈춰 섰다.

"접니다, 걱정 마세요." 에티엔이 말했다. "답답해서 바람 좀 쐬러 나갑니다."

"그래요, 그렇게 해요."

라 마외드는 다시 잠들었다. 카트린은 한동안 움직이지 못
했다. 마침내 그녀는 아래층으로 내려가 몽수의 어느 귀부인
이 준 빵을 미리 떼어 만들어 둔 타르틴 한 개를 반씩 나누어
가졌다. 그리고 그들은 살그머니 문을 닫고 떠났다.

수바린은 라방타주에서 가까운 길모퉁이에 서 있었다. 삼
십 분 전부터 그는 어둠 속에서 가축 떼 같은 둔탁한 걸음걸
이로 혼잡스럽게 일터로 돌아가는 광부들을 바라보고 있었다.
그는 백정들이 도살장 입구에서 짐승들을 세듯 그들을 세어
보았다. 그리고 그들의 수효에 놀랐다. 자신의 염세주의를 감
안해도 그는 비겁자들의 수가 그토록 많으리라고는 예상치 못
했던 것이다. 광부들의 행렬은 계속 길어졌고, 그는 몹시 추워
서 몸이 뻣뻣해진 채 이를 악물고 눈을 부릅뜨고 지켜보았다.

그러다 그는 소스라쳤다. 지나가는 사람들의 얼굴을 잘 분
간할 수 없었지만, 방금 그는 걸음걸이로 그중 한 사람을 알아
보았다.

그는 앞으로 나아가 그 사람을 멈춰 세웠다.

"자네 어디 가나?"

에티엔은 놀라서 대답하는 대신 더듬거렸다.

"어라! 자네 아직 떠나지 않았군!"

그러고 나서 그는 수갱으로 돌아간다고 털어놓았다. 틀림없
이 그는 수갱에는 내려가지 않을 거라고 맹세했었다. 다만 백
년 후에나 이루어질지 모를 일들을 팔짱 끼고 기다리는 것은

256

삶이라 할 수 없고, 더욱이 개인적인 이유로 그런 결심이 섰다는 것이었다.

수바린은 부들부들 떨면서 그의 말을 들었다. 그는 에티엔의 한쪽 어깨를 움켜잡고 탄광촌 쪽으로 떠밀었다.

"자네 집으로 돌아가. 나의 부탁이야, 알겠나!"

하지만 카트린이 다가오자 그는 그녀를 알아보았다. 에티엔은 반박했고, 자신의 행동을 심판할 권리는 아무에게도 없다고 잘라 말했다. 기계공의 시선은 처녀로부터 동료에게로 옮겨 갔다. 그러더니 그는 갑자기 포기하는 몸짓으로 한 걸음 물러섰다. 남자의 마음속에 한 여자가 있다면 그 남자는 끝장난 것이고 죽을 수도 있다. 아마도 그는 순간 그곳 모스크바의 광경이 스쳐 가면서 교수형 당한 자신의 연인을 다시 보았는지 모른다. 그의 육체가 매여 있는 마지막 끈이었는데 이 끈이 끊어지면서 그녀는 그를 타인의 생명과 자신의 생명으로부터 자유롭게 만들어 준 것이다. 그는 그저 이렇게만 말했다.

"가게."

난처해진 에티엔은 머뭇거리며 그렇게 헤어지지 않기 위해 우정 어린 말 한마디를 건네려 했다.

"그럼 자네는 기어이 떠나는 거야?"

"응."

"그럼 나랑 악수하세, 친구. 여행 잘 하고, 나쁜 기억은 잊어버리게."

수바린은 그에게 얼음장 같은 손을 내밀었다. 자신에게는 이제 친구도 여자도 없었다.

"이번에는 정말로 안녕."

"그래, 안녕."

수바린은 어둠 속에서 꼼짝도 하지 않고 르 보뢰로 들어가는 에티엔과 카트린을 지켜보았다.

3

4시에 입갱이 시작되었다. 당사르는 램프 창고 안에 있는 기록원의 책상에 몸소 자리를 잡고 앉아, 출근한 노동자의 이름을 기입하고는 그들에게 램프를 하나씩 주도록 시켰다. 그는 한마디 잔소리도 없이 벽보에서 약속한 대로 모두를 받아들였다. 하지만 창구에서 에티엔과 카트린을 보자 그는 펄쩍 뛰었고, 기입하기를 거부하려고 얼굴을 몹시 붉힌 채 입을 벌리고 있었다. 그러고 나서 그는 빈정거리면서 승리했다고 위세를 떠는 것으로 만족했다. 아! 아! 최강자가 쓰러진 건가? 회사가 잘한 거로군. 그러니까 그 무시무시한 몽수의 싸움꾼이 회사에 빵을 달라고 돌아오는 거지? 에티엔은 말없이 카트린과 함께 램프를 들고 수갱으로 올라갔다.

카트린이 동료들이 폭언을 할까 봐 염려한 곳은 바로 석

탄 하치장이었다. 공교롭게도 들어가자마자 그녀는 케이지 한
대가 비기를 기다리고 있는 스무 명가량의 광부들 가운데에
서 샤발을 알아보았다. 그는 미친 듯이 화를 내며 그녀를 향
해 나아가다 에티엔을 보고는 멈춰 섰다. 그러자 그는 모욕적
으로 어깨를 으쓱 치켜올리며 비웃는 시늉을 했다. 아주 잘됐
어! 다른 상대가 그 따뜻한 자리를 차지한 이상 내 알 바 아니
니 시원하게 됐군! 하지만 그는 이렇게 경멸을 늘어놓으면서
뒤로는 질투심에 다시 몸을 떨었고 눈빛이 불타올랐다. 게다
가 동료들은 말없이 눈을 내리깔고는 꿈쩍도 하지 않았다. 그
들은 새로 온 사람들을 곁눈질로 힐끗 보는 데 그쳤다. 그러고
는 기가 꺾인 데다 화를 내는 일도 없이 그들은 손에 램프를
든 채, 드넓은 석탄 하치장에 끊임없이 바람이 불어 대는 가
운데 얇은 웃옷 차림으로 떨면서 수갱의 입구를 다시 응시하
기 시작했다.

마침내 케이지가 정지 장치 위에 자리 잡았고 그들에게 올
라타라고 외치는 고함 소리가 들렸다. 카트린과 에티엔은 광차
하나에 끼어 탔는데 거기에는 피에롱과 채탄부 두 명이 이미
자리 잡고 있었다. 옆의 다른 광차에서는 샤발이 아주 큰 소
리로, 회사가 이번 기회를 이용해 수갱을 타락시키는 몹쓸 놈
들을 수갱에서 제거하지 않은 것은 잘못이라고 무크 영감에
게 말했다. 하지만 이미 자신의 비참한 삶의 체념 속으로 다시
떨어진 늙은 마부는 더 이상 자기 자식들의 죽음에 화를 내
지 않았고, 다만 화해의 몸짓으로 대답할 뿐이었다.

케이지가 출발해서 어둠 속으로 내려갔다. 아무도 말을 하

지 않았다. 삼분의 이쯤 내려갔을 때 갑자기 무시무시한 마찰이 있었다. 날카로운 쇳소리가 났고 사람들은 내동댕이쳐져 서로에게 부딪혔다.

"빌어먹을!" 에티엔이 투덜거렸다. "우리를 납작하게 만들 셈인가? 그놈의 빌어먹을 방수벽 때문에 우리 모두 죽게 될 거야. 그런데도 그놈들은 방수벽을 수리했다고 말하기까지 한다고!"

하지만 케이지는 장애물을 통과했다. 케이지는 이제 폭우를 맞으며 내려갔다. 물줄기가 어찌나 세찬지 노동자들은 이와 같이 철철 흘러내리는 소리를 들으며 불안해 했다. 그럼 접합부의 뱃밥 입힌 부분에서 심한 누수가 발생한 것인가?

수일 전부터 작업을 해 온 피에롱은 질문을 받자 두려워하는 모습을 보이고 싶지 않았다. 자신의 공포심은 회사에 대한 비난으로 여겨질 수 있기 때문이었다. 그래서 그는 이렇게 대답했다.

"아! 위험하지 않아! 늘 그런걸. 아마도 피슈가 새어 나오는 걸 방수 처리할 시간이 없었던 모양이지."

급류가 그들의 머리 위에서 우르릉거렸고, 그들은 세찬 호우 속을 통과해 바닥에 있는 마지막 광차 탑재대에 도착했다. 상태를 알아보기 위해 사다리를 올라가 보려는 감독은 아무도 없었다. 펌프로 충분할 것이고 방수 처리공들이 다음 날 밤에 접합부를 살펴볼 것이다. 갱도에서 작업을 재개하는 것은 상당히 힘들었다. 채탄부들이 각자 일하던 막장으로 돌아가기에 앞서, 탄광 기사는 처음 닷새 동안은 모든 사람들이 가장 시급한 몇몇 보강 작업을 시행하라고 지시했다. 도처에 낙반 위협이 있었고 갱도들의 피해가 커서 수백 미터 길이에 걸쳐 갱목을 손봐야 했다. 그에 따라 아래에서는 열 명으로 조를 짠 뒤 감독 한 명이 각 조를 지휘했다. 그러고 나서 가장 피해가 큰 곳들의 보강 작업에 투입했다. 입갱이 끝난 뒤 집계에 의하면, 광부 322명이 내려갔는데 이는 수갱에서 한창 채굴 작업이 이루어질 때의 절반 정도 되는 수였다.

때마침 샤발이 카트린과 에티엔이 속해 있는 조의 머릿수를 채웠다. 하지만 그것은 우연이 아니었다. 그는 처음에는 동료들 뒤에 숨어 있다가 갱내 감독에게 억지로 자기가 합류하게 하도록 시킨 것이었다. 이 조는 삼 킬로미터가량 떨어진 북쪽 갱도 끝에서 디즈위푸스 탄맥의 한 갱도를 막고 있는 낙반을 치우러 갔다. 이들은 곡괭이와 삽을 들고 무너져 내린 돌덩이들에 달려들었다. 에티엔과 샤발 그리고 다른 다섯 명은 돌덩이를 치웠고, 카트린은 소년 갱부 두 명과 함께 흙을 경사면으로 운반했다. 다들 말이 별로 없었고 감독은 그들을 지켜보았다. 하지만 광차 운반부 처녀의 두 애인은 서로 따귀를 갈기려고 하는 판이었다. 옛 애인은 그런 갈보는 더 이상 필요없다고 투덜대면서 그녀를 지켜보았고 엉큼하게 그녀를 떠밀기도 해서, 새 애인은 그녀를 가만히 놔두지 않으면 혼쩌검을 내 주겠다고 그를 위협했다. 그들은 서로 잡아먹을 듯이 노려보아서 사람들은 그들을 떼어 놓아야 했다.

8시경에 당사르는 작업을 대충 훑어보기 위해 작업장에 들렀다. 그는 기분이 몹시 안 좋아 보였고 감독에게 화를 냈다.

아무것도 되는 게 없고, 작업을 진행하면서 갱목을 새로 교체해야 하다니, 일을 이따위로 하면 아무 소용도 없어! 그러고는 탄광 기사를 데리고 다시 오겠다면서 가 버렸다. 그는 아침부터 네그렐을 기다리고 있었는데 그가 늦는 이유를 알 길이 없었다.

한 시간이 또 흘러갔다. 감독은 조원들 모두를 천장 지지 작업에 동원하기 위해 장애물 치우는 작업을 중단시켰다. 여자 광차 운반부와 두 명의 소년 갱부까지도 더 이상 흙을 운반하지 않고 갱목 설치 작업을 위해 갱목을 준비해서 갖다주었다. 이 갱도에서 그들의 조는 마치 전초 기지에 있는 것 같았다. 탄광 끝에 외따로 떨어져 이제는 다른 채굴 작업장들과 연락도 되지 않았던 것이다. 작업하던 사람들은 이상한 소리가 서너 번 들리고 멀리서 뛰어가는 소리에 고개를 돌렸다. 도대체 무슨 일인가? 갱도는 비고 동료들이 뛰어서 벌써 다시 올라가는 것 같았다. 하지만 시끌시끌한 소리는 깊은 침묵 속으로 사라져 버렸고, 그들은 망치를 크게 휘두르는 소리에 귀가 먹먹한 채 갱목 괴는 작업을 다시 시작했다. 마침내 장애물 제거 작업이 다시 계속되었고 운반 작업도 재개되었다.

그런데 첫 번째 운반 작업을 하자마자 카트린은 겁을 먹고 돌아와 경사면에 아무도 없다고 말했다.

"소리쳐 불러 봤는데 아무도 대답이 없었어요. 모두들 달아났어요."

다들 너무나 놀라서 열 명의 광부들은 연장을 내팽개치고 뛰어갔다. 광차 탑재대에서 이토록 멀리 떨어져 있는 수갱에 자기들만 내버려졌다는 생각에 그들은 정신이 없었다. 자기 램프만 지니고 남자들, 아이들, 광차 운반부 처녀가 줄지어 달려갔다. 그리고 감독도 크게 당황하여 몇 번씩 사람들을 불러보았다. 그러나 이러한 침묵과 끝없이 전개되는 이 무인지경이된 갱도들로 인해 그는 점점 더 겁이 났다. 한 사람도 보이지 않으니 무슨 일인가? 어떤 사고가 났기에 이렇게 동료들이 모조리 사라진 건가? 위험의 불분명함, 그리고 무엇인지 알지 못하는 채 그곳에서 느끼는 위협 때문에 그들의 공포는 커져만 갔다.

마침내 그들이 광차 탑재대에 가까이 갔을 때 급류가 그들의 길을 막았다. 물이 그들의 무릎까지 금세 차올랐다. 더 이상 달릴 수는 없었지만, 잠시만 지체해도 죽는다는 생각으로 힘겹게 물살을 가르며 나아갔다.

"빌어먹을! 방수벽이 터진 거야." 에티엔이 소리쳤다. "우리가 죽게 될 거라고 내가 분명히 말했지!"

입갱하고부터 피에롱은 수갱에 떨어지는 폭우가 점점 심해지는 것을 보고 몹시 불안했다. 다른 두 사람과 함께 광차들을 탑재하면서 고개를 들자, 얼굴은 굵은 빗방울로 온통 젖었고 위에서 폭풍이 우르릉거리는 소리로 귀가 윙윙거렸다. 하지만 그는 특히 자기 아래에 있는 깊이 십 미터의 하수조가 물로 가득 찬 것을 보고 몸을 떨었다. 이미 물은 바닥에서 솟아나와 주철판 위로 넘쳐흐르고 있었는데, 그것은 새는 물을 퍼내기에는 더 이상 펌프만으로는 충분치 않다는 증거였다. 그는 펌프가 지친 듯 딸꾹질을 하며 헐떡이는 소리를 들었다. 그러자 당사르에게 그 사실을 알렸는데, 당사르는 탄광 기사를 기다려야 한다고 대답하면서 화가 나서 욕설을 퍼부었다. 그는 두 번이나 다시 가서 되풀이해 말했지만 당사르는 화를 내며 어깨를 으쓱 치켜올릴 뿐이었다. 그래, 물이 차오른다 해도 그가 무얼 할 수 있겠는가?

무크 영감이 바타유와 함께 나타나서 말에게 일을 시키려고 끌고 갔다. 그런데 그는 말을 양손으로 붙잡아야 했다. 늙은 말이 갑자기 뒷발로 일어서서 수갱 입구 쪽으로 머리를 뻗어 올리고 죽어라 울어 댔기 때문이다.

"대체 무슨 일이야, 철학자? 뭐가 너를 불안하게 하느냐? 아아! 비가 와서 그러나 보군. 어서 가자, 너랑 상관없으니까."

그러나 그 짐승은 온몸의 털이 떨리고 있었고 영감은 억지로 그 짐승을 운반 갱도로 질질 끌고 갔다.

무크 영감과 바타유가 갱도 속으로 사라지는 순간, 공중에서 와지끈하는 소리가 나더니 무엇인가가 한참 동안 요란스럽게 떨어졌다. 방수벽의 일부분이 떨어져 나간 것이었는데, 수갱 벽에 튕기며 180미터를 떨어진 것이었다. 피에롱과 다른 사람들은 그 조각을 피해서 그 떡갈나무 널빤지는 빈 광차 한 대를 부쉈을 뿐이었다. 그와 동시에 둑이 터져 엄청난 물이 솟아 나오듯 쏟아져 내려왔다. 당사르는 올라가 보려 했다. 그런데 그가 아직 말하는 도중에 두 번째 조각이 떨어졌다. 위협적인 재난 앞에 놀란 그는 더 이상 주저하지 않고 퇴갱을 명령했고, 채굴 작업장에 있는 사람들에게 알리기 위해 갱내 감독들을 급파했다.

그러자 끔찍한 혼란이 시작되었다. 각 갱도에서 노동자들이 줄지어 뛰어서 당도했고 케이지로 돌격하듯 몰려들었다. 당장 도로 올라가려고 서로 짓밟으며 살인이라도 할 것 같은 기세였다. 몇몇 사람들은 사다리가 있는 통기승으로 갈 생각을 하여, 케이지의 통로가 이미 막혔다고 소리치면서 도로 내려갔다. 케이지가 출발할 때마다 모두들 두려움에 사로잡혔다. 저 케이지는 방금 통과했지만 다음 케이지가 수갱을 막는 장애물을 헤치고 또 지나갈 수 있을지 누가 알겠는가? 위에서는 붕괴가 계속되는 것이 틀림없는 모양으로 계속 둔탁한 파열음이 들려왔다. 점점 커지는 폭우 같은 물줄기의 으르렁거림 속에 쪼개져 튕겨 나오는 목재들의 소리였다. 곧 케이지 하나가 부서져 운행할 수 없게 되었다. 분명 부서졌을 가이드 사이로 더 이상 미끄러져 갈 수 없게 된 것이다. 다른 하나의 케이지는 벽과 심하게 마찰해서 케이블이 곧 끊어질 지경이었다. 그런데 나가야 하는 사람들이 아직도 백 명가량 남아 있었고, 모두들 피투성이로 물에 잠긴 채 헐떡이며 케이지에 매달렸다. 그중 두 사람은 떨어진 널빤지에 맞아 죽었다. 세 번째로 또 한 사람은 케이지를 움켜잡았다가 오십 미터 아래로 떨어져 하수조 속으로 사라졌다.

그사이 당사르는 질서를 세우려고 애썼다. 그는 곡괭이로 무장하고 누구든 복종하지 않으면 머리통을 부숴 버리겠다고 위협했다. 그리고 그는 그들을 줄을 세워 정렬시키려 했고, 적재부들에게는 동료들을 태워 보낸 다음 마지막에 나가라고 소리쳤다. 하지만 사람들은 말을 듣지 않았고, 그는 얼굴이 창백해진 피에롱이 비겁하게 맨 앞에 나와 먼저 나가려는 것을 막았다. 케이지가 출발할 때마다 그는 피에롱의 따귀를 갈겨서 그를 제쳐 놓아야 했다. 하지만 자신도 이를 덜덜 떨고 있었고 곧 그도 물에 삼켜질 판이었다. 위에서는 모든 것이 파열되었고 물은 이제 넘쳐흐르는 강과 같았으며, 살인적인 빗물처럼 골조들이 쏟아져 내렸다. 노동자 몇 명이 더 달려오고 있는데 그 순간 겁에 질려 정신이 나간 듯한 당사르가 케이지에 뛰어올랐고 피에롱이 자기 뒤를 따라 올라타는 것을 내버려 두었다. 케이지는 올라갔다.

그때 에티엔과 샤발의 조가 광차 탑재대로 들어섰다. 그들은 케이지가 사라지는 것을 보고 급히 다가갔다. 하지만 방수벽이 마지막으로 붕괴되어 물러서야 했다. 수갱은 막혔고, 샤발은 목이 메도록 큰소리로 욕설을 했다. 우리가 스무 명가량 되는데 저 돼지 새끼 같은 상관 놈들이 이렇게 우리를 저버릴 셈인가? 천천히 바타유를 도로 끌고 온 무크 영감은 말고삐를 여전히 잡고 있었다. 노인과 짐승은 침수 수위가 급격히 높아지는 것을 보고 깜짝 놀랐다. 물이 벌써 허벅지까지 차오르고 있었다. 에티엔은 말없이 이를 악문 채 카트린을 안아 올렸다. 그리고 이 스무 명은 고개를 쳐들고 울부짖었고 바보처럼 수갱을 고집스럽게 쳐다보고 있었다. 그 구멍은 강물을 토해 내고 무너져 내려서 거기로부터는 그들에게 더 이상 아무런 구원의 손길도 올 수 없었다.

당사르는 밖으로 나와 지상에 내리면서 달려오는 네그렐을 보았다. 불운하게도 엔보 부인은 그날 아침 잠자리에서 일어나자마자 그를 붙들고 신부를 위한 선물을 고르기 위해 카탈로그들을 훑어보게 한 것이었다. 그때 시간은 10시였다.

"아니, 대체 무슨 일입니까?" 멀리서 그가 외쳤다.

"수갱이 무너졌습니다." 갱내 총감독이 대답했다.

그리고 그는 더듬거리면서 재난에 대해 얘기했고, 탄광 기사는 믿기지 않는다는 듯 어깨를 으쓱 치켜올렸다. 그럴 리가! 방수벽이라는 게 그렇게 쉽게 무너지나? 사람들이 과장하는 거겠지. 직접 봐야겠다.

"갱 속에 아무도 남지 않은 거죠, 그렇죠?"

당사르는 난처했다. 예, 아무도. 그는 적어도 이렇게 말할 수 있기를 바랐다. 하지만 광부들이 뒤에 남아 있을지 모른다고 대답했다.

"아니, 빌어먹을!" 네그렐이 말했다. "그럼 당신은 왜 나왔소? 자기 동료들을 버리고 나오다니!"

그는 당장 램프의 개수를 세어 보라고 명령을 내렸다. 아침에 램프 322개를 배급했다. 그런데 255개만 되돌아왔다. 단지 몇몇 노동자만이, 사람들이 겁에 질려 밀쳐 대는 가운데 램프가 손에서 떨어져 땅속에 두고 왔다고 실토할 뿐이었다. 그래서 호명을 해 보려고 시도했으나 정확한 숫자를 산출하는 것은 불가능했다. 달아난 광부들도 있었고 또 어떤 광부들은 자기 이름을 듣지 못했다. 없는 동료들의 숫자에 대해서는 의견이 일치하지 않았다. 아마도 스무 명 아니면 마흔 명쯤이었다. 갱내에는 사람들이 있었고, 수갱 입구에서 몸을 숙이면 무너져 내린 골조들 너머로 물소리 가운데 그들이 울부짖는 소리를 분간할 수 있었다.

네그렐이 취한 첫 번째 조치는 엔보 씨에게 사람을 보내고 수갱을 폐쇄하는 것이었다. 하지만 이미 너무 늦었다. 마치 방수벽의 붕괴에 쫓기기라도 하듯 240번 탄광촌으로 뛰어간 광부들이 탄광촌에 있는 가족들을 놀라게 했다. 그리하여 여자들과 노인들, 꼬마들이 무리 지어 비명과 흐느낌으로 몸을 들썩이면서 수갱 쪽으로 달려 내려왔다. 이들을 물리쳐야 해서 감독관들에게 저지선을 만들어 그들을 막으라는 임무를 내렸다. 작업에 방해가 되기 때문이었다. 수갱에서 도로 올라온 노동자들 중 많은 수가 자신들이 그대로 남아 있을 뻔한 그 구멍 앞에서 옷을 갈아입을 생각도 하지 못한 채 공포에 홀린 듯 꼼짝 못 하고 있었다. 그들 주위에서 여자들은 정신없이 애걸하며 질문하고 이름을 물어보았다. 그 사람이 남아 있는가? 또 이 사람은? 그럼 이 사람은? 수갱에서 올라온 그들은 알지 못했고 우물거렸으며, 크게 몸을 떨면서 미친 사람의 몸짓을, 눈앞에서 계속 벌어지고 있는 끔찍한 광경을 피하려는 듯한 몸짓을 했다. 군중은 급속히 늘어났고 이 길 저 길에서 비탄의 소리가 높아 갔다. 그리고 저 높이 폐석장 위에 있는 본모르 영감의 오두막에는 한 남자가 바닥에 앉아 있었다. 떠나지 않고 이 광경을 바라보고 있는 수바린이었다.

"이름을 알려 줘요! 이름을 알려 달라고요!" 눈물에 목이 메인 소리로 여자들이 울부짖었다.

네그렐이 잠시 나타나서 짧게 말을 던졌다.

"명단을 확인하는 즉시 여러분에게 알리겠습니다. 하지만 아직 희망이 있으니 모든 사람이 구조될 겁니다. 내가 내려가 보겠습니다."

그러자 군중은 불안으로 입을 다문 채 기다렸다. 실제로 탄광 기사는 침착하면서도 용감하게 내려갈 채비를 했다. 그는 케이지를 떼어 내고 케이블 끝에 케이지 대신 승강통[11]을 매달도록 명령했다. 그리고 그는 물 때문에 램프가 꺼지리라 예상하고 승강통이 램프를 물로부터 막아 줄 테니 승강통 밑에 램프를 또 하나 달도록 지시했다.

감독들은 얼굴이 하얗게 질려 일그러진 채 덜덜 떨며 준비 작업을 도왔다.

"당사르, 나랑 내려갑시다." 네그렐이 짤막하게 말했다.

그러고 나서 모두들 용기가 없는 데다 갱내 총감독 또한 두려워서 어쩔 줄 모르며 비틀거리는 것을 보자, 그는 경멸에 찬 몸짓으로 총감독을 제쳐 놓았다.

"됐소, 당신은 방해만 되겠어. 혼자가 낫겠소."

이미 그는 케이블 끝에서 흔들리고 있는 비좁은 승강통 안에 들어가 있었다. 그리고 한 손에는 램프를 들고 다른 한 손으로는 신호줄을 잡고는 기계공에게 소리쳤다.

"천천히!"

기계는 보빈을 움직이기 시작했고 네그렐은 구멍 속으로 사라졌다. 그 구멍에서는 불쌍한 사람들이 울부짖는 소리가 줄곧 올라오고 있었다.

---

11) 수갱에서 작업 인부, 광물 등을 실어 나르는 통.

위쪽은 아무 이상 없었다. 그는 상부 방수벽이 양호한 상태임을 확인했다. 그는 수갱 가운데에서 흔들리면서 사방을 돌며 램프로 벽을 비춰 보았다. 그곳의 접합부 사이로 새어 나오는 물은 그 양이 미미해서 그의 램프는 별 문제가 없었다. 그런데 300미터 지점의 하부 방수벽에 도달하자 그가 예상한 대로 램프가 꺼졌다. 쏟아져 나오는 물이 승강통을 채운 것이었다. 그때부터 그는 암흑 속에서 그를 앞서가는, 통에 매달려 있는 램프에 의지해 벽을 살펴보았다. 그는 매우 대담했지만 재난의 참상 앞에서 소름이 끼치고 얼굴이 창백해졌다. 하부 방수벽에는 나무 조각 몇 개만 남아 있었으며 다른 조각들은 틀과 함께 무너져 내리고 없었다. 그 뒤로는 거대한 공동(空洞)이 파여 있었고, 밀가루처럼 고운 노란 모래들이 엄청나게 더미째 흘러내리고 있었다. 다른 한편으로는 급류의 물이, 미지의 폭풍과 난파를 품고 있는 땅속 바다의 물이, 수문이 토해 내기라도 하는 듯 넘쳐흘렀다. 끊임없이 늘어나는 그 허공 가운데서 길을 잃고 지하 수원으로부터 쏟아져 내리는 물기둥에 얻어맞고 빙빙 돌면서 그는 더 내려갔다. 아래로 내려가면서 램프의 붉은 별 모양의 빛이 너무나 희미해서, 그는 움직이는 커다란 그림자들이 만들어 내는 모습에서 파괴된 도시들의 길과 십자로들을 보는 것 같았다. 이제 그곳은 그 어떤 인간의 작업도 가능하지 않게 되었다. 그는 한 가지 희망, 위험에 처해 있는 사람들을 구하려는 희망밖에 없었다. 깊이 내려갈수록 울부짖는 소리가 크게 들렸다. 하지만 그는 멈춰야 했다. 지나갈 수 없는 장애물이 수갱을 가로막고 있었던 것이다. 골조 더미, 유도 장치에서 부려져 나간 두꺼운 널빤지들 그리고 통기승의 갈라진 벽들이 펌프에서 뽑혀 나온 유도 장치들과 뒤엉켜 있었다. 가슴이 메인 채 그가 오랫동안 바라보고 있는데 울부짖던 소리가 갑자기 그쳤다. 물속에 이미 잠기지 않았다면, 그 불쌍한 사람들은 갑자기 불어나는 물을 보고 아마도 갱도들로 방금 도망쳤을 것이다.

네그렐은 단념하고 자신을 다시 올리라고 신호 줄을 당겼다. 그리고 올라가던 그는 다시 멈추게 했다. 엄청난 놀라움이 남아 있었던 것이다. 그는 원인을 알지 못할 정도로 이토록 급작스런 사고에 경악했다. 그는 그 원인을 알아보고 싶어서 잘 버티고 있는 방수벽의 몇몇 조각들을 살펴보았다. 그는 나무 위에 띄엄띄엄 나 있는 찢긴 자국과 베인 자국을 보고 깜짝 놀랐다. 남은 램프가 물기에 흠뻑 젖어서 꺼지려 하자 손으로 더듬어 보았고, 아주 분명하게 톱질 자국과 나사송곳 자국 등 파괴를 일으키려 한 괘씸한 작업이 있었음을 발견했다. 이것은 명백히 누군가가 의도한 재난이었다. 그는 입이 딱 벌어졌고, 나무판들이 와지끈 소리와 함께 마지막으로 미끄러지며 틀째로 무너져 내려 그도 휩쓸려 떨어질 뻔했다. 아까의 대담함은 사라졌고 이 짓을 한 사람에 대해 생각하자 머리카락이 쭈뼛 섰다. 마치 자신이 저지른 엄청난 대죄 때문에 그 장본인이 암흑 속에 섞여 거대한 모습으로 여전히 그곳에 있기라도 한 듯 그는 악에 대한 종교적인 공포로 온몸이 얼어붙는 것 같았다. 그는 고함을 지르며 미친 듯이 손으로 신호 줄을 잡아 흔들었다. 그리고 그렇게 하지 않으면 안 되었다. 이번에는 백 미터 위에서 상부 방수벽이 움직이기 시작하는 것을 보았기 때문이다. 접합부들이 벌어지고 뱃밥으로 방수 처리한 부분이 떨어지면서 많은 물이 쏟아져 나왔다. 이제 방수벽이 완전히 떨어져 나가 수갱이 붕괴하는 것은 시간문제일 뿐이었다.

지상에서는 근심에 찬 엔보 씨가 네그렐을 기다리고 있었다.

"아니! 어찌 된 일인가?" 그가 물었다.

그러나 탄광 기사는 숨이 막혀서 말을 할 수 없었다. 그는 기진맥진해 있었다.

"말도 안 돼. 이런 적은 한 번도 없었는데……. 좀 살펴봤나?"

그는 경계하는 시선으로 머리를 끄덕이며 그렇다고 대답했다. 그는 이야기를 듣고 있는 몇몇 갱내 감독들 앞에서 설명하려 하지 않고 숙부를 십 미터쯤 데리고 가더니, 그래도 충분히 멀리 떨어졌다고 판단되지 않아서 더 물러섰다. 그러고 나서 그는 아주 나지막한 소리로 숙부의 귀에 대고 테러라고 마침내 말했다. 널빤지에 구멍이 뚫리고 톱질이 되어 있었으며, 수갱이 목에서 피를 흘리며 헐떡이고 있다고 말했다. 창백해진 사장 또한 본능적으로 목소리를 낮추었다. 커다란 타락과 죄악들의 흉측함은 입밖에 내지 않았다. 만여 명의 몽수 광부들 앞에서 떠는 모습을 보일 필요는 없었다. 나중에는 그들도 알게 될 것이었다. 두 사람은 계속 속삭였고, 누군가가 이 끔찍한 일을 하기 위해 배짱 좋게 내려가서 수없이 자기 목숨을 내걸며 허공에 매달려 있었다는 사실에 아연실색했다. 그들은 이런 파괴를 일으킨 미친 듯한 대담성이 이해가 가지 않았고,

지상 삼십 미터 높이의 창문을 통해 도망친 죄수들의 그 유명한 탈옥 이야기를 사람들이 믿지 않는 것처럼, 명백한 사실임에도 불구하고 그것을 믿으려 하지 않았다.

엔보 씨는 갱내 감독들에게 다가가면서 신경질적인 경련으로 얼굴이 일그러졌다. 그는 절망적인 몸짓을 했고 당장 수갱에서 사람들을 철수시키라고 명령했다. 그들은 장례식을 마치고 음울하게 나오는 것 같았으며, 말없이 수갱을 버리게 되었다. 모두들 이제 그 무엇으로도 구할 수 없게 된, 텅 빈 채 아직도 서 있는 큰 벽돌 건물들을 힐끔힐끔 돌아보았다.

그리고 사장과 탄광 기사가 마지막으로 석탄 하치장에서 내려오자, 군중이 끈질기게 아우성을 되풀이하며 그들을 맞았다.

"이름을 알려 줘요! 이름요! 이름을 알려 줘요!"

이제 라 마외드도 여자들 사이에 있었다. 그녀가 밤에 들었던 소리를 떠올리건대 딸과 하숙인이 함께 떠난 게 틀림없었다. 그들은 분명 갱 안에 있었다. 그러자 잘된 일이라고 하며 무정하고 비겁한 그들은 죽어 마땅하다고 소리 질렀던 그녀는, 달려와서 불안에 떨며 제일 앞줄에 서 있었다. 게다가 그녀는 더 이상 의심할 여지가 없었다. 주위에서 점점 더 떠들썩하게 거명되는 이름들을 듣고 그녀는 알았던 것이다. 그래, 그래, 카트린이 거기에 있었고 에티엔도 있었는데 한 동료가 그들을 봤대. 하지만 다른 사람들에 관해서는 여전히 의견이 일치하지 않았다. 아니야, 그 사람이 아니고 다른 사람인데 아마도 샤발일 거야. 그래도 소년 갱부 한 명이 그와 함께 다시 올라왔다고 단언하던데. 라 르바크와 라 피에론은 위험에 처한 가족은 아무도 없었지만 악착스럽게 덤벼들며 다른 사람들 못지않게 큰 소리로 울부짖었다. 가장 먼저 나온 자카리는 모든 것에 냉소적인 평소의 태도에도 불구하고 울면서 자기 아내와 어머니를 껴안았다. 그리고 어머니 곁에 남아 같이 떨면서 누이동생에 대해 의외로 넘치는 애정을 드러내며, 상관들이 공식적으로 확인해 주지 않는 한 누이동생이 그 아래에 갇혀 있다는 것을 믿으려 하지 않았다.

"이름을 알려 줘요! 이름요! 제발 이름을 알려 줘요!"

화가 난 네그렐은 감독관들에게 아주 큰 소리로 말했다.

"저 사람들 입 좀 다물게 해! 괴로워하다 죽게 생겼어! 우리도 아직 이름을 모른다는데도."

벌써 두 시간이 흘러갔다. 처음에는 너무 놀라서 아무도 다른 수갱인 레키야르의 옛날 수갱을 떠올리지 못했다. 엔보 씨는 레키야르 쪽을 통해 구조 작업을 시도하겠다고 말했다. 그때 소문 하나가 퍼졌다. 다섯 명의 노동자가 사용하지 않는 옛날 통기승의 썩은 사다리를 타고 다시 올라와 범람한 물에서 방금 탈출했다는 것이었다. 그리고 무크 영감의 이름을 듣고 사람들은 깜짝 놀랐다. 아무도 그가 갱 안에 있었으리라고 생각하지 않았던 것이다. 하지만 탈출한 다섯 명이 하는 이야기는 한층 더 눈물을 자아냈다. 동료 열다섯 명은 길을 잃고 낙반에 갇혀서 그들을 따라올 수 없었으며 그들을 구조하는 것은 이제 불가능하다는 것이었다. 레키야르에는 벌써 물이 십 미터나 차올랐기 때문이다. 사람들은 그 갇힌 이들의 이름을 모두 알고 있었다. 그리하여 죽임을 당하는 듯한 사람들의 신음이 공중에 가득 찼다.

"저 사람들 입 좀 다물게 해!" 화가 난 네그렐이 다시 말했다. "그리고 저들을 물러나게 해! 그래, 그래, 백 미터 뒤로! 위험하니까, 저들을 밀어내, 저들을 밀어내라고."

그 불쌍한 사람들과 싸워야 했다. 그들은 또 다른 불행을 상상했다. 그들에게 사망자들을 감추려고 그들을 쫓아내는 거라고 생각한 것이다. 그래서 감독들은 수갱이 건물 전체를 삼켜 버릴 것이라고 그들에게 설명해야 했다. 사람들은 사태를 깨닫고는 충격으로 말을 잃었고, 마침내 한 걸음씩 물러나기 시작했다. 그러나 그들을 막기 위해 경비원들을 두 배로 늘려야 했다. 자신들도 어쩔 수 없이 끌려가는 것처럼 그들이 여전히 다시 다가왔기 때문이다. 1000명에 이르는 사람들이 길 위에서 서로 밀치고 있었고, 다른 탄광촌에서도 사람들이 달려왔으며, 심지어 몽수에서도 달려왔다. 그런데 폐석장 위 높은 곳에 있는 남자, 소녀 같은 얼굴에 금발인 그 남자는 참고 기다리느라 줄담배를 피우면서 맑은 눈으로 여전히 수갱을 주시하고 있었다.

그러고는 기다림이 시작되었다. 정오가 되었지만 아무도 끼니를 챙기지 않았으며 자리를 뜨지도 않았다. 안개 낀 칙칙한 회색빛 하늘에는 적갈색 구름들이 천천히 지나가고 있었다. 군중의 긴박한 숨결에 성이 난 듯 개 한 마리가 라스뇌르의 집 울타리 뒤에서 쉬지 않고 맹렬히 짖어 댔다. 그리고 사람들은 점차 인근의 땅으로 흩어져서 백 미터 정도 거리를 두고 수갱을 둘러쌌다. 커다란 빈터 가운데에 르 보뢰가 우뚝 서 있었다. 더 이상 사람 하나, 소리 하나 없어 사막과 같았다. 열려 있는 창문과 문으로는 내부의 버려진 모습이 드러났다. 홀로 남겨진 붉은 고양이 한 마리가 이러한 적막이 지닌 위협을 눈치채고 계단에서 뛰어내려 사라졌다. 보일러의 화실은 거의 꺼졌는지 높은 벽돌 굴뚝이 어두운 구름 아래에서 희미한 연기를 내보내고 있었다. 한편 도르래 탑의 풍향계는 작은 비명을 날카롭게 내지르며 바람에 삐걱거리고 있었다. 곧 죽음을 맞을 그 광대한 건물들이 유일하게 내는 우울한 소리였다.

2시가 되었지만 아무것도 움직이지 않았다. 엔보 씨와 네그렐 그리고 달려온 다른 기사들이 프록코트에 검은 모자를 쓴 차림으로 사람들 앞에서 무리를 이루고 있었다. 그들 역시 피로로 다리가 끊어지는 것 같은 데다 열이 오르며, 그러한 재난을 무력하게 지켜보는 것을 고통스러워하면서 자리를 뜨지 않았고, 위독한 병자의 머리맡에 있는 것처럼 이따금 속삭이며 말을 주고 받았다. 상부 방수벽이 무너져 내린 게 틀림없었다. 갑작스런 울림과 깊이 추락하는 단속적인 소리들이 들렸고 커다란 침묵이 뒤따랐던 것이다. 상처는 계속 커지고 있었다. 아래에서부터 시작된 붕괴는 올라오면서 지면에 가까워졌다. 네그렐이 신경질적인 초조함에 사로잡혀 그 무서운 빈터에서 홀로 앞으로 나아가자 사람들이 달려들어 그의 어깨를 붙잡았다. 무슨 소용인가? 그는 아무것도 막을 수 없다. 그사이 늙은 광부 한 명이 감시망을 뚫고 바라크까지 뛰어갔다. 그러나 그는 평온하게 다시 나타났다. 자기 나막신을 찾으러 갔던 것이었다.

3시가 울렸다. 아직 아무 일도 없었다. 소나기가 사람들을 적셨지만 그들은 한 발짝도 물러서지 않았다. 라스뇌르의 개가 다시 짖기 시작했다. 그리고 막 3시 20분이 되자 첫 번째 진동이 땅을 뒤흔들었다. 르 보뢰는 진동으로 떨었지만 여전히 견고하게 서 있었다. 그러나 바로 잠시 후 군중의 벌어진 입에서 비명이 길게 터져 나왔다. 타르를 칠한 선탄 창고가 두 번 휘청거린 다음 무시무시하게 부서지는 소리를 내며 쓰러진 것이었다. 골조들은 엄청난 압력을 받아서 부서지고, 마찰이 심하게 일어나 불꽃이 치솟았다. 그때부터 땅이 끊임없이 흔들리고 진동이 잇달았으며, 지반이 가라앉고, 분출하는 화산처럼 으르렁대는 소리들이 울렸다. 멀리 있는 개는 더 이상 짖지 않았고, 그 대변동이 다가오는 것을 예고하는 것처럼 구슬프게 울부짖었다. 그리고 여자들이며 아이들이며 바라보고 있던 모든 사람들은 땅이 뒤흔들려 몸이 튕겨 올라갈 때마다 비탄의 아우성을 치지 않을 수 없었다. 십 분도 안 되어 도르래 탑의 거무칙칙한 회색 지붕이 무너져 내렸고, 석탄 하치장과 기관실이 갈라져 커다란 틈이 생겼다. 그러고는 소리가 잠잠해지더니 붕괴가 멈췄고, 다시금 침묵이 흘렀다.

한 시간 동안 르 보뢰는 마치 야만인들의 군대에게 포격을 당한 듯이 손상을 입은 채 가만히 있었다. 사람들은 더 이상 비명을 지르지도 않았고, 구경꾼들이 모여들어 더 넓어진 원을 이룬 채 그저 바라보고 있었다. 쌓여 있는 선탄장의 들보들 밑으로는 부서진 광차 하역 장치들과 파열되고 뒤틀린 깔

때기 모양의 투입구들을 알아볼 수 있었다. 그러나 벽돌들이 비 오듯 쏟아지는 가운데, 벽면들이 통째로 떨어져 잔해를 이루면서 파편들이 쌓인 곳은 특히 석탄 하치장이었다. 톱니바퀴들을 지탱하던 철제 골조는 휘어서 절반쯤 수갱 안에 처박혔다. 케이지 하나가 매달려 있었고, 뽑혀 나간 케이블 한 조각이 허공에 떠 있었다. 그리고 광차들과 주철판들과 사다리들이 뒤엉켜 있었다. 램프 창고는 요행히도 무사히 남아 있어서 왼쪽에 작은 램프들이 밝게 정렬되어 있는 것이 보였다. 그리고 갈라진 기관실 안에는 벽돌로 만든 토대 위에 꿋꿋이 앉아 있는 증기 기관이 보였다. 구리로 된 부분들이 번쩍거렸고, 강철로 된 거대한 사지들은 파괴될 수 없는 근육들 같았으며, 공중에 접혀 있는 크랭크 암은 자기의 힘을 믿고 평온하게 누워 있는 거인의 힘센 무릎 같았다.

이 휴지기의 시간이 끝나갈 무렵 엔보 씨는 희망이 되살아나는 것을 느꼈다. 땅이 요동치는 것은 끝난 것이 틀림없고 운좋게 기계와 나머지 건물들은 건질 수 있으리라. 하지만 그는 사람들이 접근하는 것을 계속 금지했고, 삼십 분은 더 참고 기다리고자 했다. 기다림은 견디기 힘들었고 희망은 불안을 가중시켜 모두들 가슴이 조마조마했다. 지평선에서 커져 가는 어두운 구름이 석양을 재촉하여, 대지의 폭풍우가 빚어낸 이 잔해에 음산한 황혼을 드리웠다. 일곱 시간 전부터 사람들은 움직이지도 먹지도 않고 그곳에 있었다.

그런데 기사들이 조심스럽게 나아가고 있을 때 갑자기 땅이 최후의 발작을 일으켜서 그들은 도망쳤다. 땅속에서 폭발음들이 터져 나왔다. 괴물 같은 포대 전체가 수갱 구멍을 포격하는 것 같았다. 지상에서는 마지막 남은 건물들이 무너져 박살이 났다. 처음에는 소용돌이가 일어 선탄장과 석탄 하치장의 잔해들을 휩쓸어 갔다. 다음에는 보일러들이 있는 건물이 부서져 사라졌다. 그리고 이번에는 배수펌프가 헐떡이고 있는 정방형 탑이 대포알에 맞아 쓰러지는 사람처럼 앞으로 엎어졌다. 그때 사람들은 끔찍한 광경을 보았다. 받침대에서 떨어져 나온 증기 기관이 사지가 찢기며 죽음과 싸우고 있었던 것이다. 증기 기관은 움직이면서 마치 일어서려는 듯 거인의 무릎인 자신의 크랭크 암을 폈다. 하지만 증기 기관은 곧 숨을 거두었고 부서진 채 땅속으로 사라졌다. 다만 삼십 미터가량 되는 높은 굴뚝만이 폭풍을 만난 돛대처럼 뒤흔들리며 서 있었다. 사람들은 그 굴뚝이 산산조각 나서 가루처럼 날아갈 거라고 생각하고 있었는데, 그때 갑자기 굴뚝이 한꺼번에 빠져 들어갔고 거대한 양초처럼 녹아내려 땅이 그것을 마셔 버리는 것 같았다. 이제 땅 위로 솟아 있는 것은 아무것도 없었다. 피뢰침 끝조차 보이지 않았다. 구덩이에 웅크리고서 인간의 육신으로 배를 잔뜩 채우던 그 고약한 짐승은 이제 끝장이 났고 더 이상 그 거칠고 긴 숨을 쉬지 않았다. 방금 르 보뢰가 통째로 심연 속으로 가라앉은 것이었다.

군중은 울부짖으며 도망쳤다. 여자들은 눈을 가리며 뛰었다. 급격한 공포에 사로잡힌 사람들은 마치 굴러가는 가랑잎더미 같았다. 사람들은 비명을 지르고 싶지 않았지만, 움푹 파인 거대한 구멍 앞에서 팔을 쳐들고 목이 터질 듯 비명을 질러 댔다. 그 사화산의 분화구는 깊이가 십오 미터에 폭은 적어도 사십 미터는 되었고, 길에서 운하까지 걸쳐져 있었다. 탄광의 채굴물 집하장 전체가 건물들에 이어 가라앉았다. 거대한 선로 지지대들, 선로가 놓여 있는 인도교들, 한 대열을 이루고 있던 광차들, 그리고 세 량의 화차가 그러했고, 말할 것도 없이, 저장되어 있던 갱목들과 커다란 숲처럼 쌓여 있던 잘라 놓은 장대들도 지푸라기처럼 땅속으로 사라졌다. 움푹 파인 바닥에는 이제 뒤죽박죽이 된 들보들과 벽돌들, 쇠, 석고 등등 그 미친 듯한 재난 속에 부서지고 뒤엉키고 더러워진 참혹한 잔해들밖에는 더 이상 아무것도 없었다. 그리고 그 구멍은 커지면서 가장자리부터 균열이 시작되더니 들판을 가로질러 멀리까지 뻗어 나갔다. 균열 하나는 라스뇌르의 주점까지 뻗어 올라가서 그 집 정면에 금이 갔다. 이러다 탄광촌도 가라앉고 마는 것이 아닐까? 이 끔찍한 하루가 저무는 시간에 마찬가지로 사람들을 짓눌러 버리려는 듯한 저 납빛 구름 아래에서 어디까지 도망쳐야 안전하게 피할 수 있을까?

그런 가운데 네그렐은 고통의 비명을 내질렀다. 엔보 씨는 물러서면서 눈물을 흘렸다. 재난은 완전히 끝난 것이 아니었다. 제방이 끊어지고 운하의 물이 부글부글 끓는 물바다처럼 땅의 균열들 중 하나로 단숨에 밀려들었다. 운하의 물은 사라졌다. 탄광이 그 강물을 마셔 버렸고, 그 범람으로 인해 갱도들은 이제 수년 동안 물에 잠겨 있을 것이었다. 이윽고 분화구가 물로 가득 찼고 예전에 르 보뢰가 있던 자리를 진흙탕 물로 된 호수가 차지했다. 마치 저주받은 도시가 그 밑에서 잠자고 있다는 호수 같았다. 공포에 질린 침묵이 흘렀고, 이제는 땅속 깊이 콸콸 소리를 내며 물이 떨어지는 소리밖에 들리지 않았다.

그러자 뒤흔들린 폐석장 위에서 수바린이 일어섰다. 갱 속에서 죽어 가고 있는 불쌍한 사람들의 머리 위를 그 무게로 그토록 무겁게 짓누르고 있는 붕괴물 앞에서, 그는 흐느끼며 울고 있는 라 마외드와 자카리를 알아보았다. 그리고 그는 자신이 지닌 마지막 담배를 던져 버린 다음 뒤도 돌아보지 않고 깜깜해진 어둠 속으로 멀어져 갔다. 멀리 그의 그림자가 작아지더니 어둠 속으로 녹아들었다. 그가 가는 곳은 그 너머에 있는 미지의 세계였다. 그는 평온한 표정으로, 도시와 인간들을 폭사시킬 다이너마이트가 있는 곳이면 몰살시키기 위해 어디든 갈 것이다. 몰락하는 부르주아 계급이 걸음을 뗄 때마다 발아래에서 포장도로가 폭발하는 소리를 듣게 된다면, 그 장본인은 틀림없이 그일 것이다.

4

르 보뢰가 붕괴된 바로 그날 밤, 엔보 씨는 신문들이 그 소식을 전하기 전에 이사들에게 직접 알리려고 파리로 떠났다. 그리고 다음 날 그가 돌아왔을 때 그는 엄정한 관리인의 태도를 지닌 채 매우 평온해 보였다. 그는 분명 책임을 면한 것이었으며 회사의 신임을 잃은 것 같지 않았고, 오히려 그를 레지옹도뇌르 훈장의 수훈자로 정한다는 명령이 스물네 시간 뒤에 재가되었다.

그러나 사장은 무사했지만 회사는 엄청난 타격을 받아 휘청거렸다. 몇백만 프랑의 손해를 입은 것만이 문제가 아니었고, 수갱 하나가 처참하게 붕괴되는 것을 보고 사람들이 받은 가슴속의 깊은 상처와 내일에 대한 공포가 암암리에 지속되는 것이 문제였다. 너무 큰 충격을 받은 회사는 한 번 더 침묵을 지킬 필요성을 느꼈다. 그 가증스런 행위를 들춰내 봐야 무슨 소용인가? 범인을 찾아낸다 한들 무엇 하러 그를 순교자로 만들어 줄 것인가? 범인의 끔찍한 영웅적 행위는 다른 동료들의 머리도 돌게 만들 것이고 방화자들과 암살자들을 줄줄이 낳을 것이다. 게다가 회사는 어느 한 사람이 혼자서 그런 일을 할 배짱과 힘을 가졌으리라고는 인정할 수 없었기에 누가 진범인지 의심할 생각은 못 하고 결국에는 많은 공모자들이 저지른 짓이라고 믿게 되었다. 바로 이 점이 회사를 괴롭히는 것이었는데, 이제 수갱을 둘러싸고 위협이 커져 가고 있다는 생각이 든 것이었다. 사장은 광범위한 염탐 체계를 조직하고 범죄에 가담했을 것으로 의심되는 인물들은 조용히 하나씩 해고시키라는 명령을 받았다. 회사 측은 고도의 정책적인 신중함에 따라 이러한 숙청 작업만 하기로 했다.

즉각 해고된 사람은 한 명뿐이었다. 갱내 총감독인 당사르였다. 라 피에론과의 스캔들 이후 회사는 도저히 그를 용납할 수 없었다. 그리하여 위험 속에서 그가 취한 태도, 지휘자로서 자기 부하들을 저버린 비겁한 행위를 해고의 구실로 삼았다. 다른 한편으로 그것은 그를 증오하던 광부들과 화해하고자 하는 은근한 손짓이기도 했다.

그런데 일반 대중 사이로 소문들이 새어 나가서, 사장실에서는 파업 노동자들이 화약통에 불을 붙인 것이라는 소문을 부인하기 위해 한 신문에 정정 의견서를 보내야 했다. 이미 정부 측 기사가 대강대강 서둘러 조사를 마친 후 보고서에, 방수벽은 자연적으로 파괴된 것이며 지층의 압력으로 인한 것이라고 결론지었다. 그리고 회사는 차라리 입을 다물고 감시 소홀의 책임을 받아들이는 편이 낫겠다고 생각했다. 파리의 언론은 사흘째부터 그 재난으로 사회면 기사들을 부풀리고 있었다. 사람들은 갱 속에서 죽어 가는 광부들에 관해서만 얘기했고, 매일 아침 속보로 발행되는 신문들을 앞다투어 읽었다. 또한 몽수의 부르주아들은 르 보뢰라는 이름만 들어도 얼굴이 창백해지고 말을 잃었다. 르 보뢰 사건은 일종의 전설이 되어서, 아주 대담한 자들도 귀에 대고 속삭이면서 몸을 떨었다. 그 고장 사람들 모두가 희생자들을 깊이 동정했고, 파괴된 수갱을 둘러보는 산책 행사들이 조직되었으며, 매몰된 그 불쌍한 사람들의 머리 위를 무겁게 짓누르고 있는 잔해 더미의 끔찍한 광경을 직접 보기 위해 사람들은 가족과 함께 서둘러 오기도 했다.

수석 기사로 임명된 드늴랭은 직책을 시작하면서부터 재난의 한가운데로 떨어졌다. 그의 첫 번째 임무는 범람한 운하의 물을 원래의 물길로 되돌려 보내는 것이었다. 격류가 흘러들어 시시각각 피해를 더욱 심각하게 만들고 있었기 때문이다. 엄청난 공사가 필요했기에 그는 당장 제방을 쌓는 일에 백여 명의 노동자를 투입했다. 격렬한 물살이 처음 쌓아 놓은 둑을 두 번씩이나 휩쓸어가 버렸다. 이제 배수펌프가 설치되었고 악착같은 싸움을 벌이며 잃어버린 땅을 한 걸음 한 걸음 맹렬하게 되찾아 갔다.

매몰된 광부들을 구조하는 작업은 한층 더 뜨거운 관심을 불러일으켰다. 네그렐은 최대한의 노력을 경주하라는 명령을 받아 놓고 있었는데, 모든 광부들이 뜨거운 동료애로 자진해서 달려왔기에 일손이 부족하지 않았다. 그들은 파업을 한 것도 잊어버렸고 임금에도 전혀 개의치 않았다. 아무런 보상을 받지 않아도 될 정도로, 그들이 요구하는 것이라곤 자신들의 동료들이 죽음의 위험에 처해 있는 이상 목숨을 걸고 나서겠다는 것뿐이었다. 모두들 자신의 연장을 든 채 부들부들 떨며 어느 곳을 쳐 내야 할지 알려 주기를 기다리고 있었다. 그중 많은 사람들이 사고 이후 공포에 시달리며 고통받고 신경질적인 경련과 끊임없는 악몽으로 식은땀에 젖곤 했지만, 그럼에도 불구하고 일어나서 마치 복수라도 하려는 듯 극렬하게 땅과 싸움을 벌일 태세였다. 그러나 불행히도 유효한 작업을 위한 질문에서부터 어려움이 시작되었다. 무엇을 해야 하나? 어떻게 내려갈까? 어느 쪽에서 암석들을 공격하기 시작할까?

네그렐은 그 불행한 사람들 중 한 명도 살아남지 못했을 것이고, 그 열다섯 명 모두 분명 익사하거나 질식사했을 것이라는 의견이었다. 다만 탄광에서 이러한 재난이 일어났을 때는 항상 갱 속에 갇혀 있는 사람들이 살아 있다고 가정하는 것이 원칙이었다. 그래서 그는 그런 방향으로 추리해 갔다. 그가 상정한 첫 번째 문제는 그들이 어디로 피신했을지 추정하는 것이었다. 그가 의견을 물어본 갱내 감독들과 늙은 광부들은 다음과 같은 점에 의견이 일치했다. 물이 불어나자 동료들은 이 갱도 저 갱도로 올라가다 가장 높이 있는 막장까지 올라가서 아마도 상부의 어느 갱도에서 막다른 곳에 몰려 있을 것이라고 추정했다. 더욱이 그것은 무크 영감이 알려 주는 정보와

도 일치했다. 그의 이야기는 뒤죽박죽이었지만, 동료들이 정신없이 도망치다 작은 무리로 나뉘었고, 도망치는 도중에 층마다 낙오자들이 생겼다는 사실에 신빙성이 있었다. 하지만 그에 이어서 어떤 구출 시도가 가능할지에 대한 논의가 시작되자마자 감독들은 의견이 갈렸다. 지상에서 가장 가까운 갱도들도 150미터나 아래에 있기 때문에 수갱을 파 내려가는 것은 생각할 수 없었다. 유일한 접근로로서 매몰자들에게 가까이 갈 수 있는 유일한 경로는 레키야르뿐이었다. 그러나 최악의 문제는, 그 오래된 수갱 역시 침수되어서 더 이상 르 보뢰와 통하지 못하고, 물에 잠긴 부분 위로 통행이 가능한 곳은 첫 번째 광차 탑재대로 이어지는 갱도 구간들뿐이라는 사실이었다. 그 물을 모두 빼 내려면 수년이 소요될 것이므로 최상의 해결책은 그 갱도들이 조난당한 광부들이 있으리라고 추측되는 갱도들과 인접해 있는지 가서 알아보는 것이었다. 사람들은 수없이 토론을 해서 실행 불가능한 수많은 계획을 제외시킨 후 논리적으로 그와 같은 결론에 도달했다.

그때부터 네그렐은 먼지가 뽀얗게 앉은 옛날 기록들을 뒤져 보았고, 두 수갱의 오래된 지도를 발견하자 그것들을 검토해서 수색해야 할 지점들을 결정했다. 이 추적 작업으로 그는 점차 가슴이 불타올랐고, 인간과 사물에 대한 그의 냉소적인 무관심에도 불구하고 이번에는 헌신적인 열정에 사로잡혔다. 사람들은 레키야르로 내려가기 위해 첫 번째 난관을 겪게 되었다. 수갱의 입구를 막고 있는 장애물을 제거해야 했기 때문에, 마가목을 베어 넘기고 야생 자두나무들과 산사나무들을 바짝 잘라 냈다. 그리고 또 사다리들을 수리해야 했다. 그러고 는 더듬는 작업이 시작되었다. 열 명의 광부들과 함께 내려간 기사는 그가 가리키는 탄맥의 몇몇 부분들을 광부들로 하여 금 연장의 쇠 부분으로 두드려 보게 했다. 그리고 깊은 정적 가운데 각기 탄맥에 귀를 대고, 멀리서 두드리는 소리가 응답 하지는 않는지 들어 보았다. 하지만 갈 수 있는 갱도들은 모두 다녀 보았으나 헛수고였고, 아무런 메아리도 들려오지 않아 서 더욱 당혹스러웠다. 탄층의 어느 부분을 파야 하나? 아무 도 없는 것 같은데 어느 쪽으로 나아가야 하는가? 하지만 사 람들은 끈질기게 작업을 계속했고, 점점 커지는 불안으로 신 경이 곤두선 채 탐색했다.

라 마외드는 첫날부터 아침마다 레키야르에 왔다. 그녀는 수갱 앞에 있는 들보 위에 앉아서 저녁때까지 꼼짝도 하지 않 았다. 수갱에서 사람이 한 명 다시 나오면 그녀는 일어나서 눈 으로 물어보았다. 무슨 소식 있나요? 아니요, 아무 소식도! 그 러면 그녀는 다시 앉아서 말 한마디 없이 굳은 얼굴로 또다 시 기다리는 것이었다. 장랭도 사람들이 자신의 굴을 침범하 자 굴속에 있는 사냥물들이 발각될까 봐 겁먹은 맹수같은 표 정으로 배회하고 다녔다. 그는 돌덩이들 밑에 누워 있는 어린 군인을 생각했고, 사람들이 그의 잠을 방해하지나 않을까 두 려웠다. 하지만 탄광의 그쪽은 물에 잠겨 있었고 더욱이 수색 작업은 더 왼쪽에 있는 서쪽 갱도로 진행되고 있었다. 처음에 필로멘은 수색조의 일원인 자카리를 따라 같이 왔었다. 그러 다 와야 할 필요성도 성과도 없이 감기에 걸리는 것이 지겨워지자 그녀는 탄광촌에 남아 아침부터 저녁까지 쉴 새 없이 기침을 해 대면서 무기력하고 무관심한 여자로서 매일매일을 빈둥거리며 보내고 있었다. 그와 반대로 자카리는 더 이상 사는 게 사는 게 아니었다. 누이동생을 찾아내기 위해서라면 땅도 집어삼킬 수 있을 것 같았다. 그는 밤이면 소리를 질러 댔다. 굶주려서 비쩍 마르고 구조해 달라고 외치느라 목이 터진 누이의 모습이 보이고 목소리가 들리는 것이었다. 두 번이나 그는 바로 이곳이 분명하다면서 명령도 받지 않고 땅을 파 내려가려고 했다. 탄광 기사가 그를 더 이상 내려가지 못하게 했는데도 그는 쫓겨난 수갱에서 떠나지 않았고, 자기 어머니 곁에 앉아 마냥 기다릴 수도 없어서, 작업하고 싶은 욕구로 흥분한 채 끊임없이 주위를 맴돌았다.

사흘째가 되었다. 절망에 빠진 네그렐은 그날 저녁에 모든 것을 포기하기로 작정했다. 정오에 식사를 한 후에 마지막 시도를 해 보려고 부하들과 돌아왔을 때 그는 자카리가 몹시 상기된 얼굴로 수갱에서 나와 몸을 흔들면서 외치는 것을 보고 깜짝 놀랐다.

"누이동생이 저 안에 있어! 나한테 응답했다고! 와 봐요, 와 보라니깐!"

그는 경비원이 못 하게 하는데도 불구하고 사다리를 타고 몰래 내려갔던 것이다. 그는 기욤 탄맥의 첫 번째 갱도에서 누군가가 두드렸다고 단언했다.

"아니, 자네가 말하는 곳은 우리가 벌써 두 번이나 가 봤는데." 네그렐이 믿기지 않는다는 듯이 말했다. "어쨌든 가서 알아보겠네."

라 마외드가 일어섰다. 하지만 사람들은 그녀가 내려가려 하는 것을 막아야 했다. 그녀는 그 구멍의 암흑 속을 내려다보면서 수갱 입구 가장자리에 우뚝 선 채 기다리고 있었다.

아래로 내려간 네그렐은 간격을 충분히 두면서 직접 세 번 두드려 보았다. 그러고 나서 그는 광부들에게 조용히 하라고 당부하면서 탄맥에 귀를 갖다 댔다. 그에게는 아무런 소리도 들려오지 않았다. 그는 고개를 가로저었다. 그 불쌍한 청년은 환청에 사로잡혔던 게 틀림없다. 자카리가 화를 내며 이번에는 자신이 두들겨 보았다. 그리고 그는 응답하는 소리를 다시 듣자 눈이 빛났고 기쁨으로 사지가 부들부들 떨렸다. 그러자 다른 광부들이 차례대로 다시 시험해 보았다. 먼 곳에서 응답하는 소리를 포착하고는 모두들 생기를 띠었다. 탄광 기사는 몹시 놀라서 다시 귀를 갖다 댔고 마침내 그는 공기처럼 가벼운 소리를, 겨우 분간할 수 있을 정도로 리듬을 맞춰 울리는 소리를 들었다. 그것은 광부들이 위험에 처했을 때 탄맥을 두드리는 것으로, 모두가 알고 있는 박자의 신호음이었다. 탄맥은 소리를 아주 멀리, 수정처럼 맑게 전달했다.

그 자리에 있던 갱내 감독은 매몰된 동료들과 자신들 사이를 갈라놓고 있는 바윗덩어리의 두께가 오십 미터는 넘을 거라고 판단했다. 그래도 그들은 벌써 구조를 기다리는 동료들에게 손을 뻗칠 수 있을 것 같아서 기쁨이 넘쳐흘렀다. 네그렐은 접근 작업을 당장 시작해야 했다.

자카리가 밖으로 올라와 라 마외드를 다시 보자 두 사람은 얼싸안았다.

"흥분해서는 안 돼." 호기심에 그날 산책을 나온 라 피에론이 박정하게 말했다. "그러다 만약 카트린이 거기 없으면 당신들은 너무나 고통스러울 거야."

그것은 사실이었다. 카트린은 다른 곳에 있는지도 몰랐다.

"아가리 닥쳐, 앙!" 자카리가 화를 내며 소리 질렀다. "걔는 거기에 있어, 내가 안다고!"

라 마외드는 말없이 굳은 얼굴로 다시 앉았다. 그리고 그녀는 다시 기다리기 시작했다.

그러한 소식이 몽수에 퍼지자마자 다시 수많은 인파가 몰려들었다. 보이는 것은 아무것도 없는데도 사람들이 그 자리에 남아 있자, 호기심 많은 사람들을 멀리 몰아내야 했다. 땅밑에서는 사람들이 밤낮으로 작업을 계속했다. 장애물을 만날까 봐 염려하여 기사는 탄맥에다 내려가는 갱도 세 개를 파서 광부들이 갇혀 있을 것이라고 추정되는 지점에서 만나게 했다. 그 구멍의 비좁은 굴진 면에서는 채탄부 한 명밖에 석탄을 캐낼 수 없었다. 사람들은 두 시간마다 교대했고 바구니에 담은 석탄은 줄지어 늘어서 있는 사람들의 손에서 손으로 옮겨졌고, 구멍을 파 들어감에 따라 그 줄은 점점 더 길어졌다.

처음에는 작업이 무척 빨리 진척되었다. 하루에 육 미터나 파 내려갔다.

자카리는 채굴에 투입된 최우수 광부들과 함께 작업하도록 허가를 받았다. 그것은 광부들이 서로 차지하려고 다투는 자리였다. 그런데 정해진 두 시간의 고된 작업을 마친 뒤에 다음 사람이 그와 교대하러 오면 그는 화를 냈다. 그는 동료들의 차례를 가로챘고, 곡괭이를 놓으려 하지 않았다. 그의 갱도는 곧 다른 갱도보다 앞서갔고, 그는 맹렬하게 탄맥과 싸웠다. 마치 그 안에 있는 대장간 화덕이 윙윙거리는 듯 그의 가슴이 으르렁대는 숨소리가 구멍으로부터 올라와 밖에까지 들렸다. 진흙투성이가 되어 시커메진 채 녹초가 되어 정신없이 나올 때면 그는 땅바닥에 쓰러졌고 사람들은 그를 담요로 덮어 주었다. 그러다 그는 여전히 비틀거리면서 구멍 속으로 다시 뛰어들었고, 거세게 부딪히는 둔탁한 곡괭이질 소리에 신음을 죽이며 살기등등한 분노가 폭발하며 덤벼드는 싸움이 시작되었다. 가장 큰 난관은 탄맥이 갈수록 단단해진다는 사실이었다. 그는 더 이상 빨리 나아갈 수 없다는 것에 흥분하여 자기 연장을 두 번이나 부러뜨렸다. 그는 또한 열기로 고통스러웠다. 일 미터를 나아갈 때마다 열기가 점점 심해져 공기가 흐르지 않는 이 좁다란 구멍 속에서는 견디기 힘들었다. 수동 송풍기 한 대가 가동되었지만 환기가 잘 안 되어서 질식해 실신한 채탄부들을 세 차례나 끌어냈다.

네그렐은 노동자들과 함께 갱 속에서 살다시피 했다. 식사는 위에서 내려보내게 했고, 그는 이따금 짚단 위에서 외투를 몸에 두르고 두 시간 동안 잠을 잤다. 그들의 용기 있는 구조 작업을 지탱해 준 것은 그곳에 갇혀 있는 불쌍한 사람들의 애원이었다. 서둘러 오기를 바라며 그들이 두드리는 신호는 점점 더 뚜렷해졌다. 이제 그 신호는 마치 하모니카의 얇은 판을 두드리는 듯한 음악적인 울림으로 아주 맑게 울려 오고 있었다. 그 신호 덕분에 사람들은 방향을 잡으며 나아갔고, 전장에서 대포 소리를 따라 나아가듯 그 수정처럼 맑은 소리를 따라갔다. 채탄부 한 명이 교대될 때마다 네그렐은 내려가서 두드린 다음 귀를 갖다 댔다. 그리고 그때마다 응답 소리가 아직까지는 빠르고 다급하게 울려 왔다. 그는 추호도 의심하지 않았다. 맞는 방향으로 나아가고 있는 것이었다. 그런데 치명적으로 지연되고 있었다! 이런 속도로는 결코 제때 도달하지 못할 것이다. 처음에는 이틀 만에 십삼 미터를 파들어 갔다. 사흘째에는 고작 오 미터를 파는 데 그쳤고, 그런 다음 나흘째에는 삼 미터를 팠다. 탄맥이 응축되고 너무 단단해져서 이제는 겨우 이 미터를 파들어 갔다. 아흐레째에는 초인적인 노력 끝에 삼십이 미터까지 나아갔고 사람들은 앞으로 이십 미터가량이 남아 있다고 계산했다. 갇혀 있는 동료들에게는 열이틀째 날이 시작되었다. 그들은 차디찬 암흑 속에서 빵도 불도 없이 스물네 시간을 열두 번이나 보낸 것이었다! 그런 끔찍스러운 생각에 사람들은 눈시울을 적시며 작업을 하는 팔에 불끈 힘을 주었다. 신의 피조물인 인간이 살아 있기란 더 이상 불가능한 것 같았고, 전날부터는 멀리서 두드리는 소리도 약해져서 사람들은 매 순간마다 그 소리가 멈추지나 않을까 불안에 떨었다.

라 마외드는 한결같이 여전히 수갱 입구에 와서 앉아 있었다. 그녀는 에스텔을 아침부터 저녁까지 혼자 둘 수 없어 안고 왔다. 시시각각 그녀는 작업의 진척 상황에 주의를 기울였고, 그에 따라 희망과 낙망을 같이 겪었다. 무리 지어 진을 치고 있는 사람들에서부터 몽수에 이르기까지 그것은 열에 들뜬 듯한 기다림이 되었고 끝없는 이야깃거리를 만들어 냈다. 그 고장의 모든 심장이 땅속의 그곳에서 고동치고 있었다.

아흐레 되던 날 점심때 사람들이 교대를 하려고 자카리를 불렀는데 대답이 없었다. 그는 미친 사람처럼 욕설을 퍼부으면서 악착같이 작업하고 있었다. 네그렐은 잠시 나와 있어서 자카리에게 명령할 사람이 없었다. 그런 데다 거기에는 광부 세 명과 함께 갱내 감독 한 명밖에 없었다. 아마도 자카리는 램프 불빛이 흔들리며 시원찮게 비추어서 작업을 지연시키는 데 격노해 경솔하게도 램프를 열어 놓은 게 틀림없었다. 갱내 가스 유출이 일어나고 환기도 안 되는 그 좁은 갱도 안에는 거대한 가스 덩어리가 머물고 있기 때문에 엄격한 명령이 내려져 있었다. 갑자기 벼락치는 것 같은 폭발음이 들리더니 마치 산탄이 발사된 대포의 포구처럼 좁은 갱도에서 불길의 소용돌이가 뻗어 나왔다. 모든 것이 불타올랐고, 갱도의 한쪽 끝에서부터 다른 쪽 끝까지 화약처럼 공기에 불이 붙었다. 급류와 같은 불꽃은 감독과 노동자 세 명을 날려 보냈고 수갱을 거슬러 올라와 화산이 분출하듯 지상으로 솟구쳐 오르면서 돌덩어리들과 골조 파편들을 토해 냈다. 구경꾼들은 도망쳤고, 라 마외드는 크게 놀란 에스텔을 가슴에 꼭 껴안고 자리에서 일어섰다.

네그렐과 노동자들이 돌아와서 사태를 알게 되자 그들은 엄청나게 분통을 터뜨렸다. 마치 자신의 잔인성이 얼빠진 변덕을 부려서 자기 의붓자식들을 마구 죽이는 패륜적인 계모처럼, 그들은 발뒤꿈치로 땅을 짓밟아 댔다. 모두들 헌신적으로 동료들을 구하러 나섰는데 거기서 또 사람들을 잃다니! 꼬박 세 시간 동안 위험을 무릅쓰고 고생한 끝에 마침내 갱도로 들어갔는데, 그들이 올려 보내는 희생자들의 모습은 비통함을 자아냈다. 감독도 노동자들도 죽지는 않았으나 끔찍한 상처가 온몸을 뒤덮고 있었고 살이 탄 냄새를 풍겼다. 그들은 불을 들이마셔서 목구멍 속까지 화상을 입었다. 그들은 자기를 차라리 죽여 달라고 애원하면서 끊임없이 울부짖었다. 그 세 명의 광부 중 한 사람은 파업했을 때 가스통마리의 펌프를 마지막 곡괭이질로 부순 사람이었다. 다른 두 사람은 군인들에게 벽돌을 수없이 던져서 손에 흉터가 남아 있었고 손가락들은 벗겨지고 베여 있었다. 얼굴이 새하얘진 채 전율하던 군중은 그들이 숨을 거두자 모자를 벗고 조의를 표했다.

라 마외드는 서서 기다리고 있었다. 자카리의 시신이 마침내 나타났다. 옷은 다 타 버렸고 몸통은 알아볼 수 없을 정도로 불에 타서 시커먼 숯에 지나지 않았다. 머리는 폭발로 으깨져 더 이상 몸에 붙어 있지 않았다. 사람들이 그 끔찍한 유해를 들것에 올려놓자 라 마외드는 눈시울이 불타는 듯 화끈거렸으나 눈물 한 방울 흘리지 않고 기계적인 걸음걸이로 그들을 따라갔다. 그녀는 잠든 에스텔을 품에 안고 머리칼에 세찬 바람을 맞으며 비극적인 모습으로 걸어갔다. 탄광촌에서 소식을 들은 필로멘은 망연자실했고, 샘물처럼 눈물을 평평 쏟다가 이내 마음을 가라앉혔다. 자카리의 어머니는 어느새 똑같은 걸음걸이로 레키야르에 다시 돌아와 있었다. 자기 아들을 배웅하고 나서, 이번에는 자기 딸을 마중하러 돌아온 것이었다.

사흘이 또 흘러갔다. 유례없는 어려움을 겪으며 구조 작업이 재개되었다. 갱내 가스가 폭발했는데도 접근 갱도들은 다행히 무너지지 않았다. 다만 그곳의 공기가 화재 때문에 너무 무겁고 탁해져서 송풍기를 추가로 설치해야 했다. 채탄부들은 이십 분마다 교대했다. 그들은 앞으로 파내며 나아가서 이제 밑에 있는 동료들과 겨우 이 미터 정도 떨어져 있었다. 하지만 이제 그들은 가슴이 서늘해진 채 단지 동료들의 죽음에 대한 복수심만으로 세차게 탄맥을 깨고 있었다. 응답하던 소리들이 그쳤고, 작고 맑은 박자의 신호 소리가 더 이상 들려오지 않았기 때문이다. 구조 작업을 시작한 지 열이틀째였고, 재난이 덮친 지 보름째였다. 그런데 그날 아침부터 죽음 같은 고요함이 자리 잡은 것이었다.

새로운 사고는 몽수 주민들의 호기심을 한층 자극해서 부르주아들이 무척이나 열의를 가지고 소풍 행사들을 조직했기 때문에 그레구아르 부부는 사람들을 따라 가 보기로 했다. 소풍 과정이 계획된 대로 그들은 자신들의 마차로 르 보뢰에 가고, 엔보 부인은 자기 마차에 뤼시와 잔을 태워 그곳에 데려가기로 했다. 드늴랭은 그들에게 자기의 작업장을 보여 줄 예정이었고, 그런 다음 레키야르에 가서 네그렐에게 구조 갱도를 얼마나 파냈는지, 그리고 아직 희망이 있는지 물어본 후에 돌아갈 예정이었다. 그러고 나서 그들은 다 같이 저녁식사를 하기로 되어 있었다.

3시경에 그레구아르 부부와 그들의 딸인 세실이 무너진 수갱 앞으로 내려갔을 때, 그들은 먼저 와 있는 엔보 부인을 발견했다. 그녀는 짙은 청색 옷차림에 2월의 창백한 햇빛을 양산으로 가리고 있었다. 아주 맑은 하늘은 봄의 온기를 품고 있었다. 마침 엔보 씨가 드뇔랭과 같이 있었다. 그런데 그녀는 운하에 제방을 쌓기 위해 어떤 노력을 기울여야 했는지에 대한 드뇔랭의 설명을 귓등으로 듣고 있었다. 늘 화첩을 갖고 다니는 잔은 그 모티브의 끔찍함에 열광해서 스케치를 하기 시작했다. 한편 그녀 곁에 있는 화차의 잔해 위에 앉아 있던 뤼시도 그 광경이 '기막히다'고 생각하면서 기쁨의 탄성을 질렀다. 제방이 아직 다 복구되지 않아서 운하의 물이 여기저기서 수없이 흘러나왔고, 거품이 일고 있는 물결들은 함몰된 수갱의 거대한 구멍 속으로 폭포처럼 떨어졌다. 그런데 흙이 물을 빨아들여서, 그 분화구는 물이 빠지면서 끔찍하게 엉망진창이 된 바닥을 드러냈다. 화창한 날의 포근한 하늘 아래 그것은 시궁창 같았고, 진창 속에 빠져서 녹아 버린 도시의 폐허 같았다.

　　"아니, 저런 걸 보자고 여기까지 오다니!" 실망한 그레구아르 씨가 소리를 버럭 질렀다. 건강해서 혈색도 아주 좋으며 그토록 맑은 공기를 마시게 되어 기쁜 세실은 즐거워하며 우스갯소리를 했고, 한편 엔보 부인은 혐오감으로 뾰로통해져서 중얼거렸다.

　　"사실 아름다운 것이라곤 아무것도 없어요."

　　두 기사는 웃음을 지었다. 그들은 방문객들을 사방으로 이

끌고 다니며 방문객들에게 펌프의 작동과 말뚝을 박는 공이의 조작법을 설명하면서 흥미를 끌려고 애썼다. 하지만 귀부인들은 불안해졌다. 수갱이 재건설되고 수갱에 차 있는 물을 다 빼내기까지는 펌프들을 수년간, 아마도 육칠 년간은 가동해야 할 것이라는 말을 듣자 그들은 등골이 오싹했다. 아니다, 그들은 차라리 다른 생각을 하고 싶었다. 그 붕괴된 모습은 악몽을 꾸게 하기 십상일 뿐이었다.

"출발합시다." 엔보 부인이 마차로 향하며 말했다. 잔과 뤼시는 항의하며 외쳤다. 어떻게 이리 빨리 가요! 데생이 끝나지도 않았는데! 그들은 그곳에 남아 있고 싶어서 아버지가 저녁 때 자기들을 만찬에 데려가면 되지 않겠냐고 말했다. 결국 엔보 씨만이 아내와 함께 마차에 올랐다. 그 역시 네그렐에게 물어보고 싶은 것이 있었기 때문이다.

"그럼, 먼저 가시지요." 그레구아르 씨가 말했다. "뒤따라 가겠습니다. 우리는 탄광촌에 오 분 정도 잠깐 들를 일이 있어서요. 자, 자, 우리는 당신들과 거의 비슷하게 레키야르에 도착할 겁니다."

그는 그레구아르 부인과 세실에 이어 마차에 올랐다. 그리고 상대편의 마차가 운하를 따라 달리는 동안 그들의 마차는 천천히 언덕을 올라갔다.

소풍의 마무리 순서로 그는 자선을 베풀어야겠다는 생각을 했다. 자카리의 죽음에 그들은 비극적인 마외 가족에 대한 연민으로 가득 찼고, 그 고장 사람들 모두가 그 집에 대해 이야기했다. 그들은 불한당 같은 이 집안의 가장은 동정하지 않왔다. 군인들을 죽이려 했으니 늑대처럼 쏴 죽여야 마땅했다. 병약한 할아버지와 낙반 사고로 다리를 저는 어린 아들, 그리고 파업 때 굶어 죽은 어린 딸은 말할 것도 없고, 남편을 잃은 데 이어 얼마 전에 아들을 잃었으며, 딸은 어쩌면 땅속에서 시체가 되었을지도 모를 그 불쌍한 여인, 그 가족의 어머니는 그들에게 연민의 정을 불러일으켰다. 그래서 비록 부분적으로는 그 가족이 자신들의 가증스런 생각 때문에 불행을 겪어 마땅했지만, 그들은 마외 가족에게 자선을 베풂으로써 그들의 관대한 자선심과 함께 모든 것을 잊어버리고 화해하고자 하는 마음을 확실히 보여 주기로 했다. 정성스럽게 포장된 선물 두 꾸러미가 마차 좌석 아래에 실려 있었다.

한 노파가 마부에게 마외네 집을 알려 주었다. 2동 16호였다. 그런데 그레구아르 가족이 선물 꾸러미를 들고 마차에서 내려 노크를 해도 대답이 없어서 주먹으로 문을 두들겨 봤지만 그래도 여전히 응답이 없었다. 상을 당해 비어 있는 채로 오래전부터 방치되어 차디차고 어두운 그 집에서는 음울한 반향만이 울려 왔다.

"아무도 없나 봐요." 실망한 세실이 말했다. "정말 성가시게 됐네! 이 많은 짐을 어떻게 하지?"

갑자기 옆집 문이 열리더니 라 르바크가 나타났다.

"오! 나리와 마님, 대단히 죄송합니다! 용서하세요, 아가씨……! 옆집 여자를 만나시려는 걸 텐데, 그 여자는 지금 없답니다. 레키야르에 가 있거든요……."

그녀는 수다스럽게 사연을 이야기했고 진정 서로 도와야

한다는 것을, 그리고 애들 어머니가 그곳 레키야르에 가서 기다릴 수 있도록 자신이 레노르와 앙리를 자기 집에서 봐 주고 있노라고 되풀이해서 말했다. 그녀는 시선이 선물 꾸러미에 닿자 탐욕으로 눈이 빛나면서 과부가 된 불쌍한 자기 딸 얘기를 하고, 자신의 비참한 사정에 대한 얘기를 늘어놓았다. 그런 다음 망설이는 표정으로 중얼거리듯 말했다.

"제가 열쇠를 갖고 있긴 합니다. 나리와 마님께서 꼭 들어가 보고 싶으시다면……. 할아버지는 집에 있습니다요."

그레구아르 가족은 깜짝 놀라서 그녀를 쳐다보았다. 뭐라고! 할아버지가 안에 있다고! 하지만 대답은 없었는데. 노인이 잠이 든 건가? 라 르바크가 마침내 문을 열자 그들은 눈앞에 펼쳐진 광경으로 말미암아 문턱에서 멈춰 서고 말았다.

본모르는 차가운 난로 앞 의자에 못 박힌 듯 앉아 크게 뜬 눈을 고정한 채 홀로 그 안에 있었다. 그의 주위로는 뻐꾸기시계도 없고, 전에 방에 생기를 불어넣어 주던 니스 칠한 전나무 가구들도 없어서 방이 휑하니 더 넓어 보였다. 초록빛 도는 헐벗은 벽들 위에 남아 있는 것이라고는 황제와 황후의 초상화뿐이었다. 그들의 분홍빛 입술은 공식적인 호의를 보여 주며 미소 짓고 있었다. 노인은 마치 사람들이 들어오는 것을 보지도 못한 것처럼 무표정한 얼굴로 꿈쩍도 하지 않았고, 문이 열려 갑자기 쏟아져 들어오는 빛에 눈을 껌뻑거리지도 않았다. 그의 발치에는 고양이들의 배설물 처리용으로 놓아두는 것처럼 재가 담겨 있는 그의 접시가 놓여 있었다.

"저 노인이 예의를 안 지켜도 신경 쓰지 마세요." 라 르바크가 상냥하게 말했다. "노인의 머릿속에서 무언가가 망가진 것 같습니다. 저렇게 말이 없어진 지 보름이 되었지요."

그때 노인이 발작을 일으켜 몸이 뒤흔들렸고, 깊숙한 곳에서 긁어내는 듯한 소리가 그의 배 속으로부터 올라오는 것 같았다. 그러더니 그는 접시에다 검은색의 두툼한 가래를 뱉었다. 그게는 가래로 젖어 곤죽이 된 석탄 같았는데 탄광에서 들이마신 모든 석탄을 노인이 목구멍에서 뽑아내는 듯했다. 이미 그는 꼼짝 않던 자세로 돌아가 있었다. 그는 이따금 가래를 뱉기 위해서만 드물게 움직일 뿐이었다.

그레구아르 가족은 심란해지고 혐오감에 속이 메스꺼렸지만, 다정하고 용기를 주는 말을 몇 마디 건네려고 애썼다.

"저런! 그렇게 성실했던 분이." 아버지가 말했다. "감기가 드신 거군요?"

노인은 벽에 시선을 둔 채 고개를 돌리지 않았다. 그리고 무거운 침묵이 다시 흘렀다.

"누가 탕약을 좀 해 드려야 할 텐데요." 세실의 어머니가 말했다.

노인은 여전히 말없이 뻣뻣한 자세로 있었다.

"그런데, 아빠." 세실이 중얼거리듯 말했다. "사람들이 우리한테 저 노인이 다리가 아프다고 얘기했었어요. 그런데 우리는 그 뒤로 더 이상 그 생각을 못 했고……"

세실은 몹시 난처해 하며 말을 중단했다. 그리고 식탁 위에 수프용 고기와 포도주 두 병을 올려놓은 후 두 번째 꾸러미를 풀어 엄청나게 큰 구두 한 켤레를 꺼냈다. 그것은 그 노인에게 줄 선물이었는데, 이제는 결코 더 이상 걷지 못할 것 같은 그 가엾은 노인의 퉁퉁 부은 발을 보고 당황한 세실은 양손에 구두 한 짝씩을 들고 서 있었다.

"어때요? 구두를 좀 늦게 갖고 왔지요. 안 그래요, 영감님?" 그레구아르 씨가 분위기를 즐겁게 만들려고 말을 이었다. "상관없겠지요. 언제고 신을 일이 있을 테니까요."

본모르는 돌처럼 차갑고 딱딱하게 굳은 무시무시한 얼굴로 듣지도 않았고 대답도 하지 않았다. 그러자 세실은 구두를 살짝 벽 앞에 놓았다. 그러나 조심했는데도 소용없었다. 구두에 박혀 있는 징이 소리를 낸 것이다. 그 엄청나게 큰 구두는 그 방 안에 거추장스러운 모습으로 놓여 있었다.

"저런, 저 노인네는 감사하다는 말도 하지 않을 테지!" 구두를 보며 무척이나 갖고 싶은 눈길을 던지던 라 르바크가 소리쳤다. "죄송한 말씀이지만, 저것은 오리에게 안경을 선사하는 격이에요."

그녀는 계속 이야기하면서, 그들에게 동정심을 일으킬 속셈으로 그레구아르 가족을 자기 집으로 데려가기 위해 무진 애를 썼다. 마침내 그녀는 한 가지 구실을 생각해 냈다. 그녀는 앙리와 레노르가 아주 착하고 귀여우며 매우 영리해서 사람들이 묻는 질문에 천사들처럼 대답도 잘한다고 칭찬했다. 그 애들은 나리와 마님께서 알고 싶어 하는 것을 모두 말씀 드리리라는 것이었다.

"잠깐 가 볼래, 딸아?" 그곳에서 나가게 되어 반가워하며 아버지가 물었다.

"응, 아빠 엄마를 뒤따라갈게." 세실이 대답했다.

　세실은 본모르와 단둘이 남았다. 두려움에 떨면서도 홀린 듯이 그녀를 그곳에 붙잡아 둔 것은 그녀가 이 노인을 전에 본 적이 있는 것 같다는 사실이었다. 네모지고 석탄으로 문신을 한 것 같은 이 납빛 얼굴을 도대체 어디서 보았을까? 그러다 갑자기 그녀는 생각이 났다. 자신을 둘러싸고 소리를 질러대는 사람들의 물결이 다시 보였고, 자기 목을 조르던 차가운 손이 느껴지는 것이었다. 바로 이 노인이었다. 그녀는 그 노인을 다시 만난 것이었다. 그녀는 무릎 위에 놓인 그의 손을 바라보았다. 나이에도 불구하고 아직도 단단한 손목에 온 힘이 모여 있는, 웅크리고 있는 노동자의 손이었다. 본모르는 점차 깨어나는 것 같더니 그녀를 발견하고는 그 또한 멍한 표정으로 그녀를 유심히 살펴보았다. 그의 두 뺨은 타오르는 듯했고 신경질적인 발작으로 입이 일그러지면서, 검은색 침이 가느다란 줄을 그리며 흘러내렸다. 두 사람은 서로에게 이끌려 마주 보고 있었다. 그녀는 자신의 종족이 누려 온 오랜 무위도식과 유복함 덕택에 살이 통통하게 찌고 싱싱하게 활짝 핀 모습인 반면, 그는 물에 불어 있는 데다 백 년 동안 대대로 이어 온 노동과 굶주림으로 몸이 망가져 기진맥진한 짐승처럼 형편없이 추한 모습이었다.

　십 분이 지나도 세실이 오지 않자 놀란 그레구아르 부부는 마외네 집으로 돌아가 보고는 끔찍한 비명을 질렀다. 목이 졸려서 얼굴이 시퍼렇게 변한 그들의 딸이 바닥에 쓰러져 있던 것이다. 딸의 목에는 거인의 손이 지나간 것처럼 손가락 자국이 붉게 남아 있었다. 자신의 못 쓰는 다리를 비틀거리던 본모르도 그녀 곁에 쓰러져 다시 일어나지 못했다. 그는 여전히 두 손을 갈고리 모양으로 구부리고 있었고, 눈을 크게 뜬 채 멍한 표정으로 사람들을 쳐다보고 있었다. 그리고 그는 쓰러지면서 자신의 접시를 깨뜨려 재가 사방으로 날아갔고 질척한 가래침이 방 안에 튀어 있었다. 한편 그 커다란 구두 한 켤레는 무사히 벽 앞에 가지런히 놓여 있었다.

사건의 진상을 정확히 밝히는 일은 결코 가능하지 않았다. 세실은 왜 노인에게 다가갔을까? 의자에 못 박힌 듯 앉아 있던 본모르가 어떻게 그녀의 목을 조를 수 있었는가? 분명 그는 그녀의 목을 붙잡고 그녀가 숨을 거둘 때까지 악착스럽게 목을 계속 조르면서 비명을 지르지 못하게 그녀의 입을 틀어막는 가운데 같이 넘어졌을 것이다. 시끄러운 소리 하나, 신음소리 하나도 옆집의 얇은 벽을 통해 들려오지 않았다. 소녀의 하얀 목을 보고는 노인이 갑작스럽게 정신착란을 일으켜 설명할 수 없는 살인 충동에 사로잡힌 것이라고 간주할 수밖에 없었다. 모든 새로운 사상에 반대하며 충직하게 순종하는 짐승으로서 살아온 그 병약한 늙은이가 그런 야만적인 짓을 저질렀다는 것은 깜짝 놀랄 일이었다. 그 자신도 알지 못한 채 천천히 독기를 품은 그 어떤 원한이 그의 배 속에서 머리까지 치솟아 올라갔단 말인가? 범죄의 끔찍함으로 보아 사람들은 무의식이 저지른 일로 결론을 지었고, 백치가 저지른 범죄로 치부했다.

그레구아르 부부는 무릎을 꿇은 채 흐느끼고 있었으며, 고통으로 숨이 막히는 듯했다. 애지중지하던 그들의 딸, 그토록 오랫동안 갖기를 원했고, 태어난 후에는 그들의 모든 부유함을 만끽하게 해 주었으며, 자는 모습을 보려고 발뒤꿈치를 들고 살금살금 다가가곤 하던, 아무리 먹여도 시원치 않고 아무리 살찌워도 충분치 않다고 생각한 딸이었는데! 딸의 죽음은 그들에게 인생의 붕괴 그 자체였다. 딸이 없어졌으니 이제 살아서 무엇 하나?

라 르바크가 정신없이 소리를 질렀다.

"아! 저 망할 놈의 늙은이가 무슨 짓을 한 거야? 기가 막히게도 이런 일이 있을 수 있나……! 그런데 라 마외드는 오늘 저녁때나 되어야 돌아올 텐데! 이거 참, 제가 달려가서 그 여자를 찾아 볼까요?"

세실의 아버지와 어머니는 탈진해서 대답이 없었다.

"안 그렇습니까? 그게 낫겠죠……. 제가 가 보겠습니다요."

그런데 라 르바크는 그 집에서 나가기 전에 구두를 보게 되었다. 탄광촌 전체가 술렁였고 벌써 수많은 사람들이 몰려오고 있었다. 아마도 누군가가 저 구두를 훔쳐 갈 것이었다. 게다가 마외네 집에는 이제 그 구두를 신을 남자도 없었다. 그녀는 살그머니 구두를 가져갔다. 부틀루의 발에 꼭 맞을 것 같았다.

레키야르에서 엔보 부부는 네그렐과 함께 오랫동안 그레구아르 부부를 기다렸다. 수갱에서 올라온 네그렐은 구조 작업의 진척 상황을 상세히 설명했다. 바로 그날 저녁이면 안에 갇힌 사람들과 얘기를 주고받을 수 있으리라고 기대한다는 것이었다. 하지만 죽음과 같은 고요가 계속되는 것으로 보아 시신들만 끌어낼 것이 분명했다. 탄광 기사 뒤에서 라 마외드가 들보 위에 앉아 얼굴이 새하얘진 채 귀를 기울이고 있는데, 라르바크가 당도해서 노인이 저지른 끔찍한 행위에 대해 얘기해 주었다. 그런데도 라 마외드는 초조하고 성가시다는 듯 커다란 몸짓을 한 번 했을 뿐이었다. 어쨌든 그녀는 라 르바크를 따라갔다.

엔보 부인은 거의 실신할 지경이었다. 이 무슨 끔찍한 일인가! 오늘 그렇게 명랑했고, 한 시간 전만 해도 생기가 넘치던 세실이 가엾게도! 엔보는 자기 아내를 무크 노인의 오두막 안으로 옮겨야 했다. 그는 어색한 손길로 그녀 옷의 호크를 풀었다. 아내의 풀어 놓은 코르사주에서 풍기는 사향 냄새에 그는 마음이 혼란스러워졌다. 그런 후 아내가 눈물을 철철 흘리면서 결혼 건을 중단시킨 세실의 죽음에 놀란 네그렐을 껴안자, 엔보는 그들이 함께 슬퍼하는 것을 보면서 한 가지 불안에서 벗어났다. 이 불행한 사건은 모든 문제를 해결해 준 셈이었다. 그는 아내가 마부와 놀아날까 봐 염려되어서, 차라리 조카를 그대로 집에 두는 편이 낫겠다고 생각했던 것이다.

5

수갱 아래에서는 버림받은 비참한 사람들이 공포로 울부짖고 있었다. 이제 물은 그들의 배까지 차올랐다. 급류가 쏟아지는 소리에 그들은 귀가 먹먹했고, 방수벽의 파편들이 마지막으로 떨어져 내리자 세상의 종말을 맞이하는 것 같았다. 그리고 그들을 완전히 미친 듯한 공포에 사로잡히게 만든 것은, 마구간에 갇혀 있는 말들의 울음소리였다. 그것은 도살당하는 동물이 내지르는 것 같은, 끔찍스럽고 잊히지 않을 죽음의 비명이었다.

무크는 바타유를 풀어 주었다. 늙은 말은 떨면서 눈을 크게 뜨고 계속 차오르는 물을 응시한 채 그곳에 있었다. 광차 탑재실이 순식간에 물에 잠겼는데, 아직도 천장 밑에서 타고 있는 램프 세 개의 불빛으로 초록빛 물이 차올라 오는 것이 보였다. 그러다 얼음처럼 차가운 물이 자기 털을 적시는 것을 느끼자 늙은 말은 자리를 박차고 무섭게 질주하며 운반 갱도들 중 한 곳으로 빠져 들어가듯 사라졌다.

그러자 모두들 앞다투어 도망치면서 말의 뒤를 쫓아갔다.

"여기선 아무런 수가 없어!" 무크 영감이 외쳤다. "레키야르로 가야 해."

만약 통로가 끊기기 전에 레키야르에 도달한다면 인접해 있는 그 오래된 수갱을 통해 나갈 수 있으리라는 생각에 그들은 이제 흥분에 사로잡혔다. 스무 명의 사람들은 램프가 물에 젖어 꺼지지 않도록 공중에 올려 들고, 서로 밀치며 줄지어 앞으로 나아갔다. 다행히 갱도는 느껴지지 않을 정도의 경사로 오르막을 이루고 있어서 그들은 물에 더 잠기지 않은 채 물결과 싸우면서 200미터를 나아갔다. 제정신을 잃은 이 사람들의 마음속에서 잠들어 있던 신앙심이 깨어나 그들은 땅에다 대고 빌었다. 사람들이 동맥을 하나 베어 버려서 땅이 복수를 하는 것이며 탄맥이 피를 쏟는 것이라고 생각했다. 한 늙은 동료가 광산의 악령들을 달래기 위해 두 엄지손가락을 바깥쪽으로 구부리고 잊고 있던 기도문을 더듬거리며 외웠다.

그러나 첫 번째 갈림길이 나타나자 의견 충돌이 일어났다. 마부는 왼쪽 길로 가려 했고 다른 사람들은 오른쪽 길로 가면 질러가게 될 것이라고 단언했다. 그러느라 일 분이 허비되었다. "젠장! 그쪽으로 가다 뒈지든 말든 난 상관 안 해!" 샤발이 거칠게 소리 질렀다. "나는 이쪽으로 갈 거야."

그는 오른쪽 길로 들어섰고, 동료 두 명이 그의 뒤를 따랐다. 다른 사람들은 레키야르의 땅속에서 잔뼈가 굵은 무크 영감의 뒤를 따라 계속 뛰어갔다. 하지만 영감도 망설였으며 어디로 방향을 바꾸어야 할지 몰랐다. 머릿속이 어지러워서 고참 광부들도 그들 앞으로 실타래처럼 뒤엉키며 펼쳐진 갱도들을 더 이상 분간하지 못했다. 갈림길이 나타날 때마다 그들은 확신이 없어 급히 멈추었는데, 그래도 어쨌든 결정을 내려야 했다.

에티엔은 피로와 공포로 탈진한 카트린 때문에 늦어져 맨 뒤에서 달려갔다. 그는 샤발과 함께 오른쪽 길로 갈 수도 있었다. 샤발이 맞는 길을 택했다고 생각했기 때문이다. 하지만 그는 갱 속에 남을 각오를 하고 그와 헤어졌다. 어쨌거나 궤주는 계속되었고 여러 명의 동료들이 또 각자 자기 방향으로 도망쳐서, 무크 영감의 뒤를 따르는 이들은 이제 일곱 명밖에 안 되었다.

"내 목에 매달려, 내가 안고 갈게." 기력이 쇠약해지는 그녀를 보고 에티엔이 말했다.

"아니야, 내버려 둬." 그녀가 중얼거리듯 말했다. "난 더 이상 못 가겠어, 차라리 여기서 당장 죽는 게 낫겠어."

그들은 오십 미터쯤 뒤처져 있었다. 카트린이 저항하는데도 불구하고 그가 그녀를 안아 올렸을 때 갑자기 갱도가 막혀 버렸다. 커다란 바윗덩어리가 내려앉으면서 그들과 다른 사람들 사이를 막아 버린 것이었다. 범람하는 물은 벌써 바위들을 적시고 있었고 사방에서 낙반이 일어나 그들은 되돌아가야 했다. 그런데 그들은 자기들이 어느 방향으로 가고 있는지 더 이

상 알 수 없었다. 끝장이었다. 레키야르를 통해서 올라갈 생각
은 버려야 했다. 그들의 유일한 희망은 위에 있는 막장들에 도
달하는 것이었다. 물이 빠지면 아마도 사람들이 그들을 구하
러 오리라.

에티엔은 마침내 기욤 탄맥을 알아보았다.

"됐어!" 그가 말했다. "우리가 어디에 있는지 알겠어. 빌어먹
을! 우리는 제대로 가고 있었어. 그런데 이제는 어림없어……!
잘 들어, 곧장 가서 수직 환기갱으로 올라가자."

물이 가슴까지 차올라서 그들은 아주 더디게 걸어갔다. 빛
이 있는 한 절망하지 않을 것이다. 그들은 기름을 아끼기 위해
램프 중 한 개를 껐고, 그 램프의 기름을 나머지 램프에 부어
넣을 생각이었다. 수직 환기갱에 도달했을 때 뒤에서 소리가
나서 그들은 뒤돌아보았다. 이번에도 길이 가로막혀서 되돌아
오는 동료들인가? 멀리서 요란한 숨소리가 들려왔고, 그들은
거품을 튀기며 다가오는 그 폭풍 같은 것이 무엇인지 알 수
없었다. 그런데 어둠 속에서 나와 그들과 합류하려고 비좁기
짝이 없는 갱목들 사이로 몸부림치다 몸이 으스러지는, 거대
하고 희끄무레한 덩어리 하나를 보자 그들은 비명을 질렀다.

그것은 바타유였다. 광차 탑재대를 떠난 뒤 그 말은 어두
운 갱도를 따라 정신없이 달렸다. 녀석은 십일 년 전부터 자신
이 살아온 이 땅속 도시의 길을 잘 알고 있는 것 같았다. 그리
고 자신이 살아온 영원한 어둠 속에서 녀석의 두 눈은 똑똑
히 볼 수 있었다. 때로는 머리를 숙이고 때로는 다리를 모은
채 지나가면서 그 말은 달리고 또 달렸다. 길들이 이어졌고 갈

림길들이 가랑이를 벌렸지만 망설이지 않았다. 그 말은 어디로 가는 것일까? 아마도 그가 태어난 스카르프 강가에 있는 물레방앗간과, 커다란 램프처럼 하늘에서 불타고 있는 태양이 아스라이 기억나는 그의 젊은 날의 환영을 좇아가고 있었으리라. 녀석은 살고 싶었다. 짐승으로서의 기억이 깨어나 다시 한 번 평원의 대기를 들이마시고 싶은 욕망으로, 햇빛 찬란한 따뜻한 하늘로 나갈 출구가 될 구멍을 찾을 때까지 자기 앞으로 곧장 내달렸다. 그리고 일종의 반항심이 바타유의 오래 묵은 체념을 날려 보냈다. 이 수갱은 눈을 멀게 한 데다 이제는 자신을 죽이려 하고 있었다. 뒤쫓아 오는 물은 녀석의 허벅지를 후려갈겼고 엉덩이를 물어뜯었다. 그런데 깊이 들어갈수록 갱도들은 천장이 낮아지고 벽이 불룩하게 나오면서 점점 비좁아졌다. 그래도 바타유는 달렸고 몸이 긁히면서 다리의 살점이 갱목에 묻어났다. 탄광 전체가 사방에서 자신을 붙잡고 목을 조르려고 자신을 향해 죄어드는 것 같았다.

그때 에티엔과 카트린은 바타유가 그들 가까이 다가오다 바위들 틈에 끼여 숨 막혀 하는 모습을 보게 되었다. 바타유는 바위에 부딪히는 바람에 두 앞다리가 부러졌다. 녀석은 사력을 다해 몸을 질질 끌며 몇 미터를 더 나아갔다. 하지만 옆구리가 갱도를 더 이상 통과할 수 없어서 녀석은 땅에 포위되어 꼼짝 못 하고 있었다. 그래도 바타유는 피 흘리는 머리를 내밀며 흐릿해진 그 커다란 눈으로 또 한 번 틈바구니를 찾아보았다. 물은 녀석의 몸을 빠르게 뒤덮었고 바타유는 다른 말들이 마구간에서 죽어 가며 질러 댔던, 끔찍스럽게 헐떡이는 소리로 길게 울어 대기 시작했다. 몸이 부서지고 꼼짝 못 하는 채 빛에서 멀리 떨어져 이 땅속 깊은 곳에서 발버둥 치고 있는 이 늙은 짐승은 끔찍한 단말마의 고통을 드러내고 있었다. 그 말의 비탄에 잠긴 비명은 그치지 않았고, 갈기가 물에 잠기자 주둥이를 쳐들고 크게 벌리면서 더욱더 목 쉰 소리로 비명을 질러 댔다. 물이 가득 차오른 통에서 나는 둔탁한 소리처럼 마지막 콧김 소리가 들렸다. 이어서 무거운 침묵이 흘렀다.

"아아! 하느님 맙소사! 날 데려가 줘." 카트린은 흐느꼈다. "아아! 저럴 수가! 무서워, 난 죽기 싫어⋯⋯. 날 데려가 줘! 날 데려가!"

그녀는 죽음을 본 것이었다. 수갱 입구가 무너지고 수갱 안에 물이 범람했어도 죽어 가는 바타유의 아우성처럼 그토록 무시무시한 공포를 불러일으킨 것은 없었다. 그리고 바타유의 아우성이 끊임없이 귀에 들려와서 그녀는 귀가 웅웅거리고 온 살갗에 소름이 돋았다.

"날 데려가! 날 데려가!"

에티엔은 그녀를 붙잡은 다음 데려갔다. 게다가 그래야 할 때였다. 그들은 어깨까지 물에 잠긴 채 수직 환기갱으로 올라갔다. 그는 그녀를 도와줘야 했다. 그녀는 갱목에 매달릴 힘이 더 이상 없었기 때문이다. 그는 세 차례나 그녀가 자신을 놓쳐서 그들 뒤에서 물결이 으르렁대는 그 깊은 바다 같은 물속으로 떨어지는 줄 알았다. 하지만 아직 무사한 첫 번째 갱도를 만났을 때 그들은 잠시 숨을 돌릴 수 있었다. 그러나 물이 또 차올라서 그들은 다시 올라가야 했다. 그리고 올라가기가 몇 시간이고 계속되었다. 범람하는 물이 갱도에서 갱도로 그들을 뒤쫓아 와서 그들은 끊임없이 올라가야 했다. 여섯 번째 갱도에 이르자 잠시 쉬면서 그들은 희망으로 벅찼다. 수위가 정체 상태로 머물러 있는 것 같았기 때문이다. 하지만 곧 물이 더 세차게 올라오자 그들은 일곱 번째 그리고 이어서 여덟 번째 갱도로 기어 올라가야 했다. 단 하나의 갱도가 남아 있었고, 마침내 그곳에 도달했을 때 그들은 물이 조금씩 차 올라오는 것을 불안하게 바라보았다. 만약에 물이 멈추지 않고 올라오면, 천장에 부딪혀 몸이 으스러지고 목구멍에 물이 차서 죽은 그 늙은 말처럼 죽게 되는 것인가?

낙반이 일어나는 소리가 끊임없이 울려 퍼졌다. 비좁은 창자 같은 갱도들이 엄청난 물살로 가득 찬 탓에 파열되어서 탄광 전체가 뒤흔들렸다. 갱도의 막다른 곳에서는 물살에 밀려난 공기가 쌓이고 압축된 끝에 바위들을 가르고 땅을 뒤엎으면서 무시무시한 폭발과 함께 터져 나갔다. 그것은 땅속의 대지진이 일으키는 무서운 소동으로, 대홍수가 산들을 평원 아래로 함몰시키고 땅을 뒤집어 놓았던 고대의 대변동이 일어나는 장소 같았다.

끊임없이 일어나는 낙반에 충격을 받아 정신이 나간 카트린은, 두 손을 모으고는 쉬지 않고 똑같은 말을 더듬거리며 말했다.

"난 죽기 싫어……. 난 죽기 싫어……."

에티엔은 그녀를 안심시키기 위해 물이 더 이상 차오르지 않는다고 단언했다. 그들이 물을 피해 다닌 것도 여섯 시간은 족히 되었으니 사람들이 구조하러 내려올 것이다. 그런데 그는 정확한 시간 개념을 잃어 어림짐작으로 여섯 시간이라고 말한 것이었다. 실제로는 기욤 탄맥을 통해 그들이 올라오는 동안 이미 만 하루가 지나 있었다.

그들은 젖은 몸으로 덜덜 떨면서 자리를 잡고 앉았다. 그녀는 거리낌 없이 옷을 벗어서 비틀어 짰다. 그런 다음 바지와 웃옷을 다시 입고 옷이 몸에서 마르게 했다. 그녀가 맨발이었기 때문에 나막신을 신고 있던 그는 그녀에게 강제로 자기 나막신을 신겼다. 그들은 이제 참고 기다릴 수 있었다. 이제 램프의 심지를 낮추어 야등과 같이 희미한 불빛만 유지되게 했다. 그런데 배 속을 찢는 듯한 경련이 일어났고, 그제야 그들은 자신들이 배가 고파 죽을 지경이라는 것을 깨달았다. 그때까지 그들은 자신들이 살아 있다는 사실을 느끼지 못한 것이었다. 재앙이 일어났을 때 그들은 점심도 먹지 못한 상태였다. 가지고 온 타르틴은 물에 불어서 거의 죽이 되어 있었다. 그가 자기 몫을 받아 들게 하기 위해서 그녀는 화를 내야만 했다. 타르틴을 먹자마자 그녀는 피로에 지쳐 차가운 땅 위에서 잠이 들었다. 에티엔은 잠을 못 자서 극도로 피로했지만 이마를 양손으로 받치고 시선을 고정시킨 채 그녀를 지켜보고 있었다.

그렇게 몇 시간이 흘러갔을까? 알 수 없었다. 그가 아는 것이라고는 자기 앞에 있는 좁은 수직 환기갱을 통해 검은 물결이 마치 그들에게 도달하려고 끊임없이 등을 부풀리는 짐승처럼 다시 나타나는 것이 보인다는 사실이었다. 처음에는 몸을 뻗으며 움직이는 유연한 뱀같이 가느다란 선 하나밖에 없었다. 그러더니 그것은 움직이며 기어오르는 동물의 등처럼 널따랗게 퍼졌다. 이윽고 잠들어 있는 카트린의 발까지 다가와 그녀의 발이 물에 젖었다. 불안해진 그는 그녀를 깨울까 말까 망설이고 있었다. 이런 휴식으로부터 그녀를 끄집어내는 것, 아마도 신선한 대기와 햇빛 속의 삶에 대한 꿈속에 그녀를 잠재우고 있을, 이 기진맥진한 무의식 상태로부터 그녀를 끄집어내는 것은 잔인한 일이 아닌가? 더군다나 이제 어디로 피신한단 말인가? 그는 머릿속을 더듬어 보았고, 마침내 탄맥의 이 부분에 만들어진 경사면이 위에 있는 광차 탑재대로 통하는 경사면과 서로 맞닿아 있다는 것을 기억해 냈다. 그곳이 출구였다. 그는 물이 차올라 오는 것을 보면서 가능한 한 오랫동안 그녀가 잠을 더 자도록, 그 물이 자신들을 쫓아낼 때까지 기다리며 내버려 두었다. 마침내 그가 그녀를 천천히 일으키자 그녀는 크게 몸을 떨었다.

"아아! 하느님! 이게 현실이었어……! 또 시작된 거야, 하느님 맙소사!"

그녀는 기억이 되살아났고 죽음이 다가오는 것을 다시 보고는 비명을 질렀다.

"아니야, 진정해." 그가 중얼거리듯 말했다. "우리는 빠져나갈 수 있어, 맹세할게."

경사면으로 가기 위해 그들은 몸을 접다시피 구부리고 다시 어깨까지 물에 젖은 채 걸어가야 했다. 그리고 또다시 올라가기 시작했는데, 길이 백 미터가량 온통 갱목을 대 놓은 구멍 속에서는 더욱 위험했다. 처음에 그들은 두 개의 소형 광차 중 하나를 아래에 고정시키기 위해 케이블을 잡아당기려 했다. 그들이 올라가는 도중에 다른 하나의 소형 광차가 내려오기라도 하면 그들은 가루가 될 것이기 때문이다. 하지만 어떤 장애물이 기계 장치를 고장 냈는지 아무것도 꿈쩍하지 않았다. 그들은 방해가 되는 그 케이블을 사용할 엄두를 못 내고, 미끄러운 골조를 손톱이 뽑히다시피 붙잡으면서 모험을 강행했다. 그는 손이 피투성이가 된 채 그녀가 미끄러질 때면 뒤에서 머리로 그녀를 받쳐 주었다. 갑자기 그들은 경사면을 가로막고 있는 들보의 파편들에 부딪혔다. 흙이 무너져 내렸고, 낙반 때문에 더 높이 올라갈 수도 없었다. 다행히 문이 하나 열려서 그들은 갱도 속으로 빠져나갔다.

그런데 그들 앞에 램프의 불빛이 나타나자 그들은 깜짝 놀랐다. 한 남자가 심술 사납게 그들을 향해 소리쳤다.

"약은 척하지만 나처럼 멍청한 것들이 또 있군!"

그들은 샤발을 알아보았다. 그는 흙더미가 경사면을 가로막아서 갇혀 있었다. 그리고 그와 같이 떠났던 다른 두 명의 동료들은 머리통이 깨져서 죽고 말았다. 팔꿈치를 다친 그는 용감하게도 무릎걸음으로 되돌아가서, 죽은 동료의 램프를 집어 들고 주머니를 뒤져 그들의 타르틴을 훔쳤다. 그가 그 자리에서 벗어나자마자 그의 등 뒤로 마지막 붕괴가 일어나 갱도를 막아 버리고 말았다.

대뜸 그는 자신의 먹을거리를 땅속에서 올라온 저 인간들과 절대로 나눠 먹지 않겠다고 스스로 다짐했다. 여차하면 그

316

들을 때려죽일 것이었다. 그러다 그들이 누구인지 알아보자 그는 분노가 누그러져 웃기 시작했다. 잔인한 기쁨에서 나오는 웃음이었다.

"아! 카트린, 너로구나! 너의 계획이 실패했으니 너의 옛 남자와 재결합하고 싶었던 모양이지. 좋아! 좋아! 우리 같이 즐겨 보자고."

그는 에티엔을 못 본 체했다. 에티엔은 이러한 만남에 깜짝 놀라서 카트린을 보호하려는 몸짓을 했고, 그녀는 그에게 바짝 다가섰다. 하지만 주어진 상황을 받아들여야 했다. 그는 마치 그들이 한 시간 전에 사이좋게 헤어진 친구들인 것처럼 동료한테 짤막하게 질문을 했다.

"안쪽을 살펴봤어? 막장을 통해서 나갈 수 없단 말이야?"

샤발은 계속 냉소적인 말투로 대꾸했다.

"아! 천만에! 막장을 통해서라니! 그 끝도 다 무너져 내렸고, 우리는 두 개의 벽 사이에 갇혀 있어, 진짜 궁지에 몰린 거지……. 그런데 네가 훌륭한 잠수부라면 경사면을 통해 되돌아 나갈 수 있지."

과연 물이 차오르고 있었고 찰랑거리는 소리가 들렸다. 퇴로도 이미 끊겼다. 그렇다면 그의 말이 맞았다. 이곳은 엄청난 붕괴로 갱도 한쪽 끝부분이 앞뒤로 막힌, 꼼짝 못 하는 궁지였다. 세 사람 모두 출구 하나 없이 갇혀 있었다.

"그럼 너는 남아 있을 거냐?" 샤발이 빈정거리며 덧붙였다. "좋아, 그러는 편이 제일 나을 거야. 그리고 나를 귀찮게 하지 않는다면 나는 너에게 말을 건네지도 않을 거야. 여긴 아직

두 사람이 있을 만한 자리는 있지……. 사람들이 구하러 오지 않는다면 누가 먼저 죽을지 곧 알게 되겠지. 내 생각에는 사람들이 구하러 오는 건 힘들 것 같구만."

에티엔이 다시 말을 이었다.

"우리가 벽을 두드린다면 사람들이 들을 수도 있을 거야."

"나는 두드리는 일에 지쳤어……. 자! 네가 직접 이 돌로 두드려 봐."

에티엔은 샤발이 깨뜨려 놓은 사암 조각을 주워 든 다음 안쪽으로 가서 탄맥에다 대고 광부들의 호출 신호를 보냈다. 위험에 처한 광부들이 자신들의 위치를 알리는, 길게 울리는 소리였다. 그런 다음 그는 귀를 갖다 대고 들어 보았다. 이렇게 수없이 그는 끈질기게 계속했다. 하지만 아무런 소리도 응답하지 않았다.

그동안 샤발은 냉담하게 자신의 작은 살림을 정리하는 체했다. 우선 그는 세 개의 램프를 벽 앞에 가지런히 놓았다. 램프 하나만이 타고 있었고 나머지 램프들은 나중에 쓸 작정이었다. 그리고 나서 그는 갱목 위에 그가 추가로 가지고 있던 두 개의 타르틴을 올려놓았다. 그것은 찬장이나 다름없었다. 아껴서 먹으면 그것으로 이틀은 족히 견딜 수 있었다. 그는 몸을 돌리면서 말했다.

"카트린, 알겠지? 배가 너무 고프면 말해. 절반은 네 거니까."

처녀는 입을 다물고 있었다. 다시 이 두 남자 사이에 끼어 있게 된 것은 더없이 불행한 일이었다.

그리하여 끔찍한 생활이 시작되었다. 몇 걸음 떨어져 땅바닥에 앉아 있으면서, 샤발도 에티엔도 입을 열지 않았다. 쓸데없는 빛의 사치라는 샤발의 지적에 따라 에티엔은 자신의 램프를 껐다. 그런 다음 그들은 다시 침묵에 빠졌다. 옛 애인이 던지는 시선에 불안해진 카트린은 에티엔 곁에 누웠다. 시간은 흘러갔고 끊임없이 차오르는 물의 작은 속삭임이 들려왔다. 한편 때때로 심한 진동과 멀리서 울려 퍼지는 소리가 들려와 탄광이 마지막으로 함몰되고 있음을 알려 주었다. 램프의 기름이 소진되어서 불을 켜기 위해 또 하나의 다른 램프를 열어야 했을 때, 갱내 가스에 대한 공포로 그들은 잠시 불안해했다. 그러나 그들은 암흑 속에서 견디느니 차라리 당장 죽는 편이 나았다. 하지만 아무것도 폭발하지 않았다. 갱내 가스는 없었던 것이다. 그들은 다시 누웠고 시간은 다시 흘러가기 시작했다.

무슨 소리가 나자 에티엔과 카트린은 놀라서 고개를 들었다. 샤발이 식사를 하기로 한 것이었다. 그는 타르틴의 반을 잘라 낸 후 한꺼번에 삼켜 버리고 싶은 유혹을 떨쳐 내려고 오래도록 씹었다. 배고픔에 시달리고 있는 두 사람은 그를 바라보았다.

"정말 거절하는 거냐?" 샤발이 도발적인 표정으로 카트린에게 말했다. "너는 잘못 생각하는 거야."

그녀는 굴복할까 봐 두려워서 눈을 내리깔았지만 너무나 심한 경련으로 배 속이 찢어지는 것 같아서 눈물이 쏟아지며 눈꺼풀이 부어올랐다. 그러나 그녀는 그가 무엇을 요구하는지 알고 있었다. 그날 아침에 그가 그녀의 목에 대고 가쁜 숨을 내쉬었던 것이다. 그녀가 다른 남자 곁에 있는 것을 보자 그는 예전의 미친 듯한 욕정에 사로잡혔다. 그가 그녀를 부르는 이글거리는 시선을 그녀는 잘 알고 있었다. 그가 어머니 집의 하숙인과 추악한 짓을 했다고 비난하면서 그녀에게 주먹질을 하며 달려들 때 보였던 바로 그 발작적인 질투의 불꽃이었다. 그래서 그녀는 또 그런 일이 일어나는 것을 원치 않았고 만약 그에게 돌아간다면, 자신들이 죽어 가고 있는 이 좁은 지하에서 두 남자가 서로에게 덤벼들게 될까 봐 불안에 떨었다. 오, 하느님! 좋은 우정 관계로 끝날 수는 없는 건가요!

에티엔은 샤발에게 빵 한 입을 구걸하느니 차라리 굶어 죽을 작정이었다. 침묵은 무거워져 갔고, 희망도 없이 일 분 일 분 지나가는 단조로운 시간의 느린 속도와 함께 일종의 영원이 지속되는 것 같았다. 그들이 함께 갇힌 지 하루가 되었다. 두 번째 램프가 희미해져서 그들은 세 번째 램프를 켰다.

샤발은 타르틴을 또 한 개 먹기 시작하면서 투덜거렸다.

"오라니까, 이 멍청이!"

카트린은 몸을 떨었다. 에티엔은 그녀를 자유롭게 해 주기 위해 몸을 돌렸다. 그래도 그녀가 꼼짝하지 않자, 그는 그녀에게 작은 소리로 말했다.

"가 봐, 나의 귀염둥이."

그러자 그녀는 참고 있던 눈물이 쏟아졌다. 일어날 힘도 없었고, 자신이 배가 고픈지도 더 이상 알지 못한 채 온몸에 퍼져 있는 고통으로 괴로워하면서 그녀는 오랫동안 울었다. 에티엔은 일어나 왔다 갔다 하면서, 자신이 증오하는 연적과 그곳에서 붙어 있어야 하는 남은 삶에 화가 난 채 부질없이 광부들의 호출 신호를 보내고 있었다. 서로 멀리 떨어져 죽을 만큼 충분한 자리도 없다니! 열 걸음만 걸어도 그는 되돌아와서 그 작자와 부딪쳐야 했다. 그리고 그녀를, 그 불행한 처녀를, 땅속에서까지 두 남자가 서로 차지하려고 다툼을 벌이고 있다니! 그녀는 마지막까지 살아남은 사람의 차지가 될 것이고, 에티엔이 먼저 죽으면 샤발은 그에게서 그녀를 또 훔쳐 가리라. 이러한 상황은 끝날 줄 모르는 채 시간은 계속 흘러갔으며, 숨결로 탁해지는 공기와 세 사람의 배설물로 말미암아 역겨운 동거는 더욱 끔찍해졌다. 두 번이나 에티엔은 마치 주먹으로 깨뜨리려는 듯 바위에 달려들었다.

또 하루가 지나갔고, 샤발은 카트린 곁에 앉아서 타르틴의 마지막 절반을 그녀와 나눠 먹고 있었다. 그녀는 한 입 한 입 고통스럽게 씹었고, 에티엔 앞에서 샤발은 그녀를 다시 차지하기 전에는 죽을 수 없다는 듯 고집스런 질투 속에 빵을 한 입 줄 때마다 그 대가로 그녀를 애무했다. 기진맥진한 그녀는 몸을 내맡기고 있었다. 하지만 그가 그녀를 범하려 하자 그녀는 고통을 호소했다.

"아! 날 좀 놔둬, 내 뼈를 부러뜨리겠어."

에티엔은 몸을 부르르 떨며 그들을 외면하기 위해 이마를 갱목에 대고 있었다. 그러다 그는 미친 듯이 홱 뒤돌아섰다.

"빌어먹을, 그녀를 가만 놔둬!"

"네가 무슨 상관이지?" 샤발이 말했다. "이 여자는 내 마누라야. 분명히 내 거라고!"

그는 그녀를 다시 안고는 허세를 부리려고 꽉 껴안으면서 그녀의 입술을 그의 붉은 콧수염으로 짓이기며 말했다.

"우리를 귀찮게 하지 마, 알았지! 저기 가서 우리가 어떻게 하는지 보기나 해."

그러나 입술이 새파래진 에티엔이 고함을 질렀다.

"네놈이 그녀를 놔주지 않으면 목을 졸라 죽일 거야!"

샤발이 벌떡 일어섰다. 그 날카로운 목소리에서 동료가 끝장을 내려 한다는 것을 알아차렸기 때문이다. 죽음은 그들에게 너무나 더디게 다가오고 있었다. 둘 중 하나가 당장 죽어야 했다. 그들이 곧 나란히 잠들게 될 땅속에서 해묵은 싸움이 다시 시작되었다. 그런데 공간이 너무 비좁아서 그들이 주먹을 휘두르기만 하면 살가죽이 벗겨질 판이었다.

"조심해." 샤발이 으르렁댔다. "이번에는 널 해치우고 말 테니."

그 순간 에티엔은 광증에 사로잡혔다. 그의 두 눈에는 붉은 김이 서렸고, 목 언저리는 몰려드는 피로 충혈되었다. 억누를 수 없는 살인 욕구가 그를 사로잡았다. 그것은 격렬한 기침의 발작을 야기하는 목구멍 점막의 핏빛 자극과도 같은 일종의 육체적 욕구였다. 이 욕구는 유전적인 손상에 기인해, 그의 의지와는 상관없이 솟구쳐 올라 폭발했다. 그는 벽에서 크고 묵직한 편암 조각 하나를 움켜잡고 흔들어서 떼어 냈다. 그런 다음 두 손으로 돌 조각을 들고 엄청난 힘으로 샤발의 머리통을 내리쳤다.

샤발은 뒤로 펄쩍 물러설 틈도 없었다. 그는 얼굴이 으깨지고 머리통이 갈라진 채 쓰러졌다. 머릿골이 갱도의 천장에까지 튀었고, 샘물이 끊임없이 솟아오르는 것처럼 보랏빛 분수가 상처에서 솟아나왔다. 대번에 웅덩이가 하나 생겨 났고 램프의 불빛이 흐릿한 별빛처럼 거기에 반사되었다. 벽으로 막혀 있는 이 작은 지하실에 어둠이 점점 더 엄습했고, 바닥에 쓰러져 있는 시신은 마치 토탄 더미가 시꺼멓게 솟아 있는 것 같았다.

에티엔은 몸을 숙여 눈을 크게 뜨고 시신을 바라보았다. 결국 끝이 났다. 그는 살인을 하고 말았다. 그의 모든 싸움들이 그의 기억에 어지럽게 떠올랐다. 자신의 근육 속에 잠자고 있는 독에 맞서려는, 그의 종족에게 서서히 쌓여 온 술에 맞서려던 싸움은 결국 부질없었다. 그는 오로지 배고픔에 취해 있었을 뿐이었는데도 살인을 저지르는 데에는 조상들의 먼 옛날 술기운만으로도 충분했던 것이다. 이 끔찍한 살인 앞에서 그는 머리카락이 곤두서는가 하면, 그가 받은 교육으로 인한 저항에도 불구하고 마침내 식욕이 충족된 듯한 동물적인 기쁨과 같은 환희로 가슴이 뛰었다. 그리고 그는 가장 강한 자가 지니는 일종의 자부심을 느꼈다. 어린아이한테 칼에 찔려 죽은 어린 군인의 모습이 떠올랐다. 그도 이제 살인을 한 것이다.

꼿꼿이 서 있던 카트린은 크게 비명을 질렀다.

"하느님 맙소사! 그가 죽었어!"

"저자가 죽어서 애석해?" 에티엔이 사납게 물었다.

그녀는 숨이 막혀서 더듬거렸다. 그러다 그녀는 비틀거리며 그의 품에 뛰어들었다.

"아아! 나도 죽여 줘, 아아! 우리 둘 다 죽자!"

그녀는 그를 꼭 껴안으며 어깨에 매달렸고, 그도 마찬가지로 그녀를 꼭 껴안은 채 두 사람은 자신들이 곧 죽기를 바랐다. 하지만 죽음은 성급히 다가오지 않았고 그들은 서로 껴안았던 팔을 풀었다. 그녀가 눈을 가리고 있는 동안 그는 아직도 살아가야 할 좁은 공간에서 시신을 치우기 위해 비참하게 죽은 샤발을 질질 끌고 가서 경사면으로 던졌다. 발치에 시신을 두고 살 수는 없었다. 시신이 거품을 일으키면서 물속에 빠지는 소리를 들으며 그들은 공포에 사로잡혔다. 물이 벌써 구멍을 채웠단 말인가? 그들은 보았다. 물이 갱도로 넘쳐 들어오고 있었다.

그러자 새로운 싸움이 시작되었다. 그들은 마지막 램프에 불을 붙였고, 램프는 멈출 줄 모르고 집요하게 차오르는 물을 비추면서 기름이 소진되어 갔다. 처음에는 물이 발목까지 차올랐다가 이윽고 무릎까지 올라왔다. 갱도가 오르막을 이루고 있어서 그들은 안쪽으로 몸을 피했다. 그래서 몇 시간 정도 여유가 생겼다. 그러나 물결이 그들을 따라잡아서 그들은 허리춤까지 물에 잠겼다. 궁지에 몰린 그들은 등줄기를 바위에 바짝 붙인 채 서서 끊임없이 불어나는 물을 바라보았다. 물이 입까지 차오르면 끝장이리라. 그들이 걸어 놓은 램프가 빠르게 너울대는 작은 물결들을 노란빛으로 물들이고 있었다. 불빛이 희미해져서 그들이 분간할 수 있는 것이라고는, 물이 밀려들면서 점점 커지는 듯한 어둠에 마치 삼켜지기라도 하는 것처럼 끊임없이 줄어드는 반원 모양의 램프 불빛뿐이었다. 그런데 갑자기 어둠이 그들을 뒤덮었다. 마지막 기름 한 방울을 토해 낸 다음 램프가 방금 꺼진 것이었다. 완전하고 절대적인 어둠, 찬란한 햇빛 속에 다시 눈을 떠 볼 가망조차 없이 그들이 그 속에 싸여 영원히 잠들게 될 땅속의 어둠만이 남았다.

"제기랄!" 들릴락 말락 한 소리로 에티엔이 욕을 했다.

카트린은 마치 암흑이 자신을 붙잡는 것같이 느껴져 그에게 기대면서 몸을 피했다. 그녀는 광부들의 속언을 나지막한 목소리로 되풀이해 말했다.

"죽음이 램프 불을 불어 끈다."

하지만 이러한 위협 앞에서도 그들은 본능적으로 대항했고 살고자 하는 열망으로 다시 기운을 차렸다. 그는 램프에 달린 갈고리를 가지고 맹렬하게 편암을 파내기 시작했고, 그녀는 맨 손톱으로 그를 도왔다. 그들은 높다란 벤치 같은 것을 만든 다음 둘 다 그 위로 올라갔다. 그들은 다리를 늘어뜨린 채, 머리를 숙이게 만드는 천장 때문에 등을 구부리고 앉았다. 물은 이제 그들의 발뒤꿈치만 시리게 했다. 하지만 곧 그들은 차가운 물이 쉬지 않고 거침없이 움직이면서 점차 그들의 발목과 장딴지에 이어 무릎을 끊어 내는 것 같았다. 평평하게 만들지 못한 벤치는 끈적거리는 물기에 젖어 들어서 그들은 미끄러지지 않기 위해 벤치에 찰싹 붙어 있어야만 했다. 이제는 마지막이었다. 벽감 안까지 몰려서 더 이상 빵도 불빛도 없이 기진맥진하고 굶주린 채, 몸을 한 번 움직일 엄두도 못 내면서 얼마 동안이나 기다릴 수 있겠는가? 그리고 그들은 무엇보다 죽음이 다가오는 것을 보지도 못하게 하는 암흑 때문에 고통스러웠다. 무거운 침묵이 흐르고 있었고, 물이 가득 찬 탄광은 더 이상 꿈쩍도 하지 않았다. 그들이 이제 발아래로 느끼는 것은 갱도들 속에서 말없는 물결을 부풀리고 있는 이 바다뿐이었다.

내내 마찬가지로 암흑 같은 시간들이 흘러갔다. 시간 개념이 점점 혼란스러워져 그들은 얼마나 지났는지 가늠할 수 없었다. 그들은 고통으로 시간이 길게 느껴졌겠지만, 사실상 시간은 빨리 흘러갔다. 그들은 자신들이 갇힌 후 이틀하고 하룻밤이 지났을 거라고 생각했는데 실제로는 이미 사흘이 되어가고 있었다. 아무도 그들이 거기에 있는 줄 모르고, 아무도 거기까지 내려올 수 없었기 때문에 구조되리라는 희망은 사라졌고, 설령 범람하는 물이 멈추거나 빠져나간다 해도 그들은 굶어서 죽을 목숨이었다. 마지막으로 그들은 구조 신호를 보낼 생각을 했다. 하지만 돌은 물속에 있었다. 게다가 누가 그들의 신호 소리를 들을 수 있겠는가?

카트린은 체념한 채 아픈 머리를 탄맥에 기댔는데, 그 순간 소스라치며 몸을 일으켰다.

"들어 봐!" 그녀가 말했다.

처음에 에티엔은 그녀가 계속 차오르는 물이 내는 자그마한 소리를 말하는 거라고 생각했다. 그는 그녀를 안심시키려고 거짓말을 했다.

"네가 들은 건 내가 내는 소리야, 다리를 흔들고 있거든."

"아니야, 아니야, 그 소리가 아니고…… 저쪽에 들려오는데,

들어 봐!"

그러고 그녀는 귀를 탄맥에 갖다 댔다. 에티엔도 그녀의 말을 알아듣고 그녀처럼 귀를 갖다 댔다. 숨 막히는 기다림의 순간들이었다. 이윽고 아주 멀리서 충분히 간격을 두고 세 번 두드리는 소리가 아주 희미하게 들려왔다. 그러나 그들은 아직 믿지 못했다. 그들의 귀에 울리는 소리는 탄층에 균열이 가는 소리 같기도 했다. 그리고 그들은 응답하기 위해서 무엇으로 두드려야 할지 몰랐다.

에티엔에게 한 가지 생각이 떠올랐다.

"너 나막신을 신고 있지? 신발을 벗어서 굽으로 두드려 봐."

그녀는 광부들이 사용하는 호출 신호를 보냈다. 그러고 나서 그들은 귀를 기울였고, 또다시 멀리서 세 번 두드리는 소리가 분간이 되었다. 그들은 스무 번이나 다시 시도해 보았고 그때마다 두드리는 소리가 응답했다. 그들은 울면서 서로 얼싸안다가 균형을 잃을 뻔했다. 마침내 동료들이 오고 있는 것이었다. 구조대가 그들을 구하기 위해서는 마치 손가락으로 바위를 쪼개기만 하면 되는 것처럼 그들은 기쁨과 사랑이 넘쳐서, 기다림의 고통과 오랫동안 헛수고였던 구조 요청으로 인한 분노가 씻은 듯 사라졌다.

"어때!" 그녀가 명랑하게 외쳤다. "내가 머리를 기댄 게 정말 행운이었지!"

"아아! 넌 정말 귀가 밝구나!" 에티엔이 말했다. "나는 아무 소리도 듣지 못했는데."

그때부터 그들은 번갈아 아주 자그마한 신호에도 응답할

태세로, 둘 중 한 사람은 늘 벽에 귀를 기울이고 있었다. 이윽고 그들은 곡괭이질 소리를 포착했다. 사람들이 접근 작업을 시작해서 갱도를 파 내려오는 소리였다. 그들은 작은 소리 하나도 놓치지 않았다. 하지만 그들의 기쁨은 곧 사그라졌다. 서로 짐짓 웃음 지어도 소용없었고, 절망이 점차 그들을 사로잡았다. 처음에 그들은 사람들이 분명 레키야르를 통해 내려오고 있다느니, 갱도가 탄층으로 내려오고 있다느니, 세 사람이 갱도를 뚫는 작업을 하는 걸 보면 아마도 여러 개의 갱도를 뚫고 있는 모양이라느니 하면서 나름대로 장황하게 추측을 늘어놓았다. 그러다 그들은 말수가 줄어들었고, 자신들과 동료들 사이를 가로막고 있는 거대한 바윗덩어리에 생각이 미치자 입을 다물게 되었다. 그들은 말없이 각자 생각에 잠겨 광부 한 사람이 그와 같은 거대한 바윗덩어리를 뚫는 데 며칠이나 걸릴지 계산해 보았다. 구조대는 결코 늦기 전에 그들이 있는 곳에 도달하지 못하리라. 구조대는 그들이 스무 번도 더 죽고 난 후에야 도착하리라. 그리하여 음울해진 그들은 한층 길어진 고뇌 속에 말 한마디 주고받을 엄두도 못 내면서 울려오는 신호에 응답했다. 희망은 사라졌고, 자신들이 아직 살아 있다고 다른 동료들에게 말해 주려는 기계적인 욕구뿐이었다.

하루가 지나고 이틀이 지나갔다. 그들이 땅속에 갇힌 지 엿새째가 되었다. 물은 그들의 무릎 높이에서 멈춘 채 더 차오르지도 빠지지도 않았다. 차디찬 물속에서 그들은 다리가 녹아 버리는 것 같았다. 한 시간 정도는 다리를 물에서 꺼내 놓을 수 있었다. 하지만 그렇게 하면 자세가 너무나 불편해서 극심한 경련으로 온몸이 뒤틀렸기 때문에, 그들은 다시 발뒤꿈치를 도로 내려야 했다. 또 그들은 십 분마다 한 번씩 허리를 놀려서 미끄러운 바위를 거슬러 올라가야 했다. 뾰족한 석탄 조각들이 그들의 등줄기를 찔러 댔고, 머리통이 부서지지 않도록 줄곧 고개를 숙이고 있느라 목덜미에 지속적으로 격심한 통증을 느꼈다. 그리고 숨이 점점 더 막혀 왔다. 물에 밀려난 공기가 그들이 갇혀 있는 그 종처럼 생긴 곳에 압축되어 있기 때문이었다. 그들의 쇠약해진 목소리는 아주 멀리서 들려오는 것 같았다. 귀가 윙윙거리기 시작했고, 미친 듯이 경종이 울려 대는 듯한 소리가 들리는가 하면, 우박이 쏟아지는 가운데 가축 떼가 끊임없이 달려가는 듯한 소리가 들리기도 했다.

처음에 카트린은 배고픔으로 지독하게 고통스러웠다. 그녀는 꽉 쥐고 있는 가엾은 두 손을 가슴에 얹은 채 깊고 메마른 숨을 내쉬었으며, 마치 집게가 그녀의 위장을 잡아 빼는 듯 찢어지는 듯한 신음을 끊임없이 냈다. 똑같은 고통으로 숨이 막히던 에티엔은 열에 들뜬 듯이 어둠 속을 더듬어 보았다. 그때 옆에서 반쯤 썩은 갱목 조각 하나가 손에 닿자 그는 손톱으로 그것을 잘게 부수었다. 그리고 그것을 한 움큼 집어 카트린에게 주자 그녀는 게걸스럽게 삼켰다. 이틀 동안 그들은 그 썩은 갱목을 먹고 살았고, 몽땅 먹어 치우자 그것을 다 먹었다는 데 절망한 나머지 상처를 입어 가며 다른 갱목들을 부스러뜨려 보았지만, 아직 튼튼한 것들이어서 나무줄기들이 부서지지 않았다. 고통은 커져 가기만 했고 그들은 자기 옷을 씹어 먹을 수 없다는 사실에 격분했다. 그가 허리에 차고 있던 가죽 허리띠가 그들의 분노를 조금 누그러뜨렸다. 그가 이빨로 허리띠를 잘게 잘라 내자 그녀는 그 조각들을 와작와작 씹어서 기어코 삼키려고 했다. 그렇게 함으로써 그들의 턱은 심심치 않았으며 그들에게 먹고 있다는 환상을 심어 주었다. 이윽고 허리띠도 먹어 치우자 그들은 다시 옷의 천에 달려들어 몇 시간이고 빨아 댔다.

그러나 곧 이 격렬한 발작도 진정되어서 배고픔이란 이제 배 속 깊은 곳에서 희미하게 느껴지는 고통에 지나지 않았고, 그들의 기력이 서서히 점차적으로 소진될 뿐이었다.

아마도 원하는 대로 마실 물이 없었더라면 그들은 죽었을 것이다. 그들은 몸을 구부려 손 안에 물을 떠 마시기만 하면 되었다. 너무나 목이 타서 수없이 마셨지만 그 물을 다 마신다 해도 갈증이 풀리지는 않을 것 같았다.

이레째 되던 날 카트린이 물을 마시려고 몸을 기울이자 그녀 앞에 떠 있는 어떤 물체가 손에 부딪혔다.

"여기 좀 봐……. 이게 뭐지?"

에티엔은 암흑 속에서 더듬어 보았다.

"모르겠는걸, 환기구의 덮개 같은데."

그녀는 물을 마셨다. 그런데 그녀가 두 모금째 물을 뜨고 있을 때 그 물체가 다시 그녀의 손을 건드렸다. 그러자 그녀는 끔찍한 비명을 질렀다.

"맙소사, 그 남자야!"

"누구?"

"그 남자, 당신도 알잖아……. 그의 콧수염이 느껴졌어."

그것은 물이 불어나면서 경사면을 거슬러 올라와 그들에게 까지 떠밀려 온 샤발의 시체였다. 에티엔이 팔을 뻗어 만져 보자 금세 콧수염과 부서진 코가 느껴졌다. 그러자 혐오와 공포가 뒤섞인 전율이 그의 몸을 훑고 지나갔다. 카트린은 심한 구역질이 올라와 입안에 남아 있던 물을 뱉어 버렸다. 그녀는 방금 피를 마신 것만 같았고 그녀 앞에 있는 그 깊은 물 전부가 이제는 그 남자의 피 같았다.

　"기다려." 에티엔이 더듬거리며 말했다. "내가 그자를 되돌려 보낼게."

　그가 시체에 발길질을 한 번 하자 시체는 멀어져 갔다. 그러나 얼마 되지 않아 그들은 그 시체가 또다시 자신들의 다리를 치는 것을 느꼈다.

　"빌어먹을! 좀 꺼져!"

　그러나 세 번째가 되자 에티엔은 시체를 내버려 두기로 했다. 어떤 물결이 샤발의 시체를 도로 데려오는 모양이었다. 샤발은 떠나려 하지 않았고, 그들과 같이 있으면서 그들을 괴롭히려는 것 같았다. 그는 끔찍스런 동반자로 끝내 공기에서 악취가 나게 만들었다. 그들은 그날 하루 종일 자신과 싸우며 차라리 죽을지언정 물을 마시지는 않았다. 하지만 다음 날이 되자 고통에 못 이겨 그들은 물을 마시기로 했다. 그들은 한 모금씩 물을 뜰 때마다 시체를 옆으로 밀어 놓았고, 어쨌거나 그 물을 마셨다. 질투에 사로잡힌 샤발이 끈질기게 그와 그녀 사이로 돌아오는 것을 보니, 그의 머리통을 부숴 놓은 것도 헛수고였다. 그는 죽어서도 그들이 같이 있지 못하도록 끝까지 그들과 함께 있을 것 같았다.

또 하루가 지나고, 이어서 또 하루가 지났다. 물결이 일 때마다 에티엔은 늘 가까이 있는 어떤 사람이 자신의 존재를 상기시키려고 팔꿈치로 툭 치는 것처럼 자신이 죽인 사람과 가볍게 부딪혔다. 매번 그는 소스라쳤다. 끊임없이 그는 으깨진 얼굴에 붉은 콧수염이 난, 물에 불어 푸르뎅뎅해진 샤발의 시체를 보게 되었다. 그러다 그는 더 이상 살인의 기억도 나지 않았다. 자신이 샤발을 죽인 게 아니라 샤발이 헤엄쳐 와서 그를 물어뜯으려 하는 것 같았다. 카트린은 오랫동안 하염없이 흐느끼더니 지쳐서 녹초가 되었다. 그녀는 마침내 어쩔 수 없는 비몽사몽 상태의 잠에 빠져들었다. 그가 그녀를 깨웠으나 눈꺼풀을 치켜올리지도 못하고 몇 마디 말을 더듬거리고는 이내 다시 잠이 들었다. 그는 그녀가 물에 빠질까 봐 한쪽 팔로 그녀의 허리를 안았다. 이제는 그가 동료들에게 응답을 보냈다. 곡괭이질 소리가 가까워져서 그의 등 뒤에서 소리가 들려왔다. 하지만 그도 힘이 쇠약해져서 이제 벽을 두드릴 엄두도 못 냈다. 그들이 거기 있는 것을 사람들이 알고 있는데, 몸을 더욱 지치게 할 까닭이 있겠는가? 사람들이 구하러 올 거라는 사실도 더 이상 그의 관심을 끌지 못했다. 몽롱한 상태로 기다리는 가운데 그는 몇 시간이 흐르도록 자신이 무엇을 기다리는지도 잊어버리고 있었다.

한 가지 위안이 그들에게 용기를 조금 북돋아 주었다. 물이 빠지면서 샤발의 시체도 멀어져 갔다. 아흐레 전부터 사람들이 그들을 구조하려고 작업하고 있었으며 그들은 처음으로 갱도에 몇 발짝을 내디뎠다. 그런데 그 순간 무시무시한 진동이 일어나서 그들은 바닥에 나가떨어졌다. 그들은 서로를 찾아서 미친 듯이 부둥켜안았다. 무슨 영문인지 알 수 없었고 재난이 다시 시작되는 줄로만 알았다. 더 이상 아무것도 움직이지 않았고 곡괭이 소리도 멎었다.

구석에 나란히 앉아 있다가 카트린이 가볍게 웃었다.

"밖에는 날씨가 좋을 거야……. 자, 여기서 나가자."

처음에 에티엔은 이런 착란 증세를 이겨 내려 했다. 그러나 일종의 전염병 같은 것이 더 굳건한 그의 머리까지 뒤흔들어서 그는 현실 감각을 잃어버렸다. 그들의 모든 감각은 망가졌다. 열에 들떠서 이제는 말하고 싶고 몸짓을 하고 싶은 욕구로 고통받던 카트린이 특히 그랬다. 그들의 귀에서 윙윙거리던 소리가 흐르는 물이 속삭이는 소리와 새들이 지저귀는 소리로 들렸다. 그리고 그녀는 발에 밟힌 풀에서 나는 강렬한 향기를 느꼈고, 노란 점들이 그의 눈앞에서 날아다니는 것이 똑똑히 보였다. 그 노란 점들은 어찌나 큼직한지, 그녀는 어느 화창한 날에 밖으로 나가 운하 옆 밀밭에 있는 것만 같았다.

"어때? 아, 따뜻해……! 나 좀 안아 줘. 함께 있자. 아! 언제나, 언제까지나!"

그는 그녀를 꼭 껴안았고, 그녀는 행복한 소녀처럼 끊임없이 재잘거리면서 오랫동안 그에게 몸을 부벼 댔다.

"그렇게 오랫동안 기다렸다니 우리는 참 바보였어! 처음 보자마자 나는 당신을 진정으로 원했지. 하지만 당신은 눈치도 못 채고 못마땅해 했어……. 그리고 생각나? 우리 집에 있었을 때 서로를 안고 싶은 강렬한 욕망으로 천장만 바라보면서 서로의 숨소리를 듣느라 잠 못 이루던 밤 말이야."

그는 그녀의 명랑한 태도를 따라 그들이 나눈 무언의 애정에 대한 기억들을 가지고 농담을 나누었다.

"너는 나를 때린 적이 한 번 있었지. 그래, 그래! 양쪽 따귀를 갈겼다고!"

"그건 내가 당신을 사랑했기 때문이야." 그녀가 중얼거리듯 말했다. "알아, 당신? 나는 당신 생각을 하지 않으려 했고, 정말 끝났다고 생각했어. 그런데 사실은 언젠가 우리가 함께하리라는 것을 알고 있었지…… 어떤 행운과 같은 한 번의 기회만 있었으면 됐는데. 안 그래?"

그는 차가운 전율을 느끼며 그 꿈을 떨쳐 버리려 했다. 그런 다음 그는 천천히 카트린식으로 되풀이해서 말했다.

"아무것도 끝나지 않았어. 약간의 행복만으로도 모든 것이 다시 시작될 수 있어."

"그럼 나를 지켜 줘. 이번에는 정말 그렇게 해 줄 거지?"

그러고는 기력이 다한 그녀는 미끄러지듯 쓰러졌다. 그녀는 너무 쇠약해져서 희미한 목소리가 서서히 꺼져 갔다. 겁이 더럭 난 그는 그녀를 가슴에 안았다.

"많이 아파?"

그녀는 놀라서 다시 몸을 일으켰다.

"아니, 전혀……. 왜 그렇게 묻는 거야?"

그 물음 때문에 그녀는 꿈에서 깨어났다. 그녀는 멍하니 어둠 속을 바라보더니 두 손을 비틀면서 또다시 흐느껴 울었다.

"하느님! 오, 하느님! 너무나 캄캄해요!"

이제는 더 이상 밀밭도, 풀들의 향기도, 종달새의 노랫소리도, 황금빛의 커다란 태양도 없었다. 있는 것이라고는 물에 잠긴 탄광과 악취를 풍기는 어둠, 그리고 여러 날 전부터 그들이 그렇게 헐떡이고 있는 좁은 지하실에서 똑똑 떨어지는 음산한 물소리뿐이었다. 감각에 이상이 오자 그녀는 더욱 공포를 느꼈고, 어린 시절의 미신에 다시 사로잡혔다. 그녀는 수갱에서 행실 나쁜 여자들의 목을 비틀어 버린다는, 옛날에 죽은 늙은 광부인 '검은 남자'가 보였다.

"들어 봐, 소리가 들렸지?"

"아니, 아무것도. 난 아무 소리도 들리지 않는데."

"아니야 들려, '그 남자' 소리가. 알잖아……? 앗! 그가 저기에 있어……. 사람들이 땅의 동맥을 끊어 놓은 것에 대해 복수하려고 땅이 탄맥에 들어 있는 모든 피를 쏟아 낸 거야. 그래, 그가 저기에 있어, 보일 거야, 잘 봐 봐! 어둠보다도 더 시커먼 모습이야……. 아아! 무서워, 아아! 무서워!"

그녀는 와들와들 떨면서 입을 다물었다. 그러더니 아주 낮은 목소리로 말을 계속했다.

"아니야, 그는 바로 다른 사람이야."

"다른 사람이라니 누구 말인데?"

"우리랑 같이 있지만 더 이상 이 세상 사람이 아닌 사람."

샤발의 모습이 그녀에게서 떠나지 않은 것이었다. 그녀는 그에 대해서 횡설수설했다. 같이 지내는 동안 단 하루 그가 다정하게 굴었던 장바르에서의 일이라든가, 그녀를 마구 때린 다음 미친 듯이 애무하는 경우처럼 다른 날들에는 욕설과 따귀 때리기가 능사였다는 사실 등 그와의 비참한 생활을 말해 주었다.

"내 말 믿어. 그가 온다고. 그는 우리가 함께 지내는 걸 또 방해할 거야……! 그는 다시 질투에 사로잡혔어……. 아아! 그를 쫓아 버려. 아아! 나를 지켜 줘. 나의 모든 걸 지켜 줘!"

그녀는 그에게 격렬히 매달렸고, 그의 입술을 찾아 자신의 불타는 입술을 갖다 댔다. 어둠 속이 환해졌고 그녀는 다시 태양을 보았으며 사랑을 하는 여인의 평온한 웃음을 되찾았다. 그는 웃옷과 너덜너덜한 바지 아래로 반라 상태인 그녀의 몸이 자기 몸에 와 닿는 것을 느끼자 몸이 떨리며 욕정이 되살아나서 그녀를 끌어안았다. 그리하여 마침내 무덤 속 같은 곳의 진흙탕 침대 위에서 그들은 첫날밤을 맞았다. 그것은 행복을 느껴 보기 전에는 죽지 않으려는 욕구이자 살아 보고자 하는, 마지막으로 삶을 만들어 보고자 하는 집요한 욕구였다. 그들은 모든 것에 대한 절망과 죽음 속에서 서로에 대한 사랑 속으로 빠져들었다.

그러고 나자 더 이상 아무것도 남지 않았다. 에티엔은 여전히 같은 구석에 앉아 있었고 카트린은 꼼짝 않고 그의 무릎 위에 누워 있었다. 수많은 시간이 흘러갔다. 그는 오랫동안 그녀가 자고 있는 줄 알았다. 그러다 그녀의 몸에 손을 대 보니 몸이 무척이나 차가웠다. 그녀는 죽은 것이었다. 하지만 그는 그녀를 깨울까 봐 두려워 꼼짝도 하지 않았다. 자신이 그녀를 여자로서 소유한 첫 번째 사람이라는 생각, 그리고 그녀가 임

신할 수도 있었다는 생각에 그는 마음이 애처로웠다. 그녀와
함께 떠나고 싶은 욕망, 나중에 그들 둘이서 함께 이루어 내
는 것에서 느낄 기쁨 등 다른 생각들이 때때로 떠오르곤 했으
나, 너무나 막연한 것이어서 마치 잠의 숨결인 양 자신의 이마
를 살짝 스쳐 지나가는 것 같았다. 그는 기력이 쇠해서 이제는
조금씩 움직일 힘밖에 남지 않았고, 손을 느릿느릿 움직여서
차디차게 굳은 그녀가 잠든 아이처럼 자기 무릎 위에 잘 있는
지 확인할 뿐이었다. 모든 것이 사라지고 있었다. 어둠도 파묻
혀 버렸고, 그는 공간과 시간을 벗어난 채 아무 곳에도 존재하
지 않았다. 무엇인가가 그의 머리 옆에서 세차게 두들기고 있
었고 그 소리들은 가까워지고 있었다. 하지만 그는 엄청난 피
로로 몸이 마비되어 처음에는 응답하기가 귀찮았다. 그런데
이제는 더 이상 의식하지도 못했고, 그녀가 그의 앞에서 걸어
가고 있으며 자신이 그녀의 나막신이 가볍게 딸깍거리는 소
리를 듣고 있다고 꿈을 꿀 뿐이었다. 이틀이 지나갔다. 그녀는
꼼짝도 하지 않았다. 그는 기계적인 동작으로 그녀의 몸에 손
을 대 보고는 그녀가 평온하게 있는 것을 느끼고는 안심했다.

　에티엔은 무언가 격렬한 진동을 느꼈다. 사람들의 목소리가
천둥 치듯 들려왔고 바윗돌들이 그의 발치에까지 굴러 떨어
졌다. 램프 불빛을 보고 그는 눈물을 흘렸다. 그는 두 눈을 깜
빡거리며 불빛을 좇아 다녔고, 어둠 속에 겨우 자국을 남기는
그 불그스름한 반점 같은 불빛 앞에서 황홀경에 빠진 채 지칠
줄 모르고 그 빛을 바라보았다. 그러는 사이에 동료들이 그를
데리고 갔고, 그는 꽉 다물고 있는 이 사이로 동료들이 죽을

여러 숟가락 떠 넣어주는 대로 내버려 두었다. 레키야르 갱도
에 이르러서야 그는 누군가를 알아보았다. 그의 앞에 서 있는
사람은 탄광 기사 네그렐이었다. 항거한 노동자와 회의적인 상
관으로서 서로 경멸했던 두 사람은 서로 목을 얼싸안았다. 그
러고는 마음속에 자리하고 있던 모든 인간애가 깊은 곳에서
부터 뒤흔들려 솟아나면서 그들은 크게 흐느껴 울었다. 그것
은 한없는 슬픔이자 누대에 걸친 비참함이며 삶에서 빠져들
수 있는 극심한 고통이었다.

 갱 밖에서는 라 마외드가 죽은 카트린 곁에 쓰러져 절규하
고 또 절규했다. 길고 끊이지 않는 신음이었다. 여러 구의 시신
이 이미 끌어 올려져 땅바닥에 줄지어 놓여 있었다. 샤발과 소
년 갱부 한 명 그리고 채탄부 두 명은 똑같이 머리가 부서진
모습으로, 사람들은 그들이 낙반으로 머리에 치명상을 입었다
고 생각했다. 그들은 머리통이 깨져 머릿골 없이 텅 비어 있었
고 배는 물이 차서 부풀어 있었다. 군중들 가운데 몇몇 여자
는 정신이 나가서 자기 치마를 찢고 얼굴을 할퀴어 댔다. 사람
들이 에티엔을 램프 불빛에 적응시키고 음식을 약간 먹인 뒤
에 마침내 밖으로 내보냈을 때 그는 뼈만 앙상하고 백발이 다
되어 있었다. 사람들은 이 노인 앞에서 비켜서며 몸을 떨었다.
라 마외드는 울부짖다 말고 시선을 고정한 채 눈을 크게 뜨고
얼이 빠진 듯 그를 바라보았다.

6

새벽 4시였다. 4월의 선선한 밤이 날이 밝아 오면서 훈훈해지고 있었다. 맑은 하늘에는 별들이 깜박이고 있었고, 다른 한편으로는 여명이 동쪽 하늘을 자줏빛으로 물들이고 있었다. 잠들었던 어두운 벌판이 살며시 몸을 떨면서 잠에서 깨기 전에 내는 희미한 소리를 냈다.

에티엔은 방담으로 향하는 길을 따라 성큼성큼 걸어갔다. 그는 몽수에 있는 병원 침대에서 여섯 주를 보내고 오는 길이었다. 아직 얼굴이 누렇고 몹시 야위었지만 떠날 기력이 생기자 길을 나섰다. 회사는 아직도 수갱들이 어떻게 될까 봐 벌벌 떨며 계속해서 노동자들을 해고하면서 그를 계속 고용할 수 없다고 통고했다. 회사는 이제 그에게는 힘겨울 탄광 일을 그만두라고 따뜻하게 충고하면서 격려금으로 백 프랑을 지급하기까지 했다. 하지만 그는 그 백 프랑을 거절했다. 이미 플뤼샤르의 답신을 받았고, 그를 파리로 부르는 그 편지에 여행비도 들어 있었기 때문이다. 이제 그의 오랜 꿈이 실현되려 했다. 그는 전날 병원에서 나와 과부 데지르의 댄스홀 봉주아이외에서 밤을 보냈다. 그러고는 아침 일찍 일어났을 때 그는 하고 싶은 일이 단 한 가지뿐이었다. 마르시엔으로 8시 기차를 타러 가기 전에 동료들에게 작별 인사를 하는 것이었다.

장밋빛으로 물들어 가는 길 위에서 에티엔은 잠시 걸음을 멈췄다. 이른 봄의 그토록 맑은 공기를 들이마시는 것은 상쾌한 일이었다. 찬란한 아침이 깨어나고 있었다. 서서히 날이 밝아 왔고 대지의 생명이 태양과 함께 올라오고 있었다. 그러자 그는 산수유나무 지팡이를 힘차게 짚으며 멀리 들판이 밤안개로부터 모습을 드러내는 것을 바라보면서 다시 걷기 시작했다. 그는 아무도 다시 만나지 못했고 라 마외드만이 딱 한 번 병원에 왔었지만, 그러고는 아마도 다시 올 수 없었던 모양이었다. 그러나 그는 이제 240번 탄광촌 사람들 모두가 장바르 수갱에 내려간다는 것과 그녀도 일을 다시 시작했다는 것을 알고 있었다.

황량했던 길에 사람들이 점차 들어찼고, 광부들이 창백한 얼굴로 말없이 에티엔 곁을 끊임없이 지나갔다. 사람들의 말에 의하면 회사 측은 자기들이 승리했다고 전횡을 부리고 있었다. 두 달 반 동안의 파업 끝에 굶주림에 굴복한 광부들이 수갱으로 돌아가자 그들은 갱목 작업에 대한 수당을 받아들여야 했다. 그것은 동료들의 피로 뒤범벅이 되어 있는, 가증스럽게 위장한 임금 인하였다. 회사 측은 그들에게서 한 시간의 노동을 도둑질해 갔고, 그들로 하여금 굴복하지 않겠다고 스스로 다짐했던 맹세를 어기게 한 것이었다. 이 강요로 인한 맹세 위반은 쓸개처럼 쓰디쓰게 그들의 목구멍에 걸려 있었다. 미루, 마들렌, 크레브쾨르, 라 빅투아르 등 도처에서 작업이 재개되었다. 아침 안개 속에서 어둠에 잠겨 있는 길을 따라 도처에서 광부들이 떼를 지어 걸어갔다. 고개를 숙이고 종종걸음으로 가는 그들의 행렬은 도살장으로 끌려가는 가축들의 행렬 같았다. 그들은 무명천으로 된 얇은 옷을 입고 덜덜 떨고 있었고 팔짱을 낀 채 허리를 흔들며 등을 활처럼 구부린 채 걸어가고 있었다. 속옷과 웃옷 사이에 끼워 넣은 브리케 때문에 등에 혹이 달린 것처럼 보였다. 그런데 온통 시커멓고 웃지도 않고 곁눈질 한번 안 하면서 떼 지어 일터로 돌아가는 말없는 이 어렴풋한 형체들에게서는, 그저 배고픔으로 체념했을 뿐 분노로 이를 악물고 있고 가슴은 증오로 터질 듯한 것이 느껴졌다.

에티엔은 수갱에 가까워질수록 그들의 수가 늘어나는 것을 보았다. 거의 모든 사람들이 따로따로 걷고 있었고, 무리를 지어 가는 사람들도 벌써 지친 데다 다른 사람들과 자기 자신에게 진력이 나서 일렬로 줄지어 걸어갔다. 그는 그중에서 늙은 사람을 한 명 발견했는데, 납빛 이마 아래로 그의 두 눈은 석탄처럼 빛나고 있었다. 또 다른 젊은이 하나는 폭풍을 억누른 듯한 숨을 내쉬고 있었다. 많은 사람들이 나막신을 손에 들고 있었다. 그들의 두툼한 털양말이 지면과 부딪히는 약한 소리는 거의 들리지 않았다. 그 행렬은 끝없이 철철 흐르는 물과 같았고, 일종의 궤주로서 패배한 군대의 강행군 같은 것이었다. 그들은 줄곧 머리를 숙이고 걸어가면서 다시 싸움을 벌여 복수하고픈 욕구로 소리 없이 격노해 있었다.

에티엔이 도착했을 때 장바르는 어둠 속에서 모습을 드러내고 있었고, 동이 트는 가운데 선로 지지대에 걸려 있는 램프에는 아직 불이 붙어 있었다. 어두운 건물들 위로 붉은색이 살짝 깃든 하얀 깃털처럼 연기가 피어올랐다. 그는 선탄장 계단을 지나서 석탄 하치장으로 갔다.

입갱이 시작되었고 노동자들이 바라크에서 올라왔다. 소란과 동요 속에서 그는 잠시 꼼짝 않고 있었다. 확성기의 고함 소리와 종소리, 신호대를 치는 곤봉 소리들 가운데, 광차들이 굴러가면서 주철 바닥판을 뒤흔들었고 보빈들이 돌면서 케이블을 풀어 놓았다. 에티엔은 괴물이 자기 몫의 하루 치 인육을 삼키는 것을 다시 보게 되었다. 케이지들은 솟아올랐다가 다시 내려가면서 걸신들린 거인이 쉬지 않고 손쉽게 꿀꺽 삼키는 것처럼 그 안에 실린 사람들을 꿀꺽 삼켰다. 사고가 난 뒤로 그는 탄광에 대해 신경질적인 공포감을 갖게 되었다. 빠져 들어가는 케이지들이 그의 내장을 잡아당기는 것 같았다. 수갱을 보니 분노가 치밀어서 그는 고개를 돌려야 했다.

그런데 기름이 다한 램프들이 흐릿한 빛으로 비추고 있어 아직 어두운 그 널따란 홀에서 그가 아는 얼굴은 하나도 보이지 않았다. 손에 램프를 들고 맨발로 그곳에서 대기하고 있던 광부들은 불안한 듯 눈을 휘둥그렇게 뜨고 그를 바라보더니 부끄러운 표정으로 물러섰다. 아마도 그를 알고 있을 텐데도 그들은 그를 더 이상 원망하지 않았으며, 오히려 그가 자신들을 비겁자라고 비난할 것이라는 생각에 얼굴을 붉히며 그를 두려워하는 것 같았다. 이러한 태도는 그의 가슴을 희망으로 부풀게 하여 그는 이 비참한 사람들이 자신에게 돌을 던졌다는 사실을 잊어버리고 그들을 영웅으로 바꿔 놓을 꿈을, 스스로를 집어삼키는 이 자연의 힘인 민중을 이끌고 갈 꿈을 다시 꾸기 시작했다.

케이지 하나가 사람들을 태우자 그들 무리는 사라졌고, 이어서 다른 사람들이 도착하자 그는 마침내 파업 때 자신의 보좌역이었던 사람으로, 죽기를 맹세했던 용감한 사람을 만났다.

"자네까지!" 유감스러운 표정으로 그가 중얼거리듯 말했다.

"어쩌겠나? 나는 마누라가 딸려 있네."

이제 바라크에서 올라오는 새로운 사람들의 물결 속에서 그는 그들 모두를 알아보았다.

"자네도! 자네도! 자네도!"

그러자 모두들 떨면서 숨이 막히는 듯한 목소리로 더듬더듬 말했다.

"나는 어머니가 있네……. 나는 애들이 있네……. 먹을 빵은 있어야지."

케이지가 다시 나타나지 않자 음울한 표정을 지으며 자신들의 패배로 인한 크나큰 고통 속에 케이지를 다시 기다리고 있는 그들은 서로 눈길이 마주치는 것을 피하며 수갱만 뚫어지게 바라보았다.

"그런데 라 마외드는?" 에티엔이 물었다.

그들은 대답이 없었다. 한 사람이 겨우, 그녀가 올 것이라는 몸짓을 했다. 다른 사람들은 연민으로 몸을 떨면서 팔을 쳐들었다. 아! 불쌍한 여자! 이 얼마나 비참한 일인가! 침묵이 흘렀고 드디어 동료 에티엔이 작별 인사를 하려고 그들에게 손을 내밀자, 모두들 그 손을 힘차게 움켜쥐며 굴복한 사실에 대한 분노와 복수의 열망을 담아 말없이 힘차게 악수를 나눴다. 케이지가 도착하자 그들은 올라탔고, 구렁에 삼켜지며 빠져들어갔다.

피에롱이 가죽 모자에다 감독용인 철망 없는 램프를 고정시키고 나타났다. 일주일 전부터 그는 광차 탑재대 담당 조의 조장이 되었다. 그가 나타나면 광부들은 비켜섰다. 새 직책으로 그가 위세를 부렸기 때문이다. 에티엔을 보자 그는 거북스러웠지만 다가갔고, 에티엔이 떠난다고 알리자 그는 비로소 안심했다. 그들은 얘기를 나누었다. 아내에게 호의적인 그 나리들의 후원 덕택에 그의 아내는 이제 프로그레 카페를 운영하게 되었다는 것이었다. 그런데 그는 말을 중단하더니 무크 영감에게 크게 화를 냈다. 무크 영감이 정해진 시각에 말들의 배설물을 올려 보내지 않았다고 책망했다. 노인은 그의 말을 들으면서 굽실거렸다. 그런 다음 갱으로 내려가기 전에, 이런 질책에 분노가 치밀어 오른 노인은 마찬가지로 에티엔의 손을 움켜잡았다. 다른 사람들과 악수할 때처럼 억누르는 분노로 뜨겁고 미래에 있을 반란에 대한 생각으로 흥분해서 떨리는 긴 악수였다. 그리하여 자기 손 안에서 떨고 있는 그 늙은 손과 자식들의 죽음을 두고 자신을 용서하는 노인을 접하자, 에티엔은 몹시 감격해서 사라지는 노인을 한마디 말도 못 하고 바라보기만 했다.

"라 마외드는 오늘 아침에 나오지 않는 건가?" 잠시 후 그가 피에롱에게 물었다.

처음에 피에롱은 무슨 말인지 못 알아들은 척했다. 그 여자 얘기만 해도 재수 없는 일이 왕왕 있었기 때문이었다. 그러더니 지시할 일이 하나 있다는 핑계로 멀어져 가면서 말했다.

"뭐라고? 라 마외드라……. 아, 저기 오는군."

과연 라 마외드가 바라크에서 오고 있었다. 그녀는 바지와 웃옷을 입었고 머리에는 끈 달린 모자를 꽉 눌러쓴 채 램프를 들고 있었다. 너무나 가혹하게 충격을 받은 이 불행한 여자의 처지에 연민을 느낀 회사는 예외적으로 자비로운 조치를 취하며, 마흔 살의 나이임에도 그녀가 다시 갱에 내려가도록 기꺼이 허락했다. 그런데 그녀가 다시 운반 작업을 하는 것은 힘들어 보였으므로 회사는 북쪽 갱도에 갓 설치한 작은 송풍기를 가동하는 작업을 맡겼다. 그런데 이 갱도는 타르타레 밑의 환기가 되지 않는 지옥 같은 지역에 위치하고 있었다. 그녀는 열 시간 동안이나 허리가 끊어지도록 바퀴를 돌려야 했다. 뜨거운 갱도 속에서 사십 도나 되는 온도에 그녀는 살이 타는 듯했다. 그러고서 그녀는 삼십 수를 벌었다.

남자 옷을 입은 처량한 모습인 데다 막장의 물기 때문에 아직도 목과 배가 부풀어 있는 듯한 그녀를 보고 에티엔은 충격을 받아 말을 더듬었고, 자신이 떠난다는 것과 그녀에게 작별 인사를 하고 싶었다는 것을 설명하기 위해 무슨 말을 해야 할지 몰랐다.

그녀는 그의 말은 듣지도 않으면서 그를 바라보고 있다가 마침내 반말 투로 말했다.

"어때, 자네 날 보고 놀랐지……? 내가 식구들 중 누구든 다시 수갱에 내려가기만 하면 목을 졸라 죽이겠다고 위협했는데, 그러고서 이렇게 내가 다시 갱에 내려가다니 내 목을 졸라야겠지, 안 그래……? 아! 정말 집에 노인과 애들만 없다면 진작 그랬을 거야!"

그녀는 낮고 지친 목소리로 계속 말했다. 그녀는 변명하지 않았고 그저 사실대로 얘기했다. 그들은 굶어 죽을 뻔했고 탄광촌에서 쫓겨나지 않기 위해 그녀가 일하기로 결심할 수밖에 없었다.

"영감님은 어떻게 지내세요?" 에티엔이 물었다.

"그 노인네야 여전히 온순하고 깨끗하지……. 하지만 정신이 완전히 나갔어……. 자네, 그거 알아? 그들은 노인네가 저지른 짓에 대해 책임을 묻지 않았어. 그들이 그 노인을 정신병원에 보내려 했는데 나는 원치 않았어. 그랬으면 그들이 노인이 먹을 수프에 무언가를 타서 죽게 만들었을 테니까……. 그 노인이 저지른 사건 때문에 어쨌든 우리는 몹시 힘들어졌어. 노인네가 연금을 받지 못하게 되었거든. 그 나리들 중 한 분이 내게 말하기를, 그 노인에게 연금을 주는 건 부도덕한 일이라더군."

"장랭은 일을 하나요?"

"응, 그 나리들이 그 애한테 지상에서 할 수 있는 일거리를 마련해 줬지. 이십 수를 번다네……. 아! 나는 불평하지 않아. 상관들이 아주 친절하게 대해 주거든. 직접 내게 설명해 주기도 했으니까……. 아들 녀석이 이십 수, 그리고 내가 삼십 수 버니까 합계 오십 수가 되지. 우리 식구가 여섯 명이 아니라면 먹고살기는 할 텐데. 에스텔은 이제 마구 먹어 대고, 제일 나쁜 것은 레노르와 앙리가 수갱에 내려갈 나이가 되려면 사오 년은 기다려야 한다는 사실이야."

에티엔은 고통스러운 몸짓을 하지 않을 수 없었다.

"그 애들까지도!"

라 마외드의 창백한 두 뺨이 붉게 상기되면서 두 눈이 빛났다. 하지만 그녀는 운명에 짓눌린 듯 어깨가 축 처졌다.

"어쩌겠어? 다른 사람들 다음으로 걔들이야……. 모두들 갱 속에다 목숨을 바쳤듯이 이젠 그 애들 차례겠지."

그녀는 입을 다물었다. 광차를 운반하는 하역부들이 그들을 방해했기 때문이다. 먼지투성이인 커다란 창문을 통해 희미한 햇빛이 들어오면서 램프들을 온통 회색으로 만들었다. 삼 분마다 증기 기관이 다시 요동치면, 케이블이 풀리면서 케이지들이 사람들을 끊임없이 집어삼켰다.

"자, 빈둥거리는 작자들아, 서둘러!" 피에롱이 소리쳤다. "케이지에 타, 오늘 일을 끝내기 힘들게 생겼어."

피에롱이 라 마외드를 쳐다보았지만 그녀는 꼼짝도 하지 않았다. 그녀는 벌써 케이지 석 대가 떠나도록 내버려 두고 있었다. 꿈에서 깨어나 에티엔이 처음에 한 말이 생각난 듯 말을 건넸다.

"그럼 떠나는 건가?"

"예, 오늘 아침에요."

"잘 생각했어, 그럴 수 있을 때 다른 곳에 가는 게 낫지……. 그리고 자네를 봐서 기뻐. 적어도 내가 자네한테 아무런 반감이 없다는 것을 자네가 알게 되었으니까. 그 많은 사람들의 죽음을 겪고 한때 나는 자네를 죽이고 싶었어. 하지만 생각해 봤지. 결국 그 누구의 잘못도 아니라는 걸 알게 되었다네……. 안 그런가? 그래, 그래, 자네의 잘못이 아니라 모든 사람들의 잘못이지."

이제 그녀는 자신의 죽은 가족들, 남편과 자카리, 카트린에 대해서 차분히 이야기했다. 알지르의 이름을 말하면서 눈에 눈물이 고였을 뿐이었다. 그녀는 분별력 있는 여인으로서 침착함을 되찾았고, 모든 일을 아주 현명하게 판단했다. 불쌍한 사람들을 그토록 많이 죽게 했으니 부르주아들은 아무런 복도 받지 못하리라. 모든 것은 대가를 치르는 법이니 그들은 분명 언젠가 자신들의 죄과에 대해 벌을 받을 것이다. 불쌍한 사람들이 개입할 필요도 없이 상점들은 절로 폭발할 것이며, 군인들은 노동자들을 향해 총을 쏘았듯이 고용주들을 향해 총을 쏠 것이다. 그리하여 대를 이어 온 그녀의 체념과 다시금 복종하게 만드는 규율 준수라는 물려받은 태도 속에서 이와 같이 하나의 변화가 일어나고 있었다. 그녀는 불의가 더 이상 지속될 수 없으며, 신이 없다고 해도 불쌍한 사람들의 원수를

갚아 주기 위해 또 다른 신이 다시 태어나리라는 확신을 갖게
된 것이었다.

그녀는 주위를 살피면서 나지막하게 말했다. 그러다 피에롱
이 다가오자 그녀는 큰소리로 덧붙였다.

"그래, 자네가 떠나겠다면 우리 집에 있는 옷가지들을 챙겨
가도록 해…… 셔츠 두 벌, 손수건 석 장, 그리고 낡은 바지가
아직 있으니까."

에티엔은 고물 장수들 손에 넘어가는 것을 모면한 그 누더
기들을 몸짓으로 사양했다.

"아닙니다. 그럴 필요 없어요. 애들 주세요…… 파리에 가면
알아서 하겠습니다."

케이지가 또 두 대 더 내려갔다. 그러자 피에롱은 라 마외드
에게 직접 말하기로 결심했다.

"이봐요, 거기. 사람들이 당신을 기다리잖아! 당장 잡담을
그만두지 못하겠어?"

하지만 그녀는 등을 돌렸다. 저 배신자는 웬 열성이람? 입
갱은 그와는 상관없는 일인데. 광차 탑재대에 있는 그의 휘하
노동자들은 이미 그를 꽤나 미워하고 있었다. 그녀는 포근한
계절인데도 바람 때문에 차가워진 램프를 손가락에 걸친 채
막무가내로 서 있었다.

에티엔도 그녀도 더 이상 할 말이 없었다. 그들은 마주 보
고 있으니 마음이 너무 아파서 아직 서로 무언가를 이야기하
고 싶었다.

마침내 그녀가 단지 말을 하기 위해서 말했다.

"라 르바크는 임신했어. 르바크는 아직 감옥에 있고, 기다리는 동안 그의 자리를 부틀루가 대신하고 있지."

"아! 예, 부틀루가요."

"그리고 내 말 좀 들어 봐. 내가 자네한테 얘기했던가……? 필로멘은 떠났다네."

"뭐라고요, 떠났다고요?"

"응, 파드칼레의 어느 광부랑 떠났어. 나는 그 애가 나한테 두 아이를 맡기고 갈까 봐 겁이 났었지. 하지만 그러지 않았다네. 애들을 다 데리고 갔어……. 어때, 잘됐지? 각혈을 하는 데다 언제고 죽을 것만 같던 모습의 여자애가 말일세!"

그녀는 잠시 생각에 잠겨 있더니 느리게 말을 계속했다.

"나를 두고도 얼마나 말들이 많았는지……! 자네도 기억나겠지만 내가 자네와 잔다고 사람들이 수군댔지. 그럴 리가 있나! 물론 내가 더 젊었더라면 남편이 죽은 뒤에 그런 일이 충분히 일어날 수도 있었겠지, 안 그래? 하지만 지금 생각해 보면 그런 일이 없었던 게 다행이지. 그랬으면 우리는 분명 후회했을 테니."

"예, 후회했을 거예요." 에티엔이 간단히 되풀이해 말했다.

그게 전부였다. 그들은 더 이상 이야기하지 않았다. 케이지 한 대가 그녀를 기다리고 있었고, 벌금을 물리겠다고 위협하며 화를 내면서 부르는 소리가 들렸다. 그러자 그녀는 결심을 하고 그와 악수했다. 너무나 가슴이 뭉클해진 그는, 납빛 얼굴에 끈 달린 파란색 모자 밖으로 삐져나온 빛 바랜 머리칼하며, 번식력이 무척 좋은 훌륭한 가축 같았던 그녀의 몸이 바지와 무명천 웃옷 속에 일그러져 있는 모습하며, 그토록 초췌하고 끝장난 것 같은 그녀의 모습을 하염없이 바라보았다. 그리고 그녀와의 마지막 악수에서 그는 그의 동료들과 나눈 악수를 또다시 느꼈다. 말없이 오랫동안 꽉 쥐면서 다시 시작할 그날을 약속하는 바로 그 악수였다. 그는 완전히 이해했고, 그녀는 두 눈 속 깊이 조용한 신념을 담고 있었다. 곧 다시 만나리라. 그때에는 일대 혁명이 일어나리라.

"빌어먹을, 이런 게으름뱅이 여편네가 다 있나!" 피에롱이 소리를 질렀다.

라 마외드는 다른 네 명과 함께 떠밀리고 부대끼며 광차에 끼여 탔다. '고기'가 올라탔다고 종을 치는 신호 줄을 잡아당기자, 케이지는 정지 장치에서 벗어나 어둠 속으로 떨어져 내렸다. 그러고는 케이블의 급속한 질주만이 보일 뿐이었다.

그러자 에티엔은 수갱을 떠났다. 아래쪽 선탄장 밑으로 석탄이 잔뜩 쌓여 있는 가운데서 다리를 뻗고 바닥에 앉아 있는 한 사람이 눈에 들어왔다. '석탄덩어리 청소부'로 고용된 장랭이었다. 아이는 석탄덩어리 한 개를 허벅지 사이에 놓고는 망치질로 편암 조각들을 떼어 내고 있었다. 그러면서 생긴 고운 가루가 뿌옇게 검댕 구름을 일으켜서 아이가 그 속에 파묻혀 버렸기 때문에, 만약 그 아이가 귀가 벌어져 있고 조그만 눈은 초록빛이 도는 그 원숭이 같은 얼굴을 쳐들지 않았더라면 젊은이는 결코 아이를 알아보지 못했을 것이다. 아이가 장난기 어린 웃음을 지으며 마지막으로 덩어리를 쳐서 깨뜨리자, 그는 피어오르는 시커먼 먼지 속에 가려져 보이지 않았다.

밖으로 나선 에티엔은 생각에 골몰한 채 한동안 길을 따라 걸었다. 온갖 생각들이 머릿속에서 윙윙거렸다. 하지만 그는 충만한 대기와 자유로운 하늘을 느끼면서 숨을 크게 들이쉬었다. 지평선 위로 찬란한 태양이 모습을 드러내자 들판 전체가 환희에 차서 깨어났다. 광활한 들판 위로 황금빛 물결이 동편에서부터 서편으로 달음질쳤다. 이 생명의 열기는 대지의 한숨과 새들의 노랫소리 그리고 물과 나무의 모든 속삭임이 떨리는 가운데 젊음의 전율로 점점 퍼져 나갔다. 살아 있다는 것은 즐거운 일이었다. 낡은 세계가 또다시 봄을 맞고 싶어 하는 것이었다.

희망에 젖은 에티엔은 걸음을 늦추면서, 이러한 새로운 계절의 활기 속에서 좌우로 아득한 시선을 던지곤 했다. 그는 자기 자신에 대해 생각했고, 갱 속에서의 혹독한 경험으로 성숙해지고 강해진 자신을 느꼈다. 그는 교육을 다 받은 것이었고, 그가 보고 단죄한 바로 이 사회에 대해 전쟁을 선포하고 난 지금, 그는 이론을 갖춘 혁명 전사로서 무장한 채 떠나고 있었다. 플뤼샤르와 합류해 그처럼 사람들이 신뢰하는 지도자가 될 거라는 기쁨으로 연설문이 머릿속에 샘솟아 그는 그 문장들을 가다듬었다. 그는 자기 계획을 확대하려는 생각을 했으며, 그를 자기 계급 위로 추켜세워 준 부르주아적 세련미는 그로 하여금 부르주아 계급에게 더 큰 증오를 품게 했다. 노동자들이 풍기는 빈곤의 냄새는 이제 그에게 불편한 것이 되어서 그는 그들을 영광 속에 자리 잡게 하고 싶은 욕구를 느꼈고, 그들이 유일하게 위대한 사람들이자 완전무결한 사람들이며,

인류가 새로운 힘을 얻을 수 있는, 유일하게 고귀하고 힘 있는 존재임을 보여 줄 작정이었다. 민중이 자기를 희생시키지 않는다면, 벌써부터 그는 연단에 서서 그들과 함께 승리를 나누는 자기 자신을 그려 보았다.

그는 높은 곳에서 종달새의 노랫소리가 들려와 하늘을 쳐다보았다. 밤의 마지막 안개가 만들어 낸 불그레한 작은 구름들이 맑고 푸른 하늘에 녹아들고 있었다. 그러자 그는 수바린과 라스뇌르의 모습이 희미하게 떠올랐다. 확실히 각자가 권력을 자기 것으로 하려 할 때에는 모든 것이 엉망이 되었다. 세상을 개혁할 수도 있었을 인터내셔널도 그 자체의 굉장한 조직이 내분으로 인해 갈라지고 산산조각 나서 무력하게 실패하고 만 것이었다. 다윈이 옳았던 것인가? 세상은 종의 아름다움과 생존을 위하여 강자가 약자를 잡아먹는 투쟁의 장에 불과한 것인가? 비록 그가 자신의 학식에 만족하는 사람으로서 모든 문제에 대해 단정적으로 말해 왔지만, 이러한 질문은 그를 혼란에 빠뜨렸다. 하지만 한 가지 생각이 그런 의문을 말끔히 사라지게 했고 그를 매료시켰다. 처음 연설하게 될 때 이 이론에 대한 자신의 예전 주장을 다시 하려는 생각이었다. 한 계급이 먹혀야 한다면, 생명력이 가득하고 여전히 새로운 민중이 향락에 지쳐 버린 부르주아 계급을 잡아먹어야 하지 않겠는가? 새로운 피가 새로운 사회를 만들 것이다. 낡고 무너져 가는 국가들을 쇄신할 야만인들의 침입에 대한 기다림 가운데, 그는 가까운 장래에 일어날 혁명에 대한 절대적인 신념이 다시 생겨났다. 그 진정한 혁명은 노동자의 혁명일 것이며, 그 혁명의 불길은 하늘에서 피를 흘리는 것을 그가 바라보고 있는 저 떠오르는 태양의 붉은빛으로 세기의 종말을 불태우리라.

그는 온갖 꿈을 꾸며 산수유나무 지팡이로 길 위의 자갈들을 두드리면서 계속 걸어갔다. 그러다 주위를 둘러보자 그 고장의 낯익은 구석구석이 눈에 들어왔다. 때마침 라 푸르슈오뵈에 이르렀을 때 그는 수갱을 쑥밭으로 만들던 그날 아침 자신이 그곳에서 무리를 지휘하던 기억이 되살아났다. 이제는 목숨을 내놓고도 제 임금을 못 받는, 짐승 같은 작업이 다시 시작되었다. 저 아래 지하 700미터의 땅속에서부터 둔탁하고 규칙적이며 지속적인 곡괭이질 소리가 들려오는 것 같았다. 그들은 그가 방금 입갱하는 것을 본 동료들로, 몸이 시커메진 채 말없는 분노를 품고 곡괭이질을 하고 있었다. 아무래도 그들은 패배했다. 그들은 땅속에서 돈과 죽은 동료들을 잃었다. 그러나 파리는 르 보뢰에서 일어난 발포 사건을 잊지 않을 것이며, 이 치유할 수 없는 상처로부터 제정의 피 또한 흘러나올 것이다. 그리고 산업 공황이 끝나고 공장들이 하나씩 문을 다시 연다고 해도 역시 전쟁은 선포된 상태이므로 더 이상 평화는 없을 것이다. 광부들은 자신들의 위상을 높였고 자신들의 힘을 시험해 보았으며, 자신들의 정의의 외침으로 프랑스 전역의 노동자들을 뒤흔들어 놓았다. 그래서 그들의 패배는 아무도 안심시키지 못했다. 몽수의 부르주아들은 자신들이 승리한 가운데서도 파업 이후의 일에 대해 막연한 불안에 사로잡혔으며, 이 무거운 침묵 속에 불가피하게 자신들의 종말이 다가와 있는 것은 아닌가 하며 뒤를 쳐다보았다. 그들은 혁명이 끊임없이, 어쩌면 내일이라도 일어나리라는 것을 알고 있었다. 그때에는 공제 조합을 갖추고 빵도 먹으면서 여러 달 동안 버틸 수 있는, 모든 노동자들이 합의한 총파업이 될 것이다. 이번 파업만 해도 사회가 붕괴하는 데 한몫한 셈이었고, 부르주아들은 자신들의 발아래에서 사회가 삐걱거리는 소리를 들었으며, 다른 충격들이, 낡은 건물이 뒤흔들리고 무너져 내려 르보뢰처럼 집어삼켜지고 심연 속으로 가라앉을 때까지, 또 다른 충격들이 끊임없이 올라오리라는 것을 느끼고 있었다.

에티엔은 왼쪽에 나 있는 주아젤 방향의 길로 접어들었다. 그곳에서 가스통마리로 몰려가려는 무리를 막아서던 일이 생각났다. 멀리 밝은 햇빛 속에 여러 수갱의 도르래 탑들이 보였다. 미루는 오른쪽에 있고 마들렌과 크레브쾨르는 나란히 있었다. 도처에서 작업 소리가 요란했다. 땅속 깊은 곳에서 내려치는 듯한 곡괭이질 소리가 이제는 들판 한쪽 끝에서부터 다른 쪽 끝까지 퍼져 가고 있었다. 햇빛 속에 웃고 있는 들판과 길과 마을들 저 아래에서 곡괭이질이 한 번, 또 한 번 끊임없이 이어졌다. 지하 도형장에서의 어두컴컴한 모든 작업은 짓누르는 엄청난 바윗더미 아래에서 이루어지기 때문에, 그 고통스러운 한숨 소리를 분간하려면 그곳 땅속 상황을 알아야 했다. 그리고 에티엔은 이제 폭력이 혁명 사태가 더 일찍 일어나게 해 주지 못할 것이라고 생각했다. 케이블을 절단하고, 레일을 뽑아내고, 램프를 깨는 것은 얼마나 쓸데없는 일인가! 그런 일에 약탈자처럼 무리를 이루어서 3000명이 뛰어다닐 만한 가치가 정말 있었던가! 막연하게나마 그는 언젠가 합법적인 것이 더 가공할 무기가 되리라는 것을 알아차렸다. 원한을 떨쳐 버린 이후 그의 판단력은 성숙했다. 그렇다. 분별력 있는 라마외드가 잘 말한 대로 그것은 일대 혁명이 될 것이다. 조용히 조직을 만들고, 서로를 알아 가고, 법이 허용할 때 노동조합을 만들어 뭉칠 것이다.[12] 그런 다음 서로 믿고 연대하게 되는 날, 수천 명의 게으름뱅이들 앞에 수백만 명의 노동자들이 맞서게 되는 날, 그날 아침에 권력을 쟁취하고 주인이 될 것이다! 아! 진정 진리와 정의가 깨어나는 것이다! 미지의 머나먼 성막 속에 숨어서 포식하고 웅크리고 있는 신, 자신을 결코 보인 적 없이 가난한 사람들이 육신으로 먹여 살려 온 그 흉측한 우상은 당장 숨통이 끊어지리라.

방담으로 가는 길을 벗어난 에티엔은 포장도로로 들어섰다. 오른쪽으로는 내리막을 이루면서 아스라이 뻗어 있는 몽수가 보였다. 맞은편으로는 르 보뢰의 잔해가 보였고, 그 저주받은 구덩이에서는 펌프 세 개가 쉬지 않고 물을 퍼내고 있었다. 그다음으로는 라 빅투아르, 생토마, 푀트리캉텔 같은 다른 수갱들이 지평선에 걸쳐 있는 것이 보였다. 한편 북쪽으로는 탑처럼 높이 솟아 있는 용광로들과 열 지어 있는 코크스로들이 투명한 아침 공기 속으로 연기를 내뿜고 있었다. 8시 기차를 놓치지 않으려면 그는 서둘러야 했다. 아직도 육 킬로미터를 더 가야 하기 때문이었다.

---

12) 실제로 1884년 '발데크루소(Waldeck-Rousseau)' 법에 따라 노동조합이 합법화되었는데, 졸라가 『제르미날』의 초안을 작성하던 때였다.

그리고 발아래로는 깊은 땅속에서 두들기는 소리가, 곡괭이들이 끈질기게 두들기는 소리가 계속되었다. 동료들이 모두 그곳에 있었다. 그는 발걸음을 뗄 때마다 동료들이 자신을 따라오는 소리를 들었다. 바로 이 사탕무밭 아래에서 등을 잔뜩 구부린 채 송풍기의 윙윙거리는 소리와 함께 라 마외드가 내뿜는 거친 숨결이 올라오고 있는 게 아닐까? 그는 왼쪽과 오른쪽 그리고 더 멀리 밀밭과 산울타리, 어린 나무들 아래로 다른 동료들을 보고 있는 것만 같았다. 이제 하늘 한가운데에서 찬란히 빛나는 4월의 태양은 분만하는 대지를 따뜻하게 덥히고 있었다. 대지의 모태로부터 생명이 솟아 나왔고, 새순들은 초록 이파리로 피어났으며, 들판은 돋아나는 풀들로 전율했다. 사방에서 씨앗들이 온기와 빛을 갈망하며 몸을 부풀리고 뻗어 나가 들판을 가르며 솟아나고 있었다. 넘치는 수액은 속삭이는 소리를 내며 흘러내렸고, 싹트는 소리는 뜨거운 입맞춤으로 퍼져 나갔다. 다시, 또다시, 점점 더 뚜렷하게, 마치 지면에 가까워진 듯 동료들은 두들기고 있었다. 태양의 불타오르는 빛 속에서 이 젊음의 아침을 맞아 들판은 이렇게 웅성거리는 소리로 가득 차 있었다. 사람들이 돋아나고 있었다. 복수를 하려 검은 군대가 밭고랑에서 서서히 싹을 틔워 다가올 세기의 수확을 위해 자라고 있었으며, 머지않아 그들이 발아한 싹은 대지를 터뜨릴 것이었다.

정의 사회를 향한 혁명의 발아

1 『제르미날』의 배경, 1884년 앙쟁 탄광 파업

에밀 졸라는 1871년부터 1893년까지 이십여 년에 걸쳐 그의 소설집『루공 마카르 총서(Les Rougon-Macquart)』를 완성했다. 이 총서의 부제가 가리키듯 '프랑스 제2제정하에서의 자연적이고 사회적인 가족사'를 통해 졸라는 귀족, 정치인, 노동자, 도시 빈민, 농부, 자본가, 상인, 성직자, 매춘부, 군인, 예술가, 의사 등에 걸쳐 한 시대를 표상하는 인간 군상과 그 배경이 되는 사회를 묘사하려 했다. 1885년에 출간된『제르미날(Germinal)』은 이『루공 마카르 총서』를 구성하고 있는 스무 권[1]의 소설

---

1) 1권『루공가의 행운(La Fortune des Rougon)』(1871). 2권『쟁탈(La Curée)』(1872). 3권『파리의 복부(Le ventre de Paris)』(1873). 4권『플라상의 정복(La conquête de Plassans)』(1874). 5권『무레 신부의 과오(La faute de l'abbe Mouret)』(1875). 6권『외젠 루공 각하(Son Excellence

중 열세 번째 소설이다. 그런데 1868년의 루공 마카르 총서 집필 1차 계획서에서만 해도 『제르미날』은 포함되어 있지 않았다. 1차 계획서 목록에는 총 열 권 중 여섯 번째로 노동자 소설 한 권이라고만 표시되어 있었는데 이것은 장차 집필할 『목로주점(L'Assommoir)』을 염두에 둔 것으로 보인다. 이후 반정부적 신문들에 그가 기고한 글들을 통해 그는 부유층과 노동자들이 적대 관계에 있다는 사실을 의식함과 아울러 빈곤이 도를 넘으면 혁명이 일어날 수 있다는 인식을 가졌음을 알 수 있다. 이어서 보불 전쟁에서 프랑스의 패배, 보수 왕당파에 대항하여 노동자 민중이 세운 파리 코뮌의 참혹한 와해에 졸라는 깊은 충격을 받았다. 그리하여 1871년에서 1872년에 걸쳐 작성된 『루공 마카르 총서』 2차 계획서 마지막에는 두 번째 노동자 소설이 정치성과 혁명성이 강조되는 가운데 계획된 것을 우리는 발견하게 된다. 이 두 번째 소설이 바로 『제르미날』로 태어날 소설이었던 것이다. 그렇다면 우리는 프랑스 제2제정하 1866년경의 이야기인 이 소설이 연대기적 시차는 이십 년 가까이 되며 계획한 지는 십 년도 더 지난 1885년에 출

Eugene Rougon)』(1876). 7권 『목로주점(L'Assommoir)』(1877). 8권 『사랑의 한 페이지(Une page d'amour)』(1878). 9권 『나나(Nana)』(1880). 10권 『살림(Pot-Bouille)』(1882). 11권 『여인들의 행복 백화점(Au bonheur des dames)』(1883). 12권 『삶의 기쁨(La joie de vivre)』(1884). 13권 『제르미날(Germinal)』(1885). 14권 『작품(L'Oeuvre)』(1886). 15권 『대지(La terre)』(1887). 16권 『꿈(Le rêve)』(1888). 17권 『인간 짐승(La bête humaine)』(1890). 18권 『돈(L'argent)』(1891). 19권 『패주(La débâcle)』(1892). 20권 『의사 파스칼(Le docteur Pascal)』(1893).

간되었는데 왜 많은 독자층에 충격과 공감을 주었는지 그 배경에 대해 질문해 보게 된다. 이 배경에 대한 이해를 위해 이 소설이 쓰인 배경을 시대적 측면과 문학적 측면의 두 가지로 간략히 살펴보겠다.

첫째, 시대적 배경을 살펴보면 『제르미날』이 쓰인 기간인 1884년에서 1885년 사이의 프랑스는 노동조합법, 이혼에 관한 법안 등 여러 법안들이 통과되었고 경제 발전을 위한 운하 건설, 철도 부설, 도로 정비와 같은 대규모 공공사업이 시행되는 등 정치적, 행정적으로 급변하는 시기였다. 그러나 경제 불황의 심화로 인한 실업자의 급증, 진정한 사회 개혁의 부재, 교회의 권위를 무시하는 정부의 국내 정책 및 식민지 정책 등으로 말미암아 국민들의 불만이 고조되던 시기이기도 했다. 이 중에서 1884년 1월에 프랑스 북부 앙쟁 지역에서 발발한 파업은 졸라로 하여금 한 광부가 탄광 생활에서 반항심을 키워 파리 코뮌에 참여하게 되는 과정을 그려 보려 한, 애초에 스케치 단계에서 한 구상을 변경하게 만든다. 그는 탄광 파업 사태에 집중하여 그것이 제기하는 문제점들을 밝히는 본격적인 탄광 소설을 쓰려고 결심한다. 여기에는 릴 대학 교수였고 좌파 급진당 의원이었던 알프레드 지아르(Alfred Giard) 교수의 영향을 빼놓을 수 없다. 1883년 여름에 졸라가 브르타뉴 지방에서 휴가를 보내던 중 만나게 된 지아르 교수는 그에게 발랑시엔 탄광들의 상황과 문제점들에 대해 상세히 말해 주었다. 이를 계기로 졸라는 두 번째 노동자 소설로 광부의 삶에 대한 작품을 구상하게 되었다. 1884년 앙쟁 탄광 지역의 총파업이 계속

되자 졸라는 지아르 교수의 조언에 따라 발랑시엔과 드냉에 가서 그곳 탄광들의 종사자들과 상황을 살펴보았는데, 그는 광부들의 일상과 주거 환경 그리고 수갱 속 현장의 노동 여건 뿐만 아니라 광부들이 벌이는 사회적 투쟁의 현장을 목도하게 되었다. 졸라가 보기에는 탄광 사태를 통해 드러나는 제3공화국의 난맥상은, 그 이전에 정치적, 경제적 억압이 심화되고 노동 운동이 확대되던 제2제정(1852~1870년) 말기의 사회 불안과 동질성을 지니고 있었다. 기실 『제르미날』의 소재가 된, 1866년에서 1867년에 걸쳐 프랑스 북부 지역을 강타한 경제 위기는 그로부터 이십 년 가까이 지속되었다. 이와 같은 맥락으로 볼 때 졸라가 이십 년 전의 시대를 작품의 배경으로 한 것은 동시대에도 적용되는 이중적 내지 우의적인 표현을 위해 작가로서 전략적 선택이었다고 볼 수 있다.

둘째, 문학적 배경으로는 작가 에밀 졸라 자신의 작가 의식과 문학 방법론을 들 수 있다. 우리는 우선 작가 졸라가 기자로 활동한 이십 대 초부터 1898년 드레퓌스 사건에 대한 선언문 「나는 고발한다」를 발표한 만년에 이르기까지 사회 정의와 사회 개혁을 위해 당대의 그 어느 작가보다도 동시대에 대한 투철한 시대 의식과 사회 의식과 열정을 지녔음을 확인할 수 있다. 사실주의 소설의 대가인 발자크를 존경하고 그의 작품을 높이 평가하면서도, 졸라는 발자크의 작품 총서인 『인간 희극(La Comedie humaine)』(1829~1848)에서는 작품 전체를 통해 혁명의 기운은 은은하게 느껴지지만 민중과 노동자는 사실상 부재한다고 유감을 표명한 바 있었다. 그리하여 졸라는 한 노동자의 가족사가 그의 총서의 근간이 되도록 하면서 프랑스 제2제정 시대에 대한 벽화를 그리려 한 것이다. 그에 따라 그는 주로 서민과 하층민을 주인공으로 하여 그들의 삶의 애환과 더불어 추한 면, 악한 면, 비속한 면까지 낱낱이 묘사함으로써 당대의 적잖은 작가와 비평가로부터 인간의 존엄성을 훼손하고 미풍양속을 해친다고 비난을 받기도 했다. 그러나 졸라의 이와 같은 사실적 묘사는 휴머니즘에 반하는 것이 아니라 인간을 비인간으로 만드는 타락한 사회와 환경을 고발하여 사회 개혁에 일조하려는 치열한 작가 의식의 소산으로 보아야 할 것이다. 이러한 점에서 『제르미날』은 주인공 에티엔 랑티에가 하층민 노동자인 평범한 한 광부에서 왜 사나운 노동 운동가로 변신할 수밖에 없는가 하는 작가의 문제 제기라고 볼 수 있다. 다른 한편으로는 소위 자연주의 또는 실험 소설론으로 불리는 그의 창작 이론을 들 수 있다. 텐느(Hippolyte Taine)의 환경 영향설, 베르나르(Claude Bernard)의 실험 의학론, 뤼카(Prosper Lucas)의 신경계의 유전학적 연구 및 다윈(Charles Darwin)의 진화론의 영향을 받아 졸라는 실증적이고 과학적인 문학 방법론을 세우려 했는데, 이것이 바로 실험 소설론이다. 이 이론은 유전적 요인과 생리학적 요인, 환경적 요인을 중시하는 생물학적, 사회학적 이론으로서 결정론적 특징을 지니는데, 그는 이 방법론에 의해 인간의 심리와 행동을 설명하고 인간과 사회와의 상호작용을 분석적으로 기술함으로써 19세기 후반 프랑스 사회의 현상과 진실을 밝혀보려 했다.

작품 해설

졸라가 『루공 마카르 총서』 7권으로 1877년에 발표한 『목로주점』이 민중의 비참한 운명과 체념적 삶에 대한 기술에 그쳤다면, 그로부터 팔 년 후에 출간한 『제르미날』은 시대의 흐름에 따라 졸라가 두 번째 노동자 소설로 구상한 작품으로, 한 광부의 의식화 과정 그리고 그의 주도에 의한 광부들의 노동 운동 과정을 통해 작가가 본격적으로 민중에 대한 정치 소설을 쓰려 한 시도라 할 수 있다.

2 『제르미날』의 문학적 성과들

『제르미날』이 지니는 문학적 성과는 크게 네 가지 측면에서 살펴볼 수 있다.

첫째, 『제르미날』은 탁월한 기록 문학이다. 『제르미날』에 대한 비판들 중 하나는 이 작품이 1860년대에 일어난 이야기를 1880년대의 시각으로 바라보고 있으며 등장인물들의 사고 경향과 문제 제기의 방식도 1880년대식이라는 것이었다. 이러한 비판은 부분적으로는 일리가 있지만, 작품에서 발견되는 몇 가지 연대기적인 불일치가 작가가 범한 단순한 시대착오적 오류가 아니라 다루는 사실과 주제를 객관화하려는 하나의 보조 수단이 된다는 점에 우리는 유의해야 할 것이다. 실제로 이 작품에서 이야기하는 광부들의 파업은 1869년에 일어났던 라리카마리(La Ricamarie)와 오뱅(Aubin)의 대규모 파업 사건을 소재로 한 것이다. 그러나 졸라는 1884년 북프랑스의 탄광 도시인 앙쟁(Anzin)의 광부들이 파업(1만 2000명이 참가한 오십육 일간의 총파업이었다)했을 당시 그 지역을 방문하고는[2] 앞서 일어났던 위의 두 파업과 동궤의 것으로서 그 유사성을 목도한 끝에 이십 년에 걸쳐 여전히 지속되고 있는 그 시대의 문제상을 더욱 광범위하고 박진감 있게 그려 냈다. 그의 문헌 조사와 현장 조사에 걸친 철저한 자료 수집과 1000장에 가까운 기록은 위에서 말한 연대상의 시기적 차이가 본질적인 문제가 아니었으며, 『제르미날』에 나타나 있는 지리, 탄광촌 구조, 풍습, 직업, 언어, 기술 용어, 인명 표기 등이 두에(Douai)와 드냉(Denain)에 걸친 프랑스 북부 탄광 지역의 역사적 사실에 충실했다는 것이 후대의 문학사가들에 의해 증명되고 있다. 이미 1878년에 『집 없는 천사(Sans famille)』를 발표한 엑토르 말로(Hector Malot), 1880년에 『갱내 가스(Le grisou)』를 발표한 모리스 탈메르(Maurice Talmeyr), 1882년에 『사회의 지옥 현장들(Scenes de l'enfer social)』을 쓴 이브 기요(Yves Guyot) 등이 탄광 소설을 쓰고자 시도하였으나 졸라는 그 특유의 관찰력과 기록 정신을 그의 작가적 상상력과 성공적으로 결합시키며 탄광 노동자들의 삶을 소재로 한 탁월한 기록 문학을 내놓은 것이다. 이것은 무엇보다도 노동자 세계에 대한 실제적 지식,

---

2) 이 지역의 파업은 2월 19일에 시작되었는데 졸라는 2월 23일부터 3월 4일까지 발랑시엔, 앙쟁, 드냉의 세 탄광을 방문하여 광부들, 갱내 감독들, 기사, 파업 주동자 등을 만나서 그들의 일상과 업무 및 생활 환경에 대해 물어보고 채굴 현장을 조사하며 필요한 기록을 작성했다.

그리고 당대의 프랑스가 지닌 기계주의와 산업 사회의 문제점들에 대한 정확한 인식을 지녔던 그이기에 가능했다. 그는 비약적인 산업 혁명의 주 에너지원이 석탄인 데 반해 그 석탄의 생산자인 광부들은 비참한 삶을 사는 현실을 묘사함으로써, 19세기 후반 프랑스에서 자본주의가 비약적으로 발달한 것과는 반대로 노동자들의 노동 조건과 삶의 질은 악화되었다는 것을 사실에 입각하여 명백히 드러낸 것이다. 그러므로 『제르미날』은 19세기 후반기의 프랑스에 대한 하나의 충실한 사실적 기록으로서 리얼리즘 문학의 가치를 지니고 있다.

둘째, 『제르미날』은 실험 소설을 넘어서는 성장 소설이다. 『루공 마카르 총서』는 졸라가 자신의 『실험 소설론(Le roman experimental)』(1880)에 기반하여 창작한 소설 총서로, 루공가와 마카르가가 결합하여 이룬 한 가문의 가족사가 누대에 걸쳐 전개되어 간 양상을 추적한 형식의 이야기이다. 『루공 마카르 총서』의 전체적인 구성이 그러하듯, 졸라는 『제르미날』에서도 기질과 여건이 차이가 있는 등장인물들과 그에 따른 사건의 전개를 통해 환경적 요인과 유전적 요인이 인간의 운명에 미치는 인과론적 영향을 보여 주려 했다.

환경적 영향을 몇 가지 보자면, 우선 탄광촌의 주거와 작업 환경을 들 수 있다. 탄광촌은 허름한 막사 같은 비좁은 연립 주택에서 벽 틈새로 옆집을 엿볼 수도 있고 옆집 소리도 들리는 상황에서 대가족들이 혼거하는 생활이 일반화되어 있다.

그리고 갱내에서는 남녀 갱부들이 네발짐승처럼 뒤섞여 뜨거운 갱내 열기 때문에 옷을 걷어붙이거나 벗어 젖힌 채 함께 작업을 한다. 이러한 환경은 탄광촌 구성원들로 하여금 성에 일찍 눈뜨고 성적 수치심을 덜 느끼게 만들어서 성적 자유 내지 성적 방종을 야기한다. 이는 광부들에게만 해당되는 것이 아니라 엔보 사장 부인과 탄광 기사인 조카 네그렐의 불륜, 르바크 아내인 라 르바크와 매립부 부틀루의 불륜, 피에롱의 아내 라 피에론과 갱내 총감독 당사르의 불륜 및 외상값 연체를 빌미로 부녀자들을 농락하다 비참한 최후를 맞이하는 메그라에 이르기까지 마외 가족과 몇몇 가정을 제외하고는 탄광촌 전체에 성 문란의 분위기를 조성한다. 이렇게 묘사된 성풍속이 당대 해당 지역의 실제 현실보다 지나치게 과장되었다는 비판도 받았으나 이는 졸라가 풍습을 좌우하는 환경의 중요성과 영향을 강조하려 한 결과였다고 판단된다. 한편 사회·환경적 영향으로 말하자면, 엔보와 그레구아르, 탄광 회사 이사 등의 경영자 측이나 탄광 기사 네그렐 같은 등장인물들은 자신의 출신 계급과 직위와 직무에 사로잡힌 의식에서 한 치도 벗어날 줄 모르며, 경제적 요구와 이윤 추구의 포로가 된 채 각기 고정된 사고와 행동을 보여 준다. 게다가 경제적, 정치적, 행정적으로 난맥상을 이루고 있던 프랑스 제2제정의 정부 또한 광부들의 봉기가 의미하는 사태의 본질을 파악하지 못하고 탄광 회사 경영진과 주주만을 보호하는 강압 정책을 편다. 이와 같은 상황 속에서 그때까지 짐승처럼 암흑과 가난 속에서 수동적으로 일하던 광부들과 그 가족들이 회사의 부당함, 나아가 자본과 사회 체계의 부당함에 분노하여 봉기할 때 그들은 어느덧 야수의 모습으로 화하게 된다.[3] 평소에 이성적이고 조신하게 가정생활을 하던 라 마외드조차 딸을 추위와 영양실조로 잃은 데다 탄광 회사의 부당한 착취와 극심해지는 가난에 점점 더 분노가 끓어올라 여전사로 변신하고[4] 남편 마외를 군인들의 총구 앞으로 나서도록 내모는 지경에 이르는 것도 볼 수 있다. 탄광 기사 네그렐을 포함하여 흔히 짐승의 비유로 광부들을 표현하는 바와 같이 인간을 짐승으로 만드는 사회적 환경은 묵묵히 작업하던 광부와 그 가족들을 이와 같이 진화하게 만든 것이다.

유전적 영향으로 말하자면, 예컨대 주인공 에티엔 랑티에는 파업을 주동하면서 처음에는 파괴 행위를 금지시키지만 이데올로기적 투쟁과 상관없이 어느덧 조상으로부터 물려받은 파괴 충동에 휩싸이게 된다. 샤발과도 '핏발 선 살해욕'에 휩싸여 결투를 벌이다 어느 순간 이성을 되찾아 살인을 면하지만[5] 후에 르 보뢰 수갱이 함몰되고 침수되어 카트린과 샤발

---

3) "실제로 분노와 굶주림, 지난 두 달간의 고통 및 수갱들을 휩쓸고 다닌 이 성난 질주로 말미암아 몽수 광부들의 온순했던 얼굴은 야수처럼 턱이 길어졌다."(5부 5장)

4) "아니야! 안 돼! 난 말이야, 항복하느니 차라리 모든 걸 불태워 버리고 이제 다 죽여 버리겠어."(6부 2장)

5) "그의 내부에서 터져 나온 흉악한 소리로 그의 귀는 먹먹해졌다. 그의 배 속 깊은 곳에서 올라와 그의 머릿속을 망치질하듯 두들기는 그것은, 갑작스런 살인 충동이며 피를 맛보려는 욕구였다. 그 충동이 이토록 그를 뒤흔든

과 함께 갇혀 지내게 되면서 샤발에 대한 증오심이 불시에 살인 충동으로 변하여 결국 싸움을 도발한 그를 살해하고 만다. 한편 무고한 앳된 보초병을 살쾡이처럼 기습하여 단도로 살해하는 장랭은, 원숭이 같은 외모 속에 숨어 있던 야만적이고 유전적인 살인 충동이 작동한 것으로 볼 수 있다. 또 다른 면에서 볼 때 라 마외드와 카트린을 비롯한 대부분의 광부들은 각기 나름대로 항거했지만 군대의 참혹한 진압으로 파업이 실패한 뒤 결국 대대로 물려받은 인종의 본능을 유전 형질처럼 지닌 탓에 파업과 시위가 참혹한 실패로 끝난 뒤 좌절과 증오심만 남았음에도 불구하고 다시금 예전처럼 일하러 수갱에 도로 내려간다. 따라서 졸라는 환경적, 유전적 제반 요인들이 탄광 사회를 거대하게 장악하고 있기 때문에 파업이 연대적이고 조직적으로 철저하게 수행되지 못하고 실패하면서 광부들의 짐승 같은 일상이 다시금 반복되는 것을 보여 주고 있다.

흔히 숙명론으로 비판받는 졸라의 실험 소설론에 대해 지적하고 넘어가야 할 부분이 있다.[6]

그것은 졸라가 환경과 유전이 인간을 결정하는 주요 요소

적은 없었다. 게다가 그는 술에 취해 있지 않았다. 그래서 그는 애욕에 사로잡힌 미치광이가 강간 직전에 참으려고 발버둥 치며 절망적으로 떨듯이 자신의 유전적 충동에 대항해 싸웠다."(6부 3장)

6) 졸라는 『실험 소설론』에서 "자연주의 소설가는 (……) 숙명론자가 아니라 결정론자"라고 말했다. 졸라는 숙명론에서는 결정 조건이 절대적이지만 결정론의 경우는 소설가의 작용으로 변화 실험이 가능하다고 구별했다.

라고 했지만 그가 인간의 주체성을 전적으로 부정한 것은 아니라는 점이다. 졸라는 인간의 정신적, 감정적 작용과 자신이 변화하고 사회를 변화시키는 작용도 인정하면서 개인과 환경 사이의 상호 작용을 제시하고자 했다. 그런 점은 주인공 에티엔 랑티에가 유전병의 영향을 받지만 대부분 이것을 이겨 내는 모습, 그리고 진정한 지도자가 되기 위해 확고한 이론적 토대를 갖추려고 공부를 하고 관계자들과 편지도 교환하며 정치적인 잡지도 구독하는 등 자기 성장을 위한 노력을 기울이는 모습에서 엿볼 수 있다. 또한 대규모 봉기를 일으켰던 광부들과 그 가족들은 비록 예전의 일상으로 돌아가지만 더 이상 예전의 그들이 아니며 불의에 대한 항거와 연대를 확인한, 깨어난 민중이 되었다. 그런 점에서 『제르미날』은 단순한 숙명론의 실험 소설에 그치는 것이 아니라 주인공을 비롯한 등장인물들의 '성장 소설'이기도 한 것이다. 이 점에서 우리는 졸라가 사회적 환경 속에서 사람이 변하고 사회를 변화시킬 수 있다고 말한 그의 입장이 보여 주듯, 그가 다윈의 학설에서 자연 도태설과 적자생존설의 측면보다는 진화설의 측면에 더욱 영향 받은 것으로 판단할 수 있다.[7]

주인공 에티엔 랑티에는 군대의 가혹한 진압으로 일단 노동 운동에 실패를 겪었지만 갱내 작업 경험, 노동 운동에 대한 자아 성찰을 통해 그만큼 성숙했으며, 이러한 성장을 통해

---

7) '진화'와 '진보'는 졸라의 『실험 소설론』에서 빈번하게 사용되는 용어이기도 하다.

미래에 대한 희망을 잃지 않는다. 마지막 장면에서 몽수를 떠나는 그는 희망에 찬 미래를 꿈꾸며 발걸음을 내디딘다. 졸라 자신의 낙관주의가 그려지는 대목이다.

그런데 『제르미날』에서도 볼 수 있는 실험 소설 양식에 대해 당대의 비평가들 대부분은 비판적인 평가를 내린 것이 사실이다. 브륀티에르는 인간을 등장인물로 하는 실험 소설 자체가 불가능하다고 비판한 바 있다. 또한 다수의 비평가들은 문학에 과학이 개입한다는 사실에 커다란 반감을 보였다. 이러한 당대 비평가들이 간과한 점은 졸라가 문학을 과학으로 만들려고 한 것이 아니라 사실주의를 한층 더 심화하는 자연주의 소설 기술의 방법론으로서 과학적 관찰과 해부, 분석을 원용하려 했다는 사실이다. 졸라는 과학주의와 물질주의가 팽배하던 19세기 후반의 문제점을 분명 인식하고 있었지만 실증주의 철학과 과학 자체를 배제하지 않고 이들을 시대정신으로 받아들여 자연 과학적, 사회 과학적 방법론으로서 실험 소설론을 창안한 것이다. 그러나 이와 같이 졸라의 실험 소설론이 이해받지 못하는 상황에서도 『제르미날』은 처음에 발표되었을 때 보수적인 언론, 소설가, 비평가들까지 포함하여 긍정적이거나 우호적인 반응을 더 많이 얻었다. 『제르미날』은 20세기 초에 들어서서 프랑스 고전의 반열에 올랐으며 졸라 사후 오십 년이 되었을 때 19세기의 가장 훌륭한 열두 편의 소설 중 하나로 선정되었다. 그의 실험 소설론과 작품들은 그의 사후 오십 년이 되는 1950년대부터, 특히 1970년대에 들어서서 활발히 재조명되어 미셸 뷔토르(Michel Butor), 애메

게주(Aime Guedj), 알랭 드 라트르(Alain de Lattre), 미셸 세르(Michel Serres) 등에 의해 다각도로 다루어지고 연구되기 시작했다.

셋째, 『제르미날』은 최초의 본격적인 노동 소설로서 문제 소설적 특성을 지니고 있다. 1884년에 쓴 작품 초안의 서두에서 졸라는 다음과 같이 밝힌 바 있다. "이 소설은 임금 노동자들의 봉기를 다룬, 타격을 가하면 한순간에 무너지는 사회를 다룬 이야기다. 한마디로 말해서 노동과 자본과의 투쟁이다. 여기에 이 책의 중요성이 있다. 나는 이 책이 미래를 예언하고, 20세기에 가장 중요해질 문제를 제기할 작정이다." 『목로주점』에서 노동자가 주인공으로 전면에 등장한 것만으로도 당대에 충격을 주었는데, 이제 한 걸음 더 나아가 노동자가 투쟁의 주체가 된 것이다. 졸라는 탄광 노동자들의 파업이 계급 간의 투쟁 상태가 드러나는 최적의 극적인 현장이라고 판단하여 이것을 작품 소재로 선택한 것이었다. 그러므로 프롤레타리아 계급인 탄광 광부들과 부르주아 계급인 경영주들의 대립으로 치닫는 이야기의 전개 과정을 통해 졸라는 19세기 후반의 산업 사회가 당면한 노동과 자본의 투쟁, 달리 말하면 그때까지 다루는 것이 금기시되었던 노동자(프롤레타리아)와 부르주아 간의 계급 투쟁이라는 사회 문제를 본격적으로 제기했다. 작품 전체를 통해 졸라는 노동자 계급과 부르주아 계급의 삶의 양태를 대조적으로 보여 주고 있다. 신체적인 외양, 의복, 집, 음식 냄새 등 삶의 여건, 교육, 기상, 식사, 치장, 소일거리, 놀이 등에 걸친 하루의 일상, 축제, 병, 죽음 등 삶의 여러 가지 순간들, 그리고 성생활 및 이동 수단들 등에 있어서 양 계급이 보여 주는 현격한 차이를 묘사하고 있다. 또한 광부들이 탄광 기사에 대하여, 그리고 탄광촌 아낙네들이 엔보 부인과 그녀가 초대한 방문객들에 대하여 퍼붓는 험담 등 언어적 폭력도 사실적으로 표현하며, 시위하는 여자들이 연금 생활자 그레구아르 영감의 딸 세실에게 가하는 폭력, 그리고 비교적 관대했던 장바르 탄광 사장 드뇔랭과 자본의 상징인 수갱들에 대한 광부들의 난폭한 행위도 자세히 묘사하고 있다. 일례를 들면, 어느날 부르주아들은 야외 소풍을 갔다가 돌아오는 길에 광부들의 시위대가 폭풍처럼 몰려오는 것을 보자 길가 집의 헛간에 급히 피신한다. 이들 부르주아들이 문틈으로 보는 광경에 대한 묘사는 계급 투쟁의 현장과 미래상을 생생히 보여 준다.[8]

이 모든 것은 다름 아닌 계급 간의 대치를 보여 주는 것이다. 이러한 대조적 구성에 거대 자본-몽수 탄광-엔보 사장과 소자본-장바르 탄광-드뇔랭 사장의 대치도 가미되지만 소자본은 결국 거대 자본에 먹히게 된다. 결국 주요 그림은 노동과 자본, 민중과 부르주아의 대적적인 설정에 바쳐지고 있다. 여기에 덧붙여 말한다면, 이러한 투쟁 과정에 있는 노동과 민중

---

8) "그것은, 이 세기말 피로 물든 어느 날 저녁 운명적으로 저들 모두를 휩쓸어 갈 것은 혁명의 붉은 환영이었다. 그렇다. 어느 날 저녁 놓여난 고삐 풀린 민중은 저렇게 길 위를 내달릴 것이다. 그리고 민중은 부르주아들의 피로 흠뻑 젖을 것이고, 잘려 나간 머리들을 들고 다닐 것이며 부서진 금고의 금화를 뿌릴 것이다."(5부 5장)

을 묘사할 때 졸라의 문학적 탁월성이 가장 돋보이며, 당대 작가들이 흔히 보이던 표현의 과잉에 반하여 "17세기의 아주 견고하고 명확한 언어로 복귀"하려는 그의 문체도 그 자신의 엄격한 자연주의 이론에서 벗어나 서사시적이고 낭만적이며 회화적이기까지 한 경향을 띠는 것은 흥미로운 사실이다.

　　다른 한편으로 부르주아 계급이나 엘리트층을 지향하는 주인공 에티엔의 일시적인 변신[9]과 인터내셔널의 붕괴에 대한 서술 부분을 통해 졸라는 현실과 이상, 이념과 이데올로기의 배리 현상을 비판적으로 분석하기도 한다. 에티엔이 그와 같이 잠시나마 허영에 빠지는 모습은 그가 지향하는 사회주의 이론과 실천에 있어 투철함과 진정성이 부족했던 것을 나타내며, 작품에서 말하는 인터내셔널 — 제1인터내셔널을 가리키는 것일 텐데 — 이 와해된 것은 어떤 주의나 주장이건 간에 그 이데올로기와 체제가 관료화되고 경직되거나 분파주의가 득세할 때 맞이할 필연적인 현상임을 말해 주고 있다.

　　『제르미날』은 개개인의 특성보다는 개개인이 모여 이루는

---

9) "특히 자신이 하나의 중심이 되고 자기 주위로 세계가 돌아가는 느낌은 전직 기계공이자 기름때가 낀 검은 손의 채탄부인 그의 허영심을 끊임없이 팽창시켰다. 그는 한 계급을 올라가 지성과 유복함에 만족하며, 자신이 증오하던 부르주아 계급이 되었지만 그 사실을 스스로 인정하지는 않았다…… 그러고는 다시금 그는 민중의 지도자가 되려는 꿈을 품었다. 몽수는 그의 발치에 있고 파리는 먼 안개 속에 있지만 누가 알겠는가? 어느 날 의원이 되어 그곳 국회의 호화로운 연단에서 노동자로서는 최초로 연설을 하며 부르주아들에게 호통치는 자신의 모습을 보게 될지."(4부 3장)

민중의 자각과 행동에 방점을 찍고 있다. 엔보 사장 부부나 그레구아르 부부, 드뇔랭 사장 등 부르주아 계층 사람들은 각기 흠결과 잘못이 있지만 졸라보다 앞선 다른 작가들의 탄광 소설에서 흔히 묘사되듯 모든 악덕을 지닌 악랄한 자본가로 그려지지 않는다. 이들은 자본-자본주의의 대리인들 정도로 그려진다. 그러므로 서로 간에 시기나 질투 혹은 반목 등 흔히 대립적인 양자 관계 혹은 삼각관계를 이루며 살아가던 탄광촌 사람들이, 수탈된 민중으로 하나 되어 봉기하는 것은 부르주아 개개인에게 복수하려는 것이 아니라 노동을 착취하는 야만적 자본주의 체제에 대항하려는 것이다. 이렇게 각기 헐벗은 삶의 조건으로부터 평등과 정의라는 보편적인 가치를 위하여 같이 일어나 거대한 하나가 되는 민중을 표현함으로써 졸라는 장차 20세기 초엽에 쥘 로맹(Jules Romains)이 주창할 일체주의(unanimisme)적 관점을 선구적으로 보여 주기도 한다.『제르미날』에서 광부들의 지도자로서 자아도취에 빠지기도 했던 에티엔 랑티에나 외로운 늑대 같은 파괴적 무정부주의자 수바린 혹은 고급 외투 옷차림부터 관료주의와 매너리즘에 빠져 있는 인터내셔널 지부장 플뤼샤르 그리고 소극적인 개량주의자 라스뇌르 모두 진정한 사회주의적 혁명가상을 보여 주기에는 미흡하다 하겠다. 여기서 보듯 졸라에게 중요한 것은 리더의 영웅적 역할보다는 부당한 사회 구조에 대한 민중의 의식화이다.

무엇보다도『제르미날』이 시공과 이념을 초월한 문제 소설이 될 수 있는 것은, 인간을 억압하고 착취하는 사회의 불의에 대한 용기 있는 증언과 고발이라는 점에 있다. 작품에서 묘사되는바, 지배층이 된 부르주아 계급의 이익을 위하여 광부들을 짐승이 되게 하는 지옥과 같은 탄광 노동의 비인간적인 여건은 당대 탄광의 현실 또는 졸라가 언급한 20세기가 지닐 문제로서의 의미에 국한되는 것이 아니다. 이것은 국가의 적절한 통제 정책과 제도 없이 자본주의 산업 문명이 기업의 이윤만 추구하고 인간을 자본의 노예로 간주할 때 강요하게 마련인 사회악이자, 보편적이고 항구적인 인간 조건의 상징이 된다. 또 다른 문제 소설적 측면을 말한다면 『제르미날』은 그와 같은 증언과 고발에 그치지 않는다는 점이다. 졸라 자신은 변명처럼 이 작품이 혁명의 소설이 아니라 연민의 소설이라고 말하면서도, 노동하며 고통받는 비참한 사람들을 외면하고 정의롭지 않으면 세상의 종말을 부르는 재앙 속에 모두 빠져들 것이라고 경고한 바 있다. 이와 같은 맥락에서 노동자 민중이 주역이 되는 작품 전체의 흐름을 볼 때 참여 문학의 성격을 띠는 『제르미날』은 불의의 사회를 파괴하고 정의와 순수의 세계를 건설하려는 민중 혁명의 묵시록이기도 하다.[10] 그런

---

10) "그때 해가 지면서 어두운 주홍빛의 마지막 햇빛이 평원을 핏빛으로 물들였다. 그러자 길 위로 피가 휩쓸려 가는 것 같았고, 여자들과 남자들은 한창 도살 중인 백정들처럼 피를 흘리며 계속 내달리고 있었다."(5부 5장) "증기 기관은 움직이면서 마치 일어서려는 듯 거인의 무릎인 자신의 크랭크 암을 폈다. 하지만 증기 기관은 곧 숨을 거두었고 부서진 채 땅속으로 사라졌다. 다만 삼십 미터가량 되는 높은 굴뚝만이 폭풍을 만난 돛대처럼 뒤흔들리며 서 있었다. 사람들은 그 굴뚝이 산산조각 나서 가루처럼 날아갈 거라고 생각하고 있었는데, 그때 갑자기 굴뚝이 한꺼번에 빠져 들어갔고 거대

점에서 『제르미날』은 하나의 종교적인 예언서와 같은 계시를 주는 것이다. 졸라가 그의 만년에 쓰게 되는 『4복음서(Quatre Evangiles)』라는 제목도 결국 노동과 진리와 정의의 종교를 신봉하는 그가 『제르미날』에서 다루려는 주제와 무관하지 않다.

넷째, 『제르미날』은 위와 같은 기록 소설, 실험 소설, 노동 소설의 특징을 보여 주는 데 그치는 것이 아니라 그 구성과 표현에 있어서 서사시적, 신화적 공간을 아울러 보여 주고 있다는 점에 주목하게 된다. 매일 광부들을 집어삼키는 괴물처럼 묘사되는 르 보뢰 수갱 입구부터 시작하여 미로와 같은 갱도들을 따라 채굴 작업을 진행하는 광부들이 각종 낙반 사고, 폭발 사고, 침수 사고 등으로 목숨을 잃는 수갱 전체는 미노타우로스의 동굴을 연상시킨다. 부르주아의 자본은 미노타우로스처럼 혹은 나쁜 신처럼 갱도 속에 웅크리고 앉아 끊임없이 제물을 요구한다.[11]

이러한 죽음의 미로에서 평소 에티엔 랑티에의 이성과 감정의 조절자 역할을 한 셈인 카트린은 아리아드네 같은 현명한

한 양초처럼 녹아내려 땅이 그것을 마셔 버리는 것 같았다. 이제 땅 위로 솟아 있는 것은 아무것도 없었다…… 방금 르 보뢰가 통째로 심연 속으로 가라앉은 것이었다."(7부 3장)

11) "그렇다! 노동은 자본에게, 즉 노동자들이 모르는 이 비인격적인 신에게 책임을 물을 것이다. 그는 어딘가 신비로운 성막 속에 웅크리고 앉아 자신을 먹여 살리는 이 아사지경인 사람들의 생명을 빨아먹고 있다!"(4부 7장) 자본(자본주의)을 이와 같이 신화상의 괴물이나 나쁜 신으로 비유하는 이 표현은 작품 전체를 통해 여러 번 반복된다.

조력자로서 비록 구조를 앞두고 숨을 거두지만 에티엔 랑티에로 하여금 테세우스처럼 생환의 길을 찾아가도록 만든 것이다. 달리 보면 갱도의 뜨거운 열기, 지하수의 냉기, 가스 폭발의 위험, 낙반 사고, 침수 등 지하 갱도의 혹독한 시련을 이겨 내고 구조되어 생환한 에티엔 랑티에는 장구한 세월 동안 불(전쟁)과 물(바다)의 시련을 이겨 내고 고향 이타카에 귀환한 오디세우스의 모습이기도 하다. 또한 수바린의 테러 행위로 인한 것이지만 수갱 전체가 침수되고 무너지며 함몰되는 모습은 대지의 파괴와 훼손에 격노한 신화적 지신의 응징, 제우스의 대홍수 신화, 젊은 시절 졸라가 제목으로 삼아 서사시를 써 보려 했다는 '창세기'의 대홍수 신화 등을 연상시키면서 야만적 자본주의 시대의 자본의 탐욕에 대한 최후의 심판처럼 깊은 울림을 준다. 이러한 서사시적이고 신화적인 공간은 탄광촌과 광부들의 삶의 모습을 묘사하는 데 있어서 세 가지 주된 색조와 장중한 문체에 의해 사실주의부터 인상주의와 야수주의와 표현주의의 화풍을 아우르며 더욱 처연한 벽화를 그려 낸다. 지하 갱도의 암흑과 노동, 석탄가루와 어둠에 뒤덮인 탄광촌의 풍경, 음울한 삶의 색조 등을 표현하는 악과 병과 불행과 절망과 죽음 및 복수의 검은색, 영양실조로 핏기 없는 창백한 아이, 희끄무레한 납빛 하늘, 탄광촌을 수의처럼 뒤덮은 눈 등이 나타내는 결핍과 무와 부재의 흰색, 영원히 폐갱 속이 타오르는 타르타레 지역의 땅속처럼 지옥의 형벌을 가하는 갱내 작업장의 불 같은 열기, 노동자들의 희생과 피 그리고 혁명의 불꽃을 상징하기도 하는 고통과 유혈과 죽음의 붉은색, 이 세 가지 색이 주로 채색하는 『제르미날』의 지옥 세계는 제 종교에서 이야기하는 지옥과는 다른 차원인 이승의 지옥을 보여 준다. 졸라 자신의 말처럼 실재하는 '진짜 지옥'을 보여 주는 것이다. 그런 점에서 탄광촌의 지하의 지옥과 지상의 지옥을 묘사하는 『제르미날』의 구조와 표현은 한 시대의 벽화로서, 단테의 『신곡』이나 밀턴의 『실낙원』의 장면들을 능가하는 리얼리즘과 상상력의 확장을 보여 준다.

3 제르미날, 싹이 움트는……

졸라가 고심 끝에 착안한[12] 작품 제목인 '제르미날(Germinal)'이라는 말은 프랑스 대혁명 당시 공화력의 일곱 번째 달로서 3월 21일부터 4월 19일까지의 한 달 동안을 가리키는데, '싹(germe)이 나는 달'이라는 뜻이다. 사전적 의미로

---

12) 졸라는 작품 제목으로 '곡괭이질(Coup de pioche)', '무너지려는 집(la Maison qui craque)', '흔들거리는 성(Château branlant)', '균열(La lezarde)', '썩고 낡은 지붕(Vieux toit pourri)', '싹트는 씨앗(le Grain qui germe)', '몰려오는 폭풍우(l'Orage qui monte)', '붉은 수확(Moisson rouge)', '싹트는 피(le Sang qui germe)', '속으로 타는 불(le Feu qui couve)', '타오르는 땅(le Sol qui brûle)', '지하의 불(le Feu souterrain)', '청산(La liquidation)', '굶주린 사람들(Les affames)' 등을 생각하며 망설이던 중 어느 날 불현듯 '제르미날(Germinal)'이 입가에 떠올랐다고 한다. 그런데 이 단어가 너무 신비적이고 상징적으로 생각되어 졸라는 처음에는 선뜻 결정하진 못했으나 어느 순간 자신의 작품 전체를 갑자기 환하게 비춰 주는 햇빛처럼 느껴져서 이 말을 제목으로 선택하게 되었다고 한다.

'germinal'은 '싹이 나는'이라는 뜻의 형용사이기도 하다. 졸라는 '공화력(혁명력) 3년 싹이 나는 달 12일(le 12 germinal an III)'(1795년 4월 1일)에 굶주린 파리 민중이 '빵과 1793년 헌법'을 요구하며 국민의회 건물에 침입했던 또 다른 혁명일을 염두에 두었는지도 모른다. 그러나 졸라가 의도적으로 차용한 이 말은 프랑스 혁명 이념의 계승이라는 협의의 단어로서가 아니라, 노동과 혁명에 대한 작품 전체의 취지를 요약하는 메타포로서 간주해야 할 것이다. 하층 노동자들의 관점에서는 프랑스 대혁명 이후에 자신들의 삶이 나아진 것이 아니라 오히려 더 나빠졌다는 인식이 팽배해 있었기 때문이다. 부르주아라는 단어의 의미 변천이 반영하듯 중세의 소시민 혹은 평민이던 부르주아는 대혁명 때 왕정을 타도하는 혁명 계급이었으나 19세기에 들어, 특히 19세기 후반부터 산업 혁명이 가속화되고 자본주의가 지배하면서 새로운 유산 계급 내지 지배 계급으로 자리 잡았다. 부르주아 계급은 제2제정 정부의 비호를 받으면서 사익만을 추구하는 계급이 됨으로써 왕정의 피해 계급에서 노동자에 대한 가해 계급으로 변화한 것이다. 졸라 자신이 언급한 바대로 『제르미날』에서 제기하는 탄광 노동 여건의 문제는 유럽 전체에 해당되는 문제였다. 부당한 계약과 임금 체계, 자의적인 벌금 부과와 수당 삭감, 열악하고 위험한 갱도와 막장 현장, 사고 보상 체계의 미비, 어린 소년 소녀 고용 등은 영국을 포함하여 유럽 탄광 지역의 공통된 문제였다. 이 시점에서 『제르미날』은 바로 이러한 탄광 사태가 상징적으로 드러내는 경제적, 사회적, 정치적 문제를 정면으로 다룬 것이다. 에티엔 랑티에의 주도하에 이루어진 광부들의 파업은 비록 실패했지만 억압과 착취만 당해 왔던 그들은 바야흐로 자신들의 힘과 단결의 가능성을 의식했다. 소설의 마지막 장면에서 감동적으로 묘사되는 바와 같이 이제 수갱의 갱도에서 힘차게 곡괭이질을 하는 광부들은 '돋아나는' 새로운 인간이며 장차 싹을 틔워 '대지를 터뜨릴' '검은 군대'인 것이다.[13] 항거를 끝끝내 포기하지 않는 광부들과 떠나가는 에티엔 랑티에가 다시금 일대 혁명을 꿈꾸는 결말 부분은 졸라 그 자신이 유전적, 환경적 요인을 중시하는 생물학적, 사회학적 결정론에 매여 있는 것이 아니라 궁극적으로는 그 결정론적 상황을 혁파하는 평등과 정의의 자유주의를 지향함을 보여 준다. 그는 우리가 새천년을 열며 살고 있는 21세기의 문명사회에서도 인간의 인간에 대한 억압과 착취가 없는 유토피아 건설이 인류 문명사적 과제임을 다시금 환기시킨다. 졸라의 장례식 때 프랑스 북부 탄광 지역의 광부 대표들이 "제르미날! 제르미날!"을 연호하며 장지까지 따라간 감동적인 장면도 이러한 시대적 과제를 상기시킨 것이리라. 여러 차례 영화화되기도 한 『제르미날』이 계층과 이데올로기를 초월하여 프랑스에서뿐만

---

13) "다시, 또다시, 점점 더 뚜렷하게, 마치 지면에 가까워진 듯 동료들은 두들기고 있었다. 태양의 불타오르는 빛 속에서 이 젊음의 아침을 맞아 들판은 이렇게 웅성거리는 소리로 가득 차 있었다. 사람들이 돋아나고 있었다. 복수를 하려는 검은 군대가 밭고랑에서 서서히 싹을 틔워 다가올 세기의 수확을 위해 자라고 있었으며, 머지않아 그들이 발아한 싹은 대지를 터뜨릴 것이었다."(7부 6장)

아니라 세계적으로도 가장 많이 읽히는 책들 가운데 하나이고 그에 대한 연구가 점점 많아지는 것도 바로 이런 까닭일 것이다.

*

『제르미날』은 작가 졸라의 자연주의 문학관에 바탕한 실증주의와 이상적인 정의 사회를 꿈꾸는 혁명 의식이 훌륭히 결합되어 있고, 아울러 그리스 신화와 종교상의 지옥을 연상시키는 신화적이고 서사시적인 상상력도 엿볼 수 있는 대작이다. 또한 때로는 절제된 서정시 같고 때로는 깊은 울림을 주는 상징시 같은 대목들도 보여 주는 복합적인 소설이다.[14] 다만 문체상으로는, 미노타우로스의 미궁같이 얽혀 있고 비좁은 갱 속에서의 고통스러운 노동 그리고 빈곤으로 점철된 둔중하고 신산한 탄광촌의 삶을 형상화하듯 병렬된 단어와 어구, 문장 및 복문 등을 사용하는 무거운 장문들이 많고, 과학주의의 소산으로서 객관적 엄밀성에 치중하는 건조체의 문장들이 주조를 이루고 있다. 그런 까닭에 가독성을 감안하여 장문과 복문들은 많은 부분, 중간중간 단락을 지어 우리말로 옮겼다. 그렇지만 무엇보다도 졸라의 최고 걸작으로 꼽히는 이 작품의

---

14) 1885년에 졸라가 친구 앙리 세아르(Henry Ceard)에게 보낸 편지에서 자신이 "정확한 관찰의 도약대에서 별들 속으로 도약한다. 진실이 한 번의 날갯짓으로 상징까지 올라간다."라고 말한 것은 그의 자연주의 소설이 품고 있는 시적인 면과 함께 신화적, 우주적인 상상력도 암시한다고 볼 수 있다.

문학사적 중요성을 감안하여 조금이라도 원문의 구조와 문체 그리고 작품의 분위기를 살리면서 우리말로 옮겨 보려고 시도하는 한편, 오역이 없도록 나름대로 노력은 하였으나 부족한 점이 많으리라 여겨진다. 서투른 부분들에 대해서 그리고 혹 있을지 모를 오역에 대해서는 독자 여러분의 지적과 충고를 바라 마지않는다.

그리고 이 번역 작업에 있어서 오래전에 번역 초고의 입력과 수정 작업에 큰 도움을 준 아주대 대학원 졸업생 고(故) 홍미정 양, 번역에 도움을 주신 원어민 선생님들 및 탄광 회사 종사자분께 감사의 마음을 전한다.

끝으로, 이 책을 출간해 주신 민음사 박근섭, 박상준 대표님과, 역자의 여러 사정으로 정말 오랜 세월 번역 마무리 작업이 지연되었는데도 양해하고 기다려 주시고 꼼꼼히 교정을 봐 주신 민음사의 편집자들께 감사한다.

2022년 10월
강충권

작가 연보

1840년 4월 2일 파리에서 보스 출신의 에밀리 오베르와 베네치
아 출신의 토목 기사 프랑수아 졸라의 아들로 태어났다.

1843년 졸라 가족은 엑상프로방스에 정착. 프랑수아 졸라는 댐,
'졸라 운하' 등을 건설했고 가족은 행복한 생활을 했다.

1847년 아버지 프랑수아 졸라의 죽음. 졸라 가족은 거의 파산
하고 에밀 졸라는 노트르담 기숙 학교의 학생이 되었다.

1850년 의사 프로스페르 뤼카가 『자연적 유전의 철학적 생
리학적 개론(Traité philosophique et physiologique de
l'hérédité naturelle)』을 출간했다.

1851년 12월 2일 루이 나폴레옹 보나파르트가 쿠데타를 일으
켰다.

1852년 엑상프로방스의 부르봉 중학교에 입학. 미래의 광학자

바유와 미래의 화가 세잔과 교우하고 이 시절의 추억을 『니농에게 주는 새로운 이야기(Nouveaux Contes à Ninon)』에 남긴다.

1858년   어머니와 함께 파리로 이주. 생루이 고등학교 2학년에 장학생으로 입학했다.

1859년   생루이 고등학교의 수사 학급(졸업반) 학생으로서 대학 입학 자격 고사에 두 차례 실패, 학업을 포기. 경제적 어려움이 심화되었다.

1860   파리의 독(dock) 세관 관리소에서 이 개월간 근무. 궁핍한 생활 가운데 시와 소설 등을 습작했다.

1861년   12월 프랑스 출생 외국인 아들 자격으로 프랑스 국적을 취득했다.

1862년   아셰트 출판사에 입사. 발송부에 이어 광고부에서 근무. 이후 1866년 1월까지 재직하며 소설가, 기자들과 친분을 쌓았다.

1864년   에밀 데샤넬의 주선으로 출판사 에첼에라크루아(Hetzel et Lacroix) 관계자들과 만나게 되어 1872년까지 상당수의 저서를 이 출판사에서 출간했다.
첫 작품 『니농에게 주는 이야기(Contes à Ninon)』 출간.

1865년   오랫동안 계속될 기자 생활을 시작.《작은 신문(Petit Journal)》의 보도 기자와 《리옹의 공공 구제(Salut public de Lyon)》의 문학 비평가로 활동. 후자의 신문에 기고한 기사들을 모아 1866년 『나의 증오(Mes Haines)』로 출간하게 된다.

아내가 될 알렉상드린 멜레와 만났다.

첫 소설『클로드의 고백(La Confession de Claude)』출간.

1866년 1월 아셰트 출판사를 떠나 집필로 생활.《사건 (L'Evenement)》문화란 기고가가 되었다.

4, 5월 마네에 관한 찬사로 그의 그림을 옹호. 세잔, 기유메와 함께 벤쿠르에 자주 머물렀다.

『나의 살롱(Mon Salon)』,『어느 죽은 여인의 소원(Le Voeu d'une morte)』출간.

1867년 《르 피가로(Le Figaro)》,《19세기 잡지(Revue du XIXe siecle)》등 여러 신문과 잡지에 문학 시평들을 기고. 화가들과 자주 만나며 아틀리에를 방문한다.

『마네(Manet)』, 성공한 첫 소설『테레즈 라캥(Thérèse Raquin)』,『마르세유의 비밀(Les Mystères de Marseille)』출간.

1868년 『루공 마카르 총서(Les Rougon-Macquart)』집필 계획을 세웠다.

12월 소설『마들렌 페라(Madeleine Férat)』출간.

1869년 문학 시평을 계속 기고하면서 정치적이고 논쟁적인 기사도 많이 게재했다.

『루공 마카르 총서』의 계획 완성.『루공가의 행운(La Fortune des Rougon)』집필.

1870년 5월 알렉상드린 멜레와 결혼. 7월 19일 프로이센에 대한 프랑스의 전쟁 선포.

8월『루공가의 행운』이《세기(Le Siècle)》에 연재되다가 중단되었다. 9월 2일 스당에서 프랑스가 패전, 9월 4일 제정이 붕괴하고 공화정이 선포되었다. 이후 졸라 가족은 마르세유로 떠났다. 졸라는 마리위스 루와 함께 일간지 《라 마르세예즈(La Marseillaise)》를 창간. 12월 졸라 가족은 보르도로 이주. 졸라는 임시 정부 대표부에서 일했다.

1871년   3월 졸라 가족은 파리로 돌아왔다. 3~5월 민중 봉기의 파리 코뮌 시기 동안 졸라 가족은 잠시 머물다 파리를 떠나 벤쿠르에 체재. 총서 1권『루공가의 행운』출간.『루공 마카르 총서』2권『쟁탈전(La Curée)』을 《종(La Cloche)》에 연재하다 검찰의 개입으로 중단.

1872년   《종》, 《마르세유의 신호기(Le Semaphore de Marseille)》, 《해적(Le Corsaire)》에 의회에 관한 정치 기사를 게재. 총서 제2권『쟁탈전』출간. 출판인 조르주 샤르팡티에와 친분을 맺게 되어 향후 저서를 샤르팡티에 출판사에서 대부분 출간하게 된다.

1873년   플로베르, 도데, 투르게네프, 말라르메, 모파상과 교제하기 시작.『테레즈 라캥』을 연극으로 각색해서 상연.『루공 마카르 총서』3권『파리의 복부(Le Ventre de Paris)』출간.

1874년   인상주의 화가들의 첫 전시회(모네, 드가, 피사로, 베르트 모리조, 시슬레, 세잔 등). 11월 연극「라부르댕가의 상속자들(Les Héritiers Rabourdin)」상연.『루공 마카르 총서』4권『플라상의 정복(La Conquête de

Plassans)』출간. 『니농에게 주는 새로운 이야기』출간.

1875년   상트페테르부르크의 잡지인 《유럽의 메신저(Le
         Messager de l'Europe)》에 매월 기고하기 시작. 『루공 마
         카르 총서』 5권 『무레 신부의 과오(La Faute de l'abbé
         Mouret)』출간.

1876년   2회 인상주의 화가전 참관 후 《유럽의 메신저》에 기
         고. 『루공 마카르 총서』 6권 『외젠 루공 각하(Son
         Excellence Eugène Rougon)』출간.

1877년   졸라의 작품들은 많은 독자들을 얻음과 동시에 격렬
         한 논쟁의 대상이 되었다. 『루공 마카르 총서』 7권 『목
         로주점(L'Assommoir)』출간. 이 소설의 대성공으로 졸
         라는 자연주의파의 수장으로 간주되었다. 4월 16일 '트
         라프 만찬(Diner Trapp)'이라고 명명된 트라프 레스토
         랑에서의 모임에서 '젊은' 자연주의자들인 위스망스,
         레옹 에니크, 폴 알렉시스, 모파상 그리고 미르보는 플
         로베르, 졸라, 공쿠르 세 사람에게 현대 문학의 거장이
         라고 경의를 표했다. 졸라는 인상주의 화가 친구들의
         전시회를 계속해서 호의적으로 참관. 1877년 마지막
         전시회에 대한 참관기를 《마르세유의 신호기》에 기고
         했다.

1878년   졸라 가족은 『목로주점』의 인세 수입으로 메당에 여
         름 별장을 사서 가족, 친구, 문인들의 회합 장소로 이
         용했다. 연극 「장미 단추(Le Bouton de rose)」를 초연.
         『루공 마카르 총서』 8권 『사랑의 한 페이지(Une page

d'amour)』 출간.

1879년   『목로주점』을 연극으로 각색하여 상연. 졸라의 적극
         적인 자연주의 주창과 활동. 기고 모음집인『공화국과
         문학(La Republique et la Litterature)』 출간. 10월『실
         험 소설론(Le Roman expérimental)』을《르 볼테르(Le
         Voltaire)》에 게재.

1880년   『실험 소설론』 출간. 알렉시스, 세아르, 에니크, 위스망
         스, 모파상의 작품을 함께 실은 공동 작품집『메당의
         저녁(Les Soirées de Médan)』 출간, 자연주의파의 전성
         기를 구가.『루공 마카르 총서』9권『나나(Nana)』출
         간. 이 작품은 출간 직후 즉각적인 성공과 함께 커다란
         파문을 일으켰다. 졸라는 문학 활동을 본격화하는 가
         운데 플로베르의 죽음과 어머니의 죽음으로 심리적 타
         격을 받았다.

1881년   문학 기자 활동을 끝냈다.『실험 소설론』 출간 이
         후 자신에게 쏟아진 아카데미 프랑세즈의 비판에 대
         해 격렬한 논쟁을 벌였다.『문학 자료집(Documents
         littéraires)』 출간.『자연주의 소설가들(Les Romanciers
         naturalistes)』 출간. 『연극에서의 자연주의(Le
         Naturalisme au théâtre)』 출간.

1882년   단편집『뷔를 대위(Le Capitaine Burle)』 출간. 기고 모
         음집『논전(Une Campagne)』 출간.『루공 마카르 총서』
         10권『살림(Pot-Bouille)』 출간.

1883년   『루공 마카르 총서』 11권『여인들의 행복 백화점(Au

Bonheur des Dames)』출간.

1884년 　『제르미날(Germinal)』집필을 준비하면서 북부 앙쟁의
파업 중인 탄광들을 방문. 단편집『나이스 미쿨랭(Naïs
Micoulin)』출간.『루공 마카르 총서』12권『삶의 기쁨
(La Joie de vivre)』출간.

1885년 　『루공 마카르 총서』13권『제르미날』출간. 이 소설은
대대적인 성공을 거두었으나 검열 위원회는 연극으로
의 각색과 상연을 금지했다.

1886년 　『루공 마카르 총서』14권『작품(L'Oeuvre)』출간. 등장
인물 클로드 랑티에 속에 자기 모습이 그려졌다고 느
낀 세잔은 졸라와 절교. 졸라는 다음 소설인『대지(La
Terre)』를 준비하기 위해 어머니의 고향인 보스로 여행
을 갔다.

1887년 　『쟁탈전』과『나이스 미쿨랭』에 들어 있는 단편「낭
타스(Nantas)」를 혼합하여 각색한 5막 희곡『르네
(Renée)』를 출간하고 상연했다. 총서의 다른 소설들 및
『마르세유의 비밀』도 연극으로 각색하여 상연. 8월『루
공 마카르 총서』15권『대지』출간. 작품의 노골성으로
격렬한 논란을 불러일으켰다. 젊은 작가들인 본탱, 로스
니, 데카브, 마르그리트, 기슈는《르 피가로》에「5인 선
언서(Le Manifee des Cinq)」를 게재하여 자연주의 미학
에 대한 그들의 적대감을 격렬하게 표명했다.

1888년 　연극「제르미날」초연. 검열을 통과하기 위해 원작에서
무수히 삭제하고 재구성한 작품이 되어 분노한 졸라

는 초연에 불참. 하녀인 잔 로즈로와 사랑에 빠져, 이후 두 아이를 낳고 그녀와 평생 관계를 이어갔다. 『루공 마카르 총서』 16권 『꿈(Le Rêve)』 출간.

1889년   9월 잔 로즈로와의 사이에서 딸 드니즈 출생.

1890년   아카데미 프랑세즈 회원에 입후보했으나 낙선. 이후 낙선이 이어졌다. 『루공 마카르 총서』 17권 『인간 짐승(La Bête humaine)』 출간.

1891년   문인협회 회장으로 선출되었다. 1896년까지 역임. 오페라-코미크 극장에서 소설 『꿈』을 극화하여 친구 알프레드 브뤼노의 음악으로 공연. 9월 잔 로즈로와의 사이에서 아들 자크 출생. 『루공 마카르 총서』 18권 『돈(L'Argent)』 출간.

1892년   『루공 마카르 총서』 19권 『패주(La Débâcle)』 출간. 루르드, 피레네산맥, 프로방스, 이탈리아를 여행했다.

1893년   친구 모파상의 죽음으로 깊이 상심했다. 오페라 「방앗간의 공격(L'Attaque du moulin)」을 알프레드 브뤼노의 음악으로 파리, 브뤼셀, 함부르크에서 공연. 『루공 마카르 총서』의 마지막 작품인 20권 『의사 파스칼(Le Docteur Pascal)』 출간. 6월 『루공 마카르 총서』의 완결을 축하하기 위하여 불로뉴 숲에 200명이 모여 성대한 문학 연회가 개최되었다.

1894년   새로운 연작 『세 도시(Les Trois Villes)』의 1권 『루르드(Lourdes)』 출간. 10~12월 로마 여행. 12월에 유대인인 알프레드 드레퓌스 프랑스 육군 대위가 독일에 군사정보를 팔아넘긴 반역죄로 종신형 선고를 받았다.

1895년   12월부터 다음 해 6월까지 《르 피가로》에 다양한 주제를 다루는 시평을 기고. 이 기고문들은 후에 『새로운 논전(Nouvelle Campagne)』으로 출간되었다.

1896년   에스테라지 소령을 진범으로 고발한 피카르 대령 덕택에 드레퓌스 대위의 유죄에 의문이 생겼다.

             에드몽 드 공쿠르의 죽음.

             『세 도시』의 2권 『로마(Rome)』 출간.

1897년   2월 오페라 「메시도르(Messidor)」를 알프레드 브뤼노의 음악으로 초연. 『새로운 논전』 출간. 12월 드레퓌스 대위의 무죄를 확신한 졸라는 그의 재심을 요구하는 글을 《르 피가로》에 기고했다.

             도데의 죽음.

1898년   1월 《여명(L'Aurore)》에 펠릭스 포르 공화국 대통령에게 보내는 공개장으로 「나는 고발한다(J'Accuse)」를 게재하여 드레퓌스 대위의 무죄를 옹호했다. 2월 7~23일 프랑스군 장교 명예 훼손죄로 재판을 받고 3000프랑의 무거운 벌금형과 함께 징역 1년형을 선고받았다. 7월, 4월에 파기되었던 판결이 베르사유 법정에 의해 확정되었다. 이에 친구들의 권고로 졸라는 런던으로 망명했다. 8월 드레퓌스를 고발했던 앙리 소령이 자신이 고발한 사실이 허위로 밝혀지자 자살했다. 3월 『세 도시』의 3권 『파리(Paris)』 출간.

1899년   6월 드레퓌스 사건 재심 결정이 내려지자 파리로 귀환. 9월 드레퓌스는 두 번째 재판을 받고 또다시 유죄 판결이 내려지나 곧 사면, 석방되었다. 졸라는 드레퓌스의 복권을 위해 상당수의 글을 기고하나 그의 무죄 선고 및 복권은 졸라의 사후인 1906년에야 이루어졌다. 『4복음서 총서(Les Quatre Evangiles)』의 1권 『풍요(Fécondité)』 출간.

1900년   아버지 프랑수아 졸라에 대한 세 편의 글을 썼다. 파리 만국 박람회에 대한 대대적인 사진 보도. 12월 드레퓌스 사건과 관련된 모든 사실에 대해 사면이 내려졌다.

1901년   엑상프로방스 출신의 친구 폴 알렉시스의 죽음.
6월 졸라의 시를 극화한 오페라 「폭풍(L'Ouragan)」을 알프레드 브뤼노의 음악으로 오페라-코미크 극장에서 공연. 드레퓌스 사건에 관련된 게재문 모음집 『전진하는 진실(La Vérité en marche)』 출간. 『4복음서 총서』의 2권 『노동(Travail)』 출간.

1902년   9월 29일 파리의 브뤼셀가 자택에서 가스 중독으로 생을 마감했다. 우연한 사고사인지 정치적 암살인지는 불분명. 10월 5일 몽마르트르 묘지에서 장례식. 아나톨 프랑스의 조사(弔辭). 수많은 추도 군중 행렬 가운데 광부 대표들은 "제르미날! 제르미날!"을 연호했다.

1903년   『4복음서 총서』의 3권 『진실(Vérité)』이 사후 출간되었다. 4권 『정의(Justice)』는 준비 노트 상태로 남았다.

1908년   6월 4일 졸라의 유해가 위인들을 기리는 팡테옹으로 이장되었다.

루공 마카르 가계도

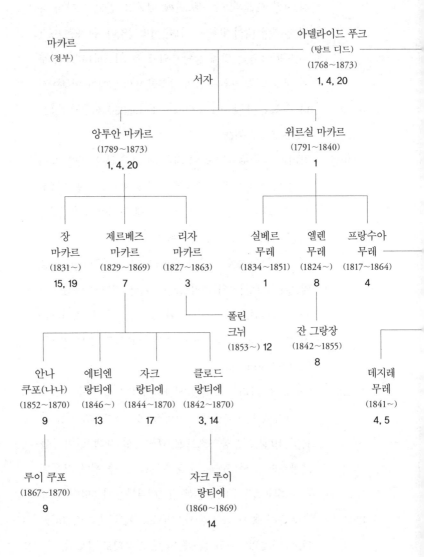

루공 마카르 총서

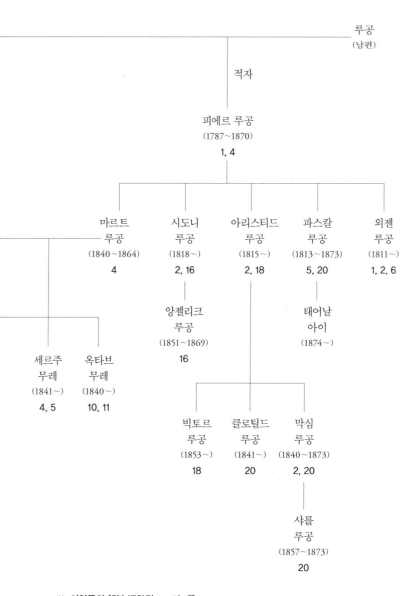

루공
(남편)

적자

피에르 루공
(1787~1870)
1, 4

마르트
루공
(1840~1864)
4

시도니
루공
(1818~)
2, 16

아리스티드
루공
(1815~)
2, 18

파스칼
루공
(1813~1873)
5, 20

외젠
루공
(1811~)
1, 2, 6

앙젤리크
루공
(1851~1869)
16

태어날
아이
(1874~)

세르주
무레
(1841~)
4, 5

옥타브
무레
(1840~)
10, 11

빅토르
루공
(1853~)
18

클로틸드
루공
(1841~)
20

막심
루공
(1840~1873)
2, 20

샤를
루공
(1857~1873)
20

세계문학전집 **417**

제르미날 2

1판 1쇄 찍음 2022년 10월 31일
1판 1쇄 펴냄 2022년 11월 5일

지은이 에밀 졸라
옮긴이 강충권
발행인 박근섭, 박상준
펴낸곳 ㈜민음사

출판등록 1966. 5. 19. (제 16-490호)
서울특별시 강남구 도산대로1길 62(신사동) 강남출판문화센터 5층 (우편번호 06027)
대표전화 02-515-2000 팩시밀리 02-515-2007
www.minumsa.com

ISBN 978-89-374-6417-1 04800
ISBN 978-89-374-6000-5 (세트)

* 잘못 만들어진 책은 구입처에서 교환해 드립니다.

세계문학전집 목록

세계문학전집은 계속 간행됩니다.